Catherine Ryan Hyde

Die Sache mit der Liebe

TINTE & FEDER

Das Buch

Jeder Idiot kann sich verlieben. Dafür braucht es kein besonderes Talent. Der Trick ist, jemanden zu lieben, der dir guttut. Das ist die Sache, die kaum jemand richtig hinbekommt.

Für einige Zeit führt Hayden ein zufriedenes Leben. Er ist glücklich mit seiner Frau Judith, gemeinsam erwarten sie das zweite Kind. Doch als sein Sohn bei der Geburt stirbt, schlägt eine tief sitzende Verbitterung in Wut um.

Jahre später lebt Hayden im selbst auferlegten Exil. Selbst Laurel, die einzige Frau, die ihm einen Hauch von Hoffnung geschenkt hat, wendet sich wieder von ihm ab.

Dann endlich beginnt Hayden, sich mit seiner turbulenten Vergangenheit und den Menschen, die er verloren geglaubt hat, auseinanderzusetzen. Und es geschieht, womit er am wenigsten gerechnet hätte: Er erkennt die Sache mit der Liebe.

Die Autorin

Die mehrfach ausgezeichnete amerikanische Autorin Catherine Ryan Hyde hat bislang mehr als dreißig Bücher veröffentlicht. Auf Deutsch von ihr erschienen sind neben weiteren Titeln »Wir kommen mit«, »Als ich dich fand« und »Ich bleibe hier«. Ihr bekanntester Roman »Das Wunder der Unschuld« wurde in mehr als 23 Sprachen übersetzt und unter dem Titel »Das Glücksprinzip« mit Kevin Spacey und Helen Hunt verfilmt.

Neben dem Schreiben ist Catherine Ryan Hyde auch als Referentin tätig und stand bereits dreimal zusammen mit Bill Clinton als Rednerin auf dem Podium.

Catherine Ryan Hyde unternimmt gerne Wanderungen und Reisen und ist eine große Hobbyfotografin.

Catherine Ryan Hyde

DIE SACHE MIT DER LIEBE

ROMAN

AUS DEM AMERIKANISCHEN VON MARION PLATH

TINTE & FEDER

Die amerikanische Ausgabe erschien 2011 unter dem Titel
»The Hardest Part of Love« bei Transworld Digital, London.

Deutsche Erstveröffentlichung bei
Tinte & Feder, Amazon Media EU S.à r.l.
38, avenue John F. Kennedy, L-1855 Luxembourg
Oktober 2020

Die Übersetzung dieses Buches wurde durch Amazon Crossing ermöglicht.

Umschlaggestaltung: zero-media.net, München
Umschlagmotiv: © DEEPOL by plainpicture / Mark Edward Atkinson / Trace; Galyna Andrushko / Shutterstock
Lektorat und Korrektorat: VLG Verlag & Agentur, Haar bei München, www.vlg.de
Gedruckt durch:
Amazon Distribution GmbH, Amazonstraße 1, 04347 Leipzig /
Canon Deutschland Business Services GmbH, Ferdinand-Jühlke-Str. 7, 99095 Erfurt /
CPI books GmbH, Birkstraße 10, 25917 Leck

ISBN: 978-2-49670-402-0

www.tinte-feder.de

Für Anne Sheldon und Michael Vidor

Buch 1

Division Road

Kapitel 1

1996

Tagfahrlichtzone

Hayden Reese fand zu Fuß seinen Weg durch die Dunkelheit, immer bergauf in das Gebiet des Staatsforstes, seine Jenny hing ihm schwer über der rechten Schulter. Sie fühlte sich noch immer geschmeidig an, fast warm. Sein einziger, kleiner Trost.

In seiner linken Hand die Schaufel.

Hin und wieder ergriff er mit seiner Rechten den glatten roten Stamm oder Ast eines Manzanitastrauchs, um das Gleichgewicht zu halten, sich vorwärtszuziehen, während er den faustgroßen Schaufelstiel sanft an ihre weiche Flanke drückte, damit sie nicht herunterfiel. Die Sonne würde schon allzu bald aufsteigen.

Er hatte sich während des Tages den Pfad freigeschnitten, eine Säge an der einen Seite des Gürtels und eine kräftige Heckenschere an der anderen. Er kannte diesen Pfad so gut, wie er seine Jenny gekannt hatte. Er konnte sich im Dunkeln hindurchnavigieren und wusste intuitiv, wann er sich ducken oder nach einem Ast greifen musste.

Die wenigen Dinge, die Hayden wusste, die wusste er. Alles andere war schlicht und einfach ein Rätsel.

Während er nach Ästen griff und sich duckte, verfluchte er sich und das Brennen in seinem Brustkorb und nahm sich vor, wieder mit dem Rauchen aufzuhören, dieses Mal aber wirklich. Er griff an seine Hemdtasche und fragte sich, ob er die Schachtel mitgenommen hatte. Er war beruhigt und gleichzeitig angeekelt, als er sie spürte. Er brauchte die Zigaretten jetzt; aber später, morgen oder in einer Woche, wollte er sich seinen geraubten Atem zurückholen.

Er erreichte den Gebirgskamm mit der Lichtung, die er erschaffen und gepflegt hatte, und legte Jenny sanft auf die kühle Erde. Bevor er sich an die Arbeit machte, ließ er sich einen Augenblick an ihrer Seite nieder und zündete sich eine Zigarette an – eine der letzten, wie er hoffte. Er legte die Schaufel über seine Knie. Er hasste die Endgültigkeit dieser Sache. Mit einer Hand berührte er ihren kühler werdenden Körper und wünschte sich, die Sonne wäre schon aufgegangen, damit er ihr weiches, helles Fell sehen und nicht nur fühlen könnte. Er nahm einen tiefen Zug an der Zigarette zwischen seinen Fingern, beobachtete das rote Glühen ihrer Spitze und konnte es nicht leiden, wie der heiße Rauch seine Nerven beruhigte.

Entweder hatten sich seine Augen an die Dunkelheit gewöhnt, oder vielleicht hatte diese seltsame Phase der Vordämmerung eingesetzt, jedenfalls bemerkte Hayden, dass er beinahe die Silhouetten der Bäume und Sträucher erkennen konnte, die knorrigen Formen und von der Natur glatt geschliffenen Äste der Manzanitasträucher. Er spürte, wie sich seine Haltung gegenüber Jenny veränderte. Er hatte nicht mehr das Bedürfnis, sie zu sehen, nicht jetzt. Nicht so. Und die Dämmerung würde die Hitze des Tages mit sich bringen,

Feind und Peiniger von Männern mit Schaufeln. Nein. Die Dämmerung hatte noch nicht begonnen. Das konnte nicht sein. Dafür war es noch viel zu früh. Aber sie würde einsetzen, irgendwann. Er sollte sich besser an die Arbeit machen.

Einen kurzen Augenblick lang ließ er seine Gedanken zu Laurel wandern und spürte das Bedürfnis nach einer Berührung oder einem Wort von ihr, um den Schmerz dieses Augenblicks zu lindern. Hayden teilte seinen Kummer nie mit anderen, nicht einmal mit Laurel, aber oft sehnte er sich danach, dass sie seinen Schmerz sehen könnte.

Er verdrängte diese Gedanken wieder, doch sie hinterließen ein Echo: die schmerzvolle Leere, wenn ein heftiges Verlangen aufgeschoben wurde.

Er machte sich daran, ein Loch in die harte Erde zu graben.

* * *

Hayden starrte auf seine Hände hinunter, betrachtete den Dreck unter den Nägeln und die Schwielen, in die sich die Erde tief hineingefressen hatte. Der Dreck machte ihm nichts aus, das war es nicht. Was ihm etwas ausmachte, war der Schlafmangel, die trockenen Augen und das flaue Gefühl im Magen, weil er die ganze Nacht wach geblieben war, um Zentimeter für Zentimeter gegen den trockenen Boden anzukämpfen. Es machte ihm etwas aus, dass Laurel bald aufstand, um im Halbdunkel, noch vor dem Morgengrauen, mit den Zimtschnecken zu beginnen, und was, wenn sie ihn berührte oder wollte, dass er sie berührte? Was sollte er dann mit dem ganzen Dreck tun?

Aber mehr als alles andere machte es ihm etwas aus, dass seine Jenny in der Erde lag, dass er sie verloren hatte. Es machte ihm so viel aus, dass er seine Gedanken an diesen Umsturz nicht zu Ende führen, nicht umleiten konnte zu dem neuen, realen, völlig veränderten Tag. Stattdessen blieb er noch etwas länger in diesem verschwommenen Niemandsland stecken wie in dem Augenblick zwischen Schlafen und Wachen, wenn einem ein lebhafter Traum Bild um Bild langsam entgleitet.

In der Morgendämmerung saß er in seinem alten Truck und wartete darauf, dass sie die Hintertür des Diners aufschloss. Er dachte: »Wo kann ich meine Hände waschen, für den Fall, dass ich sie berühren darf?« Eigentlich war es der ideale Augenblick, um zu weinen. Da war nur diese eine Sache. Hayden weinte nicht. Soweit er wusste, hatte er noch nie geweint. Und er glaubte nicht, dass sich das jemals ändern würde.

Seine Mutter, die er nicht mehr gesehen hatte, seit er neunzehn gewesen war, hatte es ihm immer wieder erzählt sowie allen anderen, die gerade dabei waren. »Vielleicht, als du noch in den Windeln lagst«, hatte sie gesagt. »Aber danach – nichts mehr. Nicht einmal, wenn du dir richtig wehgetan hast. Was ständig vorkam. Nicht einmal, als du dir damals beide Beine gebrochen hast. Und das ist wirklich merkwürdig«, hatte sie hinzugefügt, »denn tief in dir drin warst du der Feinfühligste von allen. Nur keine Tränen.«

Er wartete und blickte über das lange Tal mit der schier endlosen Reihe von Hochspannungsmasten. Sie erinnerten ihn immer an kopflose Giganten aus Gitter. Die langen Beine leicht gespreizt, die kurzen Arme ausgebreitet, mit Kabelsträngen, die ihnen von den Fingern baumelten, wanderten sie fort in die Unendlichkeit. Jedes Jahr unternahmen törichte Kinder den Versuch, an ihnen hochzuklettern, zum einen aus Langeweile, aber auch einem seltsamen neuen Männlichkeitsritual folgend, von dem Hayden sich wünschte, er würde es nicht verstehen. Dieses Jahr hatte ein armes Kind den Preis bezahlt, es war nur eine Frage der Zeit gewesen. Gerüchten zufolge war die Armbanduhr des Kindes immer noch irgendwo dort oben, halb geschmolzen und für immer mit dem unbarmherzigen Stahl vereinigt. Selbst der Quarz war geschmolzen. Hayden wusste nicht, welcher Mast es war, und würde auch sicher nicht hochklettern und nachsehen, aber möglich war es. Er wusste, dass das passieren konnte.

Er blickte in den Rückspiegel und sah, wie die Sonne gerade den Gebirgskamm erklomm. Die Schnellstraße lag leer in der Stille, und genau auf der Mittellinie schien sich ein Tier mit etwas abzuquälen. Ein merkwürdiger Anblick. Und es war gut, abgelenkt zu sein, zur Abwechslung einmal über die Probleme eines anderen nachzudenken.

Eine Katze, entschied er. Eine Katze, die ihr Junges über die Schnellstraße schleppte. *Beeil dich*, dachte Hayden. Es war eine tückische Straße, eine Tagfahrlichtzone. Eine dieser flachen, zweispurigen Strecken mitten im Nirgendwo, wo Kraftfahrer angewiesen waren, auch tagsüber ihre Scheinwerfer anzuschalten. Das Einzige, was ihnen einfiel, um die Zahl der Verkehrstoten zu verringern. Man wollte nicht einfach nichts tun, aber wie viel konnte man tun? Menschen starben auf Schnellstraßen. Das war der Lauf der Dinge.

Hayden stieg aus seinem Truck und sah, wie sich die Lichter eines großen Sattelschleppers schnell aus östlicher Richtung näherten. *Beweg dich, Katze*, dachte er, doch es war keine Katze mit ihrem Jungen, es war eine Beutelratte. Mutter und Baby. Das war Pech, denn eine Katze hätte er einfach von der Straße nehmen können. Aber eine Beutelratte? Das waren bösartige kleine Mistviecher, wenn sie sich bedroht fühlten. Mit kleinen Zähnen, so scharf wie Rasierklingen.

Der Sattelschlepper kam donnernd näher und Hayden beobachtete die Szene, seltsam unbeteiligt. Etwas verwirrt. Sie würden sich fortbewegen. Natürlich würden sie sich fortbewegen. Die Beutelrattenmama hielt ihr Kleines, das die Augen kaum geöffnet hatte, zwischen den Zähnen gefasst, aber es drehte sich heraus. Hayden trat näher. Er sah, dass es sich nicht drehte, es krümmte sich. Etwas stimmte nicht mit dem Jungen.

Vielleicht war es schon vorher angefahren worden. Es schien in kurze Krämpfe auszubrechen, die es seiner Mutter unmöglich machten, es zu fassen.

Die Beutelrattenmama schien zu wissen, dass der Laster kam. Tod, Mutterschaft … Hayden verstand, dass es eine schwere Entscheidung sein musste. Als die Scheinwerfer auf sie fielen, ließ sie ihr Junges hinter sich und eilte davon. Es war spät, eigentlich fast zu spät, doch Hayden trat auf die Straße und nahm die kleine Beutelratte an sich. Sie wog nicht mehr als vielleicht ein paar Hundert Gramm, ihr Fell war weich. Er sprang zurück und es kam ihm nicht einmal in den Sinn, dass er gebissen werden könnte. In Gedanken war er bei der Beinahekollision mit dem Sattelschlepper. Das laute, aufrüttelnde Schmettern des Lufthorns hallte in seinen Ohren; der Wind des vorbeifahrenden Monsters ließ sein weites Hemd flattern. Im Vorbeirasen zeigte der Fahrer Hayden den Mittelfinger.

Hayden lächelte nur.

Das Beutelrattenbaby versuchte nicht, ihn zu beißen. Es versteifte sich in einem erneuten Krampf in seiner Handfläche, die winzigen Augen geschlossen. Es fühlte sich weich an, und so sehr es auch einer Ratte ähnelte, sah es trotzdem harmlos aus. Er steckte es in seine Hemdtasche und spürte seine Zuckungen an der Brust. Er wollte das Tier zu seiner Mutter zurückbringen, konnte sie aber nicht finden.

Er fragte sich, ob die kleine Beutelratte sein Herz schlagen hörte.

* * *

Dr. Meecham, der alte Tierarzt, wohnte über seiner Praxis. Hayden drückte auf die Hupe, bis Meecham ans Fenster kam, um zu fragen, was zum Teufel denn los sei.

»Oh, du bist's«, sagte er. Im oberen Stockwerk ging das Licht an und er kam die Treppe heruntergeschlurft.

Das helle Morgenlicht, das aus östlicher Richtung über die flache Tallandschaft trat, bestürmte Haydens Augen; die Hitze des Tages war bereits mehr als nur eine Androhung. Draußen vor der Tür beugten sich die beiden erwachsenen Männer über das nur wenige Hundert Gramm wiegende, plötzlich aufgetretene Problem. Meechams weißer Haarschopf war noch vom Kissen zerzaust.

»Von der Mutter verlassen, was? Das kommt vor«, sagte der Arzt. »Ist wohl krank auf die Welt gekommen. Tiere wissen, wann sie loslassen müssen.«

Hayden behielt es für sich, dass diese Mutter nur sehr widerwillig losgelassen hatte, wie auch er selbst seine Jenny nur widerwillig losgelassen hatte, denn Meecham war ein eher rational denkender, sachlicher Mensch. Manche von uns, dachte Hayden, haben nicht das Glück, so einen kühlen Kopf zu haben.

»Eine Art Krampfanfall. Soll ich es von seinen Qualen erlösen.« Es war keine Frage, sondern eine Feststellung.

»Nein. Ich möchte, dass du es heilst.«

»Nicht alles ist heilbar, Hayden.«

Als ob ich das nicht wüsste, dachte er. »Du bist der Tierarzt. Du wirst es schon hinkriegen.«

»Gut, lass das Tier hier. Ich werde sehen, was ich tun kann. Könnte was kosten.«

Alles kostet, sagte sich Hayden, oft mehr als nur Geld. »Ich komme dafür auf.«

»Mach dir keine allzu großen Hoffnungen. Bist du sicher, dass du es retten willst? Genau das, was wir hier brauchen – noch eine Beutelratte.«

»Tu, was du kannst, Doc.«

»Schon morgen wird es jemandem vor die Reifen laufen. Diese Tiere werden ständig überfahren. Das ist der Lauf der Welt, Hayden.«

»Tu einfach, was du kannst«, wog Hayden jedes Wort sorgfältig ab, damit die Vernunft nicht aus seiner Stimme abfloss.

Er schlurfte zu seinem Wagen zurück, wobei er mit den Stiefelspitzen die Erde aufscharrte, und dachte, dass er Laurels Ankunft im Laden sicher verpasst hatte; diesen ruhigen, unberührten Augenblick, bevor alles lebendig und aktiv wurde und ihre Chancen zerstörte. Leise sagte er zu sich: Dieser kleine Fellhaufen wird nie verstehen, was für ein Opfer ich gebracht habe.

»Wie geht es deinem prächtigen Bluetick Coonhound?«, rief Meecham ihm hinterher.

Hayden fuhr los, ohne zu antworten.

* * *

Als er am Diner ankam, stand dort ihr Kombi neben dem Wagen der Kellnerin, die morgens arbeitete.

Er steckte den Kopf durch die Hintertür und beobachtete, wie Laurel ein großes Blech mit Teig für die morgendlichen Zimtschnecken ausrollte.

So spät war er dran.

Er fragte sich, was gleich geschehen würde, und ob es ihn verletzte. Die Wahrscheinlichkeit stand wohl fünfzig zu fünfzig wie beim Werfen einer Münze. So hatten es ihn seine bisherigen Erfahrungen gelehrt.

Sie sprach mit ihm, ohne von ihrer Arbeit aufzusehen. »Sieht dir gar nicht ähnlich, so lange zu schlafen.«

»Ich habe noch nicht geschlafen.«

Sie blickte auf, als wollte sie sich mit ihren eigenen Augen überzeugen, und wirkte zufrieden. Er wollte ihr von Jenny erzählen, aber der Morgen hatte offenbar schon verkehrt begonnen, bevor er überhaupt den Mund aufgemacht hatte. Also trat er einfach ein und sah ihr bei der Arbeit zu. Er blickte auf die Stelle, wo ihre Schürze fest um die Gürtellinie ihrer Jeans gebunden war, sah eine anziehend schmale Taille und bemerkte, wie ihr braunes, aber doch irgendwie rötliches Haar – ein dunkles Braun mit roten Highlights –, sich bereits löste, nachdem sie es am Morgen auf einfache Weise hochgesteckt hatte. So – gelöst, zerzaust – war es sowieso besser. Es erinnerte ihn an andere zerzauste Augenblicke, und bei dem Gedanken schmerzte sein Magen.

Er wünschte, jemand würde etwas sagen, sie oder er.

Er trat neben sie an den Holztisch und ließ einen Arm um ihre Taille gleiten. Er konnte das Bedürfnis nicht unterdrücken, doch genau in diesem Moment öffnete sich die Schwingtür und die Kellnerin kam herein. Laurel duckte sich von ihm weg und ihm war nicht ganz klar, warum. Ihm war überhaupt nie klar, ob das zwischen ihnen ein Geheimnis war oder nicht. Ob zwischen ihnen etwas war oder nicht.

Sie warteten, bis die Kellnerin sich genommen hatte, was sie brauchte, und wieder gegangen war. Hayden stand so nahe bei Laurel, dass er ihren Duft riechen konnte, kein Parfum, aber etwas Ähnliches, eine Mischung aus Seife, Shampoo und Laurel, jedenfalls ein Duft, den weder eine andere Frau noch seine Gedanken in einsamen Nächten hervorbringen konnten. Er ließ sich einfach nicht nachbilden.

»Das ist gerade kein guter Zeitpunkt«, sagte sie. »Jack wird jeden Augenblick hier sein. Wir müssen uns ohnehin unterhalten.«

Die Worte versammelten sich in seinem Magen, wurden schwer und sanken nieder. Und dann sah er es. Er blickte auf ihre Hände, als sie von der Teigrolle kleine Stücke für die Zimtschnecken abschnitt, und dort war er, zum Teil mit Mehl bedeckt, aber unverkennbar. Er griff nach ihrer linken Hand und hielt sie sich unmittelbar vors Gesicht für den Fall, dass es nur eine Illusion war, die sich aus der Nähe auflösen würde. Doch es war und blieb ein Ehering. Ihm wurde schwindlig und er hatte das Gefühl, ohnmächtig zu werden, aber dieses Glück war ihm nicht vergönnt.

»Hättest du mir das nicht sagen können?«

»Ich versuche, es dir jetzt gerade zu sagen. Könntest du bitte meine Hand loslassen? Du tust mir weh.«

»Oh. Tut mir leid.« Er ließ ihre Hand fallen, und als er aufblickte, sah er Jack im Türrahmen stehen, der sie beobachtete. »Ich wollte gerade gehen«, sagte Hayden.

An der Tür trat Jack nicht zur Seite, um ihn durchzulassen. Einen Augenblick lang standen sie so da, fast Nase an Nase, und hielten Blickkontakt, wie Tiere es in dieser Situation tun würden. Jack war attraktiv auf diese glänzende Schönlingsart, was nicht gerade half. Er war fünfzehn Jahre jünger als Hayden, aber Hayden war ein paar Zentimeter größer und um die zwanzig Kilo schwerer als Jack. In diesem Augenblick hätte Hayden nichts gegen eine Schlägerei einzuwenden gehabt, nur um zu sehen, was wichtiger war. Ganz und gar nichts hätte er dagegen einzuwenden gehabt.

»Jungs!« Laurels Ermahnung unterbrach jäh diese Gedanken.

»Du stehst mir im Weg«, sagte Hayden, und Jack trat einen Schritt zur Seite, um ihn durchzulassen. Dabei stieß Jack mit der Schulter fest gegen Haydens, doch Hayden ging einfach weiter bis zu seinem Truck.

* * *

Es war zu früh, um zu Meecham zurückzukehren, das war ihm klar, aber Hayden fuhr jetzt trotzdem hin. Wohin sollte er sonst?

Nach Hause in seine leere Blockhütte? Keine Laurel, keine Jenny, keinen Puffer für dieses aufgewühlte Gefühl, das in ihm überzuschwappen drohte und ihm oder anderen Schaden zufügen konnte. Es war besser, sich irgendwie nützlich zu machen. Wäre heute doch nur ein Arbeitstag! Wäre es doch nicht gerade ein Tag, an dem er nicht im Eisenwarengeschäft arbeitete!

Meechams Tierarzthelferin war nirgends zu sehen. Meecham kam selbst aus dem Untersuchungszimmer, wischte sich die Hände an seinem Laborkittel ab und schüttelte den Kopf.

»Sie ist gestorben, Hayden. Tut mir leid.« Er klang nicht so, als täte es ihm wirklich leid. Ihm schien eher leidzutun, dass er Hayden etwas mitteilen musste, das dieser nicht hören wollte.

»Waren es die Anfälle?«

»Nun, ich …«

»Was genau war die Todesursache?«

»Man kann nicht alles retten, Hayden.«

Jetzt begann sie in ihm aufzusteigen, diese intensive Abneigung dagegen, sanft über etwas belehrt zu werden, über das er selbst besser Bescheid wusste. Meecham stand ihm jetzt an der Rezeption gegenüber, und Hayden wünschte, er würde weiter entfernt von ihm stehen. Viel weiter entfernt. Dort, wo niemand verletzt werden konnte.

»Mit anderen Worten, Doc, du hast beschlossen, sie nicht zu retten, und sie einfach eingeschläfert.«

Meecham schien Haydens Wut zu spüren, zu sehen oder zu riechen, die Wut, die in diesen Worten steckte, und blickte Hayden erschrocken, aber neugierig an. Er trat nicht zurück. Er hätte zurücktreten sollen.

»Sie ist gestorben, Hayden.«

»Du hast sie eingeschläfert.«

»Sie ist gestorben.«

»In Ordnung. Gib mir den Körper und ich fahre zum Tierarzt in der Stadt, dann werden wir sehen, woran sie gestorben ist.«

»Das kann ich nicht tun. Verstößt gegen das Gesetz. Wenn ein Tier in diesem Kreis stirbt, müssen die Überreste auf Tollwut getestet werden.«

»Das Tier war nicht einmal lange genug am Leben, um Tollwut im Endstadium zu haben. Das weißt du verdammt gut. Du hast selbst gesagt, dass es krank auf die Welt gekommen ist.«

»Das ist Gesetz.«

»Okay. Behalte, was du testen musst, und gib mir, was übrig ist.«

Meechams Gesichtsausdruck war ängstlicher geworden, hatte sich dann stabilisiert und war jetzt vor Empörung und aus einer Sturheit heraus, die Haydens in nichts nachstand, wie versteinert. »Da wird nichts übrig bleiben. Sie müssen mehrere Querschnitte vom Hirn nehmen. Sieh mal, Hayden. Wir kennen uns jetzt schon eine ganze Weile ...«

»Du hast sie umgebracht!«

»In Ordnung, verdammt noch mal! Ja. Ich habe sie eingeschläfert. Um Himmels willen, Hayden! Das Tier ist krank auf die Welt gekommen. Es war kein Hund. Es war nicht deine Mama. Es war eine Beutelratte. Eine gottverdammte Beutelratte. Mann, reiß dich zusammen!«

Als sich Haydens Faust ballte, spürte er ein Wohlgefühl in sich aufsteigen, ähnlich dem, wenn sich seine Lunge mit heißem Rauch füllte, oder bei einer intimen Berührung von Laurel, wie etwas Süßes, das er dringend gebraucht hatte. Er warf sich über die Rezeption und traf den Arzt direkt aufs Kinn, Faust auf Gesicht, Fingerknochen auf Kieferknochen, und der Kiefer gab nach, ebenso die Faust.

Es war nicht der erste Kiefer, den Hayden gebrochen hatte, und er kannte das Gefühl gut, das abscheuliche Gefühl, wenn er nachgab, und das Geräusch. Es war kein sauberes Knacken, wie man es erwarten könnte, sondern ein verstörendes Knirschen – wie der Klang von Stiefeln auf vereisten Schneedecken auf dem morgendlichen Schulweg während Haydens längst verlorener Jugend.

Es war auch nicht Haydens erste Boxerfraktur, und dieses Gefühl kannte er auch gut, wenn sich der Außenknochen seiner Hand bog und dann der plötzliche aufstechende Schmerz, wenn er nachgab.

Der Tierarzt taumelte zu Boden.

Hayden ging auf die andere Seite der Rezeption. Der alte Mann rollte sich auf den Bauch, um sich zu schützen, doch das war nicht notwendig. Hayden war nicht mehr wütend.

Er nahm das Telefon des Arztes und rief den örtlichen Sanitätsdienst an. Er hätte den Notruf wählen können, doch das erschien ihm angesichts zweier einfacher Knochenbrüche zu theatralisch.

Während er wartete, sprach er mit Meecham. »Alles in Ordnung da unten, Doc? Ich rufe jemanden an, der vorbeikommt und dich ins Krankenhaus bringt. Du bleibst einfach, wo du bist, okay?«

Statt eines verständlichen Geräuschs kam nur ein gedämpftes Grummeln zurück.

»Guten Morgen, Della«, sprach er in den Hörer. »Hayden Reese … Gut, und dir? Ich bin gerade bei Doktor Meecham und ich glaube, er hätte gern, dass ein Krankenwagen vorbeikommt und ihn in die Stadt bringt …«

»Nur ein gebrochener Kiefer, glaube ich, aber er hat Schmerzen.«

Er warf einen Blick auf seine rechte Hand und bemerkte die frühen Stadien der Schwellung und Verfärbung.

»Ich, nein, mit mir ist alles in Ordnung, Della. Ich gehe nur hier beim Hausarzt vorbei. Du könntest mir aber einen großen

Gefallen tun. Wenn du den Krankenwagen losgeschickt hast, könntest du für mich Scott anrufen? Und ihm sagen, dass er mich bei der Arztpraxis treffen soll?«

»Ja, ich werde auf ihn warten.«

»Danke, Della.«

* * *

Hayden saß am Straßenrand und wartete. Mit der linken Hand zündete er sich eine Zigarette an, hielt sie fest zwischen den Lippen, die Augen wegen des Rauchs zusammengekniffen, und trommelte mit den Fingern auf dem Gipsverband herum. Er wackelte mit den Fingern seiner rechten Hand.

Er hasste das beengende Gefühl und dass er seine rechte Hand kaum bewegen konnte. Es war nicht schlimm genug für eine ausgewachsene Klaustrophobie, aber er ahnte schon, dass er kurz vor dem Einschlafen panisch und schweißgebadet hochschrecken würde, als wäre sein ganzer Körper in dieser gezwungenen Regungslosigkeit gefangen, als wäre er mumifiziert.

Er nahm die Zigarette zwischen Daumen und Zeigefinger der linken Hand, was sich unnatürlich anfühlte, rauchte und versuchte, ruhig zu bleiben.

Ein paar Minuten später tauchte das schwarz-weiße Auto des Sheriffs auf und parkte nur wenige Meter von Hayden entfernt am Straßenrand. Der Sheriff trat heraus und blieb auf der leeren Straße vor ihm stehen. Hayden blickte zu ihm auf, die Sonne blendete ihn.

»Morgen, Scott.«

»Hayden, Hayden, Hayden. Du hast dich eine Weile lang so gut gehalten. Was zum Teufel ist passiert?«

»Jeder kann mal einen schlechten Tag haben, Scott.«

Mit den Daumen im Gürtel stand der Sheriff vor ihm, und Hayden war es sehr recht, dass sein Gesicht wegen des blendenden Sonnenlichts nicht genau zu erkennen war. »Ja, kann sein«, sagte er. »Los geht's!«

Scott öffnete die Beifahrertür und Hayden bedankte sich beim Einsteigen. Die Füße auf den vertrauten gewellten Plastikmatten, saß er da und starrte auf das ihm so bekannte blaue Armaturenbrett mit dem Streifen aus gemasertem Holz.

Schweigend fuhren sie los, Seite an Seite durch die schachbrettartig angelegte Kleinstadt, dann bogen sie am Stoppschild rechts ab auf die Schnellstraße. Hayden betrachtete die Abfolge der Felder, die in sein Gedächtnis eingebrannt war. Kurze, bräunliche Baumwollfelder, Mandelhaine und Tanklager, sowie große, gleichmäßig gepflügte Äcker mit grauschwarzer Erde. Hier und dort drehte sich das Getriebe von Erdölbohrmaschinen, deren grashüpferähnliche Köpfe langsam und gleichmäßig in die Erde hackten. Breite Feldwege, die Buchstaben als Namen hatten, zogen an ihnen vorüber.

Sie hörten den kratzigen Übertragungen des Polizeifunks zu. Code 6 Mary auf einer mehrere Kilometer entfernten routinemäßigen Verkehrskontrolle, was bedeutete, dass er die Arrestzelle teilen müsste. Ein Hilferuf bedeutete nach Haydens Übersetzung, dass die alte Mrs Shuck wieder aus ihrem Rollstuhl gefallen war. Alle drei Minuten ein Warnton im Morsecode, die Anlage sprach mit sich selbst.

»Meinst du, er wird Anzeige erstatten?«, fragte Hayden nach einer Weile.

»Was glaubst du?«

»Ich nehme es an. Glaubst du, ich bekomme diesmal neunzig Tage?«

»Kommt ganz auf die Stimmung des Richters an. Und die hängt davon ab, in welcher Stimmung seine Frau gestern Abend war. Das Fazit ist, dass unser Schicksal von den Launen einer Frau entschieden wird, Hayden.«

Hayden gab nur ein Ächzen von sich.

Er schwieg eine Weile und die mächtige Stille machte es umso offensichtlicher, dass Laurels Name nicht genannt wurde. Aus dem Augenwinkel sah er Scotts Hände fest am Steuer und den kurzen Bürstenschnitt seiner vollen, dunklen Haare. Scott war jung, was Hayden nie mehr sein würde.

Scott unterbrach die Stille mit einer Stimme, die zu ernsthaft schien, reserviert für etwas, was unbedingt gesagt werden musste. Etwas Unvermeidliches. »Du wusstest, dass sie es tun würde, Hayden. Er ist ihr Ehemann. Sie muss es zumindest versuchen.«

»Woher weißt du davon?«

»Wie kann man *nicht* davon wissen? Das wäre eher die Frage.«

»Können wir über etwas anderes reden?«

»In Ordnung. Was auch immer. Such dir ein Thema aus.«

»Sie werden meinen Job nicht für mich freihalten. Nicht dieses Mal.«

»Es gibt noch andere Jobs.«

»Hier in der Gegend?«

»Muss nicht hier in der Gegend sein. Es gibt andere Orte.«

»Schön wär's. Du weißt, dass ich nicht von hier wegkann.«

»Vielleicht musst du das aber, wenn du sonst keine Arbeit bekommst.«

Atme, sagte Hayden zu sich selbst. *Einatmen, ausatmen. Tiefe, vollständige Atemzüge.* Er antwortete nicht.

»Ich kann vorbeikommen und Jenny füttern, das weißt du doch.«

Hayden schüttelte den Kopf, langsam, vorsichtig, als könnte er sich den Kopf ausrenken, wenn er nicht vorsichtig genug wäre. »Danke. Nicht mehr nötig.«

Er spürte den starrenden Blick des Sheriffs auf seiner linken Gesichtshälfte. Er brannte wie die Hitze der Mittagssonne.

»Wann ist das passiert?«

»Gestern Abend. Im Schlaf.«

»Das tut mir leid, Hayden.«

»Ich weiß. Danke.«

»Sie war alt.«

»Das weiß ich.«

»Besser so als anders.«

»Für sie vielleicht.«

»Tut mir leid.«

»Ich weiß.«

»Sag das dem Richter.«

»Nein. Keine Chance.«

»Könnte besser für dich ausgehen. Mildernde Umstände. Jeder weiß, wie sehr du deinen alten Hund geliebt hast. Wir haben alle damit gerechnet, dass du auf die eine oder andere Weise zusammenbrechen würdest, wenn du Jenny mal verlierst.«

»Ich werde mich nicht rausreden.«

»Wie du meinst. Deine Sache. Herrgott, bist du stur!«

»Weiß ich.«

»Ja. Schon kapiert.«

Kapitel 2

Der Mann mit der Flamme

»Ist es nicht irgendwie seltsam?«, fragte Hayden Scott ein paar Tage später, »dass sie das Bezirksgefängnis ans Ende der Division Road gebaut haben?«

»Nein, warum sollte das seltsam sein?«

»Ich weiß nicht, ich finde es einfach seltsam. Du stehst übrigens im Schach.«

»Mist! Hättest du mir das nicht früher sagen können?«

»Ich habe es gerade erst gesehen.«

»Mist!«

Hayden lehnte sich mit der Schulter an die Gitterstäbe und wartete. Der Sheriff beugte sich auf dem harten Holzstuhl vor, stützte sich mit den Ellenbogen auf den Knien ab und ließ den Kopf auf die Hände sinken. Er fuhr sich mit den Fingern durch das kurze Haar, als könnte diese nervöse Geste ihm im Schachspiel helfen. Als aus seinem Funkgerät, das er am Gürtel trug, ein statisches Knistern drang, horchte er auf, um sich zu vergewissern, dass es ihn nicht betraf. Mit finsterer Miene wandte er seine Aufmerksamkeit wieder dem Schachbrett zu, die Stirn in Falten gelegt. *So ein junger Kerl*, dachte Hayden, *aber diese Zornesfalten!* Doch er nahm sein Schachspiel ernst. *Zu ernst, vor allem, wenn man bedenkt, dass er nie ein einziges Spiel gewonnen hat,* überlegte Hayden. Seiner Ansicht nach konnte man einem Spiel wie Schach gegenüber nur eine von zwei Haltungen einnehmen: Entweder man entwickelte sich zu einem ausgezeichneten Schachspieler oder man blieb dem Ganzen gegenüber einfach locker. Da Letzteres ihm nicht leichtfiel, übte Hayden viel und war ein guter Spieler.

»Okay, hier«, sagte Scott.

Mit den Fingerspitzen nahm er einen Springer und zog ihn zur Seite, um Haydens Figur zu blockieren. Genau das hatte Hayden erwartet. Er reagierte darauf, indem er mit seiner unverletzten linken Hand durch die Gitterstäbe seiner Zelle reichte, seinen Läufer diagonal über das Brett zog und Scotts Dame nahm. Er verkniff sich einen Kommentar, um das Ganze nicht noch schlimmer zu machen.

»Wie lange stand die verdammte Figur schon da?«

»Von Anfang an.«

»Das ist das Problem mit dir, Hayden. Immer wiegst du andere in einer falschen Sicherheit.«

»Oh, *das* ist das Problem?«

Scott seufzte.

Sie saßen, praktisch gemeinsam, in dem Raum des Bezirksgefängnisses, der nur eine einzige Zelle hatte, gewissermaßen eine lokale Variante von Isolierungshaft, und spielten das Spiel durch die Gitterstäbe hindurch; das Schachbrett lag auf einem niedrigen Aktenschrank zwischen ihnen.

Scott bewegte einen Bauern vorwärts, ein langsamer, mühsamer erster Schritt, um eine seiner Figuren freizubekommen. Dann lehnte er sich zurück, als hätte er einen großartigen Zug gemacht, auf den er stolz sein könnte. »Was stimmt nicht mit einem Bezirksgefängnis an der Division Road?«

»Ich weiß nicht. Es wirft irgendwie Fragen auf. Zum Beispiel, auf welcher Seite des Gesetzes man steht.«

»Ja. Das wollte ich dich übrigens fragen, Hayden. Auf welcher Seite des Gesetzes willst du sein?«

»Was ich will, hat damit nichts zu tun. Ich zweifle gerade immer mehr an meinen Zielen. Du stehst wieder im Schach.«

»Mist!« Scott starrte einen Augenblick finster auf das Schachbrett, dann schien er sich aus dem Spiel auszuklinken. Er hob den Blick und ließ ihn über Haydens Schulter in die Zelle hinter ihm wandern. »Was liest du diesmal?«

»Die ›Bhagavad Gita‹.«

»Noch mehr von diesem komischen religiösen Kram.«

»Es ist nicht direkt eine Religion, aber ja, okay.«

»Wonach bist du auf der Suche?«

»Wie kommst du darauf, dass ich nach etwas suche? Abgesehen davon, dass du gerade alles Mögliche dahersagen würdest, um nicht weiterspielen zu müssen.«

»Meine Oma hatte immer dieses Sprichwort auf Lager: ›Zeig mir einen Mann, der nach einer Religion sucht, und ich zeig dir einen Mann, der sich vor dem Tod fürchtet.‹«

»Du stehst immer noch im Schach.«

»Mist!«

»Ich muss dich um einen Gefallen bitten, Scott.«

»Du hast ein ganz schlechtes Timing.«

»Wenn ich hier rauskomme, kannst du mich zu Doktor Meecham begleiten? Damit ich ihn um Verzeihung bitten kann?«

»Dazu brauchst du mich?«

»Das würde helfen, ja. Ich will nicht, dass er es missversteht, wenn ich bei ihm aufkreuze.«

»Guter Punkt. Er könnte ein bisschen misstrauisch sein. Das Problem mit dir ist, dass du zu stark bist, Hayden. Ein Mann von deiner Statur muss sein Temperament im Griff haben. Riesig und unkontrolliert – das ist eine ganz schlechte Kombination, die nicht gern gesehen wird.«

»Du kommst also mit?«

»Ja, in Ordnung.«

»Gut. Jetzt wieder zurück zum Spiel.«

Scott fuhr mit der Hand unter eine Ecke des Schachbretts und hob es an, sodass die verbleibenden Figuren auf den Betonfußboden kullerten. »Welches Spiel? Bei diesem Scheißspiel gebe ich auf. Du willst den Mann besuchen? Lass uns jetzt gehen. Warum warten, bis du draußen bist? Es wird ihm viel mehr Freude machen, dich in Handschellen zu sehen, das kannst du mir glauben.«

* * *

Ein paar Minuten später erschien Scott wieder vor der Einzelzelle, die man Hayden eher aus Mitleid als zur Strafe gegeben hatte. Hayden stand auf, weil er dachte, es sei Zeit zu gehen. Doch anstatt die Zelle aufzuschließen, sagte Scott nur: »Du hast Besuch.«

Und Hayden wusste, wer es war. Die Art der Ankündigung, sein Bauchgefühl, der Geruch, irgendetwas verriet es. Er fragte nie, wer. Seine Gedanken bewegten sich in unzählige Richtungen gleichzeitig. Wann hatte er zuletzt geduscht? Hatte er sich überhaupt die Mühe gemacht, seine Fingernägel von der Erde zu reinigen? Waren seine Haare ordentlich gekämmt? Über der Toilette in seiner Zelle war ein glänzendes Stück Metall angebracht, das einen Spiegel ersetzen sollte, aber viel ließ sich darin nicht erkennen. Es gab nur ein verzerrtes, verschwommenes Spiegelbild wider, was die Gefängnisbehörde vermutlich beabsichtigt hatte. Er hasste es, dass Laurel ihn sehen würde, ohne dass er vorher sein Aussehen überprüfen konnte. Jetzt war es dafür aber zu spät.

»Eigentlich sollte ich Häftlinge nicht mit Besuchern allein lassen, aber na ja …«

Scott verschwand und sie kam herein. Hayden blieb einfach still stehen, mit den Armen gegen die Kreuzverstrebung der Gitterstangen gelehnt. Weiß gestrichene Stangen, deren Farbe durch das Anlehnen zahlreicher Männer vor ihm so abgenutzt war, dass ein rötliches Orange darunter zum Vorschein kam. Er versuchte, aufrecht zu stehen, die Schultern gerade zu halten und nicht mehr daran zu denken, wie er in ihren Augen erscheinen musste.

Sie trat so nahe an ihn heran, dass er sie hätte berühren können, doch er wagte es nicht.

Sie streckte einen Arm aus und ließ einen Finger über seinen Gipsverband gleiten, mit dem Blick der Bewegung folgend. Die linke Hand hielt sie von ihm abgewandt, sodass Hayden sie nicht sehen musste. Sie blickte auf, und als sich ihre Augen trafen, hätte er sich am liebsten versteckt. Notgedrungen hielt er ihrem Blick stand.

»Alles in Ordnung mit dir?«, fragte sie und der Klang ihrer Stimme wühlte etwas in ihm auf, das besser in Ruhe gelassen werden sollte.

»Mehr oder weniger.«

»Wie ist das Essen?«

»Schlecht. Aber nicht schlimmer als das, was ich selbst koche.«

»Alles Gute zum Geburtstag.«

»Bist du deshalb vorbeigekommen?«

»Deshalb und weil ich sehen wollte, wie es dir geht. So ein Jammer, dass du ausgerechnet an deinem Geburtstag hier sein musst. Vor allem an so einem wichtigen runden Geburtstag. Ich finde, ein Mann sollte an seinem Fünfzigsten Sex haben. Und an jedem Geburtstag danach. Sobald er ein Alter erreicht, bei dem man an seiner Leistungsfähigkeit zweifeln könnte. Weißt du, was ich meine? Ab dann sollte es zur Feier gehören, jedes Jahr.« Sie wandte den Blick ab und zupfte an einer Strähne, die sich aus dem Haarknoten gelöst hatte. Ein wenig befangen, wie ihm schien, strich sie sich die Strähne hinter das Ohr, blickte ihm in die Augen und sah wieder weg. »Meinst du nicht?« Ihr schien viel an seiner Reaktion zu liegen.

»Mir war nicht bewusst, dass wir diese Möglichkeit noch haben.«

»Na ja«, sagte sie nur, ohne weiter darauf einzugehen. Sie blickte auf den mit Schachfiguren übersäten Fußboden. »Scott hat wohl wieder ein Spiel verloren, was?«

Hayden lehnte sich mit der Stirn gegen die Gitterstangen und wünschte, sie würde einfach mit der Sprache herausrücken und sagen, was sie ihm zu sagen hatte. Da war etwas, er konnte es spüren. Es lauerte im Hintergrund. Sie wollte, dass er es ihr leichtmachte, einen sanften Übergang ermöglichte, aber diesen Gefallen konnte er ihr nicht tun. Das Warten darauf lähmte ihn zu sehr, als dass er den nötigen Small Talk hätte aufbringen können, den sie brauchte, um ihm den Stoß zu versetzen.

»Bring ihn nicht gegen dich auf, Hayden. Bitte.« Ihre Stimme war leise und angespannt.

»Er kann es schon vertragen, eine Partie Schach zu verlieren«, sagte Hayden, aber er wusste, dass sie etwas anderes meinte.

»Nicht Scott. Du weißt, wen ich meine. Er weiß Bescheid über uns. Er weiß, dass wir Zeit miteinander verbracht haben. Während es zwischen ihm und mir gekriselt hat.«

»Ist es das, was wir gemacht haben, Laurel? Wirklich? Wir haben ›Zeit miteinander verbracht‹?« Mit diesen Worten ließ er sie schließlich heraus, die Gefühle, die, wie sie beide wussten, im Raum standen und nur darauf warteten, in Erscheinung treten zu können.

»Dreh mir nicht die Worte im Mund um, Hayden«, feuerte sie laut und vehement zurück, direkt hinein ins Getümmel der Gefühle, ein Aufwärmen war nicht nötig. »Es geht nicht darum, wie ich es nenne. Was auch immer es war, er weiß Bescheid. Treib ihn nicht zur Weißglut, Hayden, bitte. Ich fürchte, es könnte böse enden.«

Sie hielt inne und streckte die Hand aus, um seine Wange zu berühren, und Hayden versuchte, nicht zu überlegen, wann er sich zuletzt rasiert hatte. Sie hatten ihm einen Rasierapparat mit Sicherheitsklingen gegeben, aber er hatte sich noch nicht aufraffen können, ihn zu benutzen.

Sie trat ganz nah an die Gitterstäbe heran und Hayden spürte ihre Wange an seiner, ihre Lippen an seiner Schläfe. Er schloss die Augen und atmete tief ein.

»Du weißt, dass mir viel an dir liegt, Hayden.«

Er hasste es, wenn sie diese Worte sagte, was sie häufig tat. Sie hatten den bitteren Geschmack eines Zustands, der ein paar Stufen unterhalb von Liebe stand und ein »aber« nach sich zog, das allerdings nie ausgesprochen wurde. Er ließ sich nichts anmerken, weil er nicht wollte, dass sich ihre weiche Wange und der Duft ihrer Haut entfernten.

Sie ließ ihre Finger über seinen linken Unterarm gleiten, eine sanfte Berührung, und er spürte, wie tief in seiner Brust eine Hitze ausbrach, die bis zu seinem Bauch und tiefer ausströmte.

»Versprich mir, dass du keinen Streit mit ihm anfängst«, bat sie ihn in demselben Ton, in dem sie früher »Oh ja« gesagt hatte oder »Mach das, ja, das ist genau richtig«.

»Ich verspreche es«, sagte er heiser und versuchte, diese Hitze bei sich zu behalten.

»Gut«, sagte sie. »Ich weiß, dass du ein Mann bist, der seine Versprechen hält.«

Und sie trat von ihm zurück und mit dem Absatz fest auf eine der Schachfiguren, die daraufhin durch den Raum schnellte. Sie lächelte einmal kurz und ging.

Er blinzelte, blickte ihr nach und spürte, wie die Hitze ihr hinausfolgte, während er zurückblieb. Ihm war kälter als vor ihrem Besuch.

Scott steckte den Kopf zur Tür herein.

»Ich bin so weit, wenn du gehen willst«, sagte er und Hayden nickte.

Scott schloss die Zellentür auf, legte Hayden Handschellen an und führte ihn Richtung Frontgebäude, an Betonbauten entlang und an zwei Hilfssheriffs vorbei, die gerade über die Einzelheiten eines Vampirfilms zu debattieren schienen und sie nun mit träger Neugier ansahen. Der schwarz-weiße Ford stand am Straßenrand.

»Alles Gute zum Geburtstag übrigens.«

»Danke für die Privatsphäre, Scott.«

»Du kannst dich glücklich schätzen. Sie hat übrigens recht. Wenn du mit dem Mann Streit anfängst, wird es böse enden.«

Er hielt die Beifahrertür auf und Hayden stieg ein.

»Ich habe eine Theorie über die Liebe«, sagte Scott, als er den Motor anließ.

»Ich kann nur hoffen, dass du sie nicht mit mir teilst.«

»Okay, dann erzähle ich sie dir halt nicht.«

»Gut.«

»Aber ich kann dir etwas völlig anderes erzählen. Meine Oma hat immer gesagt: ›Dieser Mann hat eine Flamme in sich‹. Wenn sie dich treffen würde, dann würde sie sagen: ›Dieser Hayden Reese, das ist ein Mann, der eine Flamme in sich hat‹. Sie wird dich leider nicht mehr treffen, weil sie schon lange nicht mehr lebt, aber das würde sie sagen.«

»Es klingt nicht nach einem Kompliment.«

»Das ist es auch nicht.«

»Hast du eine Zigarette, Scott?«

»Ich dachte, du hättest aufgehört.«

»Hast du eine oder nicht?«

Scott zündete zwei Zigaretten am Armaturenbrett an und gab Hayden eine davon. Hayden hielt sie umständlich in der linken Hand und musste den Kopf fast bis zum Schoß senken, um einen Zug zu nehmen. Jedes Mal, wenn er sich vorbeugte, stieß sein linker Ellenbogen an den hölzernen Schaft von Scotts Schrotflinte, die in einem Gestell zwischen den Sitzen aufbewahrt wurde.

Als sie an der Kreuzung zur Schnellstraße an einem Stoppschild warteten, rauschte eine große Limousine mit einer Frau am Steuer ohne Scheinwerferlicht an ihnen vorbei. Scott trat das Gaspedal durch, um sie einzuholen, und Hayden wurde von der Beschleunigung tiefer in den Sitz gedrückt. Mit einem Knopfdruck schaltete Scott das Funkgerät auf Lautsprecher um und nahm den Empfänger in die Hand.

»Sie befinden sich in einer Tagfahrlichtzone, Ma'am, bitte schalten Sie Ihre Scheinwerfer ein.«

Hayden hörte das Echo draußen lauter als die Stimme des Mannes neben ihm. Die strahlend roten Rücklichter der Limousine erwachten sofort zum Leben. Scott vergrößerte den Abstand ein wenig und schüttelte den Kopf.

Mit einem Stirnrunzeln blickte er auf den Tacho. »Mist! Jetzt, wo sie weiß, dass ich hinter ihr bin, müssen wir die ganze Fahrt lang bei achtzig bleiben.«

Hayden erwiderte nichts und blickte nur auf die kerzengerade Schnellstraße vor ihnen, die sich an den Bergen zu einem winzigen Punkt verengte. Die Oberfläche des Seitenstreifens war gewellt, sodass ein versehentliches Abweichen von der Bahn sofort spürbar war, und zwischen den doppelten gelben Mittellinien waren zwei Reihen mit neuen Reflektoren. Nichts führte so schnell zu finanziellen Zuschüssen für die Autobahn wie Todesopfer.

»Ist das zu viel verlangt, Hayden? Die verdammten Scheinwerfer einzuschalten, damit ich nicht später ihre elenden Überreste vom Asphalt kratzen muss?«

»Ich würde sagen, nein.«

»Weißt du, warum die Leute es nicht machen?«

»Nein. Keine Ahnung.«

»Sie fürchten, dass sie vergessen, sie wieder auszuschalten. Und dass dann die Batterie leer wird.«

»Aber am Ende der Zone steht ein Hinweisschild.«

»Aber das wissen sie nicht. Weil sie nicht aus der Gegend sind.«

»Du magst keine Leute, die nicht aus der Gegend sind, oder Scott?«

»Ich mag noch nicht mal die meisten von hier.« Scott ließ das Seitenfenster ein paar Zentimeter herunter und schnippte seine halb gerauchte Zigarette raus. Ein Stoß heißer Luft drang herein und vermischte sich mit der kühlen Brise der Klimaanlage. »Wenn alle Leute ihre verdammten Scheinwerfer benutzen würden, hättest du vielleicht noch deine Frau und deine Tochter.«

»Vielleicht.«

»Das war wahrscheinlich eine dumme Bemerkung von mir.«

»Wahrscheinlich.«

»Vielleicht ist die Zeit einfach gekommen, wenn die Zeit gekommen ist.«

»Vielleicht. Oder etwas so Simples wie Scheinwerfer hätte die ganze verdammte Sache gerettet, und dann wäre mein komplettes Leben völlig anders verlaufen.«

»Welche Theorie magst du lieber?«

Hayden senkte den Kopf, um noch einen letzten Zug zu nehmen, den langweiligen Anblick seines eigenen Hosenschritts bereits überdrüssig.

»Ich finde beide ziemlich scheiße.«

* * *

»Ihm wurde der Kiefer verdrahtet, also wirst du wahrscheinlich das Reden übernehmen müssen.« Scott öffnete die Autotür und Hayden trat in die Hitze des Tages hinaus, die ihm sanft ins Gesicht blies wie ein Umluftherd. Er trat seine Zigarette aus und hatte das Gefühl, dass er in seinem orangefarbenen Overall nicht zu übersehen war.

Scott legte eine Hand an seinen Ellenbogen und führte ihn in die Tierarztpraxis.

Doktor Meechams Assistentin befand sich an der Rezeption, eine gedrungene Frau in ihren Sechzigern, die dem örtlichen Klatsch zufolge dem Tierarzt mit mehr als nur den Patienten behilflich war. Sie blickte Hayden erschrocken an.

»Hallo, Wanda«, sagte Scott. Er gab Hayden mit einem Armdruck zu verstehen, dass er den Mund halten und ihn reden lassen sollte. »Ist Doktor Meecham da?«

»Er hat gerade einen Patienten, Sheriff. Er impft die neun Katzen der Burleys.«

»Wir können warten.«

Sie setzten sich auf eine blaue Kunstledercouch und Wanda nahm das Telefon, um zum Arzt durchzustellen. Mit der Hand vor dem Mund murmelte sie etwas in den Hörer.

Einen Augenblick später erschien Meecham hinter dem Empfangstresen. Mit beträchtlichem Abstand. Scott und Hayden erhoben sich gleichzeitig.

»Mr Reese möchte Ihnen etwas sagen, Doktor.« Scott drückte Haydens Ellenbogen und meinte damit jetzt genau das Gegenteil von vorher. *Sprich jetzt.*

»Dr. Meecham. Ich möchte nur sagen, dass ich weiß, dass ich falsch gehandelt habe. Das mit ihrem Kiefer tut mir schrecklich leid. Es ging noch nicht einmal wirklich um die Beutelratte. Es waren viele verschiedene Dinge. Ich hatte einen schlechten Tag. Es tut mir leid, dass ich es an Ihnen ausgelassen habe.«

Einen Augenblick lang schwiegen alle, bis Doktor Meecham etwas erwiderte. Hayden konnte es allerdings nicht verstehen. Der Tierarzt klang, als hätte er sich zu viel Essen in den Mund gestopft, bevor er sprach.

»Wie bitte, Doktor?«

An dieser Stelle übernahm Wanda. »Er sagt, er hätte wahrscheinlich nicht diesen Kommentar über Ihre Mutter machen sollen.«

»Das sollte keine Rolle spielen. Ich war einfach im Unrecht.«

»Ich glaube, er meint ... Weil sie eine Waise sind und so«, sagte Wanda, ohne dass Meecham etwas gemurmelt hatte, das einer Übersetzung bedurfte.

»Ich möchte nur, dass Sie wissen, dass Sie mich wegen der Krankenhausrechnung nicht vor Gericht bringen müssen, Doktor. Ich werde alles bezahlen, auch wenn ich vielleicht eine Weile brauche, ohne festen Job und so weiter.«

Ein weiterer undeutlicher, kurzer Satz von dem Tierarzt. Es klang nach etwas wie Tisch und Potenz. Hayden fragte sich, ob Mrs Burley immer noch im Behandlungszimmer wartete und wie viele der neun Katzen bereits geimpft worden waren.

»Er sagt, seine Versicherung zahlt achtzig Prozent«, schaltete sich Wanda ein, die sich in ihrer Rolle in diesem Spiel ziemlich wohlzufühlen schien.

»Nun, es soll nicht aus Ihrer Tasche kommen, Doc. Das wollte ich nur sagen.«

»Gut, Hayden«, sagte Scott leise. »Gut gemacht.« Und an alle gewandt: »Dann werde ich diesen ruchlosen Sträfling mal wieder zurück in seine Zelle bringen.«

Scott führte ihn am Arm hinaus, als sei er nicht in der Lage, eigenständig zu laufen. Niemand schien sehr betrübt darüber, dass sie gingen.

»Was zum Teufel hat er über deine Mutter gesagt?«, flüsterte Scott, noch bevor sie den Parkplatz erreichten und die Ofenhitze ihnen wieder ins Gesicht schlug.

»Eigentlich nichts. Er sagte nur, es sei schließlich nicht meine Mama gewesen, sondern nur eine verdammte Beutelratte.«

»Das ist allerdings wahr.« Scott öffnete die Autotür. »Warum hast du das nicht dem Richter erzählt?«

»Ich weiß nicht. Ich wollte wohl nicht, dass es so aussieht, als würde ich mich herausreden. Vielleicht war mir noch nicht alles klar.«

Scott schüttelte den Kopf. Er setzte sich, schaltete die Klimaanlage auf höchste Stufe und ließ sich die kühle Luft ins Gesicht blasen. Er atmete tief aus, bevor er losfuhr.

»Ich wusste gar nicht, dass du eine Waise bist.«

»Ich dachte, du wüsstest es.«

»Wurdest du adoptiert?«

»Nein, ich bin im Heim aufgewachsen.«

»Kein Wunder, dass du so viel Zeit in meiner geschlossenen Einrichtung verbringst. Erinnert dich bestimmt an zu Hause. Hattest du nicht wenigstens mal eine Pflegefamilie oder so?«

»Ja, ab und zu. Am Anfang. Ich wurde aber immer wieder zurückgebracht.«

»Und warum?«

»Ich weiß nicht. Wohl aus dem gleichen Grund, weshalb ich jetzt immer wieder hier lande.«

»Du scheinst keinen Mangel an Problemen gehabt zu haben.«

»Scheint so.«

»Manche Leute würden sagen, dass du dir vieles selbst zuzuschreiben hast. Sie würden argumentieren, dass du quasi nach Ärger suchst.«

»Dann hoffe ich, dass ich diese Leute nie treffen und es mit eigenen Ohren hören muss, Scott.«

»Oh, sie sind überall um dich herum, Hayden. Es traut sich nur niemand, dir so was direkt ins Gesicht zu sagen.«

»Aber *du* hast es gerade gesagt.«

»Du sitzt aber mit gefesselten Händen hier. Das ist das Gute an einem Mann in Handschellen. Bist du sicher, dass du diese Gelegenheit nicht nutzen willst, um meine Theorie über die Liebe zu hören?«

»Ich habe auch eine Theorie. Meine Theorie lautet: Nimm keinen Rat von einem Mann an, der dich nicht mal im Schach schlagen kann.«

»Selbst wenn er auf der richtigen Seite der Gitterstäbe steht und du auf der falschen?«

»Dann erst recht. Hey! Sieh mal! Der Typ dort drüben hat keine Lichter an.«

Es funktionierte. Das Thema wurde gewechselt.

Als sie am Diner vorbeifuhren, drückte Hayden das Gesicht an die Glasscheibe und entdeckte Jack, der gerade aus seinem brandneuen Eintonner stieg und direkt zu dem schwarz-weißen Sheriffsauto sah, als hätte er damit gerechnet, dass Hayden genau in diesem Moment vorbeifahren würde.

Der Moment war vorüber, bevor er überhaupt begonnen hatte, ein sekundenschneller Blickkontakt zwischen zwei Männern, der ausreichte, um zu verstehen, was vor sich ging.

Genug Zeit für Hayden, um über sein Versprechen nachzudenken. Mussten Versprechen immer gehalten werden oder war dies manchmal einfach nicht möglich?

Kapitel 3

Ein hässlicher Hund

»Das ist sozusagen ein Scheißjob«, sagte der Mann. »Das Wortspiel ist reiner Zufall.«

Der Mann hieß Mason Nelson und war der Inhaber einer brandneuen Pferderanch am Ende der Division Road. Weit entfernt vom Bezirksgefängnis, das am entgegengesetzten Ende lag. Was Hayden sehr recht war, nachdem er seine neunzig Tage abgesessen und die Aussicht vom anderen Ende der Straße lange genug genossen hatte, vielen Dank auch.

»Die Sache ist«, begann Nelson, »das sind gute Pferde, nicht wie die, denen man sonst hier begegnet. Größtenteils Vollblüter und Araber, also Pferde, die sogar auf der Rennbahn oder in Shows Erfolg haben könnten. Die kann man nicht einfach in ihrem Mist stehen lassen. Kein guter Anblick, wenn die Investoren vorbeikommen. Sie wollen ihre kleine Goldgrube auf einer sauberen Koppel sehen. Können Sie mit einem Traktor umgehen?«

»Ja«, antwortete Hayden. Er hätte gern gefragt: Wenn sie solche Goldgruben sind, was tun diese Pferde dann hier draußen, wo sie ziemlich wahrscheinlich in der Hitze verrecken? Aber er verkniff sich die Frage. Er brauchte den Job. Seit fünfzehn Jahren war er nicht mehr Traktor gefahren, doch das erwähnte er nicht. Er erwähnte auch nicht, dass er sich vor Pferden fürchtete. »Holt man sie zuerst aus der Koppel?«

»Oh nein. Die Pferde gehen Ihnen schon aus dem Weg, glauben Sie's mir. Sie rennen zwar wie verrückt herum, kommen dem Traktor aber nicht zu nahe. Ist trotzdem ne gute Bewegung für sie.«

Nelson warf einen Schlüssel mit dem Plastikanhänger einer Futterhandlung in Haydens Richtung und Hayden fing ihn auf. Er blickte auf den Schlüssel. Das bedeutete wohl, dass er den Job hatte.

Nelson machte ein paar Schritte in die Scheune, blieb stehen und drehte sich um. »Ich habe das Übelste vergessen. Dieses ganze Geröll muss da raus. Jeder verdammte Kiesel. Sogar die kleinen. Man muss sich bücken und sie mit der Hand auflesen.«

»Nimmt denn der Schürfzug die Steine nicht auf?«

»Nein, leider nicht. Er schleift sie erst ein bisschen mit, bis sie unter dem Rand des Schürfzugs hängenbleiben und das ganze Ding hochheben, sodass es über den Stein rollt, und dann verlieren Sie den ganzen Dünger, den Sie vorher zusammengeharkt haben. Wenn Sie fertig sind, werden Sie sehen, dass Sie den Dünger nur ein bisschen hin und her transportiert haben. Nee, die Steine müssen aufgelesen werden, einzeln mit der Hand. Wie sieht's mit Ihrem Rücken aus?«

»Alles bestens.« Er hatte schon zwei Operationen am Rücken gehabt.

»Falls Sie den Job immer noch wollen, können Sie jetzt gleich anfangen.«

»Ich will den Job.«

»Ja«, sagte Nelson, »ich hab schon gehört, dass Sie ein bisschen sonderbar sind. Willkommen an Bord!«

* * *

Nach vier Stunden Bücken und Hinunterbeugen hatte er die Steine von der ersten, einen Hektar großen Koppel aufgesammelt, und da er den Job erst am Vormittag begonnen hatte, rechnete er sich aus, dass er heute keine weitere Koppel mehr schaffen würde. Er fuhr den Traktor nacheinander in alle Ecken der Koppel, damit er die Steine in den Baggerlöffel laden und wegschaffen konnte. Er hatte angenommen, dass die Pferde in sicherer Entfernung bleiben würden, wenn er ziemlich nahe am Traktor arbeitete, aber bei abgeschaltetem Motor schien der Traktor sie nicht zu stören. Als die fünf rotbraunen Araber sich hinter ihm versammelten und mit den Nüstern an seine Gesäßtaschen stießen, als hätte er dort etwas Essbares versteckt, fuhr er erschrocken zusammen, was wiederum die Pferde überraschte und aufschreckte. Sie scheuten und galoppierten auseinander. Dabei wirbelten sie so hohe Staubwolken auf, dass Hayden durch sein Halstuch atmen musste, bis sich der Staub wieder gelegt hatte.

Er hatte auf eine Mittagspause verzichtet, weil er Nelson zeigen wollte, dass er viel erledigen konnte. Und da er nicht damit gerechnet hatte, auf der Stelle eingestellt zu werden, hatte er ohnehin nichts zu essen dabei.

Als er den kleinen Traktor anließ und mit dem Harken begann, rannten die Pferde fort. Hayden arbeitete zuerst entlang der Zaunlinie, hielt an, um den Dünger in einer Ecke aufzuhäufen, dann machte er in einer gleichmäßigen Gitterform weiter, von der Mitte zur Seite. Er war umgeben von der Hitze des Traktormotors, vermischt mit den Dieselabgasen und der Hitze des Tages. Als er um eine Ecke bog, flog ihm der Staub, den er hinter sich zusammengeharkt hatte, seitlich ins Gesicht und er hielt die Luft an.

Die Araberhengste rannten, als hätten sie nur auf die Gelegenheit gewartet. Sie warfen die Köpfe hoch, erhoben ihre Schwänze zu Flaggen und wechselten ab und zu ihre Gangart in einen langen, starken Trab, mit dem sie eine beachtliche Strecke zurücklegten. Hayden behielt sie so gut er konnte im Auge, ohne gegen den Zaun zu fahren, und beschloss, dass er trotz der Hitze und des Staubs diesen Job wahrscheinlich machen konnte.

Gegen Feierabend hatte er eine Koppel geschafft. Blieben noch sechsundzwanzig übrig. Und wenn er die letzte geschafft hätte, würde die erste längst wieder überfällig sein. Ein sicherer Arbeitsplatz, wenn man es von der positiven Seite betrachtete.

* * *

Hayden parkte seinen alten Truck vor seiner Blockhütte und blieb erst einmal sitzen. Er zögerte, ins Haus zu gehen. Seit seiner Entlassung aus dem Gefängnis war er noch nicht wieder hier gewesen.

Er blickte am Haus vorbei zu dem trockenen Bachbett und versuchte, sich langsam an den Gedanken zu gewöhnen, dass keine Jenny mehr schwerfällig aus dem Haus kam, um ihn zu begrüßen. Sie war nicht mehr da, eine ungewohnte, schreckliche Situation, die er noch nicht mit eigenen Augen gesehen hatte und an die er sich erst langsam gewöhnen musste.

Er überlegte sich, den Motor anzulassen und wieder umzukehren. Doch er wollte sich zuerst Eis auf den Rücken legen und sich waschen. Beides war so dringend nötig, dass es nicht vernachlässigt werden konnte, auch wenn er das gern getan hätte. Also musste er reingehen.

Die Haustür stand einen Spalt weit offen, das Schloss war mit einer Brechstange zerstört worden. Er sah sich im Haus um und fand die meisten seiner Habseligkeiten intakt vor. Gestohlen worden waren seine Nahrungsvorräte, ein paar Töpfe und Besteck, außerdem sein Schlafsack. Und natürlich die zweiundvierzig Dollar, die er in einem Tonkrug versteckt auf der Arbeitsplatte aufbewahrt hatte.

Er öffnete den kleinen Kühlschrank und holte aus dem alten Gefrierfach ein paar Eiswürfel. Eis war das einzige Lebensmittel, das die Einbrecher ihm dagelassen hatten. Er legte eine Handvoll in ein Geschirrtuch, zerkleinerte sie mit dem Griff eines großen Tranchiermessers und setzte sich dann mit dem Eisbeutel im Kreuz in seinen Lieblingssessel. Er hatte Hunger, ihm fiel aber nicht ein, was er dagegen tun konnte.

Ein paar Stunden später wachte er auf. Nass und kalt war das Eis unter ihm geschmolzen, und die Sonne war untergegangen.

* * *

Als Erstes fuhr er bei der Kneipe vorbei, um zu sehen, wer alles da war. Scotts privater Mustang war vor der Tür geparkt, aber nicht Jacks neuer Truck, es sah also gut aus. Ein wenig steif ging Hayden über den Parkplatz, als er das unmenschliche Heulen eines Hundes hörte, der anscheinend in einem Wagen zurückgelassen worden war.

Scott saß allein an einem Tisch und trank ein Bier direkt aus der Flasche. Er blickte auf und winkte. »Hast du dir wieder den Rücken verrenkt?«, fragte er, als Hayden sich zu ihm an den Tisch setzte. Hayden musste ihn wegen der Lautstärke der Jukebox bitten, die Frage zu wiederholen. Es war Country- und Westernmusik, die er noch nie gemocht hatte.

»Nicht direkt verrenkt, aber mein Rücken ist nicht glücklich. Hey, Scott, könntest du mir ein bisschen Geld für ein Bier und ein Chili con Carne leihen? Bei mir wurde eingebrochen.«

»Großer Gott, Hayden, das tut mir leid. Ich bin gar nicht auf die Idee gekommen, da mal vorbeizugehen. Wir hatten da noch nie Schwierigkeiten.«

»Jenny hat früher auf das Haus aufgepasst.«

»Oh, ja. Daran habe ich gar nicht gedacht. Klar, ich kann dir einen Zwanziger leihen.«

»Ich zahl's dir am Freitag zurück. Ich habe seit heute einen Job.«

»Das ist prima. Was machst du?«

»Frag lieber nicht.«

Die Kellnerin kam vorbei und brachte Hayden ungefragt die Biersorte, die er immer trank. »Geht aufs Haus«, sagte sie. Sie war eine hübsche junge Frau namens Rita, auf die es alle Männer im Ort abgesehen hatten, doch keiner bekam sie. »Willkommen zurück, Hayden!«

Er dankte ihr, sowohl für das Bier als auch für die Begrüßung.

»Wem gehört der Hund?«, fragte Hayden, als sie gegangen war. Er trank in wenigen Zügen die Hälfte seines Biers.

»Ich seh keinen Hund.«

»Draußen auf dem Parkplatz. Er macht einen Heidenlärm.«

»Ich kann nur die Jukebox hören.«

»In diesem schäbigen braunen Kleinlaster.«

»Ach, der! Warum sagst du das nicht gleich?« Scott vergaß niemals ein Fahrzeug. »Der ist nicht von hier.«

»Na, so viel weiß ich auch.«

»Woher soll ich also etwas über diesen Hund wissen? Oh, Mist! Hayden, dreh dich nicht um.«

Hayden schloss die Augen und atmete tief aus. »Nur er? Oder beide?«

»Beide.«

»Na wunderbar! Was für ein toller Abschluss eines herrlichen Tages! Herrgott noch mal, warum müssen sie ausgerechnet hierherkommen?«

»Bei all den Bierkneipen in allen Städten der Welt, weshalb musste sie ausgerechnet in deine kommen, meinst du? Da es nun mal nur eine Kneipe in diesem Ort gibt, ist es nicht gerade ein überraschender Zufall. Ich würde jedenfalls nicht gleich das Produktionsteam von ›Ungelöste Geheimnisse‹ anrufen. Bleib einfach sitzen, schau in meine Richtung und trink dein Bier aus.«

Hayden fixierte einen Punkt auf dem Tisch neben Scotts Hand, hielt sich die Flasche an die Lippen und leerte das Bier in einem einzigen Zug.

»Okay«, sagte Scott. »Gut. Sie sind jetzt an der Bar. Steh mit mir auf und ich begleite dich hinaus.«

»Ich wollte aber etwas zu essen bestellen.«

»Hayden, ich habe dich heute Morgen aus dem Gefängnis entlassen. Du kannst gerade erst wieder deine rechte Hand benutzen. Du hast seit ein paar Stunden einen neuen Job. Versprich mir, dass du das nicht alles gleich wieder wegwirfst.«

»Das habe ich nicht vor. Ich bin nur hungrig.«

»Der Burger-Drive-in hat noch geöffnet. Hier ist ein Zwanziger.« Scott schob einen gefalteten Geldschein über den Tisch und Hayden steckte ihn ein. »Komm. Wir gehen.«

An der Tür drehte sich Hayden um. Laurel stand an der Bar und blickte gerade über die Schulter zu ihm. Jack hatte ihm den Rücken zugewandt und Laurel blickte sofort in eine andere Richtung.

Er folgte Scott hinaus auf den Parkplatz. Die Hitze des Tages hatte gerade erst nachgelassen, schon wehte eine Brise, die sich fast kühl anfühlte.

»Warum hat ein Mann einen Gewehrständer mit einer Kaliber Zwölf an seiner Heckscheibe liegen, Scott? Er ist kein Rancher. Auf was will er schießen?«

»Er jagt halt ab und zu.«

»Geht er gerade jetzt auf die Jagd? Oder ist er mit seiner Frau in der örtlichen Bar?«

»Lass es sein, Hayden. Geh was essen.«

»Hör dir das an, Scott.«

Sie blieben stehen, die Stille der sternenklaren Nacht wurde nur von diesem gruseligen Geheul unterbrochen.

»Das klingt nach einem angepissten Hündchen«, sagte Scott. »Ich kann's ihm nicht verdenken. Der Wagen steht schon seit zehn Uhr heute Morgen dort.«

»Das ist nicht dein Ernst! Wie soll der Hund denn pinkeln?«

»Keine Ahnung.«

»So behandelt man einen Hund nicht.«

»Misch dich nicht ein, Hayden. Geh einfach was essen, okay?«

Doch Hayden war bereits an den alten braunen Kleinlaster herangetreten, wo er durch den geöffneten Fensterspalt mit dem Hund sprach. Der Hund bellte und knurrte Hayden an, gefangen und in die Enge getrieben und über sein Schicksal mehr als nur ein bisschen frustriert.

»Dieser Hund hat kaum Fell, Scott.«

»Vielleicht ist er räudig.«

»Das kann behandelt werden. Warum macht das niemand? Er ist auch spindeldürr. Und ein Auge ist zugeschwollen. Sieh dir das an, Scott. Würdest du einen Hund so behandeln?«

»Ich kann den Tierschutzverein anrufen.«

»Und bis sie hier sind, ist er verschwunden.«

»Hayden …«

»Schau einfach weg, Scott.«

»Hayden! Dieser Laster ist abgeschlossen. Das ist illegal.«

»Dann schau in die andere Richtung.«

»Ich habe genug. Ich gehe. Ich will's nicht wissen.«

Hayden hörte das Stampfen von Scotts Stiefeln auf dem Parkplatz und dann das kräftige Motorengeräusch seines

Mustangs, das schließlich verklang. Er blickte einmal über die Schulter zur Kneipe hin und sah niemanden. Mit der linken Hand griff er durch den geöffneten Fensterschlitz auf der Fahrerseite und bekam den Verriegelungsknopf zu fassen. Der Hund stürzte vor und biss fest zu, dann kauerte er ängstlich auf dem Beifahrersitz, während Hayden die Tür entriegelte und weit öffnete.

»Dieses eine Mal kann ich drüber wegsehen«, sagte Hayden zu dem Hund. »Wegen deiner Situation. Ich gehe jetzt. Wenn du mitkommen willst, komm mit. Aber beiß mich nicht noch mal.«

Als er an sich hinunterblickte, sah er, dass Blut von seiner linken Hand auf die Straße tropfte. Er ging auf seinen Truck zu, dann blickte er zurück. Der Hund sprang aus dem Laster, bewegte sich mit steifen Schritten zum Vorderreifen, hob ein Bein und erleichterte sich ausgiebig.

»Komm, mein Junge«, sagte Hayden und der Hund folgte ihm.

* * *

Auf dem Weg zum Drive-in saß der Hund mit ihm in der Fahrerkabine, kratzte sich und verteilte seine Schuppen auf dem Sitz. Hayden fuhr an den Schalter und bestellte zwei Burger und eine kleine Cola.

Der Hund verschlang seinen Burger fast mit einem Bissen, bevor er sabbernd Hayden beim Essen zusah.

Trotz der schlechten Beleuchtung auf dem Parkplatz des Drive-ins konnte Hayden erkennen, dass der Hund noch viel schlechter aussah als erwartet. Er hatte einige Kilos zu wenig auf den Rippen und war fast kahl. Seine Augen waren entzündet und seine Haut war rau und schuppig wie die eines Elefanten. Sein Anblick und Geruch waren nicht gerade appetitlich.

Noch bevor Hayden seine Mahlzeit beendet hatte, hielt Scotts Mustang neben ihm an. Scott stieg aus, kam zur Fahrerseite und warf einen Blick in den Wagen.

»Hab ich's doch gewusst«, sagte er. »Großer Gott, ist der Hund in einem erbärmlichen Zustand.«

»Ja. Das habe ich mir auch gerade gedacht.«

»Ich mach dir einen Vorschlag: Sollte sein Besitzer hier im Ort nach ihm suchen wollen, werde ich mir was Schönes ausdenken, damit er abhaut.«

»Das ist sehr anständig von dir, Scott.«

»Du solltest den Hund vielleicht zum Tierarzt bringen.«

»Das kann ich tun, wenn ich meinen Lohn habe.«

»Ich an deiner Stelle würde ihn zum Tierarzt in der Stadt bringen.«

»Gut mitgedacht!«

»Warum willst du überhaupt einen so hässlichen Hund haben?«

»Ich habe nie gesagt, dass ich das will. Wir sitzen nur hier und essen einen Burger. Mach keine größere Sache draus, als es ist.«

* * *

Am nächsten Morgen kam Hayden um sieben Uhr zur Arbeit. Er hoffte, dass der Hund mit Pferden vertraut war. Er hatte ein Seil mitgebracht, um ihn anleinen zu können, falls es nötig wurde.

Mason Nelson kam aus der Scheune. »Nichts für ungut, Mr Reese, aber was zum Teufel ist das?«

»Das ist ein Hund.«

»Wirklich? Wie ist er in diesen Zustand geraten?«

»Ich weiß nicht. Wir haben uns erst gestern Abend kennengelernt.«

Der Hund stand dicht neben Hayden, mit gebeugtem Kopf und eingezogenem Schwanz, und lehnte sich gegen sein Bein. Eine kurze Wäsche mit dem Wasserschlauch hatte einen großen Teil der Schuppen entfernt, aber er roch immer noch stark nach Hund.

Einer der Trainer, der jüngere, fuhr mit einem vierrädrigen Motorrad an der Scheune vorbei und reckte neugierig den Hals. Hayden hatte ihn schon zuvor bemerkt, aber sie hatten noch nicht miteinander gesprochen. »Hey, Mister«, rief er, »was für ’ne Hunderasse is’n das?«

»Ich weiß nicht. Eine armselige, würd ich sagen.«

Der Trainer drehte mit dem Motorrad einen Halbkreis und blieb stehen. »Könnte vielleicht eine Mischung aus ’nem australischen Schäferhund und ’nem Rauhaar-Irgendwas sein. Das ist wahrscheinlich der hässlichste Hund, den ich je gesehen hab.«

»Na, zumindest sind wir uns da alle einig«, sagte Hayden.

* * *

Er machte sich an die Arbeit und entfernte die Steine aus der zweiten Koppel, während der Hund ihm um die Beine herumlief. Er verscheuchte nicht die Pferde, knurrte aber tief, wenn sie zu nahe kamen, also hielten sie sich in einiger Entfernung. Und das war Hayden nur recht, sehr recht sogar.

Ein bis zwei Stunden später, als Hayden sich wieder aufrichtete, nachdem er sich nach einem Stein gebückt hatte, spürte er, wie etwas riss. Etwas schien sich aus der Ordnung zu lösen, wie es einem Rücken oft passierte, besonders seinem, was ein Problem war, für das es keine schnelle Abhilfe gab.

Er konnte sich nicht gerade hinstellen, also versuchte er, sich auf dem Boden niederzulassen. Was gar nicht so einfach war. Der plötzliche Ruck schmerzte, er brüllte auf und der Hund sprang zur Seite, dann drängte er sich wieder an ihn und begann, sein Gesicht abzulecken. Hayden drückte ihn mit einer Hand von sich. Doch dann kamen die Pferde näher, ein halbes Dutzend großer, langgliedriger Füchse, die es vielleicht nicht gewohnt waren, einen Mann auf dem Boden zu sehen. Sie beschnüffelten ihn neugierig und wirkten von seinem Platz am Boden aus erstaunlich groß und gefährlich, ihre mit Eisen beschlagenen Hufe zu nah an seinem Gesicht.

Er überlegte, sich aus der Koppel zu rollen, selbst mit dem Dünger auf dem Boden, aber da er seinen Rücken nicht strecken konnte, ging der Plan nicht auf. Also rief er den Hund zurück. Er kam sofort, setzte sich neben Haydens Kopf und hielt die Pferde auf Abstand, was besser war als gar nichts. Hayden lag zusammengerollt auf der Seite und fragte sich, wie lange es wohl dauern würde, bis man ihn vermisste. Er sprach mit dem Hund, um sich abzulenken.

»Ich wette, du bist einer dieser Lassie-Hunde, die sich auf den Weg machen, um Hilfe zu holen, wenn jemand in Not ist. Stimmt's, mein Junge? Los, hol Nelson. Erinnerst du dich an diese Männer an der Scheune? Geh da hin, mein Junge. Hol jemanden von dort.« Der Hund blickte ihm ins Gesicht, neigte den Kopf zur Seite und ließ sein Kinn auf Haydens Hals ruhen. »Ja, ich wusste, dass ich mich auf dich verlassen kann«, seufzte er.

Nach fast einer Stunde vernahm Hayden das Dröhnen des vierrädrigen Motorrads und schaffte es, so laut zu rufen, dass er entdeckt wurde.

* * *

Er saß in der Badewanne, bis das Wasser nicht mehr heiß war und hoffte, die Hitze werde seinen Rücken auflockern. Die muskelentspannenden Arzneimittel waren ihm zu Kopf gestiegen, und auch wenn er noch wie gelähmt war, so fühlte er sich doch zu benommen, um sich Sorgen zu machen. Als das Badewasser kalt wurde, zog er sich aus der Wanne und humpelte in gebeugter Haltung langsam zu seinem Bett.

Der Hund saß mitten auf der Bettdecke und kratzte sich mit den überlangen Klauen seiner Hinterpfote am Ohr.

»Buh!«, machte Hayden und der Hund sprang vom Bett und rannte davon.

Immer noch nass, ließ er sich vorsichtig ins Bett gleiten und warf die Decke zurück, weil es zu heiß war. Nur mit dem Oberlaken bedeckt, lag er auf der Seite und driftete in einen narkotisierten Schlaf.

Er wachte auf, als der Hund an der Haustür bellte, um sein neues Territorium zu verteidigen. Hayden beobachtete, wie sich die Tür – die sich nicht mehr abschließen ließ – leicht öffnete. Er hoffte, dies sei alles nur ein schlechter Traum.

Als Laurel den Kopf zur Tür hereinstreckte, hoffte er dies nicht mehr.

»Hayden, was zum Teufel ist das?«, fragte sie und blieb klugerweise draußen.

»Wie es scheint, ist das mein neuer Hund.«

»Was ist mit deinem alten Hund passiert?«

»Das, was uns allen mal passiert, wenn die Zeit gekommen ist.«

»Wie heißt er?«

»Er hat keinen Namen.«

»Beißt er?«

Hayden warf einen Blick auf die roten, geschwollenen Zahnabdrücke auf seiner linken Hand. »Allerdings.«

»Na, dann ruf ihn doch.«

Wie denn?, dachte Hayden. Er machte ein schrilles Pfeifgeräusch mit den Zähnen. »Hierher, mein Junge.« Der Hund kam zu ihm und legte sich auf den Bettvorleger. »Guter Hund. Laurel, kannst du mir bitte einen Gefallen tun? In der

Besenkammer ist Trockenfutter. Kannst du ihm etwas in seine Schüssel geben? Und sieh nach, ob er noch Wasser hat. Ich kann mich gerade nicht so gut bewegen.«

Laurel trat vorsichtig ein. »Ich hab schon gehört, dass du dir bei der Arbeit heute den Rücken verrenkt hast. Wie geht es dir?«

»Ich bin von diesen Muskelmedikamenten so high, dass ich gar nichts spüre.«

Hayden sah zu, wie sie etwa sieben Messbecher voll Trockenfutter in Jennys alten Futternapf füllte und sich der Hund darüber hermachte. »Er sieht genauso aus wie mein verstorbener Onkel George«, sagte sie. »Er war auch nicht sehr ansehnlich. Er hatte diese seltsame Kahlheit, mit etwa drei Haaren auf jedem Quadratzentimeter Kopfhaut. Das letzte Mal, als ich ihn sah, waren seine Augen von seinen Schlägereien ganz zugeschwollen.«

»Vielleicht ist er die Reinkarnation von Onkel George.«

»Großer Gott, ich hoffe, nicht. Er war ein bösartiger Mann.«

Sie setzte sich neben ihn aufs Bett und ließ ihre Finger durch die Haare auf seiner Brust gleiten. Er hatte sich eingeprägt, was er sagen würde, falls dieser Augenblick eintrat, auch wenn er nicht damit gerechnet hatte. *Nicht mit diesem Ring an deinem Finger. Nicht, wenn du auf dem Weg zu ihm bist.* Doch jetzt schloss er die Augen, schwieg und wünschte, sein Rücken wäre in Ordnung. Er spürte, wie die Worte in ihm sinnlos versickerten.

Sie warf das Laken zur Seite und stieg zu ihm ins Bett, streckte sich neben ihm aus. Er hob den Kopf und sie zog ihn auf ihre Brust. Er legte einen Arm um sie und versuchte, nicht zu sehr in Gefühle zu investieren, die er im Augenblick nicht durchschauen konnte. Die Medikamente ließen ihn wieder abdriften.

»Peg ist weg«, sagte sie und riss ihn damit aus dem Schlaf. »Abgehauen.«

»Weggelaufen?«, hörte er sich fragen und dachte, dass diese Stimme nicht wie seine eigene klang.

»Sie ist mit diesem Arschloch abgehauen, ihrem neunzehnjährigen Freund aus King City. Heute kam ein Brief von ihr, abgestempelt in Nevada.«

»Seit wann ist sie weg?«

»Seit über einer Woche.«

»Was hast du vor?«

»Ich bin mir nicht sicher. Ich bin gekommen, um mit dir darüber zu reden.«

Und selbst durch die dichte, neblige Verblendung, die die Medikamente mit sich brachten, spürte er, wie sich etwas in ihm verschloss, als er erfuhr, dass sie hier war, um mit ihm zu reden, nicht nur, um seinen Kopf an ihre Brust zu schmiegen. »Das ist eine Angelegenheit für die Polizei. Ich würde die Polizei anrufen. Sie ist minderjährig. Er hat sie über eine Staatsgrenze gebracht.«

»Ich hatte gehofft, du könntest sie nach Hause bringen.«

»Ich? Wieso ich?«

»Sie mag dich. Auf dich wird sie hören.«

»Warum nicht Jack?«

»Sie ist nicht seine Tochter.«

»Ich würde denken, dass er sie mittlerweile als seine Tochter betrachtet.«

»Es ist nicht so, als kümmerte es ihn nicht, Hayden. Sie ist nur sehr schwierig. Und da er selbst schon mit dreizehn zu Hause auszog, ist sie in seinen Augen ein großes Mädchen. ›Wenn sie wegwill, dann lass sie‹, sagt er.«

»Warum gehst du nicht?«

»Ich glaube nicht, dass der Typ, bei dem sie ist, sie gern zurückgibt. Vermutlich wäre es hilfreich, wenn jemand größer und stärker ist als er.«

Sie entzog sich ihm, rutschte ein Stück weg, um ihm ins Gesicht zu sehen, und küsste ihn sanft auf die Lippen, den Hals entlang und bewegte sich weiter nach unten. Doch er hielt sie auf. Er legte seine Hand unter ihr Kinn, damit sie ihm in die Augen blicken musste. Die Konzentration fiel schwer, aber das Atmen war leicht. Er war sich nicht sicher, ob es die Medikamente waren oder einfach nur die kalte Dusche, die sie ihm verpasst hatte, als er erfuhr, dass sie diesen Mann zurückgenommen hatte.

»Nicht, wenn du zu ihm zurückkehrst«, sagte er.

Sie schob das Laken fort und sprang aus dem Bett. Er zog es schnell wieder über sich und gleichzeitig den Bauch ein. Sofort vermisste er ihre Nähe.

»Na ja, er hat seine Sachen zurückgebracht und ich muss schließlich nach Hause gehen, oder? Du verlangst zu viel von mir, Hayden.«

»Ich glaube nicht. Ich will nur deine Absichten wissen, das ist alles.«

Sie kam zurück, setzte sich auf die Bettkante und strich ihm das Haar aus der Stirn. »Ich hatte gehofft, du würdest das mit Peg verstehen, weil du auch mal eine Tochter im Teenageralter hattest. Wie alt war sie?«

»Fünfzehn, als ich sie zuletzt sah.«

»Wie alt wäre sie jetzt?«

»Ich versuche, darüber nicht nachzudenken.«

»Na ja, wie alt warst du, als …«

»Dreißig. Sie hätte jetzt bald ihren dreißigsten Geburtstag.«

»Wow.« Sie schwiegen einen Augenblick. »Sie wäre fast so alt wie ich.«

»Danke, Laurel. Genau das, was ich hören wollte.«

»Tut mir leid.«

»Ich werde sehen, ob ich Peg nach Hause holen kann. Falls sie mitkommen will. Ich kann sie schließlich nicht zwingen. Ich versuch's, wenn ich wieder auf den Beinen bin.«

»Danke, mein Süßer.« Sie küsste ihn aufs Ohr und schlüpfte davon.

Als er wieder wach wurde, war es dunkel. Der Hund saß auf dem Bett und blickte ihn an.

»Husch! Runter vom Bett!« Keine Reaktion. »Runter, mein Junge. George. Geh runter vom Bett!« Doch der Hund rührte sich nicht. Er schien zu verstehen, dass Hayden nicht in der Lage war, seinen Befehl durchzusetzen. »Okay, in Ordnung. Bleib auf dem Bett. Aber wenn ich wieder gesund bin, führen wir eine lange Unterhaltung.«

Mit einem Seufzer ließ George den Kopf auf Haydens Brust sinken.

Kapitel 4

Peg Special

Hayden hielt in King City an, um eine Schachtel Zigaretten zu kaufen. Das Wichtigste zuerst. Erst danach fiel ihm ein, auch noch einen Stadtplan mitzunehmen.

Er hatte eine Hosentasche voller Geld, genauer gesagt vierhundert Dollar, abzüglich dessen, was er dem Tierarzt für Georges Behandlung gezahlt hatte. Das Geldbündel fühlte sich seltsam und ungewohnt an. Zweihundert Dollar waren Reisespesen von Laurel, was nicht ausreichen würde, wie Hayden berechnet hatte; aber da sie offenbar nicht mehr aufbringen konnte, musste es genügen. Sie hatte das Bargeld in einem Umschlag auf dem Tisch im Flur ihres Hauses gelassen und ihm erlaubt, einfach hineinzugehen und das Geld zu holen, während sie und Jack im Diner arbeiteten.

Danach hatte er einen Abstecher zur Pferderanch gemacht, um Mason Nelson mitzuteilen, dass er nicht mehr kommen werde. »Logisch«, hatte Nelson nur gesagt und Hayden zweihundert Dollar in bar ausgezahlt, als Abfindung, wie er sagte. Als Hayden nach dem Warum fragte, da er nur einen Tag für ihn gearbeitet hatte, hielt ihm Nelson ein Freigabeformular unter die Nase. Hayden verzichtete mit seiner Unterschrift auf das Recht, das Unternehmen wegen Verletzungen zu verklagen, die er sich auf dem Grundstück des Unternehmens zugezogen hatte, sowie auf Schadensersatzleistungen. Die zweihundert Dollar waren für Hayden ein Geschenk. Er hatte überhaupt nicht vorgehabt, zu klagen.

Zurück in der Fahrerkabine seines Trucks zündete er sich eine Zigarette an und blies eine Rauchwolke aus, woraufhin George heftig nieste und den Kopf schüttelte. Die klebrigen Tropfen, die ihm der Tierarzt in die Ohren geträufelt hatte, rannen heraus, und die Augensalbe ließ Georges Augen in noch schlechterem Zustand als vorher erscheinen, zumindest vorübergehend. Das kurze Bad zur Behandlung der Räude hatte einen starken, chemischen Geruch hinterlassen.

»Jetzt erzähl mir nicht, dass du gegen Zigarettenrauch allergisch bist«, sagte Hayden. Er blies noch ein paarmal den Rauch in seine Richtung, ohne dass von George eine merkliche Reaktion kam, und fuhr zufrieden los.

Er kannte sein Ziel und genoss das Gefühl, genau zu wissen, wohin er fuhr, denn alles Weitere war ungewiss.

* * *

Er ließ George im Wagen, öffnete das Tor und ging auf das Haus zu. Ein abgewohntes, altes Haus, das früher wahrscheinlich ein Farmhaus gewesen war, bevor das Land aufgeteilt wurde. Ein Haus mit Charakter und einer Geschichte, aber bedauerlicherweise heruntergekommen. Das Dach war reparaturbedürftig und hätte eine gute Reinigung vertragen können, die Veranda gab unter Haydens Stiefeln leicht nach. Es erschien fast zum Wohnen ungeeignet, aber dies war die Adresse, die er bekommen hatte – und außerdem saß hier auf der Veranda eine alte Frau in einem schmutzigen, geflochtenen Gartenstuhl und fächelte sich mit der Morgenzeitung Luft zu. Sie war grauhaarig, mit einem dunklen, olivfarbenen Teint, der auf hispanische oder vielleicht italienische Abstammung hindeutete. Sie strahlte etwas Altmodisches aus, das perfekt zu dem Haus passte. Als sie Hayden mit ausdruckslosem Blick ansah, lächelte er, doch die Frau erwiderte das Lächeln nicht – sie starrte ihn nur unter schweren Lidern hervor an.

»Guten Morgen, Ma'am.« Die Frau starrte nur. »Wissen Sie vielleicht, wo ich Joey Esposito finden kann?« Keine Antwort. »Verstehen Sie mich?« Nichts. »Sprechen Sie überhaupt? Ich meine, jemals?« Er wartete. *»Yo hablo un poquito español.«* Allerdings kein Wort Italienisch, also hoffte er, dass er mit Spanisch richtiglag. »Okay. Danke für Ihre Hilfe.«

Er klopfte an die Tür. Er rechnete nicht damit, doch sie wurde geöffnet. Eine Frau, etwa Ende dreißig, aber erschöpft und älter aussehend, ein bisschen wie ein Auto, das für sein Alter zu viele Kilometer auf dem Buckel hatte und nicht richtig gepflegt wurde. Über ihrem Hauskleid trug sie eine schmutzige Schürze. Sie schien nicht erfreut zu sein, jemanden vor ihrer Tür zu sehen. Sie sah nicht aus, als stünde ihr der Sinn nach einem Plausch.

»Guten Morgen, Ma'am.«

»Ich kaufe nichts.«

»Ich bin kein Händler, sondern auf der Suche nach Joey Esposito.«

»Er ist nicht hier.«

Die alte Haustür mit dem Fensterglaseinsatz schwang auf ihn zu, aber er hielt sie mit einer entschlossenen Handbewegung auf. Der Gesichtsausdruck der Frau veränderte sich. Sie schien jetzt ein wenig verängstigt zu sein, hatte die Lage weniger unter Kontrolle, was Hayden sehr gelegen kam, da dieser plötzliche Respekt ihm nutzen konnte. »Ich weiß, dass er nicht hier ist. Ich möchte von Ihnen wissen, wo er sein könnte.«

»Warum wollen Sie das wissen?«

»Na ja, wie es aussieht, ist er mit einer Minderjährigen abgehauen, sie ist die Tochter einer Freundin, und ich will sie zurück nach Hause holen. Es interessiert mich nicht, was Ihr Sohn macht, ich will ihm weder etwas antun, noch ihm helfen. Die Sache hat mit ihm praktisch nichts zu tun. Aber ich muss ihn trotzdem finden.«

»Er ist gar nicht mein Sohn. Er ist Franks Sohn, ich wohne nur hier mit Frank. Ich weiß nicht, wo Joey ist. Wenn Sie es herausfinden, sagen Sie's mir nicht. Ich will es gar nicht wissen. Ich hoffe, er ist weit weg und bleibt für immer dort. Kann ich jetzt gehen?«

Wieder schwang die Tür auf ihn zu und diesmal hielt er sie nicht auf. Zaghaft freundete er sich mit dem Gedanken an, dass sie wahrscheinlich wirklich nicht wusste, wo er war. Und es stand außer Zweifel, dass es ihr mehr als egal war. Als die Tür etwa einen halben Meter von seinem Gesicht entfernt ins Schloss krachte, trat er einen Schritt zurück und beobachtete, wie das Glas im Rahmen zitterte, als könnte es jeden Moment zerbrechen. Er blickte zu der alten Frau, deren Miene unverändert geblieben war.

Hayden seufzte.

Dieser einzige perfekte Abschnitt seiner Reise, in dem er einen Plan und ein Ziel gehabt hatte, war vorbei. Er machte sich auf den Rückweg zu seinem Truck.

»Ein hübsches rothaariges Mädchen?«

Die Stimme ließ ihn herumwirbeln. Die Haustür war immer noch geschlossen. Er blickte zu der alten Frau, die sich nichts anmerken ließ. Er trat wieder auf die Veranda und ging neben ihrem Stuhl in die Hocke. »Ja, Ma'am. Kennen Sie sie?«

»Ich hab sie gesehn. Ist das 'ne Schachtel Kippen in Ihrer Hemdtasche?«

»Ja, Ma'am. Möchten Sie eine?«

»Natürlich, ja.«

Hayden nahm zwei Zigaretten heraus und gab ihr eine. Als er ihre Zigarette mit einem Streichholz anzündete, hielt sie seine Hand auf intimere Art, als es notwendig war.

»Sie wissen nicht zufällig, wo die beiden sind?«

»Nein.«

»Kein einziger Hinweis?«

»Er spricht nicht mit mir.«

»Ich habe den Hinweis bekommen, dass sie vielleicht in Nevada sein könnten.«

Die Frau legte den Kopf zurück und blies einen langen Rauchstrom zur Markise hin aus, mit einem Geräusch, das auf seltsame Weise einem Lachen ähnelte. »Darauf würde ich wetten«, sagte sie. »Ich könnte wetten, dass sie dort sind.«

»Aber Sie wissen nicht, wo in Nevada.«

»Nein.«

»Okay. Dann trotzdem vielen Dank.«

Er erhob sich wieder und stützte die Hände ins Kreuz, um eine Problemstelle zu dehnen. Er blickte zu seinem Truck, wo George sich fest am Ohr kratzte, und ging los.

»Ich hab zwei Ratschläge für sie«, sagte die alte Frau. Sie schien nicht zu wollen, dass er ging. Und er war nicht gerade wild darauf, zu bleiben. »Falls Sie sie hören wollen.«

»Ja, Ma'am, natürlich.«

»Sehn Sie zuerst in den Puffs nach.«

Hayden lehnte sich an einen Pfosten und überlegte kurz, ob er sein Gewicht halten würde. »Wie kommen Sie auf so was?«

»Weil ich meinen Enkel kenne. Ich weiß, wofür Mädchen seiner Meinung nach gut sind. Ich weiß, wie er zu diesem schnellen Auto und all dem Geld gekommen ist. Ich bin ja nicht dumm. Ich hab Augen und kann sehen, was um mich herum passiert.«

»Da bin ich mir sicher. Und der andere Rat?«

»Sehen Sie sich vor Joey vor. Er ist kein so großer Kerl wie Sie, aber passen Sie trotzdem auf.«

»Gut, danke für die Information, Ma'am.«

»Geben Sie mir noch eine Kippe, bevor Sie gehn.«

Hayden gab ihr zwei.

* * *

Er hatte die Mojave-Wüste noch kaum erreicht, als er den Eindruck bekam, der Truck würde etwas heißer werden als normalerweise. Sogar etwas heißer als üblich in der Wüste. Er hielt am Straßenrand an und ließ George herausspringen, damit er sein Geschäft verrichten konnte. Er überprüfte den Kühler, dessen Wasserstand niedrig zu sein schien. Er rief George zurück, ließ den Motor laufen, klappte die Kühlerhaube auf und sah, dass am Boden der Wasserpumpe das Wasser tropfenweise ablief.

Na toll, dachte er. *Typisch*. Er hatte kein Wasser dabei.

Etwa dreißig Kilometer entfernt war ein Rastplatz, wo er vielleicht Wasser bekommen konnte. Er würde die Pumpe immer wieder auffüllen müssen in der Hoffnung, dass das verdammte Ding hielt, bis er wieder zu Hause war.

Er beschloss zu warten, bis sich der Motor abgekühlt hatte und setzte sich mit George in den Schatten des Trucks. Der Schweiß rann ihm in den Kragen, das nasse Haar klebte ihm an der Stirn und im Nacken. Im nächsten Ort konnte er vielleicht eine überholte Wasserpumpe besorgen. Vielleicht in Barstow. Sollte um die vierzig Dollar kosten, aber er hatte weder das Werkzeug noch den Rücken, um sie selbst an der Straße einzubauen. Und einen Mechaniker konnte er sich gerade wirklich nicht leisten.

Er blickte zum Horizont. In der Entfernung sah er sandfarbene Hügel, gesprenkelt mit Büschen, die an den Spitzen kahl wurden, und Berge, deren Farbe ein rostfarbenes Gold war, durchzogen mit einem hellen Gelb, das Licht oder Erosion sein konnte, vielleicht beides. Auf einem Feld neben diesem weit entfernten Berg standen Hunderte von einfachen, dreiflügeligen Windmühlen, die sich alle gleichzeitig drehten.

»Sehen wir's positiv, George«, sagte er. »Wenigstens ist Scott nicht hier, der mir sagen würde, ich hätte mir diesen Ärger selbst eingebrockt.«

Erst als es dunkel wurde, setzte er die Fahrt fort.

* * *

Als er Boulder City in Nevada erreichte, waren die fünfzehn Liter Wasser, die er in Baker besorgt hatte, unter der Kühlerhaube verschwunden. Er hielt an einer Tankstelle am Nevada Highway, um die Wasserflaschen wieder aufzufüllen. Er kaufte vier Mikrowellen-Burritos, zwei für sich und zwei für George.

Boulder City. Das hatte auf dem Stempel von Pegs Brief gestanden. Ob es etwas zu bedeuten hatte, hing davon ab, ob Peg raffiniert genug war, ihre Spuren zu verwischen.

Er fand ein spottbilliges Motelzimmer, parkte den Wagen hinter dem Gebäude und schmuggelte George später heimlich ins Haus.

Als er aufwachte, war es schon wieder dunkel. Er rollte zur Seite, um auf die Uhr zu sehen und stieß gegen George, der neben ihm geschlafen hatte und jetzt knurrte. Hayden hob ihn hoch und warf ihn aus dem Bett, und als George zurückgekrochen kam, schien er seine Einstellung geändert zu haben.

Es war zwanzig Uhr dreißig.

»Lass uns ein Bier trinken gehen, George«, sagte Hayden. Bier war natürlich eines der wenigen Dinge, die er niemals mit seinem Hund teilen würde.

* * *

»Wo kann man hier ein bisschen Spaß haben?«, fragte er den Barkeeper. Er stützte die Ellenbogen auf den Tresen und versuchte, einen überzeugenden Eindruck zu machen.

»Kommt drauf an, welche Art von Spaß Sie meinen.«

»Wir sind doch in Nevada, stimmt's? Ich meine, hier geht es doch freizügiger zu als manch anderswo. Hab ich zumindest gehört.«

»Verstehe. Warum sehen Sie nicht einfach in dem Telefonbuch da in der Ecke nach?«

Daran hatte Hayden tatsächlich nicht gedacht. Und er war sich auch jetzt nicht ganz sicher, ob es ein Scherz oder ernst gemeint war. »Ich kenne mich in dieser Gegend nicht gut aus. Ich weiß nicht, was hier in der Nähe ist.«

»Wollen Sie was in der Nähe oder was Gutes?«

»Beides zusammen wäre ideal.«

»Na ja, das in der Nähe ist nicht gut und das Gute ist nicht in der Nähe.«

»Dann nehme ich das Gute.«

* * *

»Mir wurde gesagt, ich solle nach einem Peg Special fragen«, sagte er.

Er stand in einem verschnörkelten, altmodischen Salon, in dem junge Frauen saßen, plauderten, rauchten und gelangweilt wirkten, als hofften sie, er werde eine andere auswählen. Er sprach mit einem farbigen Mann mit kurz geschorenem Haar, der eine dunkle Sonnenbrille trug, obwohl es zehn Uhr abends war.

»Dann wurde Ihnen was Falsches erzählt. Hier gibt's keine Peg.«

»Gibt es hier noch eine andere Bar, wo eine Peg sein könnte?«

»Es gehört nicht zu meinem Geschäft, unsere Konkurrenz zu empfehlen. Wir haben viele Ladies hier, die Ihnen gefallen werden.«

»Okay. Trotzdem danke.«

»Diese Peg kann nichts tun, was diese Ladies nicht auch können.«

»Da irren Sie sich. Wo befindet sich diese Bar, die näher am Zentrum liegt?«

»Sehen Sie in den Gelben Seiten nach, wenn Sie eine Auskunft brauchen.«

Und so erfuhr Hayden, dass Bordelle in Nevada wirklich in den Gelben Seiten aufgelistet waren – falls es nicht ein Witz war, der sich selbstständig gemacht hatte.

* * *

»Mir wurde gesagt, ich solle nach einem Peg Special fragen.«

Er stand in der Lobby einer Bar, die einer alten Absteige ähnelte und sprach mit einer ähnlich verlebten, etwa fünfzigjährigen Frau. Ihre Haare hatten einen so weißblonden Farbton, wie die Natur ihn nie einem Menschen verlieh. Hayden beobachtete eine Kakerlake, die zwischen zwei losen Brettern der Wandvertäfelung verschwand, und ihm wurde klar, dass dies das Bordell sein musste, vor dem der Barkeeper ihn gewarnt hatte.

»Sie ist grade beschäftigt.«

Haydens Herz machte einen Sprung. Dies war erst die vierte Bar, die er aufgesucht hatte. Irgendwie hatte er damit gerechnet, dieses Spiel die ganze Nacht lang zu spielen und schließlich mit leeren Händen zurückzukehren. »Ich kann warten.«

»Ich kann ein Mädchen empfehlen, das genauso gut ist.«

»Nein. Ein Freund hat mir alles über Peg erzählt. Junge Frau. Rothaarig. Mir liegt viel daran, sie zu sehen, verstehen Sie? Nein, ich kann warten.«

»Wie du willst, Süßer.«

Es gab keine Sitzgelegenheiten, also blieb er stehen. Er lehnte sich mit dem Rücken an die Wand, dann fielen ihm die Kakerlaken ein und er stellte sich mit den Händen in den Hosentaschen in die Zimmermitte.

»Eine Stunde oder nur eine halbe?«

»Eine halbe Stunde sollte reichen.«

»Fünfzig Dollar.« Hayden blieb reglos stehen. »Vorkasse.«

Er zählte den Betrag in bar ab. Fünfzig. Große Güte! Das letzte Mal, als Hayden an einem Ort wie diesem gewesen war, war er in Pegs Alter gewesen, vielleicht sechzehn. Es war erstaunlich, was die Inflation ausmachte.

* * *

Er klopfte an die Tür von Zimmer Nummer 10.

»Komm rein«, hörte er eine Stimme, rauchig und sanft. Er konnte nicht mit Sicherheit sagen, ob es Peg war.

Er öffnete die Tür zu einem winzigen Zimmer mit einem Doppelbett, auf dem ausgestreckt die kleine sechzehnjährige Peg lag. Sie trug eine seidene, dünne Hose und eine durchsichtige Bluse. Hayden wollte sie nicht anstarren, aber er musste sich vergewissern, dass sie es wirklich war. Das Haar passte, sie war eine echte Rothaarige mit diesem typischen hellen Karottenton, und das Gesicht kam ihrem ziemlich nahe, nur hatte er sie noch nie mit so viel Make-up gesehen. Ihre Augen öffneten sich weit, als sie ihn sah, und nur für diesen kurzen Augenblick sah sie wieder aus wie ein Kind, nicht verführerisch oder weiblich, sondern bloß überrascht. Es war zweifellos Peg. Ihm wurde flau bei dem Gedanken, dass sie sich hier in dieser schmuddeligen, dunklen Umgebung mit Kakerlaken und bierbäuchigen alten Männern aufhielt.

»Hayden?«

»Ja, ich bin's.« Er trat ein und zog die Tür hinter sich zu.

»Hayden, was machst du hier?«

»Ich bin gekommen, um dich zu sehen.«

»Nun, du siehst mich jetzt«, sagte sie und zog sich die schwarze, durchsichtige Bluse über den Kopf. Feste, kleine Teenagerbrüste blitzten kurz vor Hayden auf, bevor er den Blick abwandte und ihr den Rücken zukehrte. Er lehnte sich mit der Stirn an die Zimmertür.

»Peg? Würdest du dich bitte wieder anziehen?«

»Du willst, dass ich mein Oberteil anziehe?«

»Ja, ich will, dass du dein Oberteil anziehst.«

»Du hast gerade fünfzig Dollar dafür gezahlt, dass ich es ausziehe.«

»Glaubst du wirklich, dass ich dafür hergekommen bin? Ich fasse es nicht. Wie in Gottes Namen kommst du auf die Idee, dass ich mit dir ins Bett steigen will?«

»Na ja, alle älteren Männer im Ort wollten das bisher.«

»Hast du dich wieder angezogen?«

»Warte. Ja. Okay.«

Hayden drehte sich um und sah Peg auf der Bettkante sitzen, wieder mit der Bluse bekleidet. Doch das dünne Stück Stoff verbarg nicht viel, also setzte er sich neben Peg und drapierte ein Stück des glänzenden roten Bettlakens über sie. Sie wickelte sich in den Stoff, als wäre ihr gerade erst aufgefallen, dass sie halb nackt war.

»Warum bist du dann hier? Wofür hast du fünfzig Dollar gezahlt?«

»Nur, um mit dir zu reden.«

»Ich hab noch nie einen Typen getroffen, der fünfzig Dollar für eine Unterhaltung zahlen wollte.«

»Was machst du hier?«

»Gutes Geld verdienen.«

»War das Joeys Idee?«

»Wir können nicht von Luft allein leben.«

»Hat er sich die Arme gebrochen? Warum kann er nicht arbeiten?«

»Du verstehst das nicht, Hayden. Meine Mom hat dich hergeschickt, oder?«

Mit diesen Worten sah sie ihn zum ersten Mal richtig an. Er schwieg einen Augenblick. Er hatte sie gefunden und das war schon mal eine gute Sache. Er nahm eine Zigarette aus seiner Hemdtasche und fischte nach den Streichhölzern.

»Gib mir eine«, forderte Peg.

»Du bist zu jung zum Rauchen.«

Sie verdrehte die Augen und zog die Schublade des Nachttischchens auf, in der drei Zigaretten und mehrere Kondome lagen. Sie nahm eine Zigarette heraus und Hayden zündete sie für sie an, aus reiner Höflichkeit, nicht, weil er damit einverstanden gewesen wäre. Er fühlte sich um Worte verlegen, irgendwie hilflos und langsam.

»Joey liebt mich«, sagte Peg.

»Hat er dich gedrängt, mit ihm wegzulaufen?«

»Nein.«

»Drängt er dich, hierzubleiben?«

»Er wäre nicht erfreut, wenn ich ginge.«

»Bist du aus freien Stücken hier?«

Sie nahm einen Zug und blies drei perfekte Rauchkringel hintereinander aus. »Ich wünschte, du würdest nicht so tun, als wärst du mein Vater, Hayden. Du bist nicht mein Vater, das weißt du. Joey liebt mich.«

»Liebst du ihn?«

»Jeder braucht das Gefühl, geliebt zu werden.«

»Das beantwortet meine Frage nicht. Liebst du Joey?«

»Warum muss ich dir das alles erzählen?«

»Weil ich fünfzig Dollar gezahlt habe, also musst du tun, was ich will. Das ist das Problem mit deinem neuen Metier, junge Dame. Ein Kerl, der fünfzig Dollar zahlt, kann alles Mögliche von dir verlangen.«

»Es ist ein ehrlicher Beruf. Völlig legal.«

»Nicht, wenn du erst sechzehn bist.«

»Könntest du bitte leiser reden? Mein Ausweis ist gefälscht. Ich habe immerhin eine Art von Leben hier. Ich kann nicht nach Hause gehen.«

»Warum nicht?«

»Es läuft nicht gut zu Hause.«

»Hast du Ärger mit Jack?«

Peg lachte ein rotziges, verächtliches Lachen. »Das hättest du wohl gerne, Hayden! Nein, *du* hast Ärger mit Jack. Jack und ich verstehen uns gut. Er behandelt mich wie eine Erwachsene, was ich nicht von allen Leuten sagen kann. Meine Mutter ist das Problem. Ich weiß, dass sie dich geschickt hat. Geh einfach, Hayden. Geh einfach wieder. Ich will nicht nach Hause.«

»Dir gefällt es hier also?«

Sie drückte die Zigarette in einem gläsernen Aschenbecher auf dem Boden aus und blieb über ihre Knie zusammengekauert sitzen. Sie sah so klein aus. Sie strich ihr langes, glattes Haar mit einer Handbewegung zurück, ohne die Frage zu beantworten.

»Vielleicht gefällt es dir hier nicht, aber du willst auch nicht zurück nach Hause? Wenn es so ist, dann gibt es noch andere Orte, wo du sein kannst.«

»Joey würde das nicht wollen.«

»Was Joey will, interessiert mich einen Scheißdreck. Was willst *du*?«

»Er behält mich ziemlich gut im Auge.«

»Lass das meine Sorge sein.«

»Wohin sollte ich gehen?«

»Wohin du willst. Du könntest zu deinen Großeltern. Du könntest mit zu mir und wir suchen für dich eine Wohnung im Ort.«

»Und wenn Joey nach mir sucht?«

»Lass Joey meine Sorge sein.«

Immer noch in das Laken gehüllt, legte sie sich auf das Bett zurück und seufzte. Sie blickte auf ihre Armbanduhr.

»Wieviel Zeit habe ich noch?«, fragte Hayden.

»Fünfundzwanzig Minuten.«

»Gut«, sagte er. In einem so respektvollen Abstand wie möglich legte er sich neben sie, die Arme über der Brust verschränkt, und fragte sich, ob mit George, der allein draußen im Truck saß, alles in Ordnung war. »Gut. Dann hast du eine Weile, um dir zu überlegen, was du machen willst.«

»Joey liebt mich«, wiederholte sie.

»Gut zu wissen, dass du so große Fortschritte machst. Lass mich dir etwas erzählen, junge Dame. Wenn du jemanden liebst, willst du diese Person ganz für dich allein. Wenn du diese Person in den Puff schickst, damit sie ihren Körper verkauft, nun, dann kann ich nicht genau sagen, was das bedeutet, weil es mir fremd ist. Aber ich bin mir todsicher, dass es keine Liebe ist.«

»Oh, ich verstehe. Und du bist der große Experte in Sachen Liebe.«

»Was meinst du damit?«

»Sie nutzt dich aus, Hayden.«

»Nein. Das stimmt nicht. Wende das nicht auf mich um. Wir sind nicht hier, um über mein Leben zu diskutieren.«

»Oh, wirklich? Warum bist du dann überhaupt hier? Du bist hier, weil sie mit den Fingern geschnippt und gesagt hat: ›Bring meine Tochter nach Hause, Hayden.‹ Als würde sie dich darum bitten, mal eben im Supermarkt Milch zu holen. Und du tust es, weil du alles tust, was sie sagt. Du merkst es nicht einmal, wie sehr du unter ihrem Pantoffel stehst.«

»Sie wendet sich an mich, wenn sie Hilfe braucht.«

»Und dann wendet sie sich ab, wenn sie keine mehr braucht.«

»Okay. Gut. Was auch immer. Ich will mir das nicht mehr anhören.« Er war aufgesprungen und stand vor der Tür. »Ich habe getan, was ich versprochen habe. Ich bin hierhergekommen, um dir eine Chance zu geben. Wenn du diese Chance nicht willst, auch gut. Ich werde ihr sagen, dass ich's versucht habe.«

Er fasste an die Türklinke.

»Hayden!«

Die Art, wie sie seinen Namen ausstieß, war dringlich, als läge ihr viel daran, ihn aufzuhalten. Da wurde ihm klar, dass es gar nicht so einen großen Unterschied machte, ob sie mitkam oder nicht. Er hatte sein Versprechen gehalten. Mit etwas Intelligenz oder reinem Glück hatte er sie ausfindig gemacht und ihr angeboten, nach Hause zu kommen – jetzt war sein Auftrag erledigt. Gott sei Dank! Jetzt konnte er zurück zu seinem alten, vertrauten Truck, wo George auf ihn wartete. Er würde mit seiner undichten Wasserpumpe nach Hause fahren und in seinem eigenen Bett schlafen. Und dann hätte er alles hinter sich.

Und das nächste Mal, wenn Laurel ihn um einen zu großen Gefallen bat, würde er ihr vielleicht antworten, dass es nicht mehr seine Aufgabe war. Es war nicht mehr seine Rolle, also war es auch nicht sein Problem. Das nächste Mal würde er ihr vielleicht sagen, sie solle Jack fragen.

»Hayden, warte kurz. Geh noch nicht.« Aber er wollte gehen. Er wollte hier weg, das wollte er wirklich. Doch er wartete, weil es Peg vielleicht genauso ging.

»Wie lange könnte ich bei dir wohnen?«

KAPITEL 5

Searchlight

»Das ist nicht Jenny«, sagte Peg. Sie stand an der weit geöffneten Tür seines Trucks an der Straßenecke und sah George an.

»Würdest du bitte einsteigen?«

»Was ist mit Jenny passiert?«

»Sie ist gestorben. Würdest du jetzt bitte einsteigen, bevor dein Freund kommt, um dich abzuholen?«

»Beißt der Hund?«

»Rein mit dir. Jetzt!« Hayden fasste George am Nacken und hielt seinen Kopf in sicherem Abstand zu Peg, damit sie einsteigen konnte.

»Großer Gott! Ich wusste gar nicht, dass Jenny gestorben ist.« Hayden trat aufs Gaspedal, noch bevor die Beifahrertür geschlossen war. »Mann, Hayden, was hast du vor, willst du mich wieder rauswerfen?«

Er bog scharf um die Kurve und die Tür flog zu, aber am Geräusch konnte er hören, dass sie nicht richtig geschlossen war. Er bremste und hielt kurz am Straßenrand. »Schlag die Tür richtig zu«, sagte er und sie tat es. Dann fuhr er weiter.

Ihr Plan war gewesen, dass sie fünf Minuten früher aufhörte und um fünf vor vier Uhr morgens an der Straßenecke auftauchte, statt wie üblich um vier. Das hätte ihnen einen fünfminütigen Vorsprung vor Joey verschafft, der sie um vier Uhr abholte. Aber sie hatte sich verspätet und ihren zeitlichen Sicherheitsabstand auf unter eine Minute verkürzt.

»Schnall dich an.«

»Großer Gott, Hayden.«

»Tu, was ich sage, bitte.«

Sie runzelte die Stirn und murrte, schnallte sich dann aber an. George schnüffelte an ihr, dann legte er sich hin und ließ die Vorderpfoten über den Sitz hängen.

»Nein, nicht hier lang«, rief Peg, als sie hinausblickte. »Diesen Weg nimmt Joey immer, wenn er mich abholt.«

»Na toll! *Jetzt* sagst du mir das. Du solltest vielleicht besser in Deckung gehen.« Sie versuchte, sich quer über den Sitz zu ducken, doch George knurrte sie an. »Duck dich auf den Boden«, sagte er, doch sie hatten nicht viel Zeit.

Bevor sie sich runtergebeugt hatte, kam ihnen ein schwarzer BMW entgegen und Peg sagte: »Oje!«

Hayden fragte gar nicht erst, wer es gewesen war. »Glaubst du, er hat dich gesehen?« Hayden beobachtete das Auto im Seitenspiegel. Es machte in der verlassenen Straße eine Kehrtwendung um hundertachtzig Grad, dann näherten sich ihnen die Autolichter von hinten. »Hat sich schon erledigt.«

»Was machen wir jetzt, Hayden?«

»Weiterfahren, nehme ich an.«

* * *

»Jack ist ein besserer Kerl, als du denkst«, sagte sie, nachdem fünfzehn oder zwanzig Minuten lang Totenstille geherrscht hatte.

Sie waren jetzt auf einer flachen, von Bergen umgebenen Schnellstraße in der offenen Wüste, auf der 95 Richtung Süden nach Searchlight. Hayden blickte zwanghaft immer wieder in den Rückspiegel. Die Lichter des BMWs waren immer noch hinter ihnen. Nicht näher, sondern mit größerem Abstand. Keiner fuhr sehr schnell. Das Auto blieb einfach weiterhin hinter ihnen. Folgte ihnen.

»Ich versuche, zu denken, Peg.«

»Besser als mein anderer Stiefvater.«

»Dies ist vielleicht grade nicht der richtige Zeitpunkt.«

»Besser als mein richtiger Dad, der mit mir rummachen wollte. Was glaubst du, warum meine Mutter mit mir abgehauen ist? Ich war vier Jahre alt und er konnte seine Hände nicht von mir lassen. Ich weiß, du willst denken können, dass Jack auch so ist, damit du einen guten Grund hast, ihn zu hassen. Ich wette, es würde dich furchtbar glücklich machen, wenn ich sagen würde, er hätte mit mir rumgemacht. Tut mir leid, dass ich dich enttäuschen muss. Er ist stur, genau wie du. Aber das ist sein einziger Fehler.«

Hayden kratzte sich hinterm Ohr. Es war wirklich ein wenig enttäuschend. »Tut mir leid, dass du das mit deinem Dad erleben musstest.«

»War nicht deine Schuld.«

»Es tut mir nur leid, dass du mit dem Gefühl aufwachsen musstest, das sei alles, wofür du gut bist. Es tut mir leid, dass du in so einem Bordell landen musstest. Mit einem Typen wie dem, den wir nun hinter uns haben, als Freund. Jetzt überlege ich aber besser, was ich als Nächstes mache.«

Sie fuhren einige Kilometer schweigend weiter. Hayden warf einen Blick auf die Standspur und es war jedes Mal dasselbe. Ein breites Stück Asphalt neben einer stabilen, breiten Schotterpiste. Reichlich Platz, um an der Seite anzuhalten, falls er musste. Er richtete den Blick vom Rückspiegel zur Temperaturanzeige und wieder zurück.

Der Himmel hatte diese Farbe der frühen Vordämmerung angenommen, etwas heller als ein vollkommenes Dunkel. Über dem Berg zu seiner Linken leitete ein leichtes Glühen den frühen Morgen ein, ein weißer Rand, der in ein metallisches Blau überging, die Sterne immer noch leuchtend am Himmel, die Ränder des Gebirgszuges scharfkantig und schwarz im Relief. Ein heller Stern über dem Berg hob sich gegen alle anderen ab.

Im Scheinwerferlicht sah er ein Schild. *Searchlight 22.* Er blickte wieder auf die Temperaturanzeige. Sie stand noch nicht im roten Bereich, aber kurz davor. Ihm war klar, dass sie dies nicht viel länger fortsetzen konnten.

Ihre Stimme ließ ihn zusammenschrecken. »Hast du eine Waffe?«

»Nein.«

»Warum nicht?«

»Warum nicht? Das ist eine komische Frage. Viele Leute haben keine Waffe. Warum sollte ich? Auf wen sollte ich schießen wollen?«

»Es könnte manchmal gut sein, eine zu haben. Nur zur Verteidigung.«

»Joey hat eine Waffe? Willst du mir das indirekt mitteilen?«

»Ja, er hat eine. Zur Verteidigung.«

»Was für eine?«

»Ich weiß nicht.«

»Eine Handfeuerwaffe?«

»Ja.«

»Eine automatische?«

»Keine Ahnung. Ich verstehe nichts von Waffen.«

»Weißt du, wie er Kugeln einlegt?«

»Ja. Sie kommen in dieses runde Zylinderding. Sechs auf einmal.«

»Okay, gut.«

»Ich glaube, es könnte eine Smith & Wesson sein. Sein altes Auto, bevor er das neue gekauft hat, hatte einen Aufkleber an der Heckscheibe, darauf stand ›Geschützt durch Smith & Wesson‹. Aber vielleicht ist das nur so eine Redensart. Keine Ahnung.«

»Okay, Peg. Du kannst jetzt wieder still sein.«

Sie schien gekränkt zu sein. Sie sackte auf dem Sitz zusammen und legte den Arm um George wie ein Kind, das nach einer Puppe oder einem Teddybären griff, um sich zu trösten. George hob den Kopf und ließ sein Kinn auf ihrem Oberschenkel ruhen.

Hayden blickte wieder auf die Temperaturanzeige und fragte sich, ob es sich auszahlen würde, sie noch höher steigen zu lassen. Nur das Unvermeidbare aufschieben. Was würde er mit dem Weiterfahren erreichen? *Licht*, dachte er, und das war eine gute Antwort. Er würde Joey lieber im Licht der Morgendämmerung gegenüberstehen, um genau sehen zu können, wer sein Gegner war. Er überlegte, ob er etwas hatte, das er als Waffe gebrauchen konnte.

»Peg, greif mal hinter deinen Sitz, kannst du einen Montierhebel fühlen?«

Sein eigener befand sich unter der Ladefläche, aber er hatte sich einen viel längeren Montierhebel und Bremsenreiniger von Scott geborgt, als er die Bremsen repariert hatte. Er konnte sich allerdings nicht erinnern, ob er ihn schon zurückgegeben hatte. Das war das einzige mögliche Problem.

»Ja, ich kann hier hinten was fühlen«, antwortete sie. »Eine Metallstange und eine große Dose.«

»Reich mir beides rüber, okay?«

Er schob sich den Montierhebel unter seinen rechten Oberschenkel, sodass er von der Fahrertür aus nicht sichtbar war. Er nahm die Verschlusskappe des Bremsenreinigers ab und stellte die Dose neben seinen linken Absatz auf den Boden.

»Du willst doch nicht anhalten, oder?«

»Ich glaube, ich werde es demnächst müssen.«

»Könnten wir nicht einfach zu einer Polizeiwache fahren oder so was?«

»Ich glaube nicht, dass das in Searchlight um halb fünf morgens möglich ist.« Vielleicht war es eine schlechte Idee gewesen. Vielleicht hätte er Richtung Norden nach Las Vegas fahren sollen, selbst wenn es in die entgegengesetzte Richtung lag.

»Geht uns das Benzin aus?«

»Nein, das Wasser. Der Motor wird in Kürze zu heiß werden.« *Und wir sind erst eine halbe Stunde gefahren, also wird es ein langer, langsamer Heimweg*, dachte er. *Falls wir überhaupt so weit kommen.*

»Und? Dann fahr eben mit heißem Motor.«

»Das wird nicht funktionieren. Irgendwann explodiert er.«

Peg zeigte erste Anzeichen von Stress, sie atmete erschöpft aus und strich sich mit fahrigen Bewegungen die Haare aus dem Gesicht. »Du kannst dir einen neuen Motor besorgen, Hayden. Aber uns gibt es nicht noch einmal.«

»Du kapierst es einfach nicht, junge Dame, oder? Was passiert, wenn der Motor explodiert?«

»Der Motor wird zerstört.«

»Und dann?«

»Ich weiß nicht.«

»Er setzt aus. Er verklemmt sich und dann läuft er nicht mehr. Jetzt kapiert?«

»Ja, jetzt hab ich's kapiert.«

Sie fuhren schweigend ein paar Kilometer weiter. Der Himmel über dem Berg fügte eine Farbschicht hinzu, ein mattes Gold. Bis auf den hellen Stern verblassten alle anderen. Hayden starrte wieder in den Rückspiegel, dann auf die Temperaturanzeige, die mit dem roten Bereich flirtete. Vielleicht war es besser, jetzt anzuhalten, solange er noch die

Möglichkeit hatte, wieder loszufahren – je nachdem, wie die Dinge sich entwickeln würden. Es war noch nicht so hell, wie er es gerne gehabt hätte. Andererseits, bei helllichtem Tag konnte Joey vielleicht sogar auf ihr fahrendes Auto zielen.

Er fuhr noch einen oder zwei Kilometer weiter. Er spürte das nervöse Rumoren in seinem Magen und versuchte, ihm keine Aufmerksamkeit zu schenken. Dennoch arbeitete es in ihm, kroch durch seine Muskeln und strömte durch seine Arme und Beine. Er biss sich auf die Unterlippe und wünschte, Laurel wäre hier, damit er sie anbrüllen könnte, weil sie ihn in diese Situation gebracht hatte.

Seine Scheinwerfer trafen auf ein weiteres Schild. *LKW-Fahrspur.* Hayden wusste sofort, was das bedeutete. Eine lange, unerbittliche Steigung. Eine garantierte Überhitzung des Motors.

»Okay, bringen wir's hinter uns«, sagte er.

Als er sie im Rückspiegel ansah, war ihre Gesichtsfarbe weiß wie Porzellan. Sie sagte kein Wort. Er fuhr auf den Standstreifen und stellte den Motor ab. Ein leichter Dampfnebel trat aus dem Kühlergrill. Im Rückspiegel sah er, wie der BMW hinter ihnen anhielt. Als Joey das Scheinwerferlicht ausschaltete, konnte Hayden nur die Umrisse des Autos sehen, kaum mehr als einen Schatten. Wie die Ränder des dunklen Teils eines Neumonds. Mit so wenig Licht musste er auskommen.

Seine Hand schloss sich um den Montierhebel und George knurrte ins Nichts, als er eine Bedrohung spürte, die er nicht lokalisieren konnte.

Hayden blickte in den Seitenspiegel und sprach mit Peg, ohne den Kopf in ihre Richtung zu drehen. »Du tust genau, was ich dir sage, egal was es ist. Stell nichts infrage. Hör einfach auf mich und handle schnell.«

Joey stieg aus. Vorsichtig, die Arme in Schießhaltung, kam er an die Fahrerseite des Trucks. Die Waffe war in Haydens Kopfhöhe. Hayden öffnete die Tür.

»Tür zu!«, rief Joey. »Du bleibst dort drin!«

Hayden zog die Tür wieder zu, ließ das Schloss aber nicht einrasten.

Joey stand an der heruntergelassenen Fensterscheibe, hielt die Waffe, eine große 357 Magnum, auf Haydens Gesicht gerichtet und spähte an ihm vorbei zu Peg. Er war kein großer Kerl, wie seine Großmutter gesagt hatte, eher klein und drahtig. Seine dunklen Haare waren zurückgegelt und sahen nass aus. An seiner Haltung, seiner Körpersprache und Stimme konnte Hayden erkennen, dass er Angst hatte, wahrscheinlich genauso viel Angst wie Peg und er. Doch das gab ihm kein besseres Gefühl. Ein Mann, der Angst hat, ist ein gefährlicher Mann. Das hatte Hayden schon vor Jahren gelernt.

»Komm da raus, Peg!«, rief Joey. Seine Stimme verriet sein Alter und mangelndes Selbstvertrauen. »Du bleibst, wo du bist, alter Mann. Das war eine dumme Entscheidung, Peg. Versuch so was nie wieder!«

Hayden drehte den Kopf nach rechts und sah Peg an. Sie war zu Tode verängstigt. Und obwohl es nicht der richtige Zeitpunkt war, dachte er: *Ist es nicht verrückt, was wir mit Liebe verwechseln?* George knurrte das Fahrerfenster an und Hayden legte eine Hand über seine Schnauze. »Du gehst besser zu ihm, Peg.«

Sie riss entsetzt die Augen auf. »Du übergibst mich einfach an ihn?«

Hayden atmete tief ein. Er hatte geahnt, dass das passieren würde. Er hatte ihr klargemacht, dass sie befolgen sollte, was er sagte, schnell und ohne es zu hinterfragen, doch ihre Reaktion überraschte ihn nicht im Geringsten. Er wandte sein Gesicht von Joey ab und sah sie mit einem Blick an, der es ihr hoffentlich unmissverständlich klarmachen würde. »Würdest du einmal tun, was ich dir sage?«

Sie starrte ihn nur an. Dann öffnete sie langsam die Tür und stieg aus. Als sie dort stand, blickte sie ihn wieder an, und mit einer kleinen Kopfbewegung bedeutete er ihr, an die Vorderseite zu gehen. *Geh vorn herum.* Er hoffte, dass sie ihn in dem schlechten Licht gut erkennen konnte.

Sie ging um die Vorderseite herum.

Er bewegte seinen Kopf nach hinten, die Waffe befand sich nur noch zwei, drei Zentimeter von seiner linken Schläfe entfernt. Mit angehaltenem Atem beobachtete er ihre langsamen Schritte. Sie ging vorn um den Truck herum und langsam an der Fahrerseite auf Joey zu. Und Joey, der immerhin erst neunzehn und ein absoluter Amateur war, tat genau, was Hayden wollte. Er ließ die Waffe sinken und drehte sich ihr entgegen.

Mit dem Montierhebel in der rechten Faust schwang Hayden in nur einer Bewegung schnell seinen Körper herum, hob die Beine hoch und trat fest gegen die Fahrertür. Die Tür flog auf und traf Joey, der der Länge nach auf den Asphalt der Standspur fiel.

Hayden schnappte sich die Dose mit dem Bremsreiniger für den Fall, dass Joey die Waffe noch im Griff hatte. Er sprang aus dem Truck und stellte sich über Joeys niedergestreckten Körper. Joey rollte sich auf den Rücken und versuchte aufzustehen, als Hayden ihm den Bremsreiniger direkt ins Gesicht sprühte. Giftiges Zeug, Bremsreiniger. Auf der Packung wird davor gewarnt, ihn nicht in die Augen zu bekommen. Joey brüllte auf und als er sich die Hände vors Gesicht hielt, war in keiner eine Waffe. Hayden konnte nicht sehen, wohin die Waffe verschwunden war, aber das Schlimmste war ausgestanden.

Während Joey mit dem Gesicht in den Händen auf dem Asphalt saß, hob Hayden den Montierhebel hoch und schlug ihn mit großem Schwung gegen Joeys linkes Knie. Er schrie auf und krümmte sich in Embryonalstellung zusammen. Der Schrei klang wie Musik in Haydens Ohren. Es wäre eigentlich nicht notwendig gewesen, Joeys Knie zu brechen, nicht solange er dieses Zeug in den Augen hatte. Er hätte sich einfach nach der Waffe umsehen und sie an sich nehmen können, dann hätte er Wasser nachgefüllt, Peg in den Wagen verfrachtet und wäre weitergefahren. Aber er hatte es vor allem getan, um sich Genugtuung zu verschaffen, denn seine Furcht hatte ihn böse gemacht. Ein weiteres Beispiel für die Gefahr, die von einem Mann ausging, der Angst hatte. Und er hatte noch nicht einmal das Gefühl, dass er fertig war. Er spürte, wie sie in ihm herumwirbelte, diese Wut, die all die Furcht ersetzte, die er gerade eben noch mühsam unterdrückt hatte. Es fühlte sich größer als alles andere an, also zog er Joey am T-Shirt hoch, drückte ihn gegen den Truck und presste den Montierhebel an seine Kehle.

»Du hältst dich für einen bösen Jungen, was? Du bist ein absoluter Amateur. Was hattest du mit ihr vor, Junge, wolltest du sie verprügeln? Sie so verprügeln, dass sie dich nicht mehr verlassen würde? Ein schmales, sechzehnjähriges Mädchen? Das macht dich zu einem richtigen Mann, Joey, hey? Wie fühlt sich das an? Magst du es, wenn jemand, der größer und stärker ist, Kontrolle über dich hat? Entscheidet, ob du am Leben bleibst oder stirbst? Ob du alle Körperteile behalten kannst?«

Joeys Kopf beugte sich unter dem Druck der Metallstange unterhalb seines Adamsapfels nach hinten und mit gurgelnden Geräuschen versuchte er, zu atmen, Tränen in den Augen. Den Kiefer vor Schmerz angespannt, liefen Schweiß und Tränen an seiner Wange hinunter und tropften auf seinen Kragen. Und Hayden beugte sich noch näher zu ihm, um im Dämmerlicht alles sehen zu können. Er hatte jetzt alle Kontrolle verloren, das konnte er selbst spüren. Als hätte es nichts mit ihm selbst zu tun, hoffte er, dass er den Jungen nicht umbringen würde. Doch er würde abwarten und sehen müssen, was passierte.

»Jetzt hör mir gut zu, du kleines Arschloch.« Mit harter Miene zischte Hayden die Worte in Joeys Gesicht. »Ich werde mit dir in einer Sprache reden, die du verstehst. Du glaubst, du besitzt das Mädchen. Falsch! Ich besitze sie. Du hast hart gekämpft, um sie zurückzubekommen, aber du hast verloren, stimmt's? Also gehört sie mir. Stell dir vor, wir wären zwei Hengste, die um eine Stute kämpfen. Das kannst du Hinterwäldler verstehen, oder? Wir haben auf Leben und Tod gekämpft, jetzt kann ich dich töten.«

Joey machte ein gurgelndes Geräusch und Hayden verringerte den Druck des Montierhebels. Er spürte, wie er innerlich einen Schritt zurücktrat und merkte, dass vielleicht niemand hier draußen sterben musste. »Was hast du gesagt? Rede, damit ich dich hören kann, Junge.«

»Bitte töten Sie mich nicht.«

»Warum nicht? Was tust du für mich, wenn ich es nicht mache?«

Er ließ Joey los und der Junge knickte ein wie eine Marionette ohne Fäden. Er sank auf den Boden zu Haydens Füßen, den Rücken gegen den Hinterreifen gelehnt. Er weinte wie ein Baby, während er leicht vor und zurück schaukelte, das Gesicht grau vor Schmerz, und versuchte, sein Knie zu halten, ohne es jedoch zu berühren. Hayden stand über ihm und wartete.

»Ähm. Ich werde gehen und Sie in Ruhe lassen?«

»Und was ist mit ihr?«

»Sie gehört Ihnen, wie Sie gesagt haben.«

»Nun, das ist ein verdammt gutes Angebot, Junge.« Und in diesem Augenblick spürte Hayden, wie er wieder zu sich kam. Er ging zur Ladefläche seines Trucks, hob einen Wasserkanister heraus und ging nach vorn zur Kühlerhaube. »Mach dich auf die Suche nach der Waffe, Peg, dann setz dich in den Wagen.«

Als er den Kühlerverschluss anfasste, entschied er, dass der Motor zu heiß war, um Wasser einzufüllen, ohne ihn laufen zu lassen, also stieg er ein, stellte den Motor an, schraubte mithilfe seines Halstuchs den Verschluss ab und ersetzte das ausgelaufene Wasser. Als er die Kühlerhaube wieder schloss, hatte sich Joey den halben Weg zu seinem glänzenden schwarzen Auto geschleppt. Peg saß im Truck auf dem Beifahrersitz, den Arm um George gelegt, die Waffe im Schoß.

Hayden setzte sich, zog die Tür zu und legte Scotts Montierhebel auf den Boden zu Pegs Füßen. Er legte den ersten Gang ein und fuhr los, ohne einen Blick zurückzuwerfen.

»Tut mir leid, dass du das mit ansehen musstest, Peg.«

Er wollte eine Zigarette, doch seine Hände hatten angefangen zu zittern und ein flaues Gefühl hatte sich tief in seinen Magen gegraben. Selbst die Muskeln in seinen Beinen zitterten, also klammerte er sich mit beiden Händen fest ans Steuer. Nach etwa einem Kilometer hielt er am Straßenrand an, ließ den Kopf aufs Lenkrad sinken und versuchte, all das Adrenalin und diese kalte, nackte Angst durch tiefes Atmen zu vertreiben.

»Alles in Ordnung, Hayden?«

»Kannst du mir eine Zigarette anzünden?«

Sie zündete für sie beide Zigaretten an und er nahm einen langen, zittrigen Zug.

»Nun, jetzt hast du eine Waffe«, sagte Peg. »Was habe ich gesagt? Es ist manchmal gut, eine zu haben.«

Hayden nahm die Waffe von ihrem Schoß und trat mitten auf die noch leere Schnellstraße. Er holte aus und warf die Waffe mit großem Schwung so weit wie möglich weg. Ein paar Sekunden lang blieb er stehen und blickte ihr hinterher, dann setzte er sich wieder neben Peg und fuhr los. Er fühlte sich ein wenig erleichtert.

»Warum hast du das getan?«

»Ich will keine Waffe.«

»Ich hätte sie behalten können.«

»Es gibt vieles, das du noch nicht vom Leben versteht, junge Dame.«

»Was zum Beispiel?«

»Erstens könnte er mit dieser Waffe ein Verbrechen begangen haben. Und dann ist es keine gute Idee, die Waffe zu besitzen. Zweitens, wenn Waffen im Spiel sind, sterben Menschen. Drittens, was tust du, wenn du dich mit einer Waffe verteidigen willst, aber deine Hände zittern und du verfehlst dein Ziel, weil du nicht geübt bist? Ein Angreifer braucht dir nur die Waffe aus den Händen zu nehmen und kann sie gegen dich verwenden. Du willst ein langes Leben, Peg? Dann sieh zu, dass du ziemlich gesund lebst und dich aus Schwierigkeiten heraushältst. Du kannst dich aus Schwierigkeiten nicht herausschießen.«

Peg gab keine Antwort. Schmollend streichelte sie Georges Rücken und lehnte die Stirn gegen die Fensterscheibe.

»Und viertens, wenn ich die Waffe gefunden hätte, hätte ich diesen Jungen wahrscheinlich getötet, einfach aus dem Grund, weil ich aufgebracht war und Angst hatte.«

»Du hattest keine Angst.«

»Und ob ich Angst hatte.«

»Ich habe es gesehen, Hayden. Die ganze Sache. Wie leidenschaftlich du gekämpft hast, du hast vor nichts Angst.«

»Es gibt vieles, das du vom Leben noch nicht verstehst.«

»Hör auf, das immer zu mir zu sagen.«

»Okay. In Ordnung. Lass uns nicht reden.«

Sie erreichten den Gipfel des Hügels, und im Tal unter ihnen lag Searchlight, wie erwartet noch im Tiefschlaf.

* * *

In Baker hielten sie an einem Café, um zu frühstücken.

Peg saß Hayden gegenüber, strich sich mit den Fingern durchs Haar und blickte ihn aus dem Augenwinkel merkwürdig schüchtern an. Ihr Lächeln verunsicherte ihn.

Nachdem die Kellnerin ihnen Kaffee gebracht und ihre Bestellungen aufgenommen hatte, blickte Peg ihn direkt an, wieder mit diesem schüchternen Lächeln.

»Du warst wirklich gut vorhin.«

»Das stimmt nicht, junge Dame.«

»Du bist mein Held, Hayden.«

»Dann hast du einen lausigen Geschmack, was Helden angeht.«

»Ich erkenne einen Helden, wenn ich ihn sehe.«

In diesem Augenblick realisierte Hayden, was an diesem Lächeln so beunruhigend war. Es war verführerisch. »Peg, ich habe das Knie dieses Jungen zertrümmert, nur weil ich in einer miesen Stimmung war.«

»Na und? Er hat es verdient. Er war der Grund für deine Stimmung.«

»Dieser Junge wird vielleicht für den Rest seines Lebens eine Gehbehinderung haben. Ich hätte einfach wegfahren können.«

»Aber auf diese Weise hast du ihm so einen Schreck eingejagt, dass er sich vermutlich von uns fernhalten wird.«

»Ich hoffe, du hast recht.«

»Du wirst dich um mich kümmern, stimmt's, Hayden?« Sie legte ihre Hand auf seine, aber er zog sie mit einem Ruck zurück.

»Tu das nicht.«

»Warum nicht?«

»Du verstehst es einfach nicht, oder? Du bist wie eine Tochter für mich.«

Sie runzelte die Stirn und spielte mit ihrem Haar.

Hayden befeuchtete eine Papierserviette in dem Wasserglas vor sich und überreichte sie ihr. In diesem Licht war er sich allzu bewusst, wie sie aussah.

»Wisch dir das Zeug vom Gesicht, okay? Versuch einfach, wie sechzehn auszusehen.«

Sie seufzte, nahm einen kleinen Spiegel aus ihrer Handtasche und machte sich daran, ihr Make-up zu entfernen.

»Wie alt wäre deine eigene Tochter jetzt, Hayden?«

»Großer Gott, du bist genau wie deine Mutter.«

»Ich bin aber nicht deine Tochter.«

»Das weiß ich.«

»Du würdest dich aber trotzdem immer um mich kümmern, stimmt's?«

»Niemand kann dir so etwas versprechen.«

* * *

Nach etwa hundert Kilometern kamen sie an einem Schild mit dem Hinweis »Reiterhof – Pferdevermietung pro Stunde« vorbei und Peg, die in den letzten beiden Stunden um einige Jahre jünger geworden zu sein schien, beschloss, dass sie anhalten sollten.

»Lass uns reiten gehen, Hayden. Bitte!«

»Nein.«

»Warum nicht? Ich liebe Pferde.«

»Aber ich nicht.«

»Dann tu es für mich.«

»Ich kann nicht reiten.«

»Das macht nichts. Die haben Pferde für Anfänger.«

»Bring mich nicht dazu, es zu sagen.«

»Was zu sagen?«

»Ich habe Angst vor Pferden.«

»Hast du nicht.«

»Doch.«

»Stimmt nicht, Hayden. Du hast vor nichts Angst.«

»Ich habe vor allem möglichen Angst. Das habe ich dir gerade versucht zu erklären.«

»Du erfindest das nur, damit wir nicht anhalten müssen. Du kannst keine Angst vor Pferden haben. Du bist mein Held.«

»Ich habe es dir schon einmal gesagt. Du hast einen lausigen Geschmack, was Helden angeht. Ich bin nur ein schlecht gelaunter Mann mittleren Alters, der keine Selbstkontrolle hat, wenn sie notwendig ist.«

»Du bist trotzdem mein Held. Ich habe gesehen, was du getan hast. Du hättest Joey töten sollen. Dann hättest du sichergestellt, dass er uns für immer in Ruhe lässt.«

»Du weißt nicht, was du sagst, wenn du verlangst, dass ein Mann für dich tötet.«

»Du würdest nicht für mich töten?«

»Nein.«

»Würdest du für meine Mom töten?«

»Ich hoffe, ich muss das nie herausfinden.«

»Liebst du meine Mom?«

»Das tue ich. Ja.«

»Liebst du mich?«

»Ja, aber anders.«

»Würdest du töten, um mein Leben zu retten?«

»Kannst du aufhören, mir solche Fragen zu stellen?«

Peg schmollte und weigerte sich den Rest der Fahrt, mit ihm zu sprechen. Es war eine merkliche Verbesserung.

Kapitel 6

Es ist so, Scott

Als er Laurels Haus erreichte, hatte die Abenddämmerung eingesetzt, es war etwa acht Uhr. Er stellte den Motor ab und blickte zu Peg hinüber, die eingeschlafen war, den Kopf nach hinten über den Sitz gebeugt, mit weit geöffnetem Mund. Er überlegte, ob er einfach hupen sollte, damit er nicht an die Tür gehen und Jack sehen musste. Doch er wollte Peg nicht aus dem Schlaf hochschrecken.

Er streichelte George am Nacken, der einzigen Stelle, wo er ein paar Haare hatte. Er wollte Laurel erzählen, dass ihn dieser kleine Gefallen das Leben hätte kosten können. Er wollte sie fragen, ob sie gewusst hatte, wie gefährlich diese Mission war. Und wenn ja, weshalb sie ihn trotzdem losgeschickt hatte. War er wirklich so entbehrlich? Er beschloss, diese Fragen wirklich zu stellen. Er würde nicht nur dort sitzen und schweigen. Er würde die Fragen stellen. Er musste es.

Er drückte zweimal vorsichtig auf die Hupe, Peg wachte nicht auf. Ein paar Sekunden später wurde der Vorhang des Frontfensters zur Seite geschoben, dann kam Laurel aus dem Haus und lächelte, als sie Peg sah.

Sie legte ihm die Hand auf den Arm und sagte: »Du bist großartig.« Ihm wurde ganz warm.

»Sie ist noch nicht ganz bereit, wieder zu Hause zu wohnen.«

»Wo soll sie denn sonst wohnen?«

»Ich habe ihr angeboten, eine Weile bei mir unterzukommen.«

Auf Laurels Gesicht erschien ein Ausdruck, der nur schwer zu deuten war, sie zog ihre Hand weg. »Das ist keine romantische Sache, oder?«

»Du solltest mich wirklich besser kennen.«

»Ich meine, ich könnte verstehen, dass du mir eins auswischen willst unter den gegebenen Umständen, und es ist nicht so, als wären wir uns zu diesem Zeitpunkt etwas schuldig, aber …«

»Laurel! Sie ist sechzehn. Ich habe nicht vor, noch mehr Zeit meines Lebens im Gefängnis zu verbringen. Der Typ, mit dem sie zusammen war, ist gefährlich. Selbst wenn sie zu Hause wohnen wollte, wo würde er wohl zuerst nach ihr suchen?«

»Glaubst du, dass er das tun wird?«

»Offen gesagt, nein. Ich glaube, ich habe ihm genug Angst eingejagt. Aber lass uns trotzdem kein Risiko eingehen, okay? Sie wird nicht mehr als ein paar Wochen bei mir sein, und wenn er wegbleibt, nun … Ich habe ihr angeboten, dass wir uns nach einer eigenen Wohnung für sie umsehen könnten. Aber ich werde ihr gut zureden, wieder nach Hause zurückzukehren.«

»Wo soll sie in deinem winzigen Haus schlafen?«

»Sie kann mein Bett haben.«

»Und wo schläfst du?«

»Auf meinem Feldbett. Direkt vor der Tür. Sollte dieses kleine Arschloch aus King City sie suchen, muss er erst einmal an mir vorbei. Sie wird nach Hause kommen. Gib ihr einfach Zeit. Wusstest du, dass dieser Junge eine Waffe hatte?«

»Nein, wie sollte ich das wissen?«

»Die Situation war sehr heikel.«

»Tut mir leid, Hayden. Ich hatte nicht gedacht, dass es so schlimm werden könnte.«

Sie schwiegen ein paar Sekunden, dann kam ihre Berührung zurück. Sie strich über seinen Arm und er schloss die Augen und ging einen Moment lang in sich. »Erinnerst du dich, als du letztes Mal bei mir warst? Als ich mir den Rücken verrenkt hatte? Du wusstest nicht, dass Jenny gestorben war, und hast gefragt, was mit ihr passiert sei, und ich habe es dir gesagt.«

»Ja. Und?«

»Du hast überhaupt nicht reagiert. Du hast zum Beispiel nicht gesagt: ›Oh Gott, das tut mir leid, Hayden, ich weiß, wie sehr du diesen Hund geliebt hast. Ich weiß, dass du Jenny fünfzehn Jahre lang hattest, seit sie ein Welpe war, dieser schöne, legendäre Hund, den alle geliebt haben, und ich kann mir gar nicht vorstellen, wie du dich jetzt fühlen musst.‹«

Die Haustür wurde geöffnet. Jack erschien im Türrahmen und blickte heraus. Laurels Hand verschwand von Haydens Arm. Dann schloss sich die Tür wieder und Jack war verschwunden.

»Großer Gott, Hayden, ich weiß nicht. Ich war wahrscheinlich damit beschäftigt, mich an deinen neuen Hund zu gewöhnen. Ich weiß nicht, ich bin nicht gerade ein Hundeliebhaber, ich meine … Worauf willst du hinaus?«

»Ich weiß nicht. Wahrscheinlich auf nichts.«

Er lehnte sich nach vorn und ließ den Motor an.

»Danke für deine Hilfe mit Peg«, sagte sie und küsste ihn auf die Wange.

»Gern geschehen«, erwiderte er. Dann fuhr er nach Hause. Erst jetzt spürte er, wie niedergeschlagen und müde er sich wirklich fühlte.

* * *

Am nächsten Tag bekam er am späten Nachmittag Besuch von Scott. Peg schlief immer noch, ihr Tag-Nacht-Rhythmus war völlig durcheinandergeraten.

Hayden war draußen und hing mit dem Kopf unter der Kühlerhaube seines Fords. Er hatte den Keilriemen, das Gebläse und die Riemenscheibe ausgebaut und gerade die fehlerhafte Wasserpumpe abgezogen, und grünliche Kühlflüssigkeit hatte sich um ihn herum auf den harten Boden ergossen, als Scott in seinem schwarz-weißen Sheriffsauto neben ihm hielt. Hayden setzte sich mit dem Kühlmittelgehäuse und einem Schabeisen in der Hand auf und machte sich daran, die alte, angeschweißte Dichtung abzulösen, damit er das Thermostat ersetzen konnte, wo er schon dabei war.

Scott trat zu ihm und fragte: »Wo kann ich mich hinsetzen?«, da er seine Uniform trug. Hayden wies mit einer Kopfbewegung zu einem Gartenstuhl, der zusammengeklappt am Geräteschuppen lehnte. Scott kam mit dem Stuhl zurück und setzte sich neben Hayden.

Zunächst sprach keiner von beiden. Scott beobachtete Hayden, der an der Dichtung herumkratzte. Die kurze Stille wurde nur vom knisternden Rauschen des Funkgeräts an Scotts Gürtel unterbrochen.

Schließlich sagte Hayden: »Bitte sag nicht, dass du schlechte Nachrichten hast.«

»Na ja, ich glaube nicht. Nicht direkt. Es ist nur komisch. Während du weg warst, ist etwas Komisches passiert.«

»Ich kann nur hoffen, dass du ›komisch‹ im Sinne von ›amüsant‹ meinst.«

»Nein, ich meine ›komisch‹ im Sinne von ›seltsam‹.«

»Das habe ich befürchtet.«

»Wie viele Kinder hast du noch mal, Hayden?«

»Nur eine Tochter.«

»Von der du weißt.«

»Ich bin mir ziemlich sicher, dass es nur eine ist.«

»Nun, dann wäre meine nächste Frage, wie viele Freundinnen du hast?«

»Oh, lass mich mal überlegen …«, sagte Hayden. Er legte das Gehäuse ab und wischte sich mit einem Tuch den Schweiß von der Stirn. »Bei meiner letzten Zählung waren es … null. Ja, null. Es sei denn, ich hätte mich verrechnet. Ich habe keine Freundin. Warum? Worum geht's?« Er nahm eine Drahtbürste und bürstete die Oberfläche der Dichtung ab.

»Während du weg warst, war eine junge Frau hier, die nach dir gesucht hat. Nicht wirklich jung. In Laurels Alter, ein bisschen jünger vielleicht. Ein paar Jahre jünger. Dreißig oder so.«

»Und sie sagte, sie sei meine Freundin?«

»Nein. Sie sagte, sie sei deine Tochter.«

Hayden hielt mit dem Bürsten inne. Er blieb einfach sitzen und hätte selbst nicht sagen können, wie lange, bis er aufstand und wieder zu seinem Truck ging.

»Das kam mir nur ziemlich komisch vor«, sagte Scott, »da deine einzige Tochter schon lange nicht mehr lebt. Falls sie das war und sie seit fünfzehn Jahren im Grab liegt, dann sah sie dafür ziemlich gut aus. Wie hieß deine Tochter noch mal?«

Hayden zog den Kopf unter der Kühlerhaube hervor, lehnte sich auf den Grill und kratzte sich am Kopf. »Allegra«, antwortete er, nicht sicher, was er sagen sollte. »Ihre Mutter nannte sie Allegra.«

»Genau. Die Frau sagte, ihr Name sei Allegra Reese. Sie werde in zwei Monaten heiraten und wolle dich finden, um dich zu ihrer Hochzeit einzuladen. Was für eine Erklärung könnte es dafür geben?«

»Hat sie eine Telefonnummer oder Adresse hinterlassen?«

»Nein. Ich habe ihr gesagt, dass ich dich kenne, und sie meinte, sie werde in ein, zwei Wochen wiederkommen und nachsehen, ob du zurück bist. Was hat das zu bedeuten, Hayden?«

»Du willst eine Erklärung, was?«

»Das wäre schön, ja.«

»Ich mache dir einen Vorschlag. Warum gehst du nicht wieder zurück auf Streife und ich mache hier mit meinem Truck weiter, und dann werde ich sehen, ob mir eine Erklärung einfällt, die dir gefällt.«

Er steckte den Kopf wieder unter die Kühlerhaube.

Scott blieb noch eine Weile auf dem Gartenstuhl sitzen. Schließlich stand er ohne ein weiteres Wort auf und ging.

* * *

Nachdem Hayden die Wasserpumpe und das neue Thermostat erfolgreich eingebaut hatte, ging er zurück ins Haus, um zu duschen und sich vielleicht ein Bier zu genehmigen. Peg war inzwischen aufgewacht und saß mit George auf dem Boden. Sie war damit beschäftigt, die schuppigsten Stellen seiner Elefantenhaut mit Handcreme einzureiben.

Hoffnungsvoll blickte sie zu Hayden auf, aber ihre Miene änderte sich umgehend. »Was zum Teufel ist mit dir passiert?«

»Nichts ist passiert. Warum?«

»Du siehst aufgebracht aus.«

»Mit mir ist alles in Ordnung. Danke, dass du dich um George kümmerst.«

»Ich dachte, es könnte vielleicht helfen, sein Fell schneller wieder wachsen zu lassen.«

»Kannst du ihm diese Augencreme geben, wenn du schon dabei bist? Bei dir hält er still. Ich muss mich quasi auf ihn setzen, wenn ich ihm das Zeug verabreichen will. Ich gehe jetzt unter die Dusche.«

»Was wollte Scott von dir?«

»Nichts. Du solltest dir Gedanken um die Schule machen.«

»Was ist mit der Schule?«

»Du solltest wieder hingehen. Und du solltest dir auch überlegen, vielleicht wieder nach Hause zu ziehen. Gib deiner Mutter noch eine Chance.«

»Ich gehe nicht nach Hause zurück. Ich will für immer hier bei dir bleiben.«

»Da bin ich aber anderer Ansicht, junge Dame.«

»Aber ich liebe dich, Hayden. Kann ich dir etwas zu essen machen? Ich kann kochen. Und das Haus in Ordnung halten. Ich weiß, du liebst meine Mom, aber du wirst nach einer Weile über sie hinwegkommen, und dann bin ich hier. Du wirst schon sehen.«

»Großer Gott, Peg!« Hayden ließ sich auf einem Küchenstuhl nieder und senkte den Kopf in die Arme. Irgendwie schienen sich alle gegen ihn verschworen zu haben. »Tu uns beiden einen Gefallen. Schlag dir diesen Gedanken einfach aus dem Kopf. Verstanden?«

Sie gab ihm keine Antwort.

Nach einer Weile stand er auf und ging unter die Dusche. Als er tropfnass, mit einem Handtuch um die Hüften, zurückkam, spürte er, wie Peg ihn anstarrte. Er fühlte sich befangen. Plötzlich war das hier nicht mehr sein eigenes kleines Reich.

An diesem Abend genehmigte er es sich, auszugehen und sich zu betrinken.

* * *

Nach seinem vierten Bier kam er zu der Überzeugung, dass er Scott keine Erklärung schuldig war. Schließlich hatte Scott ihn nicht in seiner beruflichen Funktion als Sheriff befragt, sondern eher als Freund. Scott hatte sich schon mehrere Male für

Hayden eingesetzt, und es war nicht seine Schuld, dass Hayden wegen der Sache schlechte Laune bekommen hatte.

Also legte sich Hayden die Worte zurecht, die er ihm sagen würde, auch wenn er bei dem Gedröhne der Jukebox kaum in der Lage war, seine eigenen Gedanken zu hören.

Es ist so, Scott. Ein Mann kommt in ein ländliches Gebiet ohne die Absicht, länger zu bleiben. Aber er muss irgendwo anfangen, und dort gibt es einen Job für ihn. Er rechnet sich aus, dass er nur so lange in dem Job bleiben wird, bis er es sich leisten kann weiterzuziehen, aber dann hat jemand ein spottbilliges Stück Land zu verkaufen und er bekommt einen schönen, kleinen Bluetick Coonhound geschenkt, und dann fängt er an, auf dem Land zu bauen, und auf einmal sind fünfzehn Jahre vergangen und irgendwie sitzt er immer noch dort fest …

»Rita«, sagte er, als die Kellnerin an seinem Tisch vorbeikam. »Bist du so gut und bringst mir noch eine Runde, bitte?«

Er hatte noch ein wenig Geld in der Tasche, jedoch waren es jetzt überwiegend Zehner und Eindollarscheine, und zwanzig schuldete er Scott. Wenn das ausgegeben war, hatte er keinen richtigen Plan. Außer in die Stadt zu fahren und Arbeitslosengeld zu beantragen. Schließlich hatte er seinen Job nicht freiwillig aufgegeben, gesundheitliche Probleme hatten ihn dazu gezwungen. Falls der Umstand, dass er vor kurzem neunzig Tage lang arbeitslos gewesen war, nicht alles vermasselte. Er würde abwarten und sehen müssen, was passierte.

Rita brachte ihm das Bier und er bezahlte mit einem Zehner. Während sie das Wechselgeld abzählte, trank er die Flasche in einem Zug leer und stellte sie zurück aufs Tablett. »Noch eins«, sagte er.

»Langsam, langsam, Hayden. Es ist noch früh, du hast noch die ganze Nacht vor dir.«

»Du hast gut reden!«

Kopfschüttelnd entfernte sie sich, um ihm ein weiteres Bier zu holen.

Es ist so, Scott. Da ist diese enge Zone, in der die Leute dich leben lassen, nur für eine kleine Weile. Du krebst herum und tust dir selbst leid, dein Leben dreht sich im Kreis und die Leute klopfen dir auf die Schulter und sagen: »Kopf hoch, mein Junge. Wir sind bei dir.« Aber nur für eine gewisse Zeit. Abhängig davon, was dir zugestoßen ist. Dann übertrittst du eine imaginäre Trennlinie und sie klopfen dir nicht mehr auf die Schulter, dein Leben dreht sich immer noch im Kreis, aber jetzt sagen sie: »Das Leben geht weiter, Kumpel. Nimm dich nicht so wichtig.« Aber du drehst dich immer noch im Kreis …

Rita kam mit dem Bier zurück und er bedankte sich. Stirnrunzelnd starrte er das Bier an und wischte mit den Daumen die Wassertropfen vom Flaschenhals.

»Alles in Ordnung mit dir, Hayden?«

»Nein. Aber danke der Nachfrage.«

»Armer Hayden.« Sie tätschelte seine Schulter, dann verschwand sie zwischen mehreren Paaren, die neben der Bar tanzten.

Siehst du, Scott? Siehst du jetzt, wie es ist?

Doch es war bereits halb elf und Scott war immer noch nicht aufgetaucht. Also blieb er in seiner Ecke sitzen, trank ein weiteres Bier und übte seine Antwort ein.

Okay, Scott, wir kennen uns jetzt schon lange, und du warst immer mehr als fair zu mir, aber bevor ich dir das erzähle, muss ich wissen, dass du mich nicht verurteilst, ich muss nur … pinkeln. Ja, das ist es, was ich sagen wollte. Erst mal muss ich wirklich dringend pinkeln.

Er erhob sich von seinem Stuhl und blieb schwankend stehen. Der Boden der Kneipe war das Deck eines Schiffes, es neigte sich und schlingerte mit dem launischen Temperament des Meeres, dessen Wellen es darauf abgesehen hatten, ihn zu treffen. Er betrank sich nicht oft und hatte gar nicht bemerkt, dass er bereits betrunken war. Er versuchte, die Wellen auszugleichen und konzentrierte sich darauf, seine Beine seetüchtig zu machen. Er griff nach einer Stuhllehne, um Halt zu finden.

Dann machte er sich vorsichtig auf den Weg zur Toilette.

Und es klappte gut, kein Problem. Zunächst. Doch dann blickte er zur Tür und sah Scott hereinkommen. Gerade, als er den Kopf drehte, schob irgendein Vollidiot plötzlich seinen Stuhl nach hinten, ohne daran zu denken, wer oder was hinter ihm sein könnte. Haydens Stiefel verfing sich an einem Stuhlbein und Hayden flog vornüber auf den Boden und landete fest auf seinem Kinn. Der Aufprall nahm ihm kurzzeitig den Atem, es machte ihn verlegen und daher wütend.

Er kam wieder auf die Beine, und sofort war der Mann da, um ihm behilflich zu sein. Der Mann war jedoch ausgerechnet Jack. Hayden blickte an ihm vorbei zum Tisch, und dort saß Laurel. Mit halb abgewandtem Blick versuchte sie, nicht hinzusehen, wie er sich vor allen Leuten blamierte.

»Fühlst du dich jetzt besser, Jack?«

»Es war keine Absicht, Reese. Ich habe dich nicht gesehen.«

»Reiner Zufall«, sagte Hayden, »dass du mich vor ihr zum Narren machst.«

Mit beiden Händen gab er Jack einen Stoß. Nicht sehr fest, aber fest genug. Es reichte aus, um Jack einen Schritt rückwärts taumeln zu lassen.

Jack trat wieder auf ihn zu, jedoch mit ausholendem Arm. Mit seiner Rechten zielte er auf Haydens Gesicht. Hayden hasste es, wenn jemand mit der Faust auf sein Gesicht zielte. Oder mit einer geladenen Waffe. Es löste irgendetwas in ihm aus. Die ganze Welt um ihn herum wurde dann schwarz. Jack traf ihn jedoch nicht, der Schlag war zu hoch und Hayden konnte gerade noch rechtzeitig den Kopf wegziehen. Offenbar ging es Hayden aber ums Prinzip, denn seine Welt wurde trotzdem plötzlich schwarz.

Mit geducktem Kopf ging er direkt auf Jack los und rammte einfach seinen Kopf in dessen Mitte, immer weiter und weiter. Hayden flog förmlich nach vorne, während Jack nach hinten flog. Haydens Sinne schienen in diesem Moment nicht richtig zu funktionieren und es kam ihm so vor, als dehnte sich dieses Spiel eine Ewigkeit aus. Viel zu lang. Und schließlich wurde Jack plötzlich gestoppt, als er mit dem Rücken gegen die Wand stieß. Haydens Kopf rammte weiter, bis auch er anhalten musste. Er konnte hören und fühlen, wie aus Jack mit einem lauten Zischen alle Luft entströmte.

Irgendwie lag Jack dann am Boden und Hayden saß mit gespreizten Beinen auf seinem Oberkörper und schlug ihm fest ins Gesicht. Es fühlte sich für Hayden natürlich an, er hätte es immer weitermachen können.

Doch schließlich hielt er inne, wenn auch nicht aus eigenem Antrieb.

Er spürte, wie er weggezogen wurde, von hinten legte sich ein Arm fest um seinen Hals. Er wurde eine lange Strecke rückwärts gezogen und dann losgelassen. Mit dem Rücken stieß er an die Wand der Kneipe. Und dann war Scott da, direkt vor seinem Gesicht, und mit seinem langen Schlagstock drückte er Hayden am Hals gegen die Wand. Hayden bekam Luft, konnte aber nicht schlucken, also hielt er einfach still.

»Was soll ich noch tun, Hayden?« Scott brüllte ihn an, doch es klang wie aus weiter Ferne. Über seine Schulter sah er, wie Jack langsam aufstand. Und er sah, dass jetzt niemand mehr trank oder tanzte. Alle starrten ihn an. Genau in diesem Augenblick war das Lied zu Ende, das die Jukebox gespielt hatte, und eine ohrenbetäubende Stille trat ein, in die hinein Scott wieder brüllte: »Was soll ich noch tun, Hayden, dich an einer Leine führen? Mir reißt wirklich der Geduldsfaden mit dir.«

Hayden schloss die Augen, versuchte wieder, zu schlucken, und zeigte auf seinen Hals. Scott verringerte den Druck auf den Schlagstock ein wenig.

»Gesicht zur Wand! Hände hinter den Rücken!«

Hayden tat, was man ihm sagte. Er spürte das vertraute, kalte Metall und hörte das Klicken, als die Handschellen geschlossen wurden.

Dann wurde er umgedreht, geschubst und fand sich plötzlich draußen in der kühlen, frischen Luft wieder. Ein Schwindelgefühl überkam ihn, er spürte leichte Übelkeit. Als sie Scotts Wagen erreichten, sah er, dass es nicht der außerdienstliche Mustang war, sondern der schwarz-weiße Sheriffswagen. Scott legte eine Hand auf Haydens Kopf und drückte ihn auf den Rücksitz.

Er ließ Hayden sitzen und ging wieder zurück in die Kneipe.

Hayden fuhr sich mit der jeweils anderen Hand über die lädierten Fingerknöchel und blickte sich um. Er hatte noch nie auf dem Rücksitz von Scotts Sheriffwagen gesessen, der mit einem Schutzfenster aus Stahl und Plexiglas von der Fahrerkabine abgetrennt war. Es gab kaum Platz für die Beine und Hayden war gezwungen, seitlich zu sitzen. Er schloss die Augen und versuchte, seinen Brechreiz zu unterdrücken.

Nach ein paar Minuten wurde die Vordertür geöffnet und der Motor angelassen, dann fuhren sie los. Hayden versuchte, sich daran zu erinnern, was er Scott sagen wollte.

»Ich habe gehofft, du würdest es verstehen, Scott.«

»Ich verstehe es aber nicht.«

Mit geschlossenen Augen spürte Hayden, wie das Auto an einer Kreuzung anhielt. Dann bog es nach links auf die Schnellstraße. Der Motor heulte auf, als Scott beschleunigte.

»Scott. Glaubst du an die Liebe?«

»Ich denke schon. Warum?«

»Ich tu's. Ich glaube an die Liebe.«

»Hör zu, Hayden. Hör mir gut zu. Ich will dir eins sagen. Ich weiß, dass du sturzbesoffen bist, aber wenn du dich morgen früh auch nur an eine Sache erinnern kannst, dann hoffe ich, dass es diese ist. Jeder Idiot kann sich verlieben. Dafür braucht es kein besonderes Talent. Der Trick ist, jemanden zu lieben, der einem guttut. Das ist die Sache, die kaum jemand richtig hinbekommt.«

»Hat dir das deine Oma erzählt?«

»Ja, in der Tat.«

»Also ist es eigentlich ihre Theorie. Jedenfalls eher als deine.«

»Jetzt ist es meine. Du solltest die Theorie mal in die Tat umsetzen.«

* * *

Hayden schreckte aus dem Schlaf hoch, als Scott etwas Festes gegen die Gitterstangen knallte. In seiner Einzelzelle des Bezirksgefängnisses kam Hayden zu sich. Er blinzelte gegen das viel zu helle Tageslicht an, setzte sich auf und versuchte, die Übelkeit auf später zu verschieben. Er beugte sich vor und erkannte, dass der Gegenstand ein Frühstückstablett war.

»Willkommen zurück in der Division Road, Hayden! Hast du dich entschieden, auf welcher Seite du stehen willst?«

»Guten Morgen, Scott. Könntest du bitte das Essen wegnehmen? Bei dem Geruch wird mir ganz übel.«

»Nein, tut mir leid. So will es das Gesetz, ich muss Häftlingen dreimal am Tag Essen bringen. Ob du es magst oder nicht.« Er schob das Tablett durch den Schlitz in der Seitentür. »Ich lasse dich jetzt eine Weile allein mit deinem Frühstück. Du kannst es essen und wieder erbrechen oder wonach dir der Sinn steht, und danach werden wir uns ein wenig unterhalten.«

»Habe ich heute Morgen eine Gerichtsvorladung?«

»Genau darüber werden wir sprechen. *Bon appétit.*«

* * *

Hayden würgte über der Stehtoilette noch lange, nachdem das Würgen trocken, nutzlos und schmerzhaft geworden war und sich sein Inneres nach außen umzustülpen drohte. Dann legte er sich wieder hin, schloss die Augen und versuchte, den Geruch von Müsli und Orangensaft zu ignorieren.

Als Scott zurückkam, weiß Gott wie viel später, hämmerte der mit seinem Schlagstock an die Gitterstangen. Hayden setzte sich auf und sagte: »Aua!«

Scott zog seinen Holzstuhl heran und setzte sich vor das Gitter.

»Wie lange bekomme ich diesmal, Scott?«

»Nun, was das betrifft, habe ich schlechte Nachrichten, Hayden. Jedenfalls für mich. So wie es aussieht, bleibt mir nichts anderes übrig, als dich rauszulassen.«

»Wie bitte?«

»Ich wollte Jack dazu überreden, Anzeige zu erstatten, aber er hat abgelehnt.«

»Das ergibt keinen Sinn.«

»Das habe ich auch gesagt. Ich habe meinen ganzen Morgen damit verschwendet, etwas zu finden, das man dir zur Last legen könnte, aber ich habe genug. Öffentliche Trunkenheit scheint an diesem Ort kein schreckliches Verbrechen zu sein. Ich kann dich über Nacht in Gewahrsam nehmen, was ich getan habe. Also kommst du jetzt raus. Ich muss aber sagen, dass das im Hinblick auf Jack kein gutes Zeichen ist. Das ist nicht seine Art, sich großzügig zu zeigen, glaub mir.«

»Was genau hat er gesagt?«

»Oh, wir hatten eine lange Unterhaltung über dich. Hast du aus Jacks Haus Geld gestohlen?«

»Nein. Du weißt, dass ich nicht stehle.«

»Ich dachte auch, du würdest nicht lügen. Jetzt bin ich mir nicht mehr so sicher. Er glaubt, es sei ein schrecklicher Zufall, dass ausgerechnet an dem Tag, als ein Nachbar dich ins Haus gehen gesehen hat und niemand da war, zweihundert Dollar verschwunden sind.«

»Laurel hatte das Geld extra für mich dagelassen. Damit ich Peg zurückbringen konnte.«

»Sie muss vergessen haben, ihm das zu erzählen. Er sieht die Sache so: Du schläfst mit seiner Frau, aber was kann er tun? Sie waren zu dem Zeitpunkt getrennt. Du schläfst mit seiner Stieftochter, aber es ist nicht so, als hättest du sie gezwungen. Er geht davon aus, dass es ihre eigene dumme Entscheidung ist.«

»Ich habe nicht mit Peg geschlafen.«

»Nun, sie hat ihren Eltern erzählt, es sei wahre Liebe. Dann hast du ihn bestohlen, aber das war kurz vor diesem teuren Gefallen für Laurel, also hatte er sich mit seinem Urteil zurückgehalten, weil er dachte, Laurel hätte ihm vielleicht nicht die ganze Geschichte erzählt. Kannst du dir jetzt ein Bild machen? Siehst du, dass er vernünftiger ist, als du glauben willst? Und jetzt hast du ihm vor den Augen besagter Frau und dem halben Ort in der Kneipe eine gewaltige Abreibung verpasst. Er ist nicht gerade glücklich.«

»Warum erstattet er dann keine Anzeige?«

»Er hat nur gesagt: ›Das ist eine Sache zwischen mir und Reese.‹ Das war alles. Ich glaube, er will sich selbst an dir rächen. Warum soll das Bezirksgefängnis den ganzen Spaß haben? Also lass ich dich raus. Obwohl du, ehrlich gesagt, hier sicherer wärst. Aber das ist jetzt dein Problem.« Scott schloss die Zelle auf und trat einen Schritt zurück, die Tür weit geöffnet. »Wenn er dich zur Strecke bringt, dann komm nicht und beschwer dich bei mir.«

In der Zentrale brachte Scott die blaue Netztüte mit Haydens Habseligkeiten an den Schalter, schob ihm ein Formular zum Unterschreiben hin und gab ihm schließlich seine Sachen zurück: Jacke, Brieftasche, Gürtel, ein paar gefaltete Geldscheine und eine Kopie des Formulars, das er bei seiner Ankunft unterschrieben hatte.

»Ich schulde dir noch was«, sagte Hayden und gab Scott zwei Zehner. Damit war sein gesamtes Vermögen auf weniger als dreißig Dollar reduziert.

»In der Tat«, erwiderte Scott und steckte das Geld ein.

»Etwas fehlt noch«, sagte Hayden leise.

»Oh, stimmt. Tut mir leid. Ich habe es gelesen.« Hayden folgte Scott zum Eingang des Gefängniskomplexes, wo Scott Haydens Taschenbuchversion des »Tao Te King« nahm und auf den Schalter legte. »Wenn ich das mal sagen darf: Du machst nicht gerade das Beste aus deiner Lektüre, Hayden. In diesem Buch geht es um Friedfertigkeit und Nichthandeln. Entweder hast du es nicht gelesen oder es funktioniert für dich nicht.«

Hayden steckte das Buch in die Tasche seiner Jeansjacke. »Wir sind immer noch Freunde, Scott?«

»Sag du es mir, Hayden. Sag du es mir.« Ihr Schweigen dauerte etwas zu lange, ehe sie zur Tür gingen. »Du erinnerst dich nicht zufällig daran, was ich dir gestern Abend erzählt habe?«

»Doch, ich erinnere mich. Seltsam, weil ich mich an kaum etwas sonst erinnern kann.«

»Reine Suggestivkraft«, erwiderte Scott und hielt ihm die Tür auf. »Einen schönen Tag wünsch ich dir.«

Kapitel 7

Rot

Hayden brauchte fast zwei Stunden, um nach Hause zu kommen. Es war ein weiter Fußweg zurück zur Kneipe, wo er seinen Truck gelassen hatte. Dann fuhr er zu der Eisenwarenhandlung, in der er gearbeitet hatte, und gab dort die Hälfte seiner Ersparnisse für ein neues Haustürschloss aus. Er hätte es schon längst ersetzen sollen, das war ihm klar. Jetzt war es einfach nicht mehr sinnvoll, seine Tür ungesichert zu lassen.

Zu Hause angekommen, vergaß er das Schloss in seinem Truck und ging ohne ins Haus. In seinem Kopf pochte es, er hatte ein flaues Gefühl im Magen. Er war todmüde und niedergeschlagen und wirklich nicht in der Stimmung, von einem hysterischen Teenager angefallen zu werden.

»Wo zum Teufel warst du, Hayden? Du warst die ganze Nacht weg.« Peg kam brüllend auf ihn zu und er wünschte, er hätte ihre Lautstärke herunterdrehen können. Sie schlug mit den Fäusten gegen seine Brust, aber er spürte nicht viel. »Du warst bei einer anderen Frau, oder? Lüg mich nicht an, Hayden.«

Er packte sie bei den Schultern und hielt sie auf Armeslänge von sich weg. Sie schwang ihre Fäuste weiter durch die Luft und Hayden sah, dass sie weinte.

»Ich war im Gefängnis.«

Sie hielt inne und er ließ ihre Schultern los. »Wirklich?« Sie strich sich die Haare aus dem Gesicht und trocknete mit dem Ärmel Augen und Nase. »Was hast du gemacht, bist du in eine Prügelei geraten?«

»Ja.«

»Hast du jemanden verprügelt?«

»Leider ja.«

»Cool. Willst du Frühstück?«

»Um Gottes willen, nein.« Er ließ sich auf einen Küchenstuhl nieder.

»Wen hast du verprügelt?« Sie setzte sich ihm gegenüber, jetzt überraschend gefasst, fast erwartungsvoll, obwohl ihre Augen immer noch rot waren.

»Deinen Stiefvater.«

»Oh!«

»Geh zur Schule, Peg.«

»Ich hasse die Schule.«

»Dann tu es für mich.«

»Wenn ich es täte, würdest du mich dann lieber mögen?«

Hayden ließ den Kopf in die Hände sinken. Die Welt erschien ihm zu hell, zu laut und kompliziert, und seine Handfläche gewährte ihm nicht so viel Asyl, wie er benötigte. »Ich hätte mehr Respekt vor dir, ja.«

»Dann werde ich hingehen.«

»Danke.«

»Ich tu alles, was ich kann, damit du mich mehr magst, Hayden. Sag mir nur, was du willst, Hayden. Ich will genauso sein, wie du es haben willst.«

»Oh Gott, das ist so verkehrt, Peg. Das ist eine völlig falsche Vorstellung von Liebe.«

»In Ordnung. Dann will ich nur, dass du mich respektierst.«

»Da ist noch eine Sache, die du tun kannst.«

»Was auch immer du willst.«

»Geh zum Diner und sag deiner Familie, dass wir nicht miteinander schlafen.«

»Ich habe ihnen nie etwas anderes erzählt.«

»Na ja, oder was auch immer du ihnen erzählt hast.«

»Und? Sollen die Leute doch denken, was sie wollen.«

»Peg, hör mir zu. Du musst das für mich tun. Es ist wichtig. Es könnte ein Leben retten, vielleicht sogar meins. Dies ist eines der Missverständnisse, die wir ausräumen müssen.« Er blickte auf und sah, dass sie schmollte. Mit gerunzelter Stirn saß sie zusammengesackt auf einem Stuhl und spielte mit ihren Haaren. »Peg, bitte!«

»Wenn du mich dann lieber magst.«

»Das werde ich.«

»Okay. Ich gehe hin.«

Er stand mühsam auf und brachte sie zur Tür.

»Komm her«, sagte er. Er breitete die Arme aus und sie umarmte ihn. Doch es lief sofort falsch und war alles andere als die Art von Umarmung, die er beabsichtigt hatte, also wies er sie wieder von sich. »Oha, junge Dame! So habe ich das nicht gemeint.«

»Ich tu, was du willst, aber unter einer Bedingung.«

»Lass sie hören.«

»Du nennst mich nie wieder ›junge Dame‹.«

»Abgemacht. Jetzt lass mich dich so umarmen, wie es dein Vater tun würde.«

»Mein *Vater*?«

»Na ja, nein, nicht wie dein eigener Vater. Wie ein guter Vater.« Er zog sie wieder an sich, legte die Arme um sie und hielt sie fest, weil er plötzlich merkte, wie sehr sie das brauchte. Er küsste sie auf den Kopf. »Es tut mir leid, falls ich deine Gefühle verletzt habe, Peg. Mir liegt viel an dir. Wirklich. Selbst, wenn es nicht auf die Art ist, die du willst. Große Güte, ich habe gesehen, wie du aufgewachsen bist. Natürlich habe ich dich gern, aber so, als seist du meine eigene Tochter. Lass mich dich wie ein Vater lieben, bitte. Und jetzt ab zur Schule.«

* * *

Stunden später, während Hayden ein Nickerchen hielt, kam Laurel herein und setzte sich zu ihm aufs Bett. Hayden glaubte, noch zu träumen, und sprach aus, was er dachte.

»Dieser Krieg muss enden, Laurel.«

»Welchen Krieg meinst du?«

»Der zwischen Jack und Hayden. Ich kann so nicht weitermachen. Es ist wie mit diesen Dominosteinen, die Kinder aufstellen. Man braucht nur einen zu berühren und alles stürzt ein. Jeder Stein bringt einen anderen zu Fall. Es ist alles vorbestimmt. Irgendwann ist es zu spät, da jemals wieder rauszukommen. Man weiß genau, was passieren wird, weil man es bereits so eingerichtet hat.«

»Und das von dem Mann, der ihn gestern Nacht grün und blau geschlagen hat.«

»So ist es anscheinend.« Hayden setzte sich auf, unter der Bettdecke nackt, und berührte ihre Schulter. Er wachte immer langsam auf, wie aus einem Nebel, aber diesmal war der Nebel besonders dicht, es dämmerte ihm erst in diesem Moment, dass sie kein Traum war. »Was machst du hier?«

»Ich wollte dich sehen. Ist das in Ordnung?«

»Solltest du nicht im Diner sein?«

»Sie kommen auch mal ohne mich zurecht.«

»Jack ist nicht da?«

»Nein, er ist in der Stadt bei diesem Restaurantlieferanten. Peg war vorhin da und sagte, dass zwischen euch beiden nichts sei.«

»Gut.«

»Ist das wahr?«

»Natürlich ist das wahr. Ich habe doch schon gesagt, dass ich das nicht tun würde.«

»Oh, Hayden!« Sie fiel ihm in die Arme. So hielt er sie und fühlte sich irgendwie elektrisiert, auf gute wie auf schlechte Weise, beides gleichzeitig. Er war inzwischen hellwach. »Ich war so eifersüchtig.«

»Eifersüchtig? Auf mich und Peg?«

»Ja.«

»Du warst eifersüchtig?«

»Ja. Warum? Findest du das so merkwürdig?«

»Na ja, schon.«

»Warum?« Er spürte ihr Gesicht, ihre Lippen ganz nah an seinem Hals, kurz über dem Schlüsselbein.

»Ich hätte nicht gedacht, dass es dich sonderlich kümmert.«

»Ich musste vorher nie an dich mit einer anderen denken. Aber jetzt habe ich gemerkt, wie sehr es mich kümmert.«

Sie ließ sich aufs Bett zurücksinken und zog Hayden auf sich, zusammen blieben sie ein paar Minuten so liegen. Sein Verstand befahl ihm, nicht weiter zu gehen, aber sein Körper und sein Herz ließen nicht zu, dass er sich von ihr löste. Er befand sich in einer Art Warteschleife, in der er, wenn es nach ihm gegangen wäre, den ganzen Tag hätte verbringen können.

»Ich habe dich vermisst, Hayden.«

»Ich habe dich auch vermisst.«

»Ich bin so erleichtert, dass du nicht mit ihr schläfst.«

»Jack weiß das also auch?«

»Nein, Jack ist wie gesagt in der Stadt.«

»Oh, stimmt.« Die Warteschleife wurde unterbrochen und er rollte von ihr herunter auf seine Seite, um den Körperkontakt zu lösen.

»Was ist los?«

»Du hast ihm nicht gesagt, dass du mir das Geld gegeben hast.«

»Ich hatte Angst, er würde es mir verbieten.«

»Er denkt, ich hätte es gestohlen.«

»Oh!«

»Er denkt immer noch, ich würde mit Peg schlafen. Er weiß nicht, dass ich nichts aus seinem Haus gestohlen habe. Ich habe ihn gestern Abend verprügelt. Und jetzt bin ich mit seiner Frau im Bett. Scott meint, Jack wird mir nachstellen. Weil er mich vielleicht umbringen will.«

»Und was denkst du?«

»Du kennst ihn besser als ich.«

»Er ist ziemlich sauer, das stimmt. Aber er ist kein Mörder.«

»Man weiß nie im Voraus, wozu ein Mann fähig ist. Bis es jemand zu weit mit ihm treibt.«

»Er ist jetzt sowieso in der Stadt. Von dort kann er dich ja schlecht umbringen.«

»Aber es bringt mich schon jetzt um, Laurel, innerlich. Ich muss aus diesem Spiel aussteigen.«

»Willst du mir damit sagen, dass du mich nicht mehr sehen willst?«

»Ich sage, dass das besser wäre.«

»Ich kann nicht glauben, dass du das ernst meinst.«

»Du hast deine Wahl getroffen und ihn zurückgenommen. Du kannst nicht beides haben.«

»Vielleicht will ich jetzt meine Wahl ändern.«

»Vielleicht will ich das aber nicht.«

»Wie kannst du so was sagen, Hayden?« Er hatte die Augen geschlossen und hörte den seltsamen Klang ihrer Stimme, beherrscht, aber mit einem hysterischen Unterton. Als er die Augen öffnete, weinte sie. »Ich dachte, du liebst mich.«

»Ich liebe dich, sehr sogar, aber es tut mir ganz offensichtlich nicht gut. Es bringt mich nur an Orte, wo ich nicht sein will.«

»Das war's also? Du machst mit mir Schluss?«

»Ich sage nur, dass du das Leben mit deinem Mann genießen sollst, ich meine, du hast dich schließlich für ihn entschieden, also sei auch mit ihm zusammen. Schleich dich nicht zu einem anderen, wenn er weg ist. Konzentriere dich darauf, es wenigstens zu versuchen, verstehst du? Du hast das mit uns dafür weggeworfen, also sorge wenigstens dafür, dass das jetzt funktioniert. Oder es war alles umsonst.«

»Ich kann nicht glauben, dass es dir so egal ist, dass du nicht einmal um mich kämpfst.«

»Es geht nicht darum, ob es mir egal ist. Mir liegt mehr an dir, als ich ausdrücken kann. Ich will nur nicht mehr kämpfen, Ende. Ich habe das Kämpfen so satt, Laurel. Ich bin einfach müde. Kannst du das nicht sehen? Ich bin alt und müde und ich kann so nicht weitermachen.«

»Schlaf noch einmal mit mir.«

»Wenn ich das mache, ändere ich am Ende noch meine Meinung.«

»Nur als Abschiedsgeste. Ich meine es. Nur noch dieses eine Mal. Ich vermisse, wie wir es gemacht haben. Mit dir war es so zärtlich. Ich konnte nie verstehen, wie ein so wütender Mann so zärtlich sein kann.«

»Und falls Peg von der Schule kommt?«

Laurel hielt ihr linkes Handgelenk mit der Armbanduhr vor Haydens Gesicht. »Noch zwei Stunden.«

An diesem Morgen war er in der Hitze unterwegs gewesen, ohne sich danach zu duschen, und jetzt fühlte er sich unsauber, ihrer nicht würdig. Er bemerkte, dass er dieses Gefühl eigentlich immer hatte, wenn Laurel ihm so nahe kam wie jetzt.

Doch ihre Nähe überwog alle Vorbehalte, und nach allem, was sie einander bedeutet hatten, schien ein weiteres Mal keine so falsche Sache zu sein. Also schliefen sie miteinander, und sein Bauchgefühl und sein Herz sagten ihm, dass es wirklich das letzte Mal war. Es war sogar noch zärtlicher als sonst, so sehr, dass es schmerzte. Wäre Hayden ein Mann gewesen, der weinte, hätte er ein paar Tränen auf Laurel hinterlassen, bevor sie beide in den Schlaf sanken.

* * *

Als Peg die Tür öffnete, wachte nur Hayden auf. Peg schrie nicht einmal. Sie ging auch nicht auf ihn los, brüllte ihn nicht an, beschuldigte ihn nicht und schlug ihn nicht. Ihre Miene versteinerte, die Farbe wich aus ihrem Gesicht und sie starrte ihn nur an. Sie hatte George dabei, und Hayden bemerkte erst jetzt, dass der Hund schon eine Weile nicht bei ihm gewesen war. Dann nahm sie den Autoschlüssel ihrer Mutter vom Tisch neben der Tür und verschwand.

Hayden hörte, wie draußen Laurels Kombi heulend ansprang, dann das Knirschen der Räder, die sich auf dem Kies drehten, als das Auto davonbrauste.

»Laurel!« Er schüttelte sie fest.

»Was ist?«

»Steh auf, zieh dich an. Jetzt. Sofort!« Er kletterte über sie und griff nach seinem T-Shirt und der Jeans, die über der Rückenlehne seines Lieblingsstuhls hingen.

»Verdammt, Hayden, wir haben Zeit!« Sie öffnete die Augen und sah auf ihre Armbanduhr. »Oh, Mist! Nein, doch nicht!«

»Peg ist gerade mit deinem Auto abgehauen. Ich muss dich hier wegbringen.«

»Ich habe ihr nicht erlaubt, mein Auto zu nehmen.«

»Gut. Hol sie ein und sag ihr das. Wann kommt Jack zurück?«

»Ich weiß nicht genau.«

»Könnte er schon zurück im Diner sein?«

»Mist, fast vier Uhr! Ja, wahrscheinlich.« Sie sprang aus dem Bett und zog sich an.

»Was, wenn sie direkt zu ihm rennt und ihm erzählt, was sie gerade gesehen hat?«

»Warum sollte sie das tun?«

»Weil sie wütend ist und verletzt.«

»Okay, dann fahren wir besser los, was?«

Der Weg zum Diner konnte in drei Minuten zurückgelegt werden, in sechs Minuten, wenn man die Geschwindigkeitsbegrenzung beachtete und an den beiden Stoppschildern stehen blieb. Etwa zwei Minuten waren schon vergangen. Sie konnten einfach nicht schnell genug sein.

* * *

Sie schafften es nicht einmal über die gekieste Einfahrt bis zu Haydens Truck. Jacks Wagen versperrte ihnen den Weg wie eine Wolke, die die Sonne auslöscht. Haydens Blick flog zu dem Gewehrständer hinten in Jacks Truck. Er war leer. Haydens Erleichterung war nur von kurzer Dauer. Jack stieg aus dem Wagen und baute sich mit einer Kaliber Zwölf vor ihm auf.

Hayden blickte in Jacks Gesicht und war erstaunt, als er sah, welchen Schaden er am Abend zuvor angerichtet hatte. Die Furcht verzerrte seine Gedanken, und alles, was er sah, erschien seltsam und weit entfernt. Unverhältnismäßig. Jacks linkes Auge war fast zugeschwollen, lila und blau, die ganze linke

Gesichtshälfte erschien zu groß, alles war unsymmetrisch und unpassend. Hayden konnte kaum glauben, dass er das alles mit seinen eigenen Fäusten angerichtet hatte.

Und dann versperrte ihm die Flinte den Blick.

Für den Bruchteil einer Sekunde wünschte Hayden, Laurel würde das tun, was er an ihrer Stelle getan hätte. Oder wahrscheinlich getan hätte. Er hätte sich zwischen sie gestellt und gebrüllt: *Nein, Jack! Tu das nicht!* Aber Laurel duckte sich nur weg, um ihr eigenes Leben zu retten.

»Du hast mich dazu gebracht!«, sagte Jack. In seiner Stimme lag Verzweiflung und mehr Furcht und Traurigkeit als Wut.

Klack, klack. Das hässliche Geräusch, als Jack die Sperre zog, eine Patrone in die Kammer schlug, bereit zum Schuss. Die kleine Plastikhülse, die in der Kammer sitzt und sie geölt hält, bis eine richtige Patrone kommt, flog aus dem Weg. Hayden sah, wie sie auf den Boden sprang und hörte das leise Klicken des Aufpralls. Seine Nerven sendeten zu viele Befehle an seine Beine gleichzeitig aus, sie übertönten sich gegenseitig und blieben stecken. Alles geschah einfach zu schnell. Er hatte nicht genug Zeit.

Zuerst hörte er den Schuss, einen Sekundenbruchteil vorher, der ihm in einer anderen Situation nicht bewusst gewesen wäre. Dann traf das Geschoss ihn in die Brust, riss ihn hoch und warf ihn nach hinten wie ein gewaltiger Sturm, aber ohne, dass es wehtat, zumindest nicht so, wie er es erwartet hätte. Er fiel rücklings auf den Kiesweg, wo er still liegen blieb. Es fiel ihm seltsam schwer, normal zu atmen.

Aber er konnte noch sehen.

Er hatte die Augen geöffnet und sah die Blätter der großen Eiche, die sich bis über sein Haus ausbreitete. Die Blätter bewegten sich im Sonnenlicht vor und zurück und warfen einen flackernden Schatten auf ihn wie funkelnde Sterne. Und er sah die Hochspannungsleitungen. Die allsehende, allwissende Elektrizität.

Und er konnte noch hören.

Er hörte, wie Jacks Truck davonfuhr, das Quietschen und Knirschen der Reifen in der leichten Kurve seiner Kiesauffahrt. Und Laurels Stimme. Sie sprach von einem Telefon.

Sie hatte immer davon geredet, dass er ein Telefon haben sollte, und er hatte immer erwidert, dass er mit niemandem unbedingt sprechen wollte außer mit ihr, und sie würde wissen, wo sie ihn finden konnte. Und jetzt musste sie ihm den Autoschlüssel aus der Hand ziehen und zu seinem nächsten Nachbarn fahren, um Hilfe zu rufen, also hätte er auf sie hören sollen. Denn wie groß war die Wahrscheinlichkeit, dass er überleben würde, bis sie endlich den Notruf wählen konnte? Nie nahm er einen guten Ratschlag an.

Und er konnte noch fühlen.

Er spürte eine warme Nässe am Rücken und mit einer seltsamen Distanz stellte er fest, dass es sich um sein eigenes Blut handeln musste. Er hatte ein leichtes, schwereloses, benebeltes Gefühl im Kopf, was wahrscheinlich bedeutete, dass er bereits zu viel Blut verloren hatte. Und er spürte eine andere warme Nässe, in seiner Leistengegend und an der Innenseite seines rechten Beins, aber er war sich nicht sicher, ob das auch Blut war oder ob er eingenässt hatte – wahrscheinlich keine abwegige Reaktion, wenn man gerade angeschossen worden war.

Doch er spürte keinen Schmerz.

Er spürte auch sein linkes Bein nicht, oder diesen ganzen Bereich, ein Viertel seines physischen Ichs. Es war irgendwie von Signalen abgeschnitten worden. Und das Atmen fiel ihm schwer. Er atmete mit flachen, kurzen Atemzügen und erwartete, entweder bewusstlos zu werden oder zu sterben, was auch immer als Erstes eintreten würde.

Er schloss die Augen, für eine Sekunde oder eine Stunde.

Als er die Augen öffnete, war dort Scotts Gesicht. Er wusste, dass es vielleicht in Wirklichkeit gar nicht da war, war aber trotzdem froh, es zu sehen.

»Ich habe den Notruf über Funk gehört, Kumpel. Der Rettungswagen kommt gleich hinter mir. Hör mal, da kommt er schon.«

Hayden horchte, aber er konnte nichts hören. Er fragte sich, ob Scott wirklich da war, ob das überhaupt etwas ausmachte, aber er wollte, dass dies die Realität war.

»Es tut gar nicht weh, Scott.« Er konnte sich selbst kaum hören. Seine Stimme klang gebrochen und atemlos, ein kratziges Flüstern, das wie eine schlechte Funkverbindung hin und wieder unterbrochen wurde.

»Ich kann dich nicht hören, Kumpel. Hör zu, versuch, nicht zu reden, okay?«

Hayden hob die rechte Hand, um Scotts Uniformhemd zu berühren, und spürte seinen harten, festen Brustkorb darunter. Es machte ihn glücklich, dass Scott real war. Er griff sich eine Handvoll des Hemdes und zog Scott näher an sein Gesicht. »Tut nicht weh.«

»Willst du denn, dass es wehtut? Versuch, nicht zu reden, Hayden. Bleib einfach still liegen. Horch, kannst du das hören? Das ist der Krankenwagen, der den Weg rauffährt. Du stehst nur unter Schock, das ist alles. Du spürst keinen Schmerz, weil du unter Schock stehst.«

»Vielleicht bin ich tot.«

»Das bist du nicht.«

»Wenn es nicht wehtut, bin ich vielleicht tot.«

»Ich kann hören, wie du mit mir redest, Kumpel. Du bist nicht tot.«

»Ich kann mein Bein nicht spüren.«

»Hayden, verdammt, sprich jetzt nicht. Spar dir deine Kräfte.«

Doch Hayden fühlte sich überraschend stark für einen toten Mann. Er hielt Scotts Hemd noch fester, damit er nicht weggehen konnte. »Ich habe Angst zu sterben, Scott.«

»Dann stirb nicht.«

»Deine Oma hatte recht.«

»Sie war eine sehr kluge Frau.«

»Soll ich ihr von dir Grüße ausrichten?«

»Halt die Klappe, Hayden, halt einfach die Klappe. Sag so was nicht. Ich lasse dich nicht sterben.«

»Ich kann nicht richtig atmen.« Seine Stimme entglitt ihm, entfernte sich immer weiter, seine Worte kamen in kurzen Stößen, zwischen denen er nach Luft schnappte.

»Ich habe Reanimation gelernt, und falls du aufhörst zu atmen, übernehme ich das Atmen für dich, okay? So oder so bekommen wir das hin, Kumpel.«

Hayden bemühte sich sehr, zu atmen, obwohl er dachte, wie viel einfacher es doch wäre, wenn Scott das für ihn tun könnte. Sein Atem verfing sich irgendwie, hängte sich fest, und er spürte eine Art Gurgeln in seinem Inneren. Er hustete laut und ein hellroter Blutspritzer landete auf Scotts Uniformhemd.

Und dann konnte Hayden sie hören. Die Sirene.

Er schloss die Augen, ließ Scotts Hemd los und wünschte sich erneut, einfach bewusstlos zu werden. Sein Wunsch wurde ihm einen kurzen Augenblick lang gewährt. Dann wurde er wieder ins Bewusstsein zurückgerüttelt, als die Transportliege, auf der er lag, bewegt wurde, man ihn festschnallte und seinen Kopf fixierte. Er hörte Stimmen und sah in regelmäßigen Abständen ein rotes Licht aufblitzen, aber die Worte ergaben keinen Sinn und die Farben erschienen nicht real.

Er sah noch einmal Scotts Gesicht, das wie körperlos über ihm schwebte. »Ich bin hier bei dir«, sagte Scott.

Dann sah er die Decke des Krankenwagens, die noch traumhafter erschien als alles andere bisher, und eine Sauerstoffmaske wurde über sein Gesicht gespannt.

Er versuchte, etwas zu Scott zu sagen. Er wollte sagen: *Du hast mich angelogen, Scott. Du hast gesagt, es sei dir egal, wenn er mich töten würde. Du Lügner! Du bist mein Freund, das weißt du jetzt. Gib's zu!*

Die Maske schnitt jedoch diese Worte ab, die vielleicht ohnehin nur in seinem Kopf existierten.

* * *

Er war sich sicher, dass er die Augen nur für eine Minute geschlossen hatte.

Dann kam der Schmerz, der ihn aus dem tiefen, schweren Sumpf der Bewusstlosigkeit herauszog. Er öffnete die Augen.

Er sah ein weißgelbes Zimmer im frühen Morgenlicht, einen Bildschirm an seiner linken Seite mit der sprunghaften Linie seines schlagenden Herzens, und einen Fernseher, der dunkel und stumm in einer Ecke an der Wand hing.

Eine Krankenschwester kam herein, die etwas mit seiner intravenösen Infusion tat, was er nur halb sehen konnte. Sofort spürte er eine Erleichterung, die durch seine Venen floss, diesen schweren, unverwechselbaren Morphiumkick, und er dankte ihr dafür, allerdings nur stumm. Der Schmerz war noch immer irgendwo da, aber viel weiter weg, und er entspannte sich.

Er schloss die Augen, dann öffnete er sie wieder und blickte in das angenehme Gesicht einer älteren Frau.

»Ich kenne Sie«, sagte er. Er konnte nicht fassen, wie schwach er klang. Seine Stimme war ein hauchzartes Flüstern, wie das eines Kindes, kaum hörbar. Sein Atem hätte nicht einmal ausgereicht, um eine Kerze auszupusten.

»Ich glaube nicht«, sagte sie. »Sie waren im Koma, seit Sie hier ankamen.«

»Ich kenne Sie. Sie haben mich operiert.«

»Ja, ich habe Sie operiert. Aber Sie können mich unmöglich gesehen haben.«

Doch er hatte sie gesehen. Nicht vom Operationstisch aus, sondern von einem anderen Teil des Zimmers. Er hatte ihr zugesehen, wie sie die Hälfte seiner Lunge entfernte, kleine Stücke seiner zerschmetterten Rippen herauszog und die Kugelspitze entdeckte, die sich in seiner Wirbelsäule verkeilt hatte und die die Ärztin, die nun über ihm stand, nicht entfernen wollte, weil es zu heikel war. Es hätte leicht nur ein Traum sein können, hätte er sie nicht erkannt, sowohl ihr Gesicht als auch ihre Stimme.

Er hätte ihr das alles erzählen können – er erinnerte sich an ihre Worte, dass ein Mann, der so viel Blut verloren habe, eigentlich tot sein müsse. »Wie kann dieser Mann am Leben sein?« Das waren ihre Worte gewesen. Doch er wusste nicht, wo er den Atem und die Energie hernehmen sollte, um ihr das jetzt zu erzählen. Außerdem brauchte er sie nicht zu überzeugen. Und er wollte auch nicht an ihre letzten Worte denken, als sie ihn aus dem OP geschoben hatten. Sie hatte sich die Plastikhandschuhe abgezogen, den Kopf geschüttelt und gesagt, dass er wahrscheinlich keine achtundvierzig Stunden mehr zu leben hatte.

Was er vor allem brauchte, war mehr Schlaf. Jetzt im Augenblick war ihm nicht nach Reden zumute.

Buch 2

Jona war ein wütender Mann

Kapitel 1

1967

Dampf

Hayden saß bereits im Bett, bevor er richtig wach war. Er verharrte einen Augenblick reglos und versuchte, das Geräusch zu identifizieren. Nicht dass er das Geräusch und seine Bedeutung nicht kannte. Er kannte es. Aber er wachte nur langsam auf, sein Geist war vernebelt, und es dauerte einen Moment, bis er klar denken konnte. Es war eines dieser Geräusche, die eine Handlung erforderten, eine, mit der er bestens vertraut war. Wie das Klingeln des Telefons, nur dass es nicht das Telefon war.

Er spürte Judith neben sich, die sich zur Seite rollte. »Ich kümmere mich, Schatz«, sagte sie.

»Nein, lass mich mal.«

»Nein, du musst um drei aufstehen.«

Hayden spähte auf den Wecker. Es war schon fast zwei Uhr. »Dann lohnt es sich kaum, wieder einzuschlafen.«

»Bist du dir sicher?«

»Ja. Lass mich nach ihr sehen.«

Er stieg aus dem Bett und zog sich taumelnd ihm Dunkeln seine Pyjamahose an. Normalerweise hätte er sie im Bett getragen, aber Judith hatte letzte Nacht trotz der späten Stunde mit ihm schlafen wollen.

Jetzt, als er vollständig wach war und das Geräusch einordnen konnte, fühlte er sich dankbar für diesen Lärm. Dieser wundervolle Lärm. Obwohl sie weinte. Obwohl sie unglücklich war. Er konnte ihr Problem beheben.

»Leggy, Leggy, Leggy«, sagte er und betrat ihr winziges Zimmer. Als sie den Klang seiner Stimme hörte, verdünnte sich ihr Weinen zu einem leisen Gurgeln. »Du brauchst eine Windel, Leggy. Du brauchst eine Flasche Milch und eine frische Windel, Leggy. Daddy weiß, was Leggy braucht.«

Er nahm sie hoch, und als er sie dicht an seine nackte Brust gedrückt hielt, spürte er ihre Wärme und ihr leises Jammern. Er wippte sie ein wenig auf dem Arm und sie wurde ruhig, obwohl sie noch ihre nasse Windel trug. Mit ihren perfekten kleinen Fingern griff sie nach seinem Kinn. Er legte sie wieder in das Kinderbettchen und sie beschwerte sich nur ein kleines bisschen, während er ihren Schlafanzug auszog, die durchnässte Windel abnahm, sie abwischte und puderte, bevor er ihr eine frische Windel anzog und dann den Schlafanzug. Auch er fühlte sich gleich besser, als könnte er die angenehme Trockenheit auf seiner eigenen Haut spüren.

Dann nahm er sie wieder hoch, ihren Kopf auf seiner Schulter, ihr feines blondes Haar an seiner Haut. Er wickelte eine Babydecke um sie, damit ihr nicht kalt wurde. »Leggy, Leggy, Leggy. Daddy macht dir deine Milch. Wie klingt das, meine Kleine?«

Er trug sie in die Küche, schaltete das fluoreszierende Licht über dem Herd ein und schaukelte sie leicht auf dem Arm, während er mit einer Hand eine Flasche zubereitete. Der Vorgang war etwas umständlich und langsam, aber er wurde immer besser und war froh darüber, diese Fertigkeit zu beherrschen. Er legte die Flasche in einen Topf mit Wasser auf dem Herd und blies leicht über den Herd, als er das Gas anstellte.

Aus dem Küchenfenster sah er die Lichter der Stadt bei Nacht. Schon allzu bald würde er dort draußen in der Dunkelheit sein. Unterwegs im Nebel und der schneidenden Kälte. Doch von seinem Blickwinkel aus, in der Gesellschaft seiner Tochter, war es eine schöne Stadt. Nebelhaft und verschwommen leuchteten die Lichter durch den Dunstschleier.

»Daddy liebt seine Leggy«, sagte Hayden. »Noch ein paar Monate, mein Mädchen, dann bist du groß und fängst an zu reden, und dann wirst du sagen ›Leggy liebt ihren Daddy‹. Wart's nur ab. Du kannst nicht früh genug anfangen, zu üben. Hör zu, wie es klingt. ›Leggy liebt Daddy. Leggy liebt Daddy.‹ Ich weiß, dass es stimmt. Du musst es nicht einmal sagen.«

Er nahm die Flasche und tröpfelte etwas von der Babynahrung auf die Innenseite seines Handgelenks, dann stellte er die Gasflamme ab. Das kleine Mädchen griff mit beiden Händen und weit gespreizten Fingern nach der Flasche, und ihre Lippen saugten schon, bevor sie sie erreicht hatte.

Hayden hielt seine Tochter behutsam in seiner linken Armbeuge und die Flasche mit der rechten Hand, obwohl sie eigentlich alt genug war, um die Flasche selbst zu halten. Wieder blickte er aus dem Fenster auf das nächtliche San Francisco, diese seltsame Stunde, die für ihn Aufstehzeit war.

Joel würde in einer Stunde vorbeikommen und unten auf die Autohupe drücken. Dann begann Haydens Tag. Erst sein Teilzeitjob, dann ein schnelles Frühstück und weiter zu seinem Hauptjob, danach in die Schule. Sehnsüchtig dachte er schon jetzt an den Augenblick, wenn er später an diesem Abend wieder nach Hause kommen würde. Joel würde ihn in einer Stunde abholen. Noch war er nicht hier.

Plötzlich spürte Hayden Judith hinter sich, ihre Hände auf seinem nackten Rücken, die hinunter zu seiner Taille wanderten und in seiner Magengegend verweilten. Sie drückte sich von hinten an seinen Rücken und er schloss die Augen, um sich diesen Augenblick zu bewahren, der bewies, dass er Glück hatte.

»Ich weiß nicht, wie du das schaffst«, sagte sie.

»Genauso wie du, nehme ich an.«

»Ich bekomme doppelt so viel Schlaf wie du.«

»Ich brauche Liebe mehr als Schlaf.«

»Willst du einen Kaffee?«

»Jetzt noch nicht.«

»Soll ich sie nehmen, und du legst dich noch einmal hin?«

»Jetzt bin ich ohnehin wach. Sie ist gleich fertig, sie wird sicher gleich einschlafen.«

»Soll ich sie ins Bett bringen?«

»Wenn du willst.«

»Ja. Geh wieder ins Bett.«

»Mach ich.«

Er überreichte Judith ihre Tochter, die mit halb geschlossenen Augen immer noch an der Flasche nuckelte.

Hayden ging zurück ins Bett, zog seine Pyjamahose aus, und wartete unter der warmen Decke auf Judith.

»Du schläfst ja gar nicht«, sagte Judith, als sie nach ein paar Minuten zurückkam. »Stimmt.«

»Du hast dir ja deinen Pyjama ausgezogen.«

»Stimmt auch.«

»Das kann nicht dein Ernst sein.«

»Es ist mein Ernst, wenn es auch deiner ist.«

»Du wirst nie den Tag durchstehen.«

Als sie zu ihm ins Bett stieg, zog er sie an sich und küsste sie am Ohr, den Hals entlang bis zu dieser schönen Stelle zwischen ihren Brüsten, diese knochige Kuhle, die der Ausschnitt ihres Nachthemds preisgab. Die goldene Kette mit dem Opalstein, die er ihr geschenkt hatte, rutschte zur Seite, um Platz für seine Lippen zu machen. Dann sah er sie an. Ihr Gesicht war so hübsch, dass es manchmal schmerzhaft war, sie anzusehen. So auch jetzt.

»Ich werde den Tag durchstehen, weil ich muss. Mir bleibt keine andere Wahl.«

»Du brauchst Schlaf.«

»Ich brauche Liebe mehr als Schlaf.«

Und damit nahm sie ihn beim Wort.

* * *

Joels elf Jahre alter Plymouth röhrte über die verlassenen Straßen der Stadt, wurde bergauf langsamer und hüpfte und knarrte unheilvoll, wenn er aus einer Senke kam. Joel fuhr über rote Ampeln, an Stoppschildern vorbei und vollführte unerlaubte Wendemanöver, weil ohnehin gerade kein Mensch auf der Straße war und es wahrscheinlich niemand sah – wenn sie Glück hatten.

Er bog in eine Wohnstraße ein, bremste auf Schritttempo ab, und Hayden und Joel griffen auf dem Rücksitz in einen Berg aus zusammengefalteten Zeitungen. Joel warf die Zeitungen über die Straße nach links und Hayden vom Beifahrersitz aus nach rechts. Eine unangenehm kalte Luft strömte herein, nasskalt, als hätte ein Skalpell kurzen Prozess mit Mänteln, Schals und Kapuzen gemacht. Eine Thermoskanne mit Kaffee stand neben Haydens Füßen, aber bevor sie ihren Zeitplan aufgeholt hatten, blieb ihnen keine Zeit, etwas zu trinken. Nicht vor sieben Uhr. Nicht, bevor die Sonne durch den Nebel gebrochen war und auch die letzte Zeitung einen Platz auf einer Treppe, einer Fußmatte, oder in den Händen eines mürrischen Morgenlesers gefunden hatte, der es nicht zu würdigen wusste, wie lange er hatte schlafen dürfen oder wie warm es in seinem Heim war.

Diese Straße war leicht gewesen, doch die nächste bestand nur aus Wohnblöcken. Joel hielt den Wagen an und fluchte, als er sich beim Ziehen der Handbremse einen Muskel zerrte. Sie ließen den Motor laufen, nahmen ihre Zeitungen, und trennten sich. Hayden rannte Treppen auf und ab, durch lange, teppichbedeckte Hausflure, und wusste auswendig, dass 2A eine Zeitung bekam und 2C nicht, und dass er die angerissene besser nicht 3B geben sollte, wenn er später keine Beschwerde wollte.

Dann trat er wieder in die Kälte hinaus, während Joel bereits den Motor aufheulen ließ und ihm ein Handzeichen gab. *Komm, komm, komm!* Sie hatten heute wieder spät angefangen.

Sie fuhren durch eine lange Allee, ein toter Punkt, über den sie schnell hinwegfegten, um zum nächsten Abschnitt zu gelangen. Hayden schraubte die Thermoskanne auf, und als er mit ausgestreckten Armen Kaffee in den Plastikbecher goss, verschüttete er das brühend heiße Getränk.

»Schrei nicht so laut, wenn ich um diese Ecke fahre.«

»Du biegst hier nicht ab und das weißt du auch.« Nach vorne gebeugt, nahm Hayden einen großen Schluck und der Kaffee floss brennend heiß seine Kehle hinunter, schwappte auf sein Kinn und tropfte auf das blanke Metall des Beifahrersitzbodens.

»Gib mir auch was«, sagte Joel und fuhr plötzlich so langsam, dass sie fast zum Stehen kamen. »Okay, genug Luxus für heute.« Er gab Hayden den leeren Becher zurück, wischte sich mit dem Ärmel über den Mund und schoss wieder los.

»Nimm mich morgen mit.«

»Wohin?«

»Wenn du ausgehst und dich betrinkst. Ich lebe für den Exzess.«

»Wer sagt, dass ich ausgehen und mich betrinken werde?«

»Das ist eine unverrückbare Tatsache. Es ist legal, also machst du's. Jeder macht an seinem einundzwanzigsten Geburtstag dasselbe. Es ist ein altes Gesetz, es gilt noch heute. Wenn du nicht zum Trinken ausgehst, kommt die Alkoholpolizei und zieht dich aus deiner Wohnung. Direkt vor deiner Frau und deinem Kind. Sehr peinlich!«

»Falls ich den Unterricht schwänze, verbringe ich meine Zeit mit Judith.«

»Und? Bring sie mit.«

»Ich bin sicher, dass es für eine Zwanzigjährige ein Riesenspaß sein wird, den volljährigen Jungs beim Trinken zuzusehen.«

»Hayden, mein Junge, du kannst jeden Abend deines restlichen langweiligen Lebens mit deiner Frau und deiner Tochter verbringen. Aber dies ist eine Ausnahme. Bring sie mit oder nicht, aber wir werden in die Bars der Stadt einfallen, mein Junge. *Mañana*, aber pünktlich! Du musst mal Dampf ablassen.«

»Ich muss Schlaf nachholen.«

»Mach dir mal keine Sorgen. Wir werden zu einer angemessenen Uhrzeit aus den Latschen kippen. Okay. Los geht's.«

Joel bog in die nächste Wohnstraße ein und warf eine Zeitung nach links, Hayden nach rechts.

* * *

Hayden saß auf einem harten Stuhl im Fotolabor, das helle, fluoreszierende Licht ließ ihn blinzeln. Das Frühstück lag ihm schwer im Magen. Er hielt seinen Fuß auf dem Pedal. Verschieben, klick. Verschieben, klick. Er schnitt die Abzüge im Format von acht mal dreizehn Zentimetern von der Fotopapierrolle und richtete sie in einem Metallfenster desselben Formats aus. Zuerst versuchte er, jeden einzelnen genau zu zentrieren, ohne dass weiße Ränder zu sehen waren, aber das würde eine ununterbrochene Konzentration erfordern; ein Ding der Unmöglichkeit. Dann trat er wieder auf das Pedal.

An diesem Morgen waren jeweils fünfzig Abzüge angekommen. Fünfzig Abzüge desselben Fotos, mit einem leichten Überschuss für den Fall eines Fehlers, einer nach dem anderen. So hatte er es am liebsten, denn dann lenkte das Fotomotiv ihn nicht so sehr ab – selbst wenn es Porno war. Natürlich war es Porno. Was sonst wurde fünfzigmal vervielfältigt? Fotos für den Verkauf, sonst nichts. Niemand bestellt fünfzig Abzüge von Tante Pauline vor dem Washington Monument. Porno.

Langweiliges Zeug heute. Ein großer schwarzer Mann, der nichts als einen Cowboyhut und Chaps trug, mit einer großen schwarzen Erektion. Auf die Hayden sich nach den ersten vier oder fünf Abzügen nicht mehr fokussierte. Verschieben, klick, verschieben, klick. Die schlecht geschnittenen Abzüge fielen in einen Korb unter der Maschine.

Vielleicht sollte er wirklich morgen ausgehen und sich mit Joel betrinken. Dampf ablassen. Wie Joel gesagt hatte. Das war der Teil, der gut klang. Etwas, mit dem er kein Geld verdienen konnte, keine Leistungspunkte und keinen Abschluss. Es würde ihn nicht zu einem Arzt machen und Judith nicht zu einer Ärztin. Eine Sache, die nur um ihrer selbst willen getan wurde. Ein Abend, eine Lebensentscheidung, eine schnelle Bewegung, die sich nicht auf ihre Zukunft oder ihre Aufgabe richtete. Ein freier Abend ohne ein Ziel.

Das Motiv der Fotos wechselte. Eine Frau in schemenhafter Beleuchtung, die mit einer angezündeten Kerze masturbierte. Natürlich nicht mit dem angezündeten Ende. Und wie er bemerkte, war das Licht der Kerze die einzige Beleuchtung. Daher also war es skizzenhaft und dunkel. Und nicht pornografisch, denn Pornografie erfordert Licht und Detail. Hayden schob das Bild über die Maschine. Verschieben, klick, verschieben, klick. Fünf, sechs, sieben Mal, und mit jedem Mal gefiel es ihm besser. Er spürte, wie er auf die Subtilität des Bildes reagierte. Körperlich, aber auch auf andere Art. Dreiundfünfzig

Abzüge von diesem Motiv, das ergab einen Spielraum von drei Abzügen. Einen Spielraum für einen Fehler von ihm.

Er zog einen weiteren Abzug durch, rahmte ihn schlecht ein, schnitt ihn schief zu. Der Abzug hatte einen inakzeptablen weißen Rand oben links und fiel in den Korb auf den schwarzen Cowboy. Hayden nahm das Bild heraus und steckte es in seine Jackentasche.

Er beschloss, gleich nach der Arbeit Joel anzurufen. *Mañana, Kumpel, aber pünktlich! Wir gehen Dampf ablassen.*

* * *

»Sag mir eins, Hayden, mein Guter.«

»Ja, wenn ich kann.« Auf dem Tisch vor ihm standen drei leere Bierflaschen, vor Joel standen vier, und Hayden hatte noch sieben Dollar in der Tasche. Genau wie vorher, als er das Haus verlassen hatte. Er fragte sich, wie es sich wohl anfühlte, so wie Joel seinen Gehaltsscheck in eine Bar mitzunehmen und all das Geld ohne weiteres Nachdenken einfach auszugeben.

»Du willst also Arzt werden.«

»In der Tat.«

Ihm war etwas schwindlig zumute, was nicht so sehr am Bier lag, sondern an seiner Erschöpfung, die mit dem Bier zusammenwirkte. Die Musik von der Jukebox pochte angenehm in seinem Kopf und ersetzte alle geistigen Aktivitäten. Er sah den Paaren zu, die eng tanzten, und wünschte, Judith wäre mitgekommen. Es fühlte sich so seltsam an, weder Unterricht zu haben, noch zu Hause oder in der Arbeit zu sein. Einfach nur zu sein.

»Du hast also mit neunzehn geheiratet und bist mit zwanzig Vater geworden. Ist das eine kluge Entscheidung?«

»Ja.«

»Inwiefern?«

»Glaubst du, in Da Nang ließe es sich besser studieren?«

»Oh, Mist. Ja. Ich vergesse das immer. Wenn ich ein paar Bier intus habe, vergesse ich, dass andere Männer sich darüber Sorgen machen müssen.«

»Und du nicht?«

»Ich bin untauglich, Kumpel.«

»Weil …«

»Weil ich homosexuell bin.«

»Das bist du nicht.«

»Nur für dich«, sagte Joel, beugte sich zu Hayden vor, klimperte mit den Wimpern und machte einen Kussmund. Hayden knuffte ihn in den Arm. »Autsch! Okay, ich bin nicht homosexuell. Es ist eine Kombination aus mehreren Dingen. Eine Sache aus Spalte A, eine aus Spalte B. Besonders hoher Blutdruck und Plattfüße.«

»Plattfüße? Das ist alles? Und du kannst in den Staaten bleiben, bis der Krieg vorbei ist? Falls das jemals der Fall sein wird?«

»Und besonders hoher Blutdruck.«

»Du hast so ein Glück!«

»Hallo, schöne Kellnerin! Noch eine Runde für das Geburtstagskind.«

Also trank Hayden noch ein Bier direkt aus der Flasche und dachte, dass Joel keinesfalls Glück hatte. Er selbst war der mit dem Glück. Und es schien wichtig zu sein, das niemals zu vergessen.

»Sieh dir das an, Joel.« Hayden zog das Foto aus seiner Tasche und legte es auf den Tisch.

»Wow! Das ist ziemlich abgefahren. Was meinst du genau?«

»Törnt dich das gar nicht an?«

»Sollte es das? Man kann doch gar nichts sehen. Auf dem Bild ist eine nackte Frau, mach das Licht an!«

»Du hast keine Seele, Joel.«

»Stimmt, das ist wahr. Aber ich bestelle heute Abend die Runden, also pass auf, was du sagst.«

* * *

Hayden saß auf dem kalten, feuchten Asphalt, den Rücken an ein Gebäude gelehnt, das leider nicht seines war. Er hatte Joel verloren, er hatte sein Zuhause verloren. Alles war verloren. Und es war schon nach Mitternacht, also würde Joel ihn in weniger als drei Stunden abholen, aber wie sollte er ihn finden? Hayden war sich bewusst, dass er schlafen sollte, doch die kalte Feuchtigkeit hielt ihn wach, wenn auch in einem benebelten Zustand.

Kurz darauf erschienen über ihm drei schwebende Gesichter. Wahrscheinlich gehörten Körper dazu, aber es war dunkel und Hayden konnte sich nicht mehr konzentrieren. Also waren es nur schwebende Gesichter. Eins hatte unter dem Augenwinkel eine Träne tätowiert. Ein anderes hatte einen goldenen Zahn im Mund. Seltsam ansprechende, schwebende Gesichter.

»Hallo«, sagte Hayden.

»Was hast du für ein Problem, Mann?« Der Goldzahn blitzte im Licht der Straßenlampe auf. Die Worte wurden von gefrorenem Atem umhüllt, schwerer weißer Dampf in der dunklen Stadt, wie eine Gewitterwolke über dem feuchten Straßenasphalt.

»Ich bin nur etwas betrunken und habe anscheinend vergessen, wo ich wohne.«

»Hast du Geld?« Die Träne sprach mit einer ähnlichen Wolke, von hinten beleuchtet. Die Kälte ließ Hayden leicht zittern.

»Sieben Dollar.«

»Du machst Witze, Mann.«

»Nein, das ist wirklich alles.« Hayden zog das Bündel mit den zusammengefalteten Dollarscheinen aus seiner Jeanstasche und stülpte die Hosentaschen nach außen, um es ihnen zu zeigen. Er hielt dem Goldzahn das Geld hin. Schließlich hatte er fest damit gerechnet, dass er an diesem Abend sowieso alles ausgeben würde. Doch das Geld blieb in seiner ausgestreckten Hand.

»Sieben Dollar ist alles, was du hast?«

»Fürs Erste. Zumindest bis zum Zahltag. Dann bezahle ich meine Rechnungen und dann habe ich wieder nur so viel.«

Die Gesichter zogen sich zurück und hinterließen nur die Spuren des gefrorenen Atems, die im Licht der trüben Straßenlampe schwebten, getrennt von ihren Schöpfern. Die sieben Dollarscheine waren noch immer in seiner Hand.

»Nee, vergiss es, Mann. Du brauchst das Geld dringender als wir.«

»Seid ihr sicher?« Er wusste nicht genau, in welche Richtung er sprechen sollte. Dann hörte er Schritte auf dem steilen Asphalt zu seiner Rechten. Er drehte sich um und blickte nach oben, wo er sah, dass es mindestens fünf Männer waren, die sich entfernten. »Habt einen schönen Abend«, sagte Hayden und bekam keine Antwort. Er blickte ihnen hinterher, als sie auf die Straßenecke zugingen, die seltsam vertraut aussah. »War schön, euch kennenzulernen.« Aber sie verschwanden einfach um die Ecke.

Hayden schloss die Augen und öffnete sie wieder. Und dort war sie. Sie stand über ihm wie ein Traum. Wie ein wunderschöner Traum, zu dem man zurückkehren will, wenn man plötzlich wach wird, was aber leider nie funktioniert. Diese Schönheit, die immer nur im Traum besteht.

»Judith.«

»Hayden, warum kommst du nicht nach Hause?«

»Ich konnte das Haus nicht finden.«

»Du bist ja wirklich sehr betrunken.«

»Wahrscheinlich, ja. Ich glaube schon. Wie hast du mich gefunden?«

»Hayden. Das ist unser Haus. Genau hier.«

»Wo?«

»Dort, da am Eck. Auf der anderen Straßenseite. Ich habe dich durchs Fenster gesehen.«

»Oh. Ja. Wow! Ich habe es nicht gefunden, ich schwöre. Wo ist Leggy? Wer sieht nach Leggy?«

»Oh, Hayden. Warum hast du dich so betrunken? Wie konntest du mit sieben Dollar so betrunken werden?«

»Mein guter Kumpel … Joel … der mir irgendwie abhandengekommen ist … er hat die Getränke bezahlt.«

»Komm nach Hause, Hayden.«

»Du bist so schön.« Er nahm ihre Hand und zog sie zu sich herunter, um ihr Gesicht besser sehen zu können. Sie hatte diese kleine, wunderbar geformte Nase, wie Allegras Babynase, weiche Haut, die fast durchsichtig war. Zart und unschuldig. Und viel glattes blondes Haar, das er nun zur Seite schob, um ihr Gesicht besser sehen zu können. Dann verschloss er die Augen vor dieser Schönheit, denn obwohl es ein süßer Schmerz war, war es dennoch ein Schmerz. »Du weißt, dass ich dich liebe, Judith, oder?«

»Komm jetzt nach Hause, Hayden. Ich mache mir Sorgen, dass Allegra aufwacht, während wir hier draußen sind.«

»Du solltest wirklich nicht so spät draußen sein, Judith. Es ist nicht sicher.«

»Bitte komm nach Hause.«

»Liebst du mich, Judith?«

»Du machst mir Angst, Hayden.«

»Aber du liebst mich, stimmt's?«

»Ich liebe dich so sehr, dass es mir Angst macht.«

»Ich will nicht, dass du Angst hast. Ich kann für uns beide Angst haben. Und auch für Leggy. Ihr zwei braucht nur glücklich zu sein. Ich habe Angst für alle. Das ist mein Job. Ich habe manchmal solche Angst, Judith.«

»Warum? Vor was?«

»Ich habe einfach solche Angst.«

»Vor was, Hayden?«

»Ich liebe dich und das Baby.« Er drückte die Augen zu und wusste, dass er ihre Hand zu fest hielt, aber er ließ nicht locker und sie beschwerte sich nicht.

»Warum macht dir das Angst?«

»Ich werde mich immer um euch kümmern. Das weißt du, stimmt's?«

»Hayden, bitte komm nach Hause.«

»Ich werde nie zulassen, dass dir oder dem Baby etwas zustößt. Ihr bedeutet mir einfach alles. Was würde ich ohne euch tun? Ich wäre nichts ohne euch.«

»Du machst mir Angst, Hayden. Bitte komm nach Hause.«

Er öffnete die Augen und sah ihr ins Gesicht, sah, wie der Atem in Nebelkringeln aus ihrer perfekten kleinen Nase drang. Der Asphalt war feucht, hart und kalt. Nach Hause gehen klang gut. Ein warmes Bett. Und Joel würde ihn dort finden können.

»Okay. Hilf mir hoch, okay?«

Sie hielt seinen Arm und zog. Er kam schwankend auf die Beine und hätte sie fast beide zu Fall gebracht, hätte er nicht an dem Gebäude Halt gefunden. Die Geldscheine fielen auf den Boden, während er sich dort an der Wand festhielt. Die Straße hatte eine problematische Neigung. Judith hob die Scheine auf, dann legte er den Arm um ihre Schulter und gemeinsam gingen sie nach Hause.

»Ich werde mich immer um dich kümmern«, sagte Hayden.

Um zwei Uhr fünfundvierzig riss ihn der Wecker wieder aus dem Schlaf. Er duschte, zog sich an und setzte sich ans Küchenfenster, während er auf Joel wartete, der jedoch nicht auftauchte. Er fragte sich, wann die Übelkeit kommen würde, denn er rechnete damit, aber stattdessen fühlte er sich nur betrunken. Immer noch. Doch wahrscheinlich besser als Übelkeit.

Um vier Uhr rief er Alex, ihren Vorgesetzten, an, um ihm zu sagen, dass Joels Auto wohl wieder eine Panne hatte. Grummelnd akzeptierte Alex, dass er die Route selbst fahren musste, was bedeutete, dass die Zeitungen an diesem Morgen alle spät geliefert werden würden. Doch als Hayden auflegte, wurde ihm bewusst, dass er den Morgen frei hatte und nicht vor neun Uhr irgendwo sein musste. Eine unglaubliche Freiheit.

Er zog sich wieder aus und ging zurück ins Bett zu Judith. An ihren Rücken geschmiegt, atmete er ihr zärtlich ins Ohr.

»Alles in Ordnung?«, fragte sie.

»Tut mir leid, dass ich mich so betrunken habe.«

»Das ist okay. Du hast es gebraucht.«

»Ich habe dich enttäuscht.«

»Es kommt fast nie vor.«

»Jetzt wird mir ein Tag Gehalt vom Zeitungsaustragen fehlen.«

»Wir kommen schon durch.«

»Ich habe keine Ahnung, warum ich mich so betrunken habe.«

»Aber ich.«

»Habe ich letzte Nacht gesagt, warum?«

»Irgendwie schon.«

»Was habe ich gesagt?«

Sie rollte sich zu ihm herum, sie umarmten sich, und sie gab ihm einen Kuss auf die Wange. »Ich glaube, du musstest mal ein bisschen Dampf ablassen.«

In diesem Augenblick begann ihr Baby im Zimmer nebenan zu schreien.

Kapitel 2

1971

Kein Baby mehr

»Iss dein Müsli auf, Leggy. Wir sind spät dran.«

»Wo ist Mommy?«

»Sie musste schon los.«

»Wer bringt mich?«

»Ich, dein liebender Daddy. Jetzt iss dein Müsli.«

Hayden trank in kleinen Schlucken den brühend heißen Kaffee und beobachtete sie dabei, wie sie das aufgeweichte Müsli mit dem Löffel hin- und herschob. Sie hatte feines blondes Haar und diese winzige Nase, dazu Augen in der Farbe des Himmels in einem mystischen Nachsommer, von dem man sein ganzes Leben lang träumte. Hätte er nicht zur Hochschule und Leggy nicht in den Kindergarten gehen müssen, hätte er sie mit Leichtigkeit den ganzen Tag lang bis zur Schlafenszeit anstarren können.

»Wo ist Mommy hingegangen?«

»Sie hatte einen Termin.«

»Was ist ein Termin?«

»Das bedeutet, dass du zu einem bestimmten Zeitpunkt an einem bestimmten Ort sein musst.«

»Was für einen Termin hatte Mommy?«

»Ein Termin, zu dem man pünktlich sein muss.«

»Oh.«

»Ich bringe dich zum Kindergarten, dann holt Oma Thea dich wie immer ab, und du verbringst den Nachmittag bei ihr. Und wenn du heimkommst, wird Mommy wieder hier sein. Wie klingt das, Leggy?«

»Daddy ...«

»Ja?«

»Nenn mich nicht Leggy.«

»Aber ich nenne dich immer Leggy.«

»Aber mach das nicht mehr. Das ist ein Babyname.«

»Wie soll ich dich denn sonst nennen?«

»Al-le-gra.«

»Wie nennen sie dich in der Schule?«

»Al-le-gra.«

Hayden seufzte. »Okay. Dann ab heute also nicht mehr Leggy.«

Ein Verlustgefühl überkam ihn, als er sie zum Kindergarten brachte und danach zu seinem Unterricht ging.

* * *

Hayden war als Erster zu Hause. Er kaute an seinem Daumennagel und wartete auf Judith, doch stattdessen kamen zunächst Thea und Leggy – nein, Allegra.

»Daddy!«

»Allegra. Hey, meine Kleine. Gib Daddy eine große Umarmung.« Er ging in die Hocke und als sie auf ihn zugeflogen kam, riss sie ihn beinahe zu Boden. »Wir benutzen nicht mehr den Babynamen Leggy«, sagte Hayden über Allegras kleine Schulter zu Thea.

»Ja, ich weiß. Ich wurde auch schon ermahnt.«

»Wie war die Schule, meine Kleine?«

»Ziemlich gut.«

»Such dir ein Spiel aus, dann spiele ich mit dir.«

»Okay.«

»Überleg es dir aber gut. Keine Eile.«

»Okay.«

Sie ließ ihn los und rannte in ihr Zimmer.

Als Hayden aufstand, traf ihn Theas besorgter Blick. Sie war eine große, attraktive Frau mit einem beruhigenden Lächeln. Hayden hoffte, dass es stimmte, wenn Leute sagten, das Aussehen einer Frau in fünfundzwanzig Jahren lasse sich an ihrer Mutter erkennen. Manchmal wünschte er sich, Thea wäre seine Mutter. Sie hätte vieles besser gemacht.

Thea sah Allegra nach, die in ihr Zimmer hüpfte. »Irgendwelche Nachrichten?«

»Nein, ich bin in der Schule nicht gut erreichbar. Aber sie sollte jeden Augenblick hier sein.«

»Habt ihr besprochen, was ihr tun wollt?«

»Na ja, natürlich. Ich meine, wie könnten wir das nicht besprechen?«

»Armer Hayden. Ihr zwei habt so hart gearbeitet. Ich will nicht, dass euch etwas dazwischenkommt.«

»Wir werden es trotzdem schaffen. Vielleicht verpasse ich ein halbes Jahr an der Uni, Judith wahrscheinlich ein ganzes Jahr. Trotzdem, Leggy kam uns auch dazwischen, aber wir würden sie weiß Gott für nichts eintauschen wollen. Was denkst du, Thea?«

»Ich? Es ist nicht meine Entscheidung.«

»Ich weiß aber nicht, was wir ohne deine Hilfe mit Leggy getan hätten. Ich meine, es wäre dir gegenüber vielleicht nicht fair. Es wäre vielleicht etwas viel verlangt.«

»Mach dir um mich keine Sorgen, Hayden. Diskutiert ihr zwei das nur aus und teilt mir dann eure Pläne mit. Vielleicht machen wir uns auch Sorgen um nichts.«

»Okay. Vielleicht.«

»Ruft mich an, wenn ihr mehr wisst.«

»Judith wird jeden Augenblick hier sein. Bleib doch noch ein bisschen.«

»Nein. Ihr zwei müsst in solchen Zeiten allein sein.« Sie verabschiedete sich von ihm mit einem Kuss auf die Wange. »Sie hat mit dir eine gute Entscheidung getroffen.«

Hayden spürte, wie er rot wurde. In diesem Augenblick rannte Allegra wie eine Dampfwalze in ihn hinein, die Schachtel mit dem Brettspiel unter dem rechten Arm.

»Ich rufe dich an«, sagte er zu Thea.

* * *

Als Judith hereinkam, stellte Hayden ihr eine stumme Frage mit den Augen und sie antwortete mit einem kaum wahrnehmbaren Nicken.

Die Neuigkeit breitete sich kribbelnd in seinem Magen aus und hinter seinen Augen. Furchterregend, aber gut. Es fühlte sich gut an.

»Hallo, Mommy! Wie war dein Termin?«

»Gut. Wer von euch beiden liegt vorn?«

»Sie putzt mich weg. Ich geb mich geschlagen, meine Kleine.«

»Was meinst du damit?«

»Es bedeutet, dass du gewonnen hast. Räum das Spiel weg, okay? Das Abendessen ist gleich fertig.«

»Du hast gekocht«, stellte Judith fest, nachdem Allegra das Zimmer verlassen hatte.

»Eher aufgetaut. Ich bin froh, Judith!«

»Wirklich?«

»Ja. Wirklich.«

Sie setzte sich neben ihn auf das Sofa und berührte seine Wange. Er wollte nach ihr greifen und sie an sich ziehen, sie in den Armen halten, aber das Kribbeln angesichts der Neuigkeiten schien alle Nervensignale unterbrochen zu haben, sie knisterten nur und setzten in seinen Gliedmaßen aus.

»Es wird alles schwerer machen.«

»Leggy hat alles schwerer gemacht. Aber sie war eine gute Sache, stimmt's? Oh, fast hätte ich's vergessen. Wir benutzen nicht mehr den Babynamen Leggy.«

»Ja«, sagte Judith. »Das hat sie mir auch erklärt. Also werden wir es ihr wohl beim Abendessen mitteilen.«

»Das sollten wir, ja.«

»Wir sind also glücklich, oder?«

»Ja. Wir sind glücklich.« Ein Nervensignal kam durch und er nahm sie in den Arm.

»Haben wir auch etwas Angst, Hayden?«

»Oh, aber sicher. So sind wir, oder? Glücklich und ängstlich zugleich.«

* * *

Hayden konnte nicht schlafen, obwohl er schlafen sollte. Er stützte sich auf einen Ellenbogen und beobachtete Judith in dem schwachen Licht, das durch das Schlafzimmerfenster drang. Sie schnarchte leise, aber das machte ihm nichts aus. Er mochte es, an ihre Anwesenheit erinnert zu werden. Die Anwesenheit von beiden. Ihre Schwangerschaft war schon weit fortgeschritten, und er hätte gern eine Hand auf diesen süßen Bauchhügel gelegt, wollte sie aber nicht wecken.

Ein paar Minuten später bewegte sie sich, öffnete die Augen und ergriff seine Hand, als hätte sie bemerkt, dass er sie beobachtete. Er legte seine freie Hand auf ihren Bauch und hoffte, eine Bewegung zu spüren, vielleicht einen Tritt, aber offenbar konnten außer ihm alle schlafen.

»Du machst dir Sorgen«, sagte Judith.

»Ich denke nur nach.«

»Über was?«

»Haben wir dieselbe Abmachung wie letztes Mal? Wenn es ein Junge wird, nennen wir ihn Daniel?«

Judith setzte sich auf und steckte sich ein Kissen in den Nacken. Er wünschte plötzlich, sie würde wieder einschlafen, damit er sie in Ruhe beobachten konnte und sich nicht mit Fragen beschäftigen musste.

»Ich dachte, das war nur irgendein Name, der dir gefällt.«

»So ist es.«

»Muss ja sehr wichtig für dich sein, wenn du dich die ganze Zeit daran erinnert hast und es dich wachhält.«

»Es hält mich nicht wach. Ich habe nur nachgedacht.«

»Ich weiß immer, wenn dir etwas wichtig ist. Kennst du jemanden namens Daniel?«

Sollte er es sagen? Zeit für eine Entscheidung. »Ich hatte einen Bruder namens Daniel.«

»Das wusste ich überhaupt nicht! Ich dachte, du wärst ein Einzelkind.«

»Nein, ich hatte einen Bruder.«

»Du hast ihn nie erwähnt. Du erzählst mir nie etwas über deine Familie.«

»Da gibt es nichts zu erzählen. Ich hatte eine ganz normale Kindheit wie jeder andere. Ich glaube, ich sollte mich sterilisieren lassen.«

»Wirklich?«

»Wir wollten doch bei zwei Kindern aufhören, oder?«

»Na ja, schon. Aber wir brauchen nichts zu überstürzen.«

»Warum nicht? Wir wissen, was wir wollen, also warum warten? Ich meine, Unfälle können schnell passieren. Also, mir tut dieser Unfall nicht leid, aber es ist schade, dass du zwei Semester verpasst. Du hast dasselbe Recht wie ich, die medizinische Hochschule abzuschließen. Ich telefoniere morgen früh herum und frage, was es kostet.«

»Warte wenigstens, bis das Baby da ist.«

»Warum?«

»Warum nicht? Wir können keinen Unfall haben, wenn ich bereits schwanger bin. Lass uns erst mal abwarten und sehen, dass alles in Ordnung kommt.«

»Was meinst du damit, ›dass alles in Ordnung kommt‹?« Hayden nahm die Hand von ihrem Bauch und setzte sich auf.

»Na ja, du weißt schon.«

»Nein, ich weiß es nicht.«

»Ich sage ja nur.«

»Was sollte denn schiefgehen?«

»Na ja, es gibt immer Dinge, die schiefgehen können.«

»Warum denkst du, dass es so sein könnte?«

»Das denke ich nicht.«

»Warum sagst du es dann überhaupt?«

»Hayden.« Sie legte einen Arm um seine Schulter. »Ich meine nur, dass du dich demnächst vielleicht sterilisieren lassen wirst. Jetzt hör bitte auf, dir Sorgen zu machen, und schlaf wieder ein.«

»Okay.« Sie legten sich wieder hin. Hayden kuschelte sich so dicht wie möglich an sie, eine Hand wieder auf ihrem Bauch. Diese Position beruhigte ihn und half ihm beim Einschlafen. In der Entfernung hörte er eine Sirene. »Ich wünschte nur, du hättest das nicht gesagt.«

»Armer Hayden. Ich hätte nicht gedacht, dass du dir so große Sorgen machst. Vergiss nicht, dass wir morgen um sieben den Lamazekurs haben.«

»Das lasse ich mir nicht entgehen.«

* * *

»Wo zum Teufel ist die Hebamme?«, fragte Hayden und atmete in die braune Papiertüte. Sie gehörte zu ihrer Lamaze-Ausrüstung für den Fall einer Hyperventilation, aber natürlich war sie für Judith vorgesehen. Hayden hatte zunächst das Gefühl gehabt, dass sie sich über ihn lustig machte, als Judith ihm vorschlug, die Tüte zu benutzen, doch laut der Hebamme, die jetzt ärgerlicherweise verschwunden war, kam Hyperventilation bei Geburtshilfepartnern extrem häufig vor. Aber wo zum Teufel war sie jetzt?

»Mehr Eiswürfel«, forderte Judith und Hayden ließ die Tüte fallen, um ihr mehr Eiswürfel aus dem Papierbecher zu geben. Sie musste sein Handgelenk festhalten, so sehr zitterte er.

Auf ihrer Stirn hatte sich bereits wieder ein neuer Schweißfilm gebildet, obwohl er ihr die Stirn gerade erst abgetupft hatte. Also wiederholte er den Vorgang und zuckte zusammen, als sichtbar eine weitere Wehe eintrat. Sie verursachte selbst ihm Schmerzen.

»Hayden.«

»Ja?«

»Ich spüre etwas Seltsames.«

»Was?«

»Es fühlt sich so an, als würde meine Fruchtblase platzen.«

»Sie ist schon vor einer Weile geplatzt.«

»Deshalb kommt es mir seltsam vor.«

Ihre Stirn schien wieder nass zu sein, aus ihrem Gesicht sprach eine Mischung aus Neugier und Panik. Sie warf die Decke zurück und dann sahen sie es beide. Auf dem Laken zwischen ihren Beinen breitete sich eine Blutlache in der Größe einer Untertasse aus.

Hayden blickte auf und sah die Hebamme mit einer jüngeren Krankenschwester hereinkommen. Er wollte schreien und mit den Armen fuchteln, um sie auf sich aufmerksam zu machen, doch er konnte sich nicht bewegen. Glücklicherweise bemerkte die Hebamme die Situation auch ohne sein Zutun sofort. Er konnte einfach dort stehen bleiben, gelähmt und stumm, und sich für diese Nutzlosigkeit schämen, die ihn plötzlich übermannt hatte.

Die Hebamme rief der Krankenschwester über die Schulter Anweisungen zu. »Ruf Dr. Seagrave und sag ihm, sie hat Blutungen. Und bring eine mobile Krankenliege, sie muss sofort in den Kreißsaal.« Zu Judith sagte sie: »Okay, entspannen Sie sich. Wir holen den Arzt.«

Hayden blickte zur Blutlache, die etwa die Größe eines Esstellers angenommen hatte, aber sich jetzt wenigstens nicht mehr weiter ausbreitete.

Die Hebamme hielt ein merkwürdig aussehendes Stethoskop an Judiths riesigen Bauch, ein Stethoskop mit einem Metallband, das der Länge nach über den Kopf der Hebamme passte. Hayden wartete darauf, dass sie etwas sagte. Er wollte wissen, was sie hörte, was sie dachte. Irgendetwas. Doch sie runzelte nur die Stirn. Sie blickte auf die Blutlache hinunter. »Es hat aufgehört«, sagte sie trocken, wie zu sich selbst.

»Das ist gut, oder?«, fragte Hayden, aufgeregt und erstaunt darüber, dass er gesprochen hatte. Sie gab ihm keine Antwort. »Oder?«, wiederholte er.

»Der Arzt wird jeden Augenblick hier sein.« Sie drückte die Ruftaste und eine andere Krankenschwester tauchte auf. »Verabreiche sofort intravenös D5W. Wir brauchen vielleicht eine Transfusion. Schreib zwei Einheiten auf.«

Zwei Sanitäter schoben schnell eine Krankenliege herein und betteten Judith um. Hayden rannte ihnen und Judith auf dem Krankenhausflur hinterher und hörte das Geschrei von Babys, das aus jedem dritten oder vierten Zimmer erklang.

Einer der Sanitäter stieß mit dem Rücken die Tür zum Kreißsaal auf und Hayden sah aus dem Augenwinkel Dr. Seagrave an ihm vorbeieilen. An der Tür drehte sich der Arzt um und hielt Hayden mit einer Hand vor seinem Brustkorb auf.

»Dies ist ein Notfall, Mr Reese. Ich weiß, dass Sie ihr Geburtshilfepartner sind, aber Sie müssen draußen warten, tut mir leid.«

»Was ist mit meiner Frau? Ich habe ein Recht, das zu erfahren.«

»Das muss ich erst herausfinden, Mr Reese, daher habe ich jetzt wirklich keine Zeit für ein Gespräch.«

Hayden starrte ihn einen Moment lang nur an. Beide waren entschlossen. Seagrave hatte eine lehrerhafte Art und Hayden lehnte diese Autorität ab. Der Arzt war kein großer Mann, er hätte ihn leicht niederstrecken können, doch das schien keine kluge Idee zu sein.

Der Arzt wandte sich ab, und als er durch die Schwingtür trat, folgte Hayden ihm. Seagrave schien es sofort zu bemerken, drehte sich um und zeigte mit dem Finger auf Hayden, der noch die Tür im Rücken hatte. »Sie haben sich nicht gereinigt«, sagte er kurz und bündig. »Ihre Schuhe sind nicht bedeckt. Sie tragen weder eine Kappe, noch eine Maske, noch einen Kittel. Sie setzen Ihre Frau und Ihr Baby einem Risiko aus, wenn Sie so hier reinkommen, Mr Reese. Ich kann nicht fassen, dass Sie das tun wollen.«

Hayden blinzelte mehrmals und trat ein paar Schritte zurück. Die Tür schloss sich kurz vor seinem Gesicht.

* * *

Hayden fand Maske, Kittel, Kappe und Überziehschuhe genau an der Stelle vor, die ihm die Hebamme zuvor mitgeteilt hatte.

Zu einem viel früheren Zeitpunkt, als noch niemand hatte sehen können, dass er nicht willkommen sein würde.

Zitternd schrubbte er sich hastig die Hände ab und rüstete sich aus, brachte alles durcheinander, schaffte es aber schließlich. Dann eilte er zurück in den Kreißsaal.

Dr. Seagrave stand am Fußende des Tisches zwischen Judiths Beinen, auf jeder Seite eine Krankenschwester. Judith war an eine Infusionsflasche angeschlossen, und eine Krankenschwester hörte sie immer noch mit diesem seltsamen Stethoskop ab. Grüne Papiertücher bedeckten ihren Bauch und Unterkörper und ihre Arme waren mit breiten Lederbändern an den Seiten ihres Körpers fixiert. Ihr Gesicht wurde von einer Sauerstoffmaske bedeckt.

Seagrave wandte leicht den Kopf, als Hayden den Kreißsaal betrat. »Bringt ihn hier raus. Wo ist der Anästhesist?«

»Er ist auf dem Weg, Doktor.«

»Warum sind ihre Arme festgeschnallt?«, fragte Hayden. Es fühlte sich nicht richtig an, etwas zu sagen, aber er tat es trotzdem.

»Ich bekomme keinen Herzschlag«, sagte eine Krankenschwester.

»Sie hat keinen Herzschlag?«, fragte Hayden entsetzt.

»Das hat sie nicht gesagt. Sie sagte, sie könne keinen hören. Was soll ich zuerst tun, Mr Reese? Ihre Frau und Ihr Baby retten oder Ihre Fragen beantworten?« Er gab ihm keine Gelegenheit, zu antworten. »Wie war ihr Höhenstand, als Sie mich gerufen haben, Schwester?«

»Der Muttermund war zehn Zentimeter weit geöffnet, Doktor, der Gebärmutterhals voll verkürzt, der Höhenstand plus zwei.«

»Plus zwei. Wir müssen vielleicht einen Kaiserschnitt machen. Wir brauchen ein OP-Team. Würden Sie ihn bitte hier rausbringen?«

Der Anästhesist kam hereingestürzt und ersetzte die Sauerstoffmaske mit einer schwarzen Anästhesiemaske. Als Judiths Augenlider flatterten und sich schlossen, führte er einen Schlauch in ihren Hals ein. Hayden wusste, dass er ohne sie verloren war. Die zwei Krankenschwestern warfen sich einen Blick zu, dann sahen sie Hayden an. Hayden beobachtete, wie Seagraves Hände zwischen Judiths weit gespreizten Beinen arbeiteten. Er sah das Blut. Er war sich sicher, dass er nicht gehen würde.

»Rufen Sie einen Sanitäter, wenn Sie ihn nicht selbst rausbringen können. Sie ist jetzt bei plus drei. Vergessen wir den Kaiserschnitt. Beine hoch, die Geburtszange. Ich will dieses Baby da raushaben. Jetzt!«

»Soll ich immer noch einen Sanitäter rufen, Doktor?«, fragte die junge Schwester.

Hayden trat zurück in eine Ecke, um niemandem im Weg zu stehen.

»Nein, vergessen Sie's. Wir haben keine Zeit.«

Hayden sah, wie der Schädel seines neugeborenen Babys auftauchte, als Seagraves Zange dieses zarte, kleine Wesen umfasst hielt. Dann kam der ganze Kopf heraus, mit dem Gesicht nach unten, und Seagrave wischte das Gesicht ab, reinigte die winzige Nase und den Mund. Hayden wünschte, er könnte das Gesicht des Babys sehen, etwas mit seinen eigenen Augen feststellen.

Dann hielt der Arzt den Kopf des Babys, befreite die winzigen Schultern, und Hayden konnte den ganzen Kopf sehen, und das Gesicht. Es war so weiß. Zu weiß. Und zu still. Plötzlich war sein Baby vollständig draußen. In der großen Eile kam es einfach herausgeflutscht, das ganze Baby, bedeckt mit Blut und gelblichen Flüssigkeiten. Ein Junge. Hayden erkannte es von seiner Ecke aus. Aber so weiß und still. Seagrave klemmte die

Nabelschnur ab, schnitt sie durch, und überreichte das Baby einer der Schwestern.

»Reanimiert ihn«, befahl er. »Wo ist die Kinderärztin?«

»Auf dem Weg, Doktor.«

Seagrave wandte seine Aufmerksamkeit wieder Judith zu, behandelte sie so gründlich, als gelte es, noch weitere Babys auf die Welt zu bringen.

»Ich brauche einen Beatmungsbeutel«, sagte die Krankenschwester und jemand gab ihr eine Maske mit einer angeschlossenen Tüte. Sie legte die Maske über Daniels stilles weißes Gesicht und pumpte Luft in ihn hinein und aus ihm heraus.

Und dieser Augenblick zog sich in die Länge. Sie machte weiter und weiter. Judith schlief. Daniel lag reglos und still da, seine Brust hob und senkte sich auf Kommando. Hayden lehnte sich an die Wand in der Ecke, blendend weiße Kacheln und Edelstahl um ihn herum. Er wusste nicht, was genau passierte und warum. Er war sich nicht einmal sicher, ob er selbst atmete.

»Insertio velamentosa.« Eine der Krankenschwestern zog laut hörbar den Atem ein. Seagrave unterbrach die Stille. »Sehen Sie zu, wie schnell Sie die Transfusion bekommen können«, sagte er zu der jungen Krankenschwester. »Wie ist der Herzschlag?«

»Unter dreißig, Doktor.«

»Wir haben nicht viel Zeit. Schwester!« Die junge Krankenschwester schien erstarrt zu sein und schrak auf, als der Arzt die Stimme hob. »Jetzt!«

Sie verließ eilig den Kreißsaal.

Die Kinderärztin kam herein und sie behandelten seinen Sohn, der immer noch still und weiß dort lag. Die Krankenschwester versuchte, ihn zu beatmen, aber die Kinderärztin sagte: »Armer kleiner Kerl, er hat einfach kein Blut mehr gehabt. Verdammt, wo ist diese Transfusion? Wie ist der

Herzschlag jetzt, Schwester? Verdammt!« Sie nahm ihr eigenes Stethoskop und prüfte den Herzschlag.

Die junge Krankenschwester kam herein und sagte, die Kreuzprobe würde nur eine Minute dauern.

Die Kinderärztin schüttelte den Kopf.

Sie entfernte den Beatmungsbeutel und Daniel, Haydens kleiner Junge, wurde auf eine dünne weiße Decke gelegt. Jetzt war niemand mehr in Eile, niemand brüllte mehr Anweisungen. Der Augenblick verlangsamte sich zur Zeitlupe und Hayden blieb mehrere Schritte von der Bedeutung von alldem entfernt.

Er trat an Judith heran, aber er hatte keine Möglichkeit, einzuschätzen, wie es ihr ging. »Ist alles in Ordnung mit ihr?«, fragte er die junge Krankenschwester, in deren Augen seinetwegen tiefe Betrübnis lag.

»Sie wird es gut überstehen.«

»Aber das Baby …«

»Es tut mir sehr leid, Mr Reese«, sagte Seagrave hinter ihm. »Dies ist ein extrem seltener Vorfall. Ich habe dies erst zum zweiten Mal in meiner Laufbahn als Arzt erlebt. Setzen wir uns, damit ich Ihnen erklären kann, was passiert ist.«

Hayden drehte sich um. Der Arzt hielt Daniel in seinen gespreizten Händen, die Decke war unter ihm zusammengeschoben und hing zum größten Teil herunter. Hayden wollte Daniel zudecken, weil er aussah, als sei ihm kalt. Still und weiß, wie er war, gaben ihm nur die Blutstreifen auf seinem Körper etwas Farbe. Hayden sah die abgeklemmte Nabelschnur an seinem Bauch, die Form seiner Genitalien, jeden winzigen Finger und jede winzige Zehe. Er war perfekt. Absolut perfekt. Aber er war nicht am Leben.

»Geben Sie ihn mir«, sagte Hayden.

»Die Schwester muss ihn wegbringen und …«

Die Krankenschwester trat einen Schritt vor, um das Baby zu nehmen.

Hayden fasste nach vorn und packte Dr. Seagraves Hals mit einem festen Griff. Die Krankenschwester blieb auf der Stelle stehen. Seagrave riss die Augen auf.

»Geben Sie ihn mir.« Jedes Wort wohlüberlegt, gemessen, präzise. Der Arzt legte Daniel in Haydens linke Armbeuge. Hayden stieß ihn von sich, nicht fest. Jedenfalls erschien es ihm nicht fest. Doch Seagrave stolperte rückwärts und riss einen beweglichen OP-Tisch voller Instrumente mit sich, als er zu Boden stürzte.

Hayden ging mit Daniel im Arm über den Flur zur Krankenhauskapelle.

* * *

Er setzte sich in die vorderste Bank und starrte auf das Bleiglasfenster über dem einfachen Altar. Es gab nur wenige Kerzen, von denen ein paar brannten. Hier gab es für so vieles zu beten.

Zu knauserig für richtige Kirchenfenster, dachte er, *für Kreuze oder Figuren*, aber nach ein paar Stunden musste er sich eingestehen, dass die Kapelle wohl nicht aus Sparsamkeit so spartanisch eingerichtet war. Wahrscheinlich musste diese winzige Kapelle allen Religionen dienen und durfte daher keine von ihnen brüskieren.

Dr. Seagrave kam in Begleitung eines Polizisten herein, der in einer Ecke stehen blieb, als sich Seagrave zu Hayden setzte. Aus dem Augenwinkel sah Hayden die dunklen Fingerabdrücke, die er auf dem Hals des Arztes hinterlassen hatte.

»Wenn Sie bereit sind«, sagte Seagrave, »würde ich es Ihnen gern erklären.«

»Bin ich verhaftet?«

»Nein.«

»Warum ist er dann hier?«

Hayden blickte zu dem Polizisten, der an der Wand lehnte, die Daumen im Gürtel, und ihn unerbittlich anstarrte. *Ich habe keine Angst vor dir*, schien er sagen zu wollen. Doch Hayden wusste, dass es eine sorgfältig einstudierte Lüge war.

»Nur um sicherzustellen, dass es keinen Ärger mehr gibt.«

»Sie lassen mich nicht verhaften?«

»Nein. Ich sehe nicht, welchem Zweck das dienen sollte. Ich habe dem Polizisten mitgeteilt, dass kein Schaden entstanden ist.«

»Danke.«

»Wir müssen reden.«

»Ich würde bitte gern mit meinem Sohn allein sein.«

»Sie sind schon seit mehreren Stunden hier, Mr Reese. Ich kann Ihre Trauer nachvollziehen. Und ich kann Ihnen mehr Zeit geben, wenn Sie das wirklich brauchen. Aber früher oder später werden Sie ihn abgeben müssen.«

»Später«, sagte Hayden.

Seagrave tauschte mit dem Polizisten einen Blick und ein kaum merkliches Schulterzucken aus, dann war Hayden wieder mit seinem Sohn allein.

* * *

Als er zum Fenster sah, bemerkte er, dass es allmählich dunkel wurde und die Nacht anbrach. Es kam ihm seltsam vor, da es erst sieben Uhr morgens gewesen war, als Judiths Wehen so plötzlich vollkommen falsch verlaufen waren.

Hin und wieder wurde die Tür hinter ihm geöffnet, aber niemand betrat die Kapelle, und Hayden blickte sich kein einziges Mal um.

Nach einer Weile kam die Hebamme und setzte sich zu ihm, der Polizist nahm wieder seine Position in der Ecke ein.

»Ihre Frau ist aufgewacht und fragt nach Ihnen. Sie braucht Sie jetzt.«

»Sagen Sie ihr, dass ich zu ihr komme, sobald ich kann.«

»Sie macht das ganz alleine durch.«

»Das machen wir alle.«

»Wollen Sie sie nicht einmal sehen? Um sie zu trösten? Oder von ihr getröstet zu werden?«

»Ich kenne Judith. Sie würde mir sagen, dass ich ihn gehen lassen soll.«

»Vielleicht sollten Sie das jetzt.«

»Gehen Sie weg!« Er wandte ihr zum ersten Mal das Gesicht zu. Der Blick in seinen Augen ließ sie aufspringen und einen Schritt zurückstolpern. »Bevor ich etwas tue, das ich nicht rückgängig machen kann.«

Der Polizist trat mit seinem Schlagstock in der Hand zwischen sie, obwohl nur Blicke und Worte ausgetauscht worden waren. »Ich kümmere mich darum, Ma'am.«

»Nein, machen Sie das nicht. Sie können ihn nicht mit Gewalt zwingen. Er muss bereit sein, es herzugeben«, sagte die Hebamme und ging mit dem Polizisten zur Tür.

»Er ist kein ›es‹«, sagte Hayden über die Schulter. Er hörte, dass sie stehen blieben.

»Was haben Sie gesagt, Mr Reese?«

»Er ist kein ›es‹. Sein Name ist Daniel.«

»Sie haben recht«, sagte die Hebamme. »Tut mir leid.«

* * *

Hayden verbrachte die ganze Nacht auf seinem Platz in der Kapelle, im Licht der Kerzen, die jemand anderes angezündet hatte. Hin und wieder sprach er mit Daniel, dann mit Gott, doch niemand antwortete.

Kapitel 3

Das Buch Reese

Hinter der Bleiglasscheibe stieg der Morgen früh auf.

Hayden saß noch immer auf der Bank, mit Daniel auf dem Schoß, der jetzt vollständig in die Decke eingewickelt war. Nach fast vierundzwanzig Stunden fühlte es sich irgendwie nicht mehr so natürlich und gesund an, noch mit ihm hier zu sein. Und falls die verstrichene Zeit Änderungen gebracht hatte, wollte Hayden sie lieber nicht sehen.

Ein Polizist trat ein und stellte sich in die Ecke. Es musste einen Schichtwechsel gegeben haben, denn es war nicht der Mann vom Vortag. Und in dem Moment akzeptierte Hayden, dass dies beendet werden konnte, dass es so oder so zu einem Höhepunkt kommen musste. Er war froh, jemanden zu sehen, den er ohne schlechtes Gewissen in Stücke reißen konnte.

Kurz darauf kam eine junge Krankenschwester herein und setzte sich neben ihn. Hayden blickte sie an und erkannte sie wieder. Es war die Krankenschwester, die im Kreißsaal für den Bruchteil einer Sekunde erstarrt war. Sie war sicher nicht älter als Judith oder er selbst und sah aus, als würde sie nicht mehr als vierzig Kilo wiegen. Auf eine seltsame Art ergab es einen Sinn, dass sie eine Frau schickten, die winzig und zerbrechlich war und ihn niemals überwältigen konnte.

»Guten Morgen, Mr Reese.«

»Ich wünschte wirklich, Sie würden mich nicht so nennen. Sagen Sie einfach Hayden zu mir. Immer, wenn mich jemand ›Mr Reese‹ nennt, muss ich an meinen Vater denken. Was ich lieber nicht tue.«

»Hayden. Ich bin Angela. Ich war bei der Entbindung anwesend.«

»Ich weiß, ich erinnere mich. Guten Morgen.«

»Hätten Sie etwas dagegen, wenn ich mich zu Ihnen setze und wir uns einen Moment unterhalten?«

»Nein, das ist in Ordnung.«

»Falls ich das fragen darf, Hayden – sind Sie ein religiöser Mann?«

»Nein. Nein, überhaupt nicht. Warum fragen Sie?«

»Na ja, Sie suchten als Erstes diese Kapelle hier auf.«

Hayden blickte zu dem Polizisten in der Ecke, dessen Gesicht er nicht mochte und dessen Anwesenheit ihn einschränkte. Angela musste dies bemerkt haben, denn sie trat an den Polizisten heran und tauschte mit ihm leise ein paar Worte aus, bis er widerstrebend zur Tür ging.

»Rufen Sie einfach, wenn Sie mich brauchen, Ma'am«, sagte er an der Tür. Zu laut. Ein Affront in einer Andachtsstätte wie dieser.

»Ich werde Sie nicht brauchen«, sagte Angela.

Hayden hörte, wie die Tür geschlossen wurde. Dass Angela den Polizisten weggeschickt hatte, machte sie ihm sympathisch. Er beschloss, dass er vielleicht – nur vielleicht – ihr in ein paar Minuten Daniel übergeben würde. Aber was würde er danach machen? Wohin sollte er gehen? Das war das Problem.

»Ich werde Ihnen nichts tun«, sagte er.

»Das weiß ich. Also, was wollten Sie sagen, Hayden?«

»Es war wohl die Macht der Gewohnheit. Ich wurde religiös erzogen.«

»Ich habe auf Ihrem Aufnahmeformular gelesen, dass Sie ein Episkopale sind.«

»Ich *war* ein Episkopale.«

»Sie haben sich vollständig von der Kirche losgesagt?«

»Vollständig.« Sie blieben einen Augenblick schweigend sitzen und es schien ihr nicht unangenehm zu sein, eine Weile zu schweigen. Doch er vermisste die Wärme, die Worte in ihm hervorriefen, daher beendete er die Stille. »Warum haben Sie gefragt?«

»Ich bin auch Episkopale. Deshalb habe ich darum gebeten, mit Ihnen reden zu dürfen.«

»Sie brauchten eine Genehmigung, um hierherzukommen?«

»Da die Kapelle abgeriegelt wurde, ja.«

»Na, ausgezeichnet! Ich bin eine Bedrohung für die Gesellschaft.«

»Ich weiß, dass Sie das nicht sind. Ich selbst habe keine Kinder, Hayden. Und ich bin noch nicht verheiratet. Aber ich hoffe, dass ich einmal einen Mann finde, der sich so sorgt wie Sie.«

»Hoffen Sie besser, dass er sich weniger sorgt. Man kann sich auch zu viel sorgen.«

»Nein, das stimmt nicht.«

»Doch.«

»Armer Hayden«, sagte sie und legte ihre warme Hand auf seinen Arm. Er spürte, wie sich die Wärme ausbreitete, und fragte sich, weshalb er nicht zu Judith ging, weshalb er sich nicht von ihr wärmen ließ. »Wenn ich in meinem Leben eine echte Krise habe, kann ich mit einem Priester sprechen.«

»Ich will aber nicht mit einem Priester sprechen.«

»Gibt es irgendjemanden, mit dem Sie sprechen wollen?«

»Im Augenblick nur mit Ihnen.«

»Okay.«

»Würden Sie Daniel für mich halten? Nur für eine Minute?«

»Natürlich.«

Hayden überreichte ihr das kleine Bündel und wartete ab. Würde sie zur Tür hinausrennen und den Polizisten zu ihm schicken – oder Daniel einfach nur halten und ihr Gespräch fortsetzen? Sie hielt Daniel sanft im Arm.

»Würden Sie es mir bitte erklären?«

»Dr. Seagrave …«

»Ich weiß. Ich weiß, er hat es versucht. Aber ich kann einfach nicht mit ihm reden. Es ist nicht seine Schuld. Ich will nur von Ihnen hören, was eine Insertio velamentosa ist. In einfacher Sprache.«

»Okay. Ich erkläre es Ihnen, so gut ich kann, weil es die erste war, die ich je gesehen habe. Es kommt selten vor.«

»Wie selten?«

»Ich weiß nicht genau. Es war erst die zweite, die Dr. Seagrave je gesehen hat, und er arbeitet schon seit über zwanzig Jahren als Frauenarzt. Ich glaube, es kommt einmal in allen vier- oder fünftausend Geburten vor. Ich kann es nachsehen, wenn Sie möchten.«

»Vielleicht später. Warum passiert es?«

»Aus keinem bestimmten Grund, soweit wir wissen. Es passiert einfach. Es ist ein seltener Defekt der Verbindung der Nabelschnur mit der Plazenta. Bis zur Entbindung hat der Arzt keine Möglichkeit, das zu wissen. Die Blutgefäße können reißen und das führt zum Verbluten des Babys. Es passiert, bevor etwas getan werden kann.«

»Das war also Daniels Blut auf dem Bett meiner Frau.«

»Ja.«

»Alles davon.«

»Ja.«

»Diese kleine, winzige Pfütze«, Hayden formte mit den Fingern einen Kreis, »ist das ganze Blut eines menschlichen Babys.«

»Ja. Es tut mir so leid. Ich kann Sie nur damit trösten, dass es zufällig vorkommt und nicht erblich ist. Wenn Sie und Ihre Frau wieder ein Kind erwarten, ist die Wahrscheinlichkeit, dass es passiert, also genauso gering wie bei allen anderen Geburten.«

»Wir werden kein Kind mehr haben.«

»Sagen Sie so etwas nicht. Lassen Sie etwas Zeit verstreichen.«

»Ich lasse mich sterilisieren.«

»Warten Sie ab, bevor Sie das entscheiden. Sind Sie sicher, dass Sie nicht mit einem Priester sprechen wollen?«

»Wessen Schuld ist es?«

»Es ist niemandes Schuld.«

»Waren wir während Judiths Schwangerschaft nicht vorsichtig genug?«

»Nein. Sie haben alles richtig gemacht. Es ist nicht Ihre Schuld. Es bestand die ganze Zeit. Sie hätten nichts tun können, um es zu ändern.«

»Seagrave hat keinen Fehler gemacht?« Doch er kannte die Antwort bereits, denn all das war Daniels Blut gewesen, er hatte es mit eigenen Augen gesehen, bevor Seagrave überhaupt eingetroffen war.

»Es ist höhere Gewalt, Hayden. Nur als solche kann man es bezeichnen. Deshalb dachte ich, Sie würden vielleicht gern einen Priester sehen. Sie können die Kirche von hier zu Fuß erreichen. Es ist ein langer Fußweg, aber es würde Ihnen wahrscheinlich guttun.«

»Ich weiß, wo die Episkopalkirche ist. Werden Sie sich gut um Daniel kümmern?«

»Aber natürlich.«

»Und ihn sauber machen, damit er ein ordentliches Begräbnis haben kann?«

»Ich werde mich so gut um ihn kümmern, wie Sie es tun würden.«

»Vielen Dank. Würden Sie Dr. Seagrave eine Nachricht von mir ausrichten? Sagen Sie ihm bitte, dass es mir leidtut, dass ich ihn angegriffen habe.«

»Ich glaube, er weiß das schon, aber ich werde es ihm ausrichten. Sie sollten aber wirklich vorher zu Ihrer Frau gehen. Sie hat nach Ihnen gefragt. Sie kann nicht verstehen, weshalb Sie sie nicht besuchen. Sie ist ziemlich verzweifelt, sie liebt Sie wirklich.«

»Bitte kümmern Sie sich um Daniel«, sagte er nur und ging aus der Kapelle. Ohne weitere Vorkommnisse lief er an dem Polizisten vorbei, dann an dem Geschenkshop mit seinen bunten Blumen und Ballons. Er trat aus der Eingangstür des Krankenhauses in einen kalten Stadtmorgen, allein.

* * *

Der Priester näherte sich, nachdem Hayden ihn gerufen hatte. Ein untersetzter, älterer Herr in seinen Siebzigern. Er hatte volles, graues Haar und trug ein einfaches schwarzes Jackett und einen Priesterkragen. Trotz ihrer eisblauen Farbe wirkten seine Augen nicht im Geringsten unfreundlich.

»Wie kann ich Ihnen helfen?«

»Sie können mir sagen, warum Gott entschieden hat, meinen Sohn zu töten.«

»Ich verstehe. Eine schwierige Frage. Möchten Sie in meinem Büro im Pfarrhaus mit mir reden, um mehr Privatsphäre zu haben? Oder ist es Ihnen hier lieber?«

Hayden blickte sich um. Er hob die Augen zum Fenstergeschoss der Kirche, den hohen, dicken Holzgewölben. Er senkte den Blick zu der Jesusabbildung im Kirchenfenster hinter dem verzierten Altar, hinter dem das Mittagslicht in die Kirche drang. Niemand sonst war hier. Niemand, der seine Privatsphäre stören konnte. »Ich bin schon seit zwei Stunden hier«, sagte er, »also habe ich mich mittlerweile an die Umgebung gewöhnt.«

Der Priester setzte sich neben Hayden auf die Kirchenbank. Er ließ sich so vorsichtig nieder, als schmerzten seine Knochen. »Wie alt war Ihr Sohn?«

»Er hat nie einen Atemzug getan, Pater.«

»Eine Totgeburt?«

»Ja.«

»Mein herzliches Beileid. Es ist schwer, einen solchen Verlust zu verstehen. Niemand kann behaupten, Gottes Wege wirklich zu kennen. Seine Absichten ganz zu verstehen. Er überblickt einen viel größeren Bereich menschlicher Ereignisse, als wir es uns vorstellen können.«

»Sie sagen also, dass es keine Antwort gibt.«

»Ich sage, dass es eine Antwort gibt, wir sie aber wahrscheinlich nie erfahren werden. Sind Sie mit der Heiligen Schrift vertraut?«

»Womöglich genauso gut wie Sie. Ich kann immer noch Verse auswendig herunterleiern.«

»Sie täten gut daran, noch einmal das Buch Hiob zu lesen.«

Hayden spürte, wie sich seine Entschlossenheit verfestigte. Er schwang sich von der Kirchenbank auf, seine Hüften steif vom stundenlangen Sitzen auf hartem Holz. Er lief hin und her. »Ich habe keine Bibel mehr, Pater, und ich wurde gezwungen, das Buch Hiob quasi auswendig zu lernen. Ich bin nicht hierhergekommen, um Lesetipps zu erhalten.«

Der Priester erhob sich, schlenderte über den langen, schmalen Seitengang und verließ die Kirche in entgegengesetzter Richtung. *Das war's dann wohl*, dachte Hayden. *Nachdem man stundenlang gewartet hat, sagt man nur eine Sache, die sie nicht mögen, und schon wollen sie keine Verantwortung mehr übernehmen.*

Während er auf und ab ging, fragte er sich, ob er hinausgehen sollte. Wohin sollte er überhaupt gehen? Zurück zum Krankenhaus? Das konnte er nicht. Nach Hause? In eine leere Wohnung? Er konnte zu Thea fahren und Allegra abholen, aber es wäre nicht gut für das Mädchen gewesen, jetzt bei ihm zu sein. Er war keine gute Gesellschaft.

Er lief vor den aufgereihten Kerzen auf und ab und dachte in einem Moment daran, eine anzuzünden, und im nächsten wollte er sie alle zerbrechen. Er ging durch den Gang auf die Tür zu und trat dabei gegen die Bänke. Mit jeder Bank wurde sein Tritt fester. Er fragte sich, wie fest er treten musste, um sich auch nur ein kleines bisschen besser zu fühlen.

Plötzlich hallte die Stimme des Priesters durch den riesigen Kirchenraum und schwebte von den hohen Decken herunter zu Haydens Ohren. »Nehmen Sie das.«

Hayden wandte sich um und sah den Priester mit einer Bibel in den Händen. *Geh zur Tür hinaus*, sagte Hayden zu sich selbst. Stattdessen ging er auf den Priester zu.

»Ich will keine Bibel, Pater. Ich will Antworten.«

»Dies ist das Buch der Antworten.«

»Nein, Pater. Richtige Antworten.«

»Sie glauben nicht, dass die Bibel das Wort Gottes enthält?«

»Ich glaube nicht einmal an das Wort Gottes.«

»Warum sind Sie dann hierhergekommen?«

Hayden nahm die Bibel an. Es war eine King-James-Bibel, klein und schwarz mit goldfarbenem Druck auf dem Einband.

»Ich habe das Buch Hiob immer gehasst«, sagte Hayden leise.

»Es bereitet vielen Leuten Schwierigkeiten. Aber genaues Lesen führt zum Verständnis.«

»Ich werde es nie verstehen!« Hayden bemerkte, dass er brüllte. Doch selbst nach all diesen Jahren konnte er sich nicht dazu bringen, eine Kirche durch Brüllen zu entweihen. »Gott bestraft diesen armen Hiob«, fuhr er mit leiserer Stimme fort, »nicht für seine Taten, sondern nur, um dem Teufel zu beweisen, dass er recht hat. Er bestraft ihn nur, um eine Debatte zu gewinnen. Keine Debatte mit einem Menschen oder einem anderen Gott. Nein, eine Debatte mit dem Teufel. Als würde Gott nicht einmal erkennen, dass er manipuliert wird. Er zerstört das Leben dieses Mannes. Sieben Söhne und drei Töchter, er tötet sie alle nur wegen eines Arguments. Und um das Maß vollzumachen, schlägt er Hiob auch noch mit Geschwüren.«

»Sie sagen, dass Gott sich falsch verhalten hat.«

»Ja.«

»Menschen verhalten sich falsch. Gottes Verhalten wird von Menschen manchmal nicht verstanden.«

»Zehn Kinder zu töten, ist also eine gute Sache, wenn man nur Gottes Standpunkt versteht?«

»Wenn Gott dies ausgeführt hat, war es gut.«

»Meinen Sohn zu töten, war also gut.«

»In einer Art und Weise, die wir vielleicht nie verstehen werden. Falls es Gottes Weg ist, mein Sohn. Bedenken Sie, dass Gott Hiobs Kinder und Eigentum wiederherstellte.«

»Wird Gott das also auch für mich tun, Pater? Wenn ich dieses Buch noch einmal lese und versuche, Gottes Weg zu verstehen, wird er das Leben meines Sohnes wiederherstellen?«

Er umfasste den Buchrücken der Bibel, bereit, sie hinzuwerfen. Bereit, auf ihr herumzustampfen oder sie dem Priester ins Gesicht zu schleudern. Er wartete auf die Antwort und beobachtete die Falten um die Augen des Priesters, während er versuchte, die Gedanken des Geistlichen zu lesen.

»Wie würde Gott sich fühlen?« Hayden brüllte jetzt in der Kirche. Jetzt gefiel es ihm. »Was, wenn es sein Sohn wäre?«

Er marschierte zum Altar, direkt auf das Buntglasfenster zu. Der Anblick von Jesus machte ihn wütend. Den Blick zum Himmel gekehrt, hielt Jesus die Hände zum Bittgebet gefaltet, umgeben von Lämmern, die bewundernd zu ihm aufblickten.

Und dann schlug Haydens Faust gegen das Kirchenfenster.

Ein kleiner Sprung entstand, aber es zerbrach nicht, also schlug er erneut dagegen, bis ein großes Stück Glas aus der Scheibe brach. Jetzt fühlte sich Hayden plötzlich ein kleines bisschen besser. Er schlug erneut dagegen. Der dicke Bleirahmen, der die farbige Scheibe umfasste, gab nicht nach. Er schrammte sich die Fingerknöchel auf, und trotzdem schlug er wieder und wieder dagegen, spürte, wie sich Glassplitter lösten und fielen, als das Glas rund um Jesus' Gesicht unter seinem Zorn zersplitterte.

Als seine Atemlosigkeit und der Schmerz in seiner blutenden Faust zu viel wurden, hielt Hayden inne. Blut tropfte von seiner Hand auf den Altar, als er dort stand und das zerstörte Gesicht des Heilands begutachtete.

»Gott hat schlimmere Dinge gesehen, die seinem Sohn angetan wurden.« Die Worte des Priesters hallten in seinen Ohren wider. »Sie wollen sich mit Gott einen Faustkampf liefern, ist es das?«

»Wenn er den Mumm hätte, herabzusteigen und sich mir zu stellen, ja.«

»Sie denken, wenn Gott jetzt zu Ihnen herunterstiege, würde er Sie mit seinen Fäusten schlagen?«

»Ich glaube, das hat er bereits getan.«

Jetzt war die Stimme hinter seiner linken Schulter leiser. »Dann lassen Sie es mich anders formulieren. Nur um des Argumentes willen, sagen wir, es wäre möglich, dass Sie mit der Faust Gott bekämpfen könnten. Denken Sie, dass Sie gewinnen würden?«

Hayden gab ihm keine Antwort.

Nach einer Weile hörte er an den Schritten des Priesters, dass er sich entfernte. Hayden blieb allein am Altar zurück.

* * *

Als der Priester ein paar Minuten später zurückkehrte, reichte er Hayden ein kleines weißes Baumwollhandtuch. »Sie bluten«, sagte er. Dann gab er ihm wieder die Bibel, die Hayden zuvor fallen gelassen hatte. »Ich habe die Polizei benachrichtigt«, sagte der Priester leise. »Nicht, weil es mir Spaß macht, Sie zu bestrafen, sondern weil ich Anzeige erstatten muss, damit die Versicherung der Kirche für den Schaden aufkommt.«

»Vielleicht könnte ich es bezahlen«, sagte Hayden und klemmte sich die Bibel unter den linken Arm. Er wickelte sich das Handtuch um die rechte Hand und zuckte zusammen, als er spürte, wie eine Glasscherbe tiefer in seine Hand gedrückt wurde.

»Ich glaube, Sie kennen den Wert eines solchen Fensters nicht. Es sei denn, Sie sind ein reicher Mann.«

»Das bin ich nicht.«

»Dann werden Sie das Geld für einen Arzt brauchen, der die Wunde an Ihrer Hand näht. Und für ein gutes, christliches Begräbnis für Ihren Sohn. Ich überlasse es Ihnen, ob Sie hier sein wollen, wenn die Polizei eintrifft. Diese Wahl können nur Sie treffen.«

Der Priester kehrte in sein Pfarrhaus zurück und Hayden setzte sich wieder auf seinen Platz in der vordersten Kirchenbank, die blutige Bibel auf dem Schoß, und wartete auf das Eintreffen der Polizei.

* * *

»Wie äußert sich der Angeklagte?«

Hayden warf einen Blick zu seiner Pflichtverteidigerin, um sich zu vergewissern, dass er sprechen konnte. Die Frau nickte.

»Schuldig, Euer Ehren.«

»Schuldig mit mildernden Umständen, Euer Ehren«, fügte die Pflichtverteidigerin hinzu, offenbar unzufrieden mit seiner schlichten Antwort. »Mr Reese hatte gerade die Totgeburt seines Sohnes miterlebt. Er war extrem aufgelöst und aus Trauer nicht voll zurechnungsfähig. Sie können sicher seinen Gemütszustand anerkennen, Euer Ehren.«

»Sie wollen, dass ich für ihn eine Ausnahme mache.«

»Ich halte es für angemessen, Euer Ehren.«

»Nun, ich stimme nicht zu.«

Das Licht des Gerichtssaals brannte Hayden in den Augen. Ihm war übel, obwohl er nicht getrunken hatte. Der Gerichtsdiener erinnerte ihn an einen der Polizisten im Krankenhaus, was nicht gerade hilfreich war. Er blieb stumm. Seine rechte Hand, umhüllt von einer dicken Schicht aus Bandagen, pochte und schmerzte nach den neunzehn Stichen.

»Hat der Angeklagte etwas zu seiner Verteidigung zu sagen?«

»Nein, Euer Ehren.« Er spürte auf der Seite seines Gesichts, dass seine Verteidigerin ihn drängend anstarrte. »Für mein Verhalten gibt es keine Entschuldigung.«

»Ich bin froh, dass Sie das so sehen. Ihr Verlust tut mir sehr leid, Mr Reese. Aber ich nehme nicht teil an einem System, das für gewalttätiges, zerstörerisches Handeln Entschuldigungen findet. Ich will Ihnen aber ein spezielles Privileg gewähren. Ich verurteile Sie zu einer Haftstrafe von dreißig Tagen, gebe Ihnen aber eine Woche Zeit, bis Sie sie antreten müssen. Ich entlasse Sie ohne Kaution. Lassen Sie mich nicht im Stich. Gehen Sie nach Hause. Trösten Sie Ihre Frau. Beerdigen Sie Ihren Sohn. Danach melden Sie sich hier in diesem Gericht, um ihre dreißig Tage abzusitzen. Verstehen Sie diese Regelung, Mr Reese?«

»Ja, Euer Ehren.«

Haydens Verteidigerin legte eine Hand auf seinen Arm, als sie zusammen aus dem Gerichtssaal gingen. Ihre Finger streiften den Einband der Bibel, die immer noch unter seinem linken Arm klemmte.

* * *

»Bist du traurig, Daddy?«

»Lass deinen Daddy kurz nachdenken, Allegra.«

Hayden saß mit Allegra auf dem Schoß auf dem Beifahrersitz von Theas Oldsmobile, als sie über die Autobahn fuhren. Das Fenster, an das er seine rechte Wange schmiegte, fühlte sich kühl an. Er schlang beide Arme um seine Tochter und sie berührte vorsichtig seine einbandagierte Hand.

»Tut deine Hand weh, Daddy?«

»Ein wenig.« Direkt vor ihnen kam die Ausfahrt zum Krankenhaus. »Ich fürchte mich so davor, sie jetzt zu sehen, Thea. Ich habe keine Ahnung, was ich sagen soll.«

»Sie liebt dich, Hayden. Du musst nie daran zweifeln, wie sehr Judith dich liebt.«

»Ich habe sie im Stich gelassen. Ich erwarte von ihr nicht, dass sie mir jemals vergeben wird. Ich weiß nicht, wie das möglich wäre.«

»Leute, die sich lieben, vergeben sich.«

Sie hielten vor dem runden Eingang an, Thea parkte das Auto kurz in der Ladezone.

»Ich glaube, ich sollte besser draußen warten, Thea.«

»Du kannst das nicht ewig hinausschieben.«

»Es geht nicht um mich und Judith. Es ist nur, weil … meine Beziehung zu manchen der Angestellten ist nicht gut … daher glaube ich …«

»Okay. Warte hier mit Allegra.«

Also blieben sie im Auto sitzen. Allegra hatte ihre winzige Hand auf Haydens Handgelenk gelegt, und gemeinsam blickten sie Thea hinterher, die in die Eingangshalle des Krankenhauses verschwand.

»Hast du etwas Schlechtes getan, Daddy?«

»Ich war nicht für deine Mommy da, als sie mich brauchte.«

»Als Daniel in den Himmel kam?«

»Genau.«

»Warum nicht, Daddy?«

»Ich weiß nicht, Leggy … Allegra. Ich weiß es nicht. Ich konnte es einfach nicht.«

»Hast du dein Bestes getan?«

»Ich glaube schon. Ich glaube, ich habe versucht, das Richtige zu tun.«

»Du sagst immer, dass es dann gut ist. Wenn ich mein Bestes tue.«

»Danke, meine Kleine. Vielleicht hast du recht. Danke.«

»Mommy wird dir vergeben.«

»Glaubst du?«

»Sie vergibt mir immer, wenn ich etwas Schlechtes tue.«

»Na ja, bei Erwachsenen sieht die Sache etwas anders aus.«

»Warum?«

»Wir sollten alt genug sein, um es besser zu wissen.«

»Schau! Da ist Mommy.«

Judith wurde von einer Krankenschwester, die Hayden noch nicht kannte, in einem Rollstuhl zum Auto gebracht. Keine Thea. Judith trug wieder ihre Alltagskleidung, dieselbe Umstandskleidung, die sie anhatte, als die Wehen gekommen waren, denn ihr Ehemann war nicht da gewesen, um ihr frische Kleidung zu bringen.

»Warum sitzt sie in einem Rollstuhl, Daddy?«

»Leute, die aus dem Krankenhaus kommen, werden immer im Rollstuhl gefahren. Nur zur Sicherheit.«

»Kann sie laufen?«

»Genauso gut wie immer.«

»Sie sieht traurig aus, Daddy.«

»Ich weiß, mein Schatz. Ich weiß.«

Hayden blickte Judith an und Judith blickte zurück, als sie jetzt nahe genug für einen bedeutsamen Augenkontakt war. Er biss sich fest auf die Unterlippe und hob einen Arm, um zu winken. Auf ihrem Gesicht zeichnete sich ein leicht erschrockener Ausdruck ab, als sie seine bandagierte rechte Hand sah. Er ließ die Hand wieder in den Schoß fallen.

Er stieg aus dem Auto und öffnete die hintere Wagentür, während Allegra auf ihre Mutter zu rannte, um sie zu umarmen.

»Daddy sagt, du kannst laufen, Mommy.«

»Das kann ich, mein Schatz.«

Sie stand auf, und instinktiv fasste Hayden nach ihr, als ob sie ohne ihn fallen würde. Die Krankenschwester zog den Rollstuhl zurück und Hayden und Judith standen sich von Angesicht zu Angesicht gegenüber.

»Wo ist Thea?«

»Sie füllt die Entlassungsformulare aus. Was ist mit deiner Hand passiert?«

»Meine Hand ist noch nicht das Schlimmste. Es tut mir leid, Judith. Es tut mir so leid. Ich weiß nicht, was über mich kam. Ich hatte keine Kontrolle über mich. Ich wollte nur Leute um mich haben, die ich verletzen konnte.« Er zwang sich, ihr in die Augen zu sehen, und zahlte den Preis dafür. Er hatte gehofft, Wut oder Trotz zu sehen, aber das war ihm nicht vergönnt. »Ich weiß, dass du mich gebraucht hast.«

»Mommy, vergibst du Daddy?«

»Lass uns ins Auto steigen, mein Schatz.«

»Allegra, du setzt dich mit Oma nach vorn«, sagte Hayden. »Mommy und ich sitzen hinten.« Er half Judith beim Einsteigen. »Brauchst du Hilfe mit dem Sitzgurt, Leggy?«

»Ich kann es alleine. Nenn mich nicht Leggy.«

»Tut mir leid. Du musst ihn enger schnallen.«

»Ich kann es alleine.«

»Ich habe nur eine Frage, Hayden.« Er schrak auf, als sie ihn zum ersten Mal direkt ansprach. »Warum hast du *mich* nicht gebraucht?«

Hayden blickte aus dem Fenster und sah Thea auf das Auto zukommen.

»Lass uns reden, wenn wir zu Hause sind«, sagte er.

Kapitel 4

1960

Pennys

»Wo ist Daniel?«

»Ich weiß nicht, Vater. Ich habe ihn seit dem Bibelunterricht nicht mehr gesehen.«

»Du weißt es nicht.«

»Nein, Vater.«

»Ich frage dich, wo dein Bruder ist, und du weißt es nicht.«

»Nein, Vater. Es tut mir leid.«

Hayden stand auf der Veranda und hielt den Blick nach unten auf die verblichene braune Farbe der Holzbretter gerichtet. Sein Vater lehnte mit den breiten Schultern am Türrahmen und versperrte ihm den Weg. Er zog eine Zigarettenschachtel aus dem kurzen Ärmel seines weißen Hemds, schüttelte eine Zigarette heraus und zündete sie mit einem Streichholz an, während er mit einer Hand die Flamme abschirmte. Er wartete.

Haydens Vater war zwei Meter groß und außergewöhnlich attraktiv. Es war die Art von Attraktivität, auf die Frauen reagierten, und obwohl Hayden sich noch nicht sicher war, was Frauen anzog, hatte er bei Spaziergängen mit seinem Vater in der Stadt immer wieder bemerkt, wie Frauen schüchtern wurden und hinter vorgehaltenen Händen miteinander flüsterten, wenn sein Vater zur Begrüßung an seinen Hut tippte und sie anlächelte. Sein Äußeres schien sie gleichzeitig zu begeistern und zu entmutigen. Haydens Vater hatte ein markantes Kinn, blonde, gerade Augenbrauen und tief liegende blaugrüne Augen, die etwas weit auseinander standen. Sein blondes Haar war bereits schütter, aber die meiste Zeit behielt er seinen Hut auf, ein saloppes Ding mit einer geschwungenen Krempe. Seine Muskeln wurden von den hochgerollten Hemdsärmeln eindrucksvoll betont.

Im Moment trug er keinen Hut, aber selbst der Anblick dieses einzigen körperlichen Makels seines Vaters machte Hayden keinen Mut.

»Habe ich dir gesagt, dass du auf ihn aufpassen sollst?«

»Ja, Vater.«

»Wie oft habe ich es dir gesagt?«

»Hunderte Male, nehme ich an.«

»Ich stelle dir die einfache Frage, wo er ist, und du sagst nur, dass du es nicht weißt.«

»Es tut mir leid, Vater.«

»Als wüsste ich das nicht. ›Es tut mir leid‹ ist alles, was du sagen kannst.«

»Lass den Jungen in Ruhe, Ed«, kam die Stimme seiner Mutter aus der Küche.

»Ich habe ihm nur eine einfache Frage gestellt, das ist alles. Ich will wissen, wo Daniel ist, denn ich habe etwas für ihn.«

»Du hättest auch etwas für Hayden mitbringen sollen.«

»Lucy, lass mich damit in Ruhe. Ich bringe nichts für Hayden mit, weil Hayden sowieso nichts will. Oder willst du etwas mitgebracht haben?«

»Nein, Vater.«

»Sag es so laut, dass deine Mutter es hören kann.«

»Ich will nichts, Mom.« Er wollte nur, dass sich sein Vater endlich von der Tür entfernte. *Lass mich vorbei.*

»Ich habe Daniel einen brandneuen, strahlend glänzenden 1960er Penny mitgebracht, gerade heute herausgekommen. Heute ist der erste Tag, an dem er im Umlauf ist. Ich bin dafür den ganzen Weg bis zur Bank gefahren. Neunzehnhundertsechzig D. Das bedeutet, er wurde in Denver, Colorado, geprägt. Wusstest du das, Junge?«

»Ja, Vater.«

»Ich bringe Daniel Pennys mit, weil er daran interessiert ist.« Er betonte jede der vier Silben – in-te-res-siert –, die er über die Schulter in die Küche katapultierte. »Hayden hier dagegen hat an nichts Interesse. Stimmt's, Junge?«

»Ja, Vater.«

»Habe ich mir gedacht.« Er spuckte ein Stückchen Tabak auf den Boden der Veranda. »Da kommt ja der verlorene Sohn!«

Hayden drehte sich um und sah Daniel mit einer Bibel in der Hand die Straße entlangrennen. Er wünschte sich wieder, sein Vater würde ihn vorbeilassen, damit er ins Haus gehen konnte und sich das nicht ansehen musste.

Die Augen seines Vaters leuchteten auf, als Daniel näher kam. »Dieser Junge ist vielleicht ein Athlet!«

»Ja, Vater.«

»Sieh, wie er rennt.«

»Ja, Vater.« Doch Hayden sah nicht hin. Er stand mit dem Rücken zur Straße, bis er Daniel die alte Verandatreppe herauftrampeln hörte. Dann trat er zur Seite.

Die Hand seines Vaters langte vor und traf Daniel im Gesicht. Hayden musste einfach hinsehen. Daniel flog nach hinten. Flog! Seine Füße hoben ab, als die Ohrfeige ihn über die Verandastufen segeln ließ und er mit dem Hinterkopf auf die Erde schlug. Er rollte sich auf die Seite und spuckte in seine Hand; eine Blutpfütze und ein perfekter weißer Zahn landeten auf seiner Handfläche.

»Wie soll dein großer Bruder auf dich aufpassen, Junge, wenn du abhaust und ihm nicht einmal Bescheid sagst, wo du hingehst?«

»Es tut mir leid, Vater.«

Daniel rappelte sich auf und wischte sich mit der linken Hand den Staub von seiner Kleidung, bevor er, immer noch den Zahn in der Hand, wieder auf die Veranda trat.

»Ich wette, das war dein letzter Milchzahn«, sagte sein Vater. »Ich wette, du hättest ihn sowieso bald verloren. Leg ihn unters Kissen, vielleicht bekommst du was. Schau mal, was ich für dich habe.« Er hielt die Münze in seiner Handfläche und sie glänzte wirklich. »Eine brandneue neunzehnhundertsechzig D. Da bin ich mir sicher, dass du sie noch nicht hast.«

»Ich wusste nicht mal, dass sie schon im Umlauf sind, Dad.«

»Brandneu, seit heute.«

»Danke, Dad.«

»Ich bestrafe dich nur, weil ich dich liebe.«

»Ich weiß das, Vater.«

»Nimm deinen Penny.«

Daniel nahm ihn und steckte ihn in seine linke Hosentasche, wo der Penny tagelang bleiben würde, bis er in eine neue Tasche wanderte, wenn Daniel die Hose wechselte. Die rechte Hosentasche war für unscheinbare Pennys aus den späten 40er und 50er Jahren, die er gegen ältere, wertvollere Pennys eintauschte. Wenn Daniel einen guten Penny fand, wanderte er direkt in seinen Sammelkasten, es sei denn, der Penny war von seinem Vater. Dann blieb der Penny eine Woche oder länger in dieser linken Hosentasche und erschien während der Kirchenpredigt auf Daniels Handfläche, oder während des

Bibelunterrichts auf der Ecke seines Schreibtisches, wo er gesehen werden konnte.

»Jetzt legt schon euren Sonntagsstaat ab, Jungs, und vielleicht gebe ich euch Geld für die Nachmittagsvorstellung. Einen Vierteldollar für jeden, dann könnt ihr euch außerdem noch Süßigkeiten kaufen.«

Der Vater verließ die Türöffnung und Hayden ging hinunter, um Daniels Bibel von der Straße aufzuheben, dann rannte er nach oben, um sich umzuziehen.

Als er wieder herunterkam, zog seine Mutter ihn am Fuß der Treppe zur Seite.

»Vielleicht ist es gar nicht so schlecht, dass er dich nicht so viel beachtet«, sagte sie und trocknete sich die Hände an ihrer großen, rosafarbenen Schürze ab. »Er ist ziemlich hart gegenüber denen, die er am meisten beachtet.«

* * *

»Bist du dir sicher, dass du nicht ins Kino willst?«

»Todsicher«, antwortete Daniel.

Er hatte die linke Hand in seiner Hosentasche vergraben, wahrscheinlich hielt er den neuen Penny umfasst; mit der rechten rieb er sich über den Hinterkopf, als sie die Straße entlangliefen. Daniels Haar war so kurz geschnitten, dass Hayden die Rötung und die Beule sehen konnte, die sich an Daniels Hinterkopf formte.

»Wohin willst du dann? Als ob ich das nicht erraten könnte!«

»Irgendwohin, wo es eine Registrierkasse gibt.«

»Warum frage ich überhaupt noch?«

Hayden und Daniel blieben an Elis Haus stehen. Elis Mutter öffnete die Tür und rief ihren Sohn. Sie war eine moderne Frau, die nie müde aussah, ganz anders als ihre eigene Mutter. Sie schien nie arbeiten zu müssen.

»Wir wollen eine Limo trinken gehen, Ma'am, und dachten, dass Eli uns vielleicht begleiten möchte.«

»Dazu sagt Eli nie nein.« Sie holte ihre Geldbörse, während Eli, zwei Stufen auf einmal nehmend, die Treppe herunterkam. »Hier sind zehn Cent.« Eli nahm im Vorbeieilen das Geldstück.

»Ich wette, jeder von euch hat einen Vierteldollar«, sagte er, als sie sich auf den Weg in die Stadt machten.

»Stimmt«, erwiderte Daniel.

»Verflixt! Ihr habt immer einen Vierteldollar. Ich müsste eine geladene Pistole auf jemanden richten, um so viel zu bekommen.«

»Wenn wir deine zehn Cent und meinen Vierteldollar zusammenlegen, könnten wir einen dieser super extragroßen Eisbecher bekommen.«

»Oder wir könnten ins Kino gehen und Popcorn und Schokorosinen kaufen.«

»Daniel will zum Soda-Shop, um sich die Pennys anzusehen.«

»Na und? Lass ihn allein gehen.«

»Ich muss auf ihn aufpassen«, entgegnete Hayden.

* * *

»Nun sieh dir das an!«, staunte Eli, als Mr Perryville ihnen den Eisbecher an den Tisch brachte. »Ganze Eisberge sind das!«

»Ich werde Berge besteigen«, sagte Daniel. Er hatte mehr als hundert Pennys aus der Kasse auf dem Tisch vor sich liegen und sortierte sie sorgfältig in zwei Häufchen.

»Vielleicht, wenn du älter bist«, wandte Hayden ein.

»Ich brauche nicht zu warten.« Selbstsicher wie immer.

»Ich für meinen Teil bin bereit, diesen Berg hier sofort zu besteigen«, sagte Eli. Er hob mit seinem Löffel die Kirsche von der Sahnehaube und rollte sie auf der Zunge hin und her.

Hayden nahm einen großen Löffel Erdbeereis und ließ es langsam im Mund zergehen. Er musste sich sputen, um seine Hälfte des Berges aufzuessen, bevor sie zerschmolz – keine so schlechte Herausforderung. Er blickte aus dem Fenster und sah Cheryl Wilkerson aus dem Billigkaufhaus kommen, neben ihr dieses pummelige Mädchen, mit dem sie immer ausging. Er nahm einen weiteren Löffel Erdbeereis, ohne den Blick von Cheryl abzuwenden.

»Lasst uns klettern gehen, wenn wir hier fertig sind«, sagte Daniel.

»Ja, von mir aus«, erwiderte Hayden. Er hätte das nicht gesagt, wenn er seinem Bruder zugehört hätte, denn er hasste Klettern.

Cheryl kam jetzt näher. Sie würden direkt am Fenster vorbeigehen. Hayden ließ gedankenverloren den Löffel auf den Tisch fallen.

Eli stieß ihn fest in die Rippen. »Du magst sie.«

»Autsch! Halt die Klappe, Eli.«

»Weißt du, was ich über sie gehört habe?«

»Nein. Was?«

»Etwas, was ich vor dem Knirps hier nicht sagen kann.«

»Es ist wahrscheinlich eine Lüge.«

»Vier Jungen erzählen nicht alle dieselbe Lüge.«

»Natürlich. Sie sitzen zusammen und erfinden eine Geschichte.«

Sie war jetzt ganz nah. Nah genug, um ihn zu sehen. Doch sie blickte zu ihrer pummeligen Freundin, lachte und warf ihr Haar zurück, als komme es darauf an, wo es landete. Sie hatte einen Schönheitsfleck an ihrer Oberlippe, genau wie Marilyn Monroe, nur höher. Gerade, als sie am Fenster vorbeigingen, blickte Cheryl Hayden an. Direkt ihn. Sein Gesicht prickelte und er hoffte, sie werde wegsehen, bevor er tiefrot anlief. Ihm war etwas schwindlig. Dann lächelte sie, und schon waren sie fort, einfach am Fenster vorbei.

»Sie mag dich«, sagte Eli.

»Nein, sie ist nur freundlich.«

»Warte, bis ich dir erzähle, wie freundlich sie zu diesen anderen Jungs war. Sieh dir dein Gesicht an, Hayden, du bist ganz rot.«

»Wie sollte ich mir mein Gesicht ansehen können?«

Daniel blickte angewidert von seinen Pennys auf. »Ich kann nicht glauben, dass ihr eure Zeit mit Mädchen verschwendet.«

»Warte noch zwei Jahre, Dummkopf. Dann bist du auch so weit.«

»Nie im Leben!«, sagte Daniel empört. Hayden verpasste ihm mit der Handkante einen leichten Stoß gegen den Kopf. Es war eine freundschaftliche Geste, aber Daniel rief: »Au! Pass doch auf!« und rieb sich wieder den Kopf.

»Was hat er denn?«, fragte Eli.

»Oh, nichts. Er ist nur von der Veranda gefallen. Stimmt's?«

»Vermutlich.«

»Und deshalb ist seine Wange ganz rot?«

»Ja.«

»Aber er reibt sich den Hinterkopf.«

»Er ist einfach gefallen, Eli. Lass gut sein.«

»Fällt von seiner eigenen Veranda und will klettern gehen.«

»Heiliger Strohsack, seht mal, was ich gefunden habe!«

»Was denn? Hast du einen guten Penny entdeckt, Kleiner?«

»Einen guten? Machst du Witze?« Daniel hielt den Penny in die Höhe, als sei das Licht dort oben besser. »Er ist perfekt. Wow, ich wette, ich könnte dafür zwei Dollar bekommen.« Bei den letzten Worten senkte er die Stimme. Er befürchtete immer, dass die Händler ihre Pennys zurückhaben wollten, wenn sie ihren Wert erfuhren.

»Ich dachte, du willst ihn für deine Sammlung haben.«

»Ha, das ist das Gute daran, Hayden. Ich habe bereits einen von diesen in meiner Sammlung. Also kann ich den hier verkaufen.« Er nahm einen gewöhnlichen Penny aus seiner rechten Hosentasche, legte ihn auf den Geldhaufen und steckte sich den wertvollen Penny tief in die linke Hosentasche.

»Was willst du mit all dem Geld machen?«, fragte Eli, der jetzt so interessiert war, als hätte er den Penny selbst entdeckt.

»Mal sehen«, antwortete Daniel. »Esst euer Eis auf, ich will klettern gehen.«

* * *

Sie standen unter dem Mast und Hayden reckte den Hals, den Blick gen Himmel gerichtet. Die Stromkabel gaben ein summendes Geräusch von sich, das auch am Boden zu hören war. Hayden blickte zu dem kleinen Metallschild, das an dem Mast angebracht war. *Achtung, Hochspannung! Betreten verboten!* Er hatte das Schild schon mehrere Male gesehen, aber bei dem Anblick wurde es ihm nach wie vor unbehaglich.

»Ich habe zu viel Eis gegessen. Geht ihr nur.«

»Du bist so ein Angsthase, Hayden.« Daniel kam sofort in Schwung und kletterte am Sockel des Mastes hoch, als handelte es sich um eine einfache Metallleiter.

»Ich bin nur zu vollgefressen«, rief er zurück. Daniel war jetzt ziemlich weit oben. »Ich bin nur zu vollgefressen«, sagte er leise zu Eli, der verächtlich schnaubte.

»Das stimmt vielleicht. Aber du bist trotzdem ein Angsthase.«

»Vielen Dank, Eli. Schön, einen besten Freund zu haben.«

»Du musst doch zugeben, dass dein kleiner Bruder zehnmal so mutig ist wie du.«

»Mein kleiner Bruder ist zu mutig. Sieh ihn dir an. Wenn er bis dahin klettert, wo diese Kabel sind …«

»Sie sind weit genug voneinander entfernt.«

»Ich habe gehört, dass du sie nicht mal anfassen musst. Der Strom kann als Funke überspringen und dich treffen.«

»Ich wette, das ist eine Lüge.«

Sie setzten sich unter den großen Baum, mit dem Rücken an den Stamm gelehnt, und blickten dem kleinen Dummkopf hinterher.

»Wie ich sehe, kletterst du auch nicht hoch, Eli.«

»Ich bin auch zu vollgefressen.«

»Aha!«

»Hey! Letztes Mal bin ich doppelt so hoch geklettert wie du.«

»Was sagen denn die Jungs über Cheryl?«

»Das würdest du eh nicht glauben.«

»Weil es nicht wahr ist.«

»Vier Jungs haben das Gleiche gesagt. Einer ist von der Riverside-Schule und hängt gar nicht mit den anderen ab.«

»Was haben sie gesagt?«

»Sie hätte einen Spaziergang über die Gleise mit ihnen gemacht und dann …«

»Bis zum letzten würde sie nicht gehen …«

»Das habe ich auch gar nicht gesagt. Würdest du mich bitte ausreden lassen?«

»Was hat sie dann getan?«

Eli machte eine obszöne Auf-und-ab-Bewegung mit der rechten Faust.

»Mit ihrer Hand?«

»Du hast's erfasst.«

»Das würde sie nicht tun.«

»Warum denkst du, dass sie das nicht tun würde?«

»Sie geht zum Bibelunterricht.«

»Na und? Du doch auch. Und trotzdem würdest du sie es machen lassen.«

»Jungs erfinden so was einfach.«

»Vielleicht, aber …«

»Heilige Scheiße!« Hayden sprang auf, rannte mehrere Schritte und blieb unter dem Mast stehen, den Kopf im Nacken. Er formte mit beiden Händen einen Trichter und rief: »Daniel! Komm runter, du Idiot!« Er blickte sich zu Eli um. »Sieh dir diesen Vollidioten an! Er ist über den Hochspannungsleitungen.«

»Na ja, er hat es geschafft.«

»Auf dem Weg nach unten muss er wieder an ihnen vorbei.«

»Er ist ganz oben. Ich kann's nicht fassen! Sieh ihn dir an. Ich hab noch nie gesehen, dass jemand bis ganz an die Spitze klettert. Wie er da oben sitzt und winkt und sich auf die Brust schlägt, als wäre er Tarzan. Du hattest recht, dieser kleine Dummkopf ist wirklich zu mutig. Eines Tages wird es ihn noch das Leben kosten.«

»Nicht unter meiner Aufsicht, hoffe ich.«

»Wann ist er jemals nicht unter deiner Aufsicht?«

»Oh. Na, das stimmt auch wieder.«

* * *

»Sieh mal, was ich mit meinem Geld gekauft habe, Hayden.«

»Was zum Teufel ist das?«

»Ich sage Dad, dass du geflucht hast.«

»Und ich sage Dad, dass du bis an die Spitze des Masts geklettert bist.«

»Okay, egal. Sagen wir ihm beide nichts.«

Sie machten sich gemeinsam auf den langen Heimweg.

»Ich weiß nicht mal, was das sein soll.«

Es war zu groß für Daniels Hosentasche, also hielt er es an seiner Seite, wo es wahrscheinlich keine Aufmerksamkeit erregen würde. Es war ein vierzackiger Haken, der aussah wie vier zusammengebundene Angelhaken, aber viel größer und nicht spitz.

»Das ist zum Bergsteigen.«

»Siehst du irgendwelche Berge hier in der Gegend?«

»Ich kann mit dem Mast üben.«

»Dieses Ding kann dich nicht auf den Mast bringen.«

»Natürlich kann es das. Du bindest nur ein ganz langes Seil hier um das Ende, und dann wirfst du es hoch. Du wickelst das andere Ende des Seils um deine Taille oder dein Bein und holst das hängende Seil ein, während du hochkletterst.«

»Und dann wirfst du das Metall auf eine Hochspannungsleitung …«

»Na ja, du musst halt vorsichtig sein, dass das nicht passiert.«

»Und wenn du danebenwirfst?«

»Na ja, das Seil ist nicht aus Metall. Der Strom kann nicht durch das Seil geleitet werden.« Schweigend gingen sie drei Häuserblocks weiter. »Oder doch?«

»Ich weiß es nicht.«

»Ich wollte ein Seil kaufen, aber dafür reichte mein Geld nicht. Heute Nacht lege ich diesen Zahn unter mein Kissen. Vielleicht bekomme ich was.«

»Du hast immer noch Milchzähne?«

»Nein. Das war ein bleibender Zahn.«

»Anscheinend nicht bleibend genug.«

»Mama wird es ihm sagen, dann wird er sich furchtbar fühlen und ich werde etwas bekommen. Wahrscheinlich einen Dollar.«

»Du gelangst ohne den Metallhaken sicherer auf den Mast.«

»Aber damit lerne ich, wie ein Bergsteiger zu klettern. Seile leiten sowieso keine Elektrizität.«

»Ich weiß es nicht. Ich habe dir gesagt, dass ich es nicht weiß.«

* * *

Als sie in der Dunkelheit lagen, ging Hayden Cheryl nicht aus dem Kopf – und diese Sache, die Eli ihm über sie erzählt hatte. Wie sie ihn angelächelt hatte. Er wünschte, er hätte ein eigenes Zimmer, oder dass zumindest Daniel endlich einschlief.

»Das war der beste Augenblick meines ganzen Lebens«, sagte Daniel.

»Ich hoffe wirklich, dass du das nie mehr machst.«

»Aber ich muss. Es war so toll! Du kannst es dir nicht vorstellen, Hayden. Ich konnte das ganze Tal überblicken. Wie ein König, als gehörte mir alles, was ich sehen konnte. Morgen kaufe ich gleich nach dem Bibelunterricht das Seil. Komm mit.«

»Nein. Wenn du dich umbringst, will ich nicht dabeistehen und mir das ansehen.«

»Ich werde mich nicht umbringen.«

»Das könnte aber passieren. Hast du je daran gedacht, dass das Seil zur Seite schwingen könnte? Dieser Haken könnte wegrutschen, oder du könntest den Halt verlieren, und auch wenn du nicht fällst, könntest du direkt in eine Hochspannungsleitung schwingen.«

Sie lagen eine Weile schweigend in ihren Betten und Hayden spürte, dass Daniel nachdachte. »Okay, dann komm mit und halte das Seil fest, damit ich nicht schwinge.«

»Nein. Es ist eine dumme Idee.«

»Dann gehe ich eben allein und riskiere es.«

»Na gut, dann bring dich halt um.« Hayden rollte sich zur Seite, legte sich ein Kissen über den Kopf, schloss die Augen und versuchte einzuschlafen. *Nicht an Cheryls Hand denken.* Wenn sie wenigstens zwei Badezimmer im Haus gehabt hätten oder die Tür ihres Badezimmers abschließbar gewesen wäre. »Okay. Ich komme besser mit, um das Seil zu halten.«

»Ich wusste, dass du es machen würdest, Hayden. Danke.«

* * *

Nach der Sonntagsmesse und dem Bibelunterricht kehrten sie nach Hause zurück, um sich umzuziehen. Ihr Vater stand rauchend am Verandageländer und wartete auf sie.

»Er kann nicht wütend sein«, sagte Hayden. »Wir sind pünktlich.«

»Er sieht nicht wütend aus.«

»Ich habe eine Überraschung für dich, Daniel«, rief ihr Vater. »Würdest du gern Joe Dawkins neues Fohlen reiten?«

»Wirklich?«

»Sie ist ziemlich klein und ihre Knie sind noch nicht ganz ausgewachsen, also will er jemanden, der maximal einen Meter fünfzig groß ist. Also weder ich noch er.«

Ihre Mutter kam auf die Veranda und legte ihrem Mann eine Hand auf die Schulter. »Hayden ist auch kleiner als einen Meter fünfzig, Ed.«

»Hayden will kein junges Fohlen reiten, oder mein Junge?«

»Nein, Vater.«

»Er sagt das nur, weil du es ihm vorschreibst.«

»Zwei Jungen können nicht auf einem Fohlen reiten.«

»Sie können sich abwechseln.«

»Ich will nicht, Mom, wirklich.«

»Unsinn! Dieser Mann hat zwei Söhne, also nimmt er beide zum Reiten mit. Nicht wahr, Ed?«

»Was immer du sagst.« Er rollte mit den Augen, als sie wieder ins Haus ging.

* * *

»Ich finde nicht, dass sie klein aussieht.«

Sie waren im Pferdegehege, wo Joe Dawkins das Fohlen am Zügel festhielt. Das junge Pferd sah nicht sehr standfest aus.

Hayden konnte das Weiße in seinen Augen sehen, als es ihn anblickte. Sein Vater hielt die Finger ineinander verschränkt, um ihm beim Aufsitzen zu helfen.

»Los, los, Junge. Ich warte. Du hast mich angebettelt, dich hierherzubringen, jetzt steig auf das Pferd.«

Hayden platzierte einen Fuß in die Hände seines Vaters und wurde so schnell und fest in den Sattel befördert, dass das Fohlen zur Seite strauchelte. Hayden hatte noch kein Gleichgewicht erlangt und wäre beinahe sofort wieder heruntergefallen. Zitternd hielt er sich am Sattelhorn fest, bis er gerade saß.

»Lass ihn nicht reiten, wenn er Angst hat, Ed. Das wird sie spüren.«

»Hast du Angst, Junge?«

»Nein, Vater.«

»Dann halte dich gut fest. Los geht's!«

»Warte«, sagte Hayden, denn er hatte seine Füße noch nicht in den Steigbügeln, die zu lang waren, aber es war zu spät. Sein Vater gab dem Fohlen einen festen Klaps auf den Rumpf und das Pferd erschrak und rannte los.

Hayden umklammerte das Sattelhorn und versuchte, seine Füße in die Steigbügel zu bekommen. Er war aus dem Gleichgewicht geraten und das Fohlen stürmte direkt auf das Geländer zu. Er würde auf das Geländer fallen, oder unter ihre Hufe geraten, er konnte es schon jetzt kommen sehen. Hayden schaffte es, seine Füße in die Steigbügel zu bringen, aber wegen ihrer Länge musste er die Beine ausstrecken. Als das Pferd am Geländer scharf ausscherte, glitt sein Fuß direkt durch den Steigbügel und wieder verlor er das Gleichgewicht. Wenn er jetzt fiel, würde das Pferd ihn hinter sich her schleifen.

Joe Dawkins trat mit ausgebreiteten Armen vor sein Fohlen. »Ho, ho, brrr, mein Mädchen«, sagte er beruhigend, aber es kam nicht zum Stehen wie ein Pferd, das sich beruhigt hatte.

Es versteifte sich und hielt so abrupt an, dass Hayden vornüber flog und mit Kopf und Schultern im Sand landete. Sein Fuß hing im Steigbügel fest, was sie noch unruhiger machte.

»Brrr, langsam«, sagte Joe, während ein stahlbeschlagener Huf direkt vor Haydens Gesicht hin und her tänzelte. »Okay, mein Mädchen. Brrr. Alles gut. Okay, ich habe sie jetzt, Hayden. Versuch, deinen Fuß rauszuziehen.« Hayden stützte sich ab und fasste nach dem Steigbügel. Als sein Fuß herausflutschte, landete er fest auf dem Rücken, was das Fohlen wieder aufschrecken ließ. Er hörte das Gelächter seines Vaters, der am Geländer stand. Joe ließ das Fohlen los und half Hayden mit einer Hand auf. »Alles in Ordnung, mein Junge?«

»Ich glaube ja, Sir.« Hayden klopfte sich Staubwolken aus der Jeans.

»Du hattest nur einen schlechten Start. Dein Vater hätte sie nicht so aufschrecken dürfen.«

»Danke, dass Sie das sagen, Sir.«

Joe legte einen Arm um seine Schulter und sie gingen zurück zu Daniel und Ed am anderen Ende des Geländers. Haydens Beine zitterten so sehr, dass er bei jedem Schritt befürchtete, einzuknicken. Er hatte sich mehrere Muskeln gezerrt, an der Rückseite seines linken Beins hinauf bis zum Gesäß.

»Weißt du, es ist in Ordnung, zu weinen«, sagte Joe leise zu ihm, aber offenbar nicht leise genug.

»Meine Jungs weinen nicht«, rief Haydens Vater. »Ich kann diesem Jungen ja viele Dinge vorwerfen – aber er ist keine Heulsuse. Ein Reiter ist er allerdings auch nicht.«

»Nicht jeder muss ein Reiter sein«, erwiderte Joe.

»Ja, aber wir wissen noch nicht, was Hayden sein wird. Wir haben immer noch nicht herausgefunden, worin der Junge gut ist.«

»Lass ihn einfach in Ruhe, Ed.«

»Jetzt sieh meinem kleinen Athleten hier zu.«

Er half Daniel in den Sattel, während Joe den Kopf des Fohlens hielt. Daniel hatte keine Angst und das Pferd spürte den Unterschied. Das Weiße in seinen Augen war jetzt nicht zu sehen. Daniel klopfte mit seinen Turnschuhen an den Rumpf des Fohlens und galoppierte mit ihm durch den Ring. Er benutzte nicht einmal die Steigbügel, sondern hielt sich nur mit einer Hand an dem Horn fest und bewegte sich im Rhythmus des Pferdes. Mit einem lauten, indianischen Kriegsgeheul rauschte er an ihnen vorbei.

Hayden fragte sich, was er lieber tat – dies hier oder Daniel dabei zuzusehen, wie er mit einem Metallhaken an einem Hochspannungsmast hochkletterte. Es kam ungefähr aufs Gleiche heraus.

* * *

Während des Bibelunterrichts am folgenden Samstag brachte Daniel das Thema wieder auf. Hayden hatte gehofft, Daniel hätte sein dummes Vorhaben inzwischen vergessen.

Hayden saß an seinem Holzpult und blickte auf Cheryl Wilkersons Hinterkopf, das Mathebuch auf dem Schoß, das er immer unter dem Vorwand mitbrachte, in der Pause vielleicht seine Hausaufgaben zu machen. Tatsächlich erledigte er seine Matheaufgaben schon immer freitagabends. Es kam ihm nur irgendwie ungehörig vor, die Bibel für diesen Zweck zu verwenden. Schließlich waren es genau solche Dinge, für die ein Mann in der Hölle schmoren musste.

Und dann erschien dieser kleine Papierzettel auf seinem Pult. Er faltete ihn auf und las die Nachricht. »Heute. Gleich nach dem Unterricht. Triff mich dort. D.« Hayden schloss die Augen und seufzte. Er hatte keinen Zweifel darüber, was mit »dort« gemeint war. Als er die Augen wieder öffnete, blickte er zu Daniel, der zwei Reihen entfernt saß. Dieser bittende

Gesichtsausdruck. Hayden schüttelte den Kopf und der Blick in Daniels Augen wurde nur noch bittender. Daniel hatte große blaugrüne Augen wie ihr Vater, nur ungefährlicher. Hayden wusste, dass Daniel nicht aufhören würde, ihn zu bitten, doch er schüttelte nur immer weiter den Kopf. Dann nickte er plötzlich und Daniel antwortete mit einem zufriedenen Nicken. Hayden wandte den Blick ab.

Er blickte wieder zu Cheryl. Zu seiner Überraschung drehte sie den Kopf und sah ihn über die Schulter direkt an. Sein Blick hing an ihr fest und er erstarrte, als sie lächelte.

In diesem Augenblick schlug Mr Nellis, ihr Samstagmorgenlehrer, mit dem Ende seines Zollstocks fest auf Haydens Pult. Das peitschende Geräusch ließ Hayden zusammenzucken.

»Hayden. Weißt du, worüber wir gerade gesprochen haben?«

»Über das Buch Hiob, Sir.«

»Und würdest du der Klasse erklären, warum Gott Hiobs Eigentum zerstört und seinen Körper mit Geschwüren bestraft?«

»Nein, Sir. Ich glaube nicht, dass ich das kann.«

Nellis stützte sich auf seinen Zollstock. Er beugte sich vor und schien erfreut. Er hatte pechschwarzes Haar und einen seltsam spitzen Haaransatz auf der Stirn. Es sah irgendwie nicht richtig aus. »Du hast es nicht gelesen.«

»Doch, Sir.«

»Dann erkläre der Klasse doch bitte, warum Gott sich so verhält.«

»Sir, mir fällt kein guter Grund ein.«

Nellis' Gesichtsausdruck veränderte sich allmählich, als er begriff, worauf Hayden hinauswollte, dass es sich um einen Dissens handelte, und bereitete sich auf die Herausforderung vor. Hayden drückte den Rücken durch, um größer zu wirken, und beschloss, dass er das Recht hatte, Gottes Verhalten nicht zu verstehen. Und ein Despot wie Nellis konnte ihm dieses Recht nicht nehmen. Sie konnten ihn dazu zwingen, jeden Samstag- und Sonntagmorgen hierherzukommen. Sie konnten ihn auch dazu zwingen, die Bibel zu lesen. Aber sie konnten ihn nicht zum Verstehen zwingen.

»Meinst du, Gott wartet ab, ob du seine Handlungen verstehst, bevor er etwas tut? Hält er für dich inne und sagt: ›Vielleicht frage ich besser zuerst bei Hayden Reese nach, um zu sehen, ob er einverstanden ist‹?«

»Nein, Sir, ich bezweifle, dass er mir überhaupt Beachtung schenkt. Also sollte es ihm nicht allzu viel ausmachen, wenn ich dieser einen Sache nicht folge.«

Er warf einen Blick zu Cheryl, die ihn anstarrte. Sicher starrten ihn jetzt alle an, aber er sah nur Cheryl. Und sie lächelte wieder, sie stimmte ihm zu. Es gab ihm die Gewissheit, dass er mutig war, und sein Mut war ihr nicht entgangen. Ganz und gar nicht.

»Du denkst also, besser als Gott zu wissen, was richtig ist.«

Hayden wandte seine Aufmerksamkeit wieder Nellis zu. Er blickte ihm direkt in die Augen, ohne mit der Wimper zu zucken. »Das habe ich nicht gesagt, Sir. Ich sagte, dass ich in diesem Fall Gottes Handlungen nicht begreifen kann.«

»Nun, vielleicht kannst du viele Dinge nicht begreifen.«

»Wenn Sie meinen, Sir.«

»Vielleicht solltest du das ganze Buch Hiob bis nächsten Samstag noch dreimal lesen. Oder vielleicht sollte ich es dich einfach lesen lassen, bis du den Sinn verstehst.«

»Mit Verlaub, Sir, Sie können mich das Buch lesen lassen, soviel Sie wollen, und ich werde es jedes Mal lesen, wenn Sie es mir sagen. Aber Sie können mich nicht dazu bringen, etwas zu verstehen, was ich nicht verstehen kann.«

»Stell dich bis zum Ende des Unterrichts vorne in die Ecke.«

»Ja, Sir.«

»Lass das Mathebuch hier.«

»Ja, Sir.« Er hatte jetzt ohnehin keine Verwendung dafür.

Cheryl Wilkerson hielt anerkennend den Daumen hoch, als er an ihrem Pult vorbeiging. Mit dem Gesicht zur Tafel gewandt, stellte sich Hayden in die Ecke, breitbeinig und bequem, die Arme locker hinter dem Rücken verschränkt. Er blickte auf die Buntstiftzeichnungen, die die jüngeren Kinder gemalt hatten. Auf dem Bild direkt vor seinem Gesicht stand »Jesus liebt mich«.

Nellis tauchte neben ihm auf und sprach in sein Ohr. »Ich werde wohl deinen Vater wegen dieser Situation anrufen müssen.«

»Tun Sie, was Sie tun müssen, Sir. Er kann mich genauso wenig dazu bringen, es zu verstehen.«

* * *

Nach dem Unterricht wartete Cheryl direkt vor der Kirchentür auf Hayden. »Du warst wunderbar! Das war so mutig.«

Daniel prustete vor Lachen hinter ihnen. »Hayden und mutig!«

»Können wir deinen kleinen Bruder loswerden?«, fragte Cheryl. »Vielleicht könnten wir irgendwo hingehen. Ins Kino oder so. Hast du Geld?«

»Ja, ich habe zwei Dollar zu Hause.« Ein Geburtstagsgeschenk von seiner Tante Frieda, aber er hütete sich, ihr das zu erzählen. »Ich müsste da kurz vorbei und sie holen.«

»Das ist in Ordnung.«

Hayden fasste Daniel am Kragen seines weißen Hemdes und schob ihn ein paar Schritte zurück, bis Daniels Rücken die Kirchenmauer berührte.

»Geh schon, Kleiner.«

»Wir hatten einen Plan.«

»Der ist storniert.«

»Bis wann?«

Hayden blickte über die Schulter zu Cheryl, die ihn anlächelte. »Willst du in die Nachmittagsvorstellung, Cheryl?«

»Hey, wenn du zwei Dollar hast, können wir alles Mögliche unternehmen. Wir können hinterher ein Sandwich essen gehen oder eine Limo trinken.«

»Sechs Uhr«, sagte Hayden leise zu Daniel.

»Sechs Uhr? Was soll ich bis dahin machen?«

»Das ist dein Problem, nicht meins.«

»Dann gehe ich eben ohne dich.«

»Das tust du nicht!«

»Du kannst mich nicht aufhalten.«

»Übe einfach, bis ich da bin. Wirf den Haken und klettere mit dem Seil, bis du es im Griff hast. Aber wage dich nicht in die Nähe dieser Leitungen! Bleib nah am Boden.«

Daniel machte ein gekränktes Gesicht. »In Ordnung. Aber um sechs Uhr bist du da. Komm nicht zu spät.«

»Falls ich mich verspäte, klettere nicht alleine hoch.«

»Verspäte dich nicht, oder ich tu's.«

»Warte auf mich.«

»Sei um sechs da.«

»Ich werde da sein. Ich habe es gesagt, also werde ich da sein.«

* * *

»Kannst du hier kurz warten?«, fragte Hayden. »Ich bin sofort wieder da.«

Er ließ Cheryl auf der Veranda zurück und nahm auf dem Weg zu seinem Zimmer zwei Stufen auf einmal. Das Auto seines Vaters stand nicht in der Einfahrt, die Gelegenheit hätte nicht besser sein können. Er legte sein Sparschwein auf den

Holzboden und zerschmetterte es mit seiner Schuhsohle, nahm die Scheine und ließ die Scherben liegen.

Am Treppenabsatz stieß er auf seine Mutter.

»Wo sind Dad und Daniel?«, fragte er.

»Oh, Daniel hat deinen Vater wieder überredet, ihn zum Reiten zu bringen.«

»Perfekt. Ich meine, es ist gut, dass sie das machen.«

»Hayden, wer ist die junge Dame auf der Veranda?«

»Cheryl. Eine Freundin.«

»Geht ihr zwei miteinander aus?«

»Nur ins Kino. Und vielleicht trinken wir danach noch eine Limo.«

»Das ist schön, Hayden. Du bist ein hübscher Junge. Es überrascht mich nicht, dass ein Mädchen an dir Interesse zeigt.«

Hayden spürte, wie er rot wurde. Er konnte Cheryl durch das Fensterglas in der Tür sehen. Er war sich ziemlich sicher, dass sie diese Unterhaltung nicht hörte, aber er hatte plötzlich Angst, seine Mutter könnte etwas Peinliches tun, ihn küssen zum Beispiel. »Bitte bring mich nicht vor ihr in Verlegenheit, Mom.«

Seine Mutter lächelte wissend und sagte nur: »Viel Spaß!«

»Danke, Mom«, erwiderte er und eilte aus der Tür.

* * *

»Es ist noch früh«, sagte Cheryl, als sie gemeinsam den Soda-Shop verließen. »Wir könnten einen Spaziergang machen oder so.«

Hayden hatte keine Armbanduhr, aber er konnte am Stand der Sonne erkennen, dass es nicht mehr früh war. Plötzlich nahm Cheryl seine Hand und ihm stockte der Atem. Als er Hand in Hand mit ihr lief, konzentrierte er sich darauf, richtig zu atmen. Er hoffte, jemand würde sie zusammen sehen – nicht nur irgendjemand, alle sollten ihn sehen.

»Das wäre schön.«

»Wir könnten zu den Bahngleisen gehen«, sagte sie und drückte seine Hand.

Hayden schluckte hart. Er wusste, dass es nichts zu bedeuten hatte, und er hätte es sowieso nicht geglaubt. Glaube führte zu Enttäuschung. Zumindest sagte sein Kopf ihm das.

»Das wäre sehr schön«, sagte er.

* * *

»Öffne deinen Mund ein wenig«, sagte Cheryl und küsste ihn wieder.

Sie saßen an einen großen umgestürzten Baum gelehnt auf der anderen Seite der Bahngleise, wo aus den Wasserrohren eine kleine Strömung floss; hohe Bäume ragten über ihren Köpfen auf. Als kleiner Junge hatte er hier viel Zeit verbracht.

Er spürte ihre Zungenspitze an seinen Lippen, dann an seiner Zunge. Ein seltsames Gefühl breitete sich in seiner Leistengegend aus, als würde sich etwas weiter dehnen, als es möglich war. Ein Ballon kurz vor dem Zerplatzen. Und es würde nur noch schlimmer werden. Er hatte keine Ahnung, was er unter diesen Umständen dagegen hätte machen können.

Sie wich zurück und sie blickten sich im Licht der abnehmenden Sonne an. »Ich werde als Jungfrau in die Ehe gehen«, sagte sie.

»Das kann ich verstehen. Deinem Ehemann ist das wahrscheinlich lieber.« Aber vielleicht würde er ihr Ehemann werden und dann wäre es ihm egal, was sie heute Abend mit ihm tat.

Sie ergriff seine Hand und führte sie unter ihre rosafarbene Bluse. Reflexartig zog er die Hand zurück.

»Ich dachte, du hättest gesagt …«

»Wenn du mich dort berührst, bin ich immer noch eine Jungfrau, du Dummerchen.«

»Stimmt. Das ist wahr.«

Sie nahm wieder seine Hand und er ließ zu, dass sie ihn führte. Ihren weichen Bauch entlang, unter ihren BH, wo er eine kleine, feste Brust spürte. Er keuchte leise. Seine Hose war im Schritt viel zu eng, schmerzhaft eng.

»Okay, das ist genug«, sagte sie.

Er riss seine Hand los. »Okay.« Er lehnte sich an den Baumstumpf und zog an seiner Hose, um etwas mehr Raum zu bekommen, aber das machte es nur schlimmer. »Autsch! Scheiße.« Er zog die Knie an. »Tut mir leid, ich wollte nicht fluchen.«

»Das macht mir nichts aus. Überhaupt nicht. Ich mag es, wenn du ein bisschen unartig bist. Weißt du, wir sind nicht den ganzen Weg hierhergekommen, um artig zu sein.«

Ihr Gesicht war wieder direkt vor seinem, nahe genug zum Küssen, und dieses Mal erforschten sich ihre Zungen vorsichtig. Sie unterbrach den Kuss und legte ihr Gesicht an seines, Wange an Wange. Er blickte über ihre Schulter in die Abenddämmerung, mitten ins Nirgendwo.

Plötzlich spürte er ihre Hand an seinem Reißverschluss, dann öffnete sie den Knopf an seiner Sonntagshose. Ihm rutschte ein »Oh Gott!« heraus, was ihm irgendwie unangemessen vorkam. Als sie seine Unterhose herunterzog, spürte er die kühle Luft auf seiner Haut, überraschend, angenehm und seltsam zugleich. Ihre Hand schloss sich um ihn und er stieß einmal fest in diesen Ring ihrer Berührung, und dann war es auch schon vorbei, einfach so, mit einem langen Geräusch aus seiner Lunge und einem Gefühl, als würde alles in ihm zugleich freigesetzt; es brach aus ihm heraus, bevor er es überhaupt wollte. Und dann kam dieser Moment, in dem er sich selbst hasste, weil es schon vorbei war. Er fühlte sich seltsam unbefriedigt.

»Du hattest es ja ganz schön eilig«, sagte sie. Er wusste nicht, ob sie das als Kritik meinte, aber es schien realistisch, es so zu interpretieren. »Hast du ein Taschentuch?«

»Ja. Hier!« Er zog es aus seiner Hosentasche und reichte es ihr. Seine Mutter hatte ihm beigebracht, dass man ein Taschentuch bei sich haben musste. »Ein Gentleman hat immer ein Taschentuch parat«, hatte sie ihm eingeschärft. Er hatte das bisher für albern gehalten – bis jetzt.

Sie wischte sich sorgfältig die Hand ab. »Hättest du etwas dagegen, wenn ich es behalte? Als eine Art Souvenir?«

»Natürlich kannst du es behalten.«

Als er sich aufsetzte und die Hose wieder hochzog, blickten sie sich an. Sie lachte.

»Was ist?«

»Du siehst so überrascht aus.«

»Wahrscheinlich bin ich das, ja.«

»Hältst du mich für ein schlechtes Mädchen, Hayden?«

»Nein. Überhaupt nicht. Kein bisschen.«

»Ich bin es aber. Ich bin schlecht.«

»Oh. Na ja. Aber … das ist ziemlich gut.«

»Du meinst, ich bin gut, selbst wenn ich schlecht bin.«

»Ganz besonders dann.«

Und diesmal lachten sie beide zusammen. Hayden kam der Gedanke, dass es vielleicht das war, worüber alle redeten – lebendig sein. Und er hoffte, dass es nächstes Mal besser laufen würde.

»Kannst du mich nach Hause bringen?«, fragte sie.

* * *

Als sie die Straße erreichten, war es schon fast zu dunkel, um den Weg zu finden. Ihr Vater wollte immer, dass beide Jungen vor Einbruch der Dunkelheit zu Hause waren, aber darüber machte sich Hayden jetzt keine Gedanken. Er lief schweigend neben Cheryl her, und obwohl er gern mit ihr gesprochen hätte, wusste er nicht, worüber. Er wünschte, sie würde wieder seine Hand nehmen, und war sich nicht sicher, ob er das womöglich selbst initiieren sollte. Also legte er sich zurecht, was er vor ihrem Haus zu ihr sagen wollte.

Sie blieb vor dem Gehweg zu ihrem Haus stehen, obwohl er sie gern bis an die Tür gebracht hätte.

»Ich dachte, wir könnten vielleicht nächstes Wochenende …«

»Wir hatten Spaß, Hayden. Lass uns die Sache nicht kompliziert machen.«

»Was meinst du mit ›kompliziert‹?«

»Du weißt schon. Kompliziert.«

»Ich will dich doch nur wiedersehen.«

»Das ist es, was es kompliziert macht. Du triffst dich zweimal mit einem Jungen und schon denkt er, dass er dich besitzt.«

»Ich will dich nur wiedersehen.«

»Du wirst mich sehen. Im Bibelunterricht.«

Sie gab ihm einen Kuss auf die Wange und eilte zum Haus. Hayden blieb allein stehen. Er hörte das Zirpen der Grillen und blickte zu den Sternen auf, die heute sehr hell schienen, dann machte er sich auf den Heimweg.

* * *

Sein Vater lehnte am Geländer der Terrasse, mit einem breiten Ledergürtel in der rechten Hand, in der linken eine Zigarette. Hayden beobachtete ihn im Näherkommen. Motten flatterten um das gelbliche Terrassenlicht herum. Sein Vater hatte ihn noch nie geschlagen, aber Hayden hatte keinen Zweifel daran, dass es heute Abend zum ersten Mal passieren würde. Und es war ihm egal. In Wirklichkeit begrüßte er es sogar.

Er stieg die Stufen hinauf und blickte seinen Vater an.

»Wo ist Daniel?«

»Ich weiß es nicht, Vater.«

»Ich verstehe. Es ist schon lange dunkel.«

»Ich dachte, ihr wärt reiten gegangen.«

»Das waren wir. Dann hat er das Haus um fünf verlassen. Angeblich wollte er sich mit dir treffen. Hat er dich getroffen?«

»Nein, Vater. Leider kam etwas dazwischen.«

»Deine Mutter sagte, du hättest ein Date gehabt.«

»Es war nicht direkt ein Date, Vater.«

»Ich wusste, dass das zu schön war, um wahr zu sein. Geh auf dein Zimmer. Ich werde mich um Daniel kümmern.«

»Ja, Vater.«

»Warte! Bevor du gehst, sag mir eines: Warst du heute zu deinem Lehrer im Bibelunterricht frech?«

»Nein, Vater.«

»Das hat er aber gesagt.«

»Ich hatte etwas nicht verstanden und deswegen nicht gelogen. Aber ich habe nichts Respektloses gesagt, Vater.«

Er beobachtete, wie sein Vater sich das durch den Kopf gehen ließ, und dachte an Daniel. Er betete im Stillen, dass Daniel nicht allein zu dem Hochspannungsmast gegangen und hochgeklettert war. Aber vielleicht sollte er jetzt gerade nicht beten, nicht nach den Ereignissen dieses Tages. Es konnte eine Weile dauern, bis er bei Gott wieder in Gnaden stand. Er war sich sicher, dass mit Daniel alles in Ordnung war, natürlich war es das. Aber trotzdem hätte er sich besser gefühlt, wenn der Knirps jetzt mal aufgetaucht wäre, nur zur Sicherheit.

»Ich denke, du hast das Recht, deine Meinung zu sagen, solange du das nicht auf respektlose Art tust.«

»Das dachte ich auch.« Hayden stand mit kerzengeradem Rücken da, und es überraschte ihn selbst, dass er seinem Vater in die Augen blickte.

»Ich sehe eine Veränderung an dir, Junge.«

»Das könnte sein.«

»Es war schon lange fällig.«

»Es war eigentlich doch ein Date.«

»Na ja, gratuliere! Das entledigt dich aber noch nicht der Verantwortung für deinen Bruder. Du hoffst besser, dass er in einem Stück zurückkommt. Und dass ich ihn dann auch in einem Stück lasse. Geh jetzt schlafen, du musst morgen früh zur Kirche.«

* * *

Hayden lag zwei Stunden lang wach im Bett, allein in ihrem gemeinsamen Zimmer. Schließlich stand er auf und trat ans Fenster. Sein Vater saß im gelblichen Licht der Veranda auf der Hollywoodschaukel und schlief, der Gürtel lag auf dem Boden neben seinen Füßen. Hayden ging zurück ins Bett.

Er kam zu dem Schluss, dass Daniel irgendwann diesen Mast hochgeklettert sein musste, aber erst spät, nachdem er lange auf ihn gewartet hatte. Bestimmt war er dann dort oben in der Dunkelheit steckengeblieben, was ihm ganz recht geschah. Sollte er nur bis zum Morgen dort oben sitzen, bibbernd vor Kälte. Das würde den kleinen Dummkopf das Fürchten lehren. Er würde nie mehr auch nur in die Nähe dieses Mastes gehen.

Er rollte sich auf die Seite und versuchte, einzuschlafen. Daniel würde sich morgen früh sicher kleinlaut nach Hause schleichen.

* * *

Am Morgen lag Hayden mit geschlossenen Augen im Bett und dachte nach. *Er liegt nicht da drüben im Bett, aber das ist okay. Es ist okay, dass er nicht da ist. Denn es ist noch früh, und von diesem*

Mast aus ist es ein langer Weg, deshalb ist er noch nicht hier, das ist alles.

Dann öffnete er die Augen. Daniels Bett war immer noch leer, unbenutzt und ordentlich gemacht, aber das war okay.

Als er nach unten kam, schienen sich seine Eltern zu streiten. Er konnte sie schon hören, bevor er in der Küche war. Sein Vater rief: »Verdammt noch mal, jeder Junge läuft früher oder später mal von zu Hause weg, das hat gar nichts zu bedeuten.«

Haydens Vater saß am Küchentisch. Er wirkte zerzaust und trug noch dieselbe Kleidung wie am Tag zuvor. Hayden ging zum Fenster und blickte hoffnungsvoll auf die Straße, dann setzte er sich an den Tisch.

»Daniel hat keinen Grund, wegzulaufen. Wie viele Eier möchtest du, mein Schatz?«

»Ich habe keinen Hunger, Mom.«

»Unsinn! Du bist ein Junge im Wachstum. Ich mache dir zwei.«

»Jungs finden schon einen Grund, Lucy. Es ist zu früh, um anzurufen.«

»Es könnte jedenfalls nicht schaden, wenn der Sheriff nach ihm Ausschau hält.«

»Es ist zu früh. Der Sheriff würde uns auslachen. ›Dieser Junge wird gerade lange genug wegbleiben, um Ihnen einen gehörigen Schrecken einzujagen‹, das würde er sagen. Und er hätte recht.«

In diesem Augenblick traf es Hayden wie der Blitz. Er begriff, was wahrscheinlich passiert war. Es ergab so viel Sinn. Daniel kam nicht nach Hause, um ihm einen Schrecken einzujagen. Um ihn zu bestrafen, weil er nicht aufgetaucht war. Natürlich!

Er blickte seinen Vater an. Er war unrasiert. Seine Augen rot umrändert.

Sein Vater blickte zurück. »Was starrst du so?«, fragte er.

Und Hayden wandte den Blick nicht ab. Er antwortete nicht und sah auch nicht weg. Einen Augenblick später senkte sein Vater den Blick. Hayden spürte etwas, was er zuvor noch nie gespürt hatte, konnte es aber noch nicht in Worte fassen.

Seine Mutter stellte einen Teller mit zwei dünnflüssigen Spiegeleiern und weißem Toastbrot mit zu viel Butter vor ihn hin. Bei flüssigen Spiegeleiern wurde ihm übel, also strich er sie sich auf das Toastbrot und aß die Eier so schnell wie möglich zusammen mit dem Brot. Weder das eine noch das andere schmeckte nach etwas, er hätte genauso gut Plastik essen können.

»Vielleicht, falls er bis zum Anbruch der Dunkelheit noch nicht zurück ist«, sagte sein Vater.

Seine Mutter wandte sich vom Herd ab und stützte die Hände in die Hüften. »Hayden, was denkst du über die Situation mit Daniel?«

Die Ereignisse des letzten Abends tauchten ungefragt in Haydens Gedanken auf. Er blickte an seiner Mutter vorbei aus dem Fenster und fragte sich, ob das Ganze wirklich geschehen war. Denn jetzt, bei Tageslicht, erschien es ihm wie ein Traum.

»Ich denke, Dad hat recht. Er will uns nur einen gehörigen Schreck einjagen.«

Haydens Vater hob die Arme, weit und langsam wie ein sich öffnendes Segel, als wollte er die ganze Welt umfassen oder eine Symphonie dirigieren. Als hätten Haydens Worte alle Zweifel weggewischt. »Da haben wir's, Lucy. Siehst du? Dein vernünftiger Sohn hier – der mir sonst nie zustimmt – ist sich mit mir in dieser Sache einig.«

»Wir können wohl noch ein wenig länger abwarten«, erwiderte Haydens Mutter und drehte sich wieder zum Herd um.

* * *

Mrs Cash, die Leiterin des Bibelunterrichts am Sonntag nach der Kirche, war nicht nur netter als Nellis, sondern gab auch weniger Hausaufgaben.

»Also, ihr solltet diese Woche alle die Jona-Geschichte lesen«, sagte sie, den Blick noch immer auf die Anwesenheitsliste gerichtet. »Hat sie jeder gelesen? Hayden, wo ist dein Bruder Daniel heute?«

»Abwesend, Ma'am.«

»Na das sehe ich selbst. Wissen eure Eltern, dass er nicht hier ist?«

»Ja, Ma'am.«

»Ist alles in Ordnung mit dir, Hayden?«

»Ja, Ma'am. Warum?«

»Ich weiß nicht, du wirkst nur etwas anders als sonst. Okay. Kein Daniel Reese. Und keine Cheryl Wilkerson.«

Hayden blickte zu ihrem leeren Stuhl. Vielleicht wollte sie ihn nicht sehen. Oder es hatte gar nichts mit ihm zu tun, obwohl es sich nicht so anfühlte. Aber vielleicht war es okay, dass sie abwesend war, denn eigentlich wollte er sie auch nicht sehen.

»Gott sendet Jona nach Ninive«, sagte Mrs Cash. »Aber geht Jona nach Ninive? Larry.«

»Nein, Ma'am.«

»Wo geht er dann hin?«

»Er versucht, nach Tarsis zu kommen. Er nimmt ein Schiff dorthin.«

»Gott sendet ihn also an einen Ort und er geht an einen anderen.«

Hayden blickte auf Daniels leeren Platz und beschloss, den Unterricht zu verlassen, jetzt sofort. Er musste dort nachsehen. Diese Straße entlanggehen und sehen, ob … was? Kein Daniel, also keine Antwort. Es sei denn …

»Hayden.«

»Ja, Ma'am?«

»Was passiert, als der gewaltige Sturm einsetzt?«

»Jona wird ins Meer geworfen.«

»Bist du sicher, dass mit dir alles in Ordnung ist, Hayden?«

»Könnten Sie mich bitte eine Minute entschuldigen?«

»Ja, geh nur. Und was passiert, nachdem Jona ins Meer geworfen wird?«, hörte Hayden sie fragen, als er die Tür aufschwang und in den Flur trat. *Mannomann, jeder weiß das. Jona landet im Bauch eines großen Fischs.*

Am Ende des Flurs befand sich eine kleine Kabine mit einem Münztelefon. Hayden trat ein und zog die Harmonikatür fest hinter sich zu. Er grub in seiner Hosentasche nach dem Wechselgeld, das er vom Vorabend übrig hatte, und wählte die Nummer.

»Hilfssheriff Ray Conner am Apparat.«

Hayden atmete erleichtert aus. Jemand, den er kannte. Gott sei Dank! Jemand, mit dem er reden konnte. Also musste er nicht auflegen und losgehen und das selbst in die Hand nehmen.

»Ray? Hier ist Hayden Reese.«

»Wie geht's dir, Hayden? Was kann ich für dich tun?«

»Sie kennen doch meinen Bruder Daniel.«

»Ja.«

»Ich bin mir sicher, dass ich mich irre. Ich weiß es. Aber vielleicht könnten Sie trotzdem nachsehen …«

»Ist ihm etwas zugestoßen?«

»Na ja, er ist gestern Abend nicht nach Hause gekommen. Und ich bin mir sicher, dass ich mich irre … ich weiß, es ist dumm …«

»Sag nur, was dir auf dem Herzen liegt, Hayden.«

»Er hat darüber gesprochen, den Strommast hochzuklettern.«

»Welchen?«

»Den, der etwa zwei Meilen östlich von unserem Haus steht. Ich habe ihm gesagt, dass er es nicht tun soll. Ich hatte nicht gedacht, dass er es wirklich tun würde.«

»Es ist gut, dass du anrufst. Ich fahre jetzt gleich dorthin. Ich werde zwar nichts finden, aber nur zur Sicherheit.«

»Vielen Dank, Ray. Könnten Sie es mir vielleicht mitteilen?«

»Unter welcher Nummer kann ich dich zurückrufen?«

»Das ist ein wenig schwierig. Ich muss zurück zum Bibelunterricht.«

»Wir machen es so: Ich fahre hin, und wenn ich sehe, dass alles in Ordnung ist, mache ich auf dem Rückweg einen Abstecher zur Kirche und hupe zweimal kurz. In etwa zwanzig Minuten.«

»Vielen Dank, Ray. Und nur noch eine Sache ...«

»Niemand muss von unserer Unterhaltung erfahren. Ich war nur zufällig dort.«

»Danke, Ray, ich fühle mich schon viel besser.«

* * *

»Und Jona wird immer wütender.« Hayden blickte Mrs Cash an, während sie sprach. »Warum? Was sagt er zu dem Herrn?« Sie sah ihm direkt in die Augen.

»Jona sagt: ›Das ist's, was ich sagte, da ich noch in meinem Lande war.‹«

»Sehr gut, Hayden.«

Er blickte wieder zur Uhr. Es waren mehr als zwanzig Minuten vergangen. Viel mehr. Vielleicht konnte er das Hupen von hier aus nicht hören. Er sollte jetzt gehen. Nach Hause. Nein, er sollte bleiben. Denn Ray könnte vorbeikommen und hupen und er wäre nicht da, um es zu hören, und seine Eltern würden wissen wollen, warum er früher nach Hause kam. Er würde es irgendwie schaffen müssen, still zu sitzen. Hier zu sitzen und so gut wie möglich zuzuhören.

»›Und Gott sprach zu Jona und sagte: Ist es recht von dir, zornig zu sein?‹ Was glaubt ihr, was das bedeutet? Weiß es einer von euch?« Stille. »Ich wette, Hayden weiß es.«

»Ich glaube, es bedeutet: Bist du dir sicher, dass du richtig handelst?«

»Und war er sich sicher? Was sagte er?«

»Er sagte: ›Ja, es ist recht, dass ich zornig bin und mir den Tod wünsche.‹«

»Sehr gut. Es ist schön zu wissen, dass *einer* von euch gut aufpasst.«

* * *

Als Hayden vom Bibelunterricht kam, standen drei Sheriffswagen vor seinem Haus. An einem der Wagen blinkte stumm das Alarmlicht. Auf der anderen Straßenseite parkte der alte Kombi des Arztes, was ein gutes Zeichen sein musste, denn der Arzt kommt nur, wenn Leute krank oder verletzt sind. Vielleicht hatte Daniel sich also nur verletzt. Hayden hörte seine eigenen Schritte, als er auf die Verandatreppe trat. Im Wohnzimmer traf er auf drei Hilfssheriffs und seinen Vater.

»Warum ist der Arzt hier?«, fragte Hayden.

Sein Vater blickte ihn nicht an. Er saß auf der Couch und starrte auf Daniels Kletterhaken, den er in der Hand hin- und herrollte.

Ray trat zu Hayden und legte ihm eine Hand auf die Schulter. »Der Arzt ist hier, um deiner Mutter zu helfen. Er ist jetzt bei ihr und hat ihr ein leichtes Beruhigungsmittel gegeben.«

All die Geschichten, die sich Hayden eingeredet hatte – Daniel habe sich nur verletzt, stecke nur dort oben fest, wolle ihm nur einen Schrecken einjagen –, all diese Geschichten fielen nun in sich zusammen und wehten wie Staub davon.

Ray drückte seine Schulter und sagte zu den anderen Sheriffs: »Wie wäre es, wenn wir dem Jungen einen Moment allein mit seinem Vater geben?« Die Hilfssheriffs verließen nacheinander den Raum. Als einer nach dem anderen Haydens Blick begegnete, hatte jeder von ihnen dieses traurige, kleine Lächeln auf den Lippen.

Hayden setzte sich auf die Couch neben seinen Vater.

Plötzlich warf sein Vater den Kletterhaken auf den Wohnzimmertisch. Der Haken rutschte über die Oberfläche des Tisches und zerkratzte die Lackierung. Sie starrten beide auf diesen Haken und den Kratzer, keiner sprach ein Wort. Hayden wusste, wie ein Stab manchmal weitergereicht werden konnte – sein Vater hatte ihn bisher noch nie geschlagen, aber das hieß nicht, dass er es nicht in Zukunft tun würde.

In dem Augenblick spürte er einen Schlag im Nacken. Die große Hand seines Vaters. Es brannte, aber nicht so, wie er es sich vorgestellt hatte. Die Hand blieb dort liegen und drückte fest seinen Halsansatz, als wollte sein Vater ihn erwürgen, nur von der falschen Seite.

Als er zur Seite blickte, hielt sein Vater mit zwei Fingern seinen Nasenrücken, als versuche er, etwas zu unterdrücken. Als er die Hand vom Gesicht nahm, sah Hayden, dass seine Augen nass waren. Diese großen blaugrünen Augen, die sowohl Jungen als auch erwachsene Frauen zum Erbeben brachten, aber aus völlig verschiedenen Gründen. Diese Augen waren jetzt rot umrändert und voller Tränen. Erst in diesem Augenblick dämmerte es Hayden, dass der feste Griff seines Vaters als Geste der Zuneigung gemeint gewesen war.

Hayden stand auf, stellte sich vor ihn und sah seinem Vater beim Weinen zu. Und er dachte: *Du Mistkerl. Du scheinheiliger Mistkerl. Du hast es uns eingepaukt, damit wir es niemals vergessen, und du kannst es nicht einmal selbst tun.* Dann dachte er: *Ich muss nicht weinen, ich kann das mit trockenen Augen durchstehen. Ich bin stärker als du.* Er musste es nicht aussprechen. Sein Vater hob den Blick, ihre Augen trafen sich und Hayden wusste, dass er es nicht sagen musste. Er ging aus diesem Wohnzimmer mit dem Wissen, dass der Stab weitergereicht worden war, aber auf eine seltsame und ganz andere Art, als er je erwartet hätte.

Als er auf die Veranda trat, konnte er ein paar Gesprächsfetzen der Unterhaltung zwischen den Hilfssheriffs hören, die jetzt zwischen ihren Wagen standen. Einer der Männer sagte, Jimmy vom Rettungsteam habe ihm erzählt, das arme Kind habe einen so starken Stromschlag abbekommen, dass es ihm die Kleider vom Leib gepustet hatte und Pennys aus der Hosentasche des Jungen direkt mit dem Stahl des Strommasts verschmolzen waren, ob sie sich das vorstellen könnten? Da sah Ray auf, und als er Hayden erblickte, befahl er dem anderem, den Mund zu halten.

* * *

Hayden saß auf der Verandatreppe, als Ray zu ihm kam und neben ihm Platz nahm. Sie schwiegen einen Augenblick, während die beiden anderen Hilfssheriffs ihre Sachen packten und wegfuhren.

»Es war vielleicht ein Fehler, diesen Kletterhaken hierherzubringen.«

»Was ist mit dem Seil passiert, Ray?«

»Nun, Hayden, ich glaube, das willst du lieber nicht wissen.«

»Das mit den Pennys war ein Witz, oder? Nichts hat so viel Kraft. Es ist einfach nicht möglich. Oder, Ray?«

»Mein Junge, du solltest nicht zu sehr über die Einzelheiten nachgrübeln. Kommst du hier mit deinem Dad zurecht?«

»Ja.«

Ray strich Hayden über den Kopf, bevor er aufstand und wegfuhr.

Hayden hörte Schritte hinter sich, als der Arzt aus dem Haus kam.

»Das mit deinem Bruder tut mir sehr leid«, sagte er.

Hayden nickte, dann stand er auf und ging los.

* * *

Eli holte ihn nach einer knappen Viertelmeile ein. »Ach du Scheiße, Hayden, ich habe es gerade gehört. Wo gehst du hin? Ich kann's einfach nicht fassen. Ist es wirklich wahr? Hayden? Wo gehst du hin?«

»Ich muss es mit eigenen Augen sehen«, sagte Hayden.

Sie liefen eine halbe Meile nebeneinander her.

»Er ist nicht immer noch dort draußen, oder?«

»Nein, das glaube ich nicht.«

»Was musst du dann dort sehen?«

»Ich habe gehört, der Strom habe so stark eingeschlagen, dass ihm die Pennys aus der Hosentasche flogen und an den Mast angeschweißt wurden.«

»Scheiße. Das kann nicht wahr sein.«

»Ich muss es mit eigenen Augen sehen.«

»Kann ich mitkommen?«

»Es ist mir egal, was du machst, Eli. Ich muss es nur mit eigenen Augen sehen.«

Sie fanden den Platz seltsam verlassen vor. Als sie unter dem Mast standen, bückte sich Hayden und hob etwas vom Boden auf. Einen kleinen, geschwärzten Stofffetzen. Man konnte nicht mehr erkennen, ob der Stoff von einer Jeans oder einem T-Shirt stammte. Er zerbrach unter seinen Fingern und hinterließ einen schwarzen Rußfleck.

»Du gehst da doch nicht rauf. Oder, Hayden?«

»Ich bin kein Feigling.«

»Ich glaube dir, Hayden. Tu's nicht.«

»Warte hier.«

»Ich werde dich nie wieder einen Feigling nennen, es tut mir leid. Hayden?«

Elis Stimme entfernte sich immer mehr. Hayden sah nicht nach unten. Er konzentrierte sich darauf, Stellen zu finden, die er als Griffe und Stützen benutzen konnte. Er hätte Turnschuhe anziehen sollen, aber es war zu spät, sich jetzt darüber Gedanken zu machen. *Ich bin kein Feigling.* Er fragte sich, wie weit er nach oben klettern musste. Das summende Geräusch der Hochspannungsleitungen wurde hier oben deutlich lauter. *Halte dich gut an der nächsten Leiste fest, bevor du dich daran hochziehst. Das ist alles, woran du jetzt denken musst. Sieh nicht nach unten.*

Konzentriert kletterte er zwei oder drei Minuten lang weiter.

An dem großen Querbalken hielt er kurz inne, wartete und ruhte sich aus. Schöpfte Atem. Dann kletterte er weiter, ohne einen Blick nach unten zu werfen. Er dachte nicht darüber nach, wie weit er schon gekommen war oder wie viel er noch vor sich hatte. *Erst einen guten Griff bekommen. Prüfen, ob der Fuß sicher steht. Nicht nach unten sehen.*

Er zog sich wieder hoch und erkannte eine Änderung im Metall, eine Art von Schwärzung, als hätte an der Stelle ein Feuer gebrannt. *Ich bin kein Feigling.* Er erstarrte und lauschte dem Klang der Hochspannungsleitungen. War das die

Gefahrenzone? Er griff noch einmal nach oben, zog sich hoch, und direkt vor seiner Nase waren fünf Pennys. Offenbar einmal geschmolzen, waren die Ränder der Münzen aufgeweicht wie Kerzenwachs, das wieder gehärtet war. Und einer der Pennys leuchtete wie die Sonne, brandneues Kupfer, auf der Kopfseite war »1960D« zu erkennen. Es traf ihn wie ein Blitz, dass wirklich etwas so stark sein konnte und er dieser Sache zum Berühren nahe war. Seine Armmuskeln fühlten sich seltsam und flüssig an. Er sah nach unten.

Und dann hörte er ein Geräusch. Kein lautes Geräusch. Vielleicht ein Knacken in einer Leitung, oder es war ein Vogel dagegengeflogen. Oder vielleicht wurde ein Ast des großen Baums vom Wind an die Leitungen geweht. Doch es fuhr durch ihn hindurch wie ein Stromschlag, denn das war es, was er erwartete. Er verlor den Halt und fiel.

Er konnte spüren, wie er fiel. Er spürte es im Bauch, dieses Gefühl eines plötzlichen Sturzes wie bei einer Achterbahn, und es schien immer weiterzugehen, weil er so weit oben war. Als er an dem großen Querbalken vorbeirauschte, streckte er die Arme aus und bekam ihn zu fassen. Durch den plötzlichen Halt zog es an seinen Armen, als würden sie aus den Gelenken gerissen. Der Impuls zog seine Hände von dem Balken und er fiel wieder.

Er kam mit den Füßen auf dem Boden auf, spürte, wie beide Beine gleichzeitig einbrachen, und fiel vornüber. Er blieb unbeweglich liegen, erstaunt über den Schmerz und auf einmal hellwach. Als er an sich hinunterblickte, sah er, dass sein linkes Bein nicht nur gebrochen, sondern der Knochen sowohl durch seine Haut als auch durch seine gute Sonntagshose gedrungen war. Er stützte sich auf dem Ellenbogen ab und sah verwundert auf diese Stelle. Seltsam weiß, und irgendwie weit von ihm entfernt. Er konnte es nicht ganz verstehen.

Also saß er einen Augenblick lang nur da, betrachtete sein Bein, spürte den sonderbar heftigen, aber gleichzeitig weit entfernten Schmerz und hörte Eli panisch irgendetwas faseln, ohne dass er auch nur ein Wort verstand. Dann fiel er wieder zurück auf die Erde und legte die Welt für eine Weile beiseite.

* * *

Daniel wurde zwei Tage später in einem geschlossenen Sarg beerdigt und Hayden konnte an der Zeremonie nicht teilnehmen. Er lag in einem Krankenhausbett. Mit seinem rechten Bein in einem schweren Gipsverband, seinem linken Bein verstiftet und hochgelegt, konnte er sich so gut wie nicht bewegen und rief von Zeit zu Zeit die Krankenschwester, wenn er die Bettpfanne benutzen musste. Zweimal täglich untersuchten sie die Fleischwunde an seinem Bein, und am Tag der Beerdigung setzten sie einen Schlauch ein, damit Flüssigkeit abfließen konnte. Der Arzt sagte, dass sie es vielleicht nächste Woche nähen würden, wenn die größte Gefahr einer Infektion vorüber war.

Eli besuchte ihn nach der Beerdigung.

»Wie war's?«, fragte Hayden.

Eli zuckte nur mit den Schultern. Was konnte man über so etwas schon sagen? Sie saßen eine Weile schweigend zusammen, bis eine hübsche Krankenschwester hereinkam und Hayden seine Schmerzmittel und ein Glas Wasser gab.

»Ich werde dich nie wieder einen Feigling nennen«, sagte Eli, nachdem sie gegangen war. Seine Stimme glühte vor Ehrfurcht. »Du hast nicht geweint. Du hast dir beide Beine gebrochen und nur dagesessen und auf diesen Knochen geschaut, der aus deinem Bein ragte, und nicht geweint. Ich konnte es nicht fassen.«

»Wie geht's meiner Mom?«

»Okay, nehme ich an. Sie hat auf jeden Fall geweint.« Eli stand auf, ging an die geöffnete Tür und blickte in beide Richtungen, um sicherzustellen, dass sie allein waren. Er kam zurück und lehnte sich über das Bett. »Hayden, was hast du da oben gesehen?«

Hayden nickte. Er zog Eli am Kragen zu sich herunter.

»Pennys«, flüsterte er.

Kapitel 5

1981

Vierzig Tage und vierzig Nächte

Am siebten Tag holte Hayden nach der Arbeit von der Feuerwehrstation in Sausalito leere Sandsäcke, dann fuhr er, mit einer wetterfesten Regenjacke und Gummistiefeln ausgerüstet, zum Strand. Es regnete in Strömen, die Tropfen prallten an seiner Jacke ab und flossen direkt vor seinem Gesicht über den Rand der Kapuze.

Mit einer Schaufel füllte er die Sandsäcke, trug sie auf der Schulter zum Auto und verstaute sie auf dem Rücksitz. Der Radkasten senkte sich tiefer und tiefer über die Hinterreifen, als hätten zwei oder drei schwere Passagiere auf dem Rücksitz Platz genommen.

Als er fertig war, fuhr er den Berg zu ihrem winzigen Haus hinauf, wo er die Sandsäcke um das am Hang gelegene Kellerfenster legte, um das Wasser abzuhalten.

Es war etwas völlig anderes, ein eigenes Haus zu besitzen.

Er hatte sich gerade seiner wetterfesten Kleidung entledigt, als Allegra nach Hause kam. Sie riss die Haustür weit auf und stand missmutig wie ein begossener Pudel auf der überdachten Veranda.

»So ein Mist!«, schimpfte sie.

Sie trug keine Regenjacke – in der Tat trug sie gar keine Jacke – und hatte keinen Schirm dabei. Ihr langes, glattes Haar klebte ihr an der Stirn, das Wasser lief ihr in die Augen und tropfte von ihrer Nase. Die Kleidung klebte klitschnass an ihrer dünnen Gestalt, sie zitterte leicht.

»Allegra!« Hayden zog sie ins Haus. »Warum hast du keinen Schirm dabei?«

Sie waren schließlich nicht plötzlich vom Regen überrascht worden. Die ganze Woche lang hatte es fast unaufhörlich geregnet.

»Dad!«, erwiderte sie. Und dieses einzige Wort brachte ihre nachlassende Geduld, die offensichtliche Unkenntnis ihres Vaters noch länger zu tolerieren, deutlich zum Ausdruck. »Niemand in der Schule hat einen Schirm dabei.«

»Du hättest deine Regenjacke anziehen können.«

»Das sieht bekloppt aus.«

»Ich kann nicht glauben, dass dich deine Mutter heute Morgen so aus dem Haus gelassen hat.«

»Sie war schon weg.«

»Das erklärt einiges.«

»Daddy?«, fragte sie und war plötzlich wieder sein kleines Mädchen. »Kannst du mir einen heißen Kakao machen?«

»Nur, wenn du ein heißes Bad nimmst und trockene Kleidung anziehst.«

»Abgemacht. Lass uns ein Spiel spielen«, sagte sie auf dem Weg in ihr Zimmer.

Oder zwei oder drei Spiele, dachte Hayden. Judith hatte heute Abend wahrscheinlich drei Entbindungen. Sie würden eine Menge Zeit totzuschlagen haben.

* * *

»Du stehst im Schach«, sagte Hayden.

»Nicht schon wieder!«

»Tut mir leid.«

Sie saßen sich an dem kleinen Schachtisch am Kamin gegenüber. Das Feuer, das Hayden angezündet hatte, während sie in der Badewanne war, brannte inzwischen gut.

Er konnte durch die Glasschiebetüren auf die Veranda blicken, wo der Regen vom Dachvorsprung plätscherte und sich auf dem Holzboden zu Pfützen ansammelte. An manchen Tagen konnte man von ihrer Veranda aus einen kleinen Abschnitt der Bucht sehen, doch nicht heute. Heute war es draußen regenverhangen und trüb. Die ganze Welt war grau.

»Vielleicht ist Kalifornien in den Ozean gefallen«, sagte Allegra.

»Also *das* hätten sie wahrscheinlich in den Nachrichten erwähnt.«

Das gleichmäßige Geprassel des Regens bildete ihre einzige Geräuschkulisse.

Allegra bewegte ihren Läufer.

»Das kannst du nicht tun, mein Schatz.«

»Warum nicht?«

»Wegen ihr«, sagte Hayden und tippte auf seine Dame. Sie war eine unmittelbare Bedrohung für ihren König, nur der Läufer stand noch dazwischen.

»Vielleicht bedeutet das Schachmatt.«

»Nein.«

»Na ja, ich sehe nicht, was ich noch tun kann.«

»Weil du zu hastig bist. Nimm dir einen Moment Zeit zum Nachdenken.«

»Ich komme nicht drauf, kannst du es mir erklären?«

»Wenn du willst. Du sagst sonst immer, ich soll dir nicht helfen.«

»Ich will nur nicht, dass du mich gewinnen lässt.«

»Ich lasse dich nie gewinnen. Dafür respektiere ich dich viel zu sehr.«

»Das muss der Grund dafür sein, dass ich nie gewinne.«

»Du hast einmal gewonnen.«

»Einmal.«

»Damit fängt es an.«

»Oh, ich sehe es!«, sagte sie. Sie zog ihren Turm vom Ende des Schachbretts bis in das Getümmel hinein und blockierte das Schach. »Dieses Feuer fühlt sich richtig gut an.« Sie nahm einen großen Schluck von ihrem heißen Kakao, während Hayden sich seinen nächsten Zug überlegte. »Kommt Mom zum Abendessen heim?«

»Das bezweifle ich. Sie hat heute drei Entbindungen.«

»Es können doch nicht bei allen am selben Abend die Wehen einsetzen.«

»Das können sie.«

»Na ja, schon, aber ich hoffe es nicht. Ich sehe Mom ja fast nie.«

»Vielleicht haben wir heute Abend Glück.«

* * *

Nachdem Allegra zu Bett gegangen war, setzte sich Hayden vor den Fernseher und sah sich die Elf-Uhr-Nachrichten an. Dem Wetterbericht zufolge würde es mehr Regen und einen weiteren Sturm aus nordwestlicher Richtung geben. Eine ganze Serie von Stürmen schien aufgereiht wie Flugzeuge auf einer Startbahn darauf zu warten, die Bucht von San Francisco zu drangsalieren. In den tief liegenden Gebieten wurden auch weiterhin große Fluten erwartet.

Um halb zwölf gab er auf und ging allein ins Bett.

Er wurde um Mitternacht wach, als Judith hereinkam. Sie legte ihr Rufgerät auf den Nachttisch, zog sich aus und warf ihre Sachen auf den Stuhl neben dem Bett. Sie rutschten auf den Boden und würden dort bleiben, bis er sie auflas und in den Wäschekorb legte. Nackt kletterte sie zu ihm ins Bett und schmiegte sich dicht an seinen Rücken. Er rollte sich herum, um sie zu begrüßen. Sie küsste seinen Hals und ließ ihre Finger durch die Haare auf seiner Brust gleiten.

»Ich habe Hühnereintopf gemacht«, sagte er. »Es ist noch einiges davon im Kühlschrank, falls du hungrig bist.«

»Du weißt, wie sehr ich deinen Hühnereintopf mag«, sagte sie. »Aber jetzt gerade habe ich Hunger auf etwas anderes.«

»Fühlen wir uns ungewöhnlich … hungrig für eine Frau, die gerade drei Babys auf die Welt gebracht hat?«

»Zwei. Aber bei einem gab es Komplikationen.«

»Aber es ist gut ausgegangen?«

»Ja.«

»Gott sei Dank!«

Gott sei Dank für die Eltern, und für ihn. Hätte ein Baby an diesem Abend nicht überlebt, wäre dieser Augenblick ruiniert gewesen. Wahrscheinlich hätte er sich dann einfach auf die Seite gerollt und nicht einschlafen können.

Er spürte ihre Hände am Bund seiner Pyjamahose und hob seine Hüften von der Matratze, damit sie die Hose herunterziehen konnte. Seine Hände erkundeten ihren Rücken wie ein unbekanntes Gebiet.

»Woher diese überraschende Energie? Nicht, dass ich mich beschwere.«

»Ich liebe dich, das ist alles.«

»Es macht mich immer wieder glücklich, das zu hören.«

Sie küsste ihn und ihre Münder passten perfekt aufeinander, ein häufig praktizierter und entspannter Kuss. Dann legte sie den Kopf in den Nacken und blickte ihm in die Augen. Er fragte sich, ob sie in der Dunkelheit überhaupt etwas sehen konnte. Kein Mond heute Nacht, nur Regen. Er trommelte auf das Dach über ihren Köpfen, während vor dem Fenster nur ein dichter grauer Vorhang hing. Ihre Brüste waren an seinen Brustkorb gepresst, ihre Haut fühlte sich kühl an. Er spürte ihre Halskette unter seinen Fingern, dieses einfache alte Goldkettchen mit dem kleinen Opalstein. Die Kette war außerdem nur vergoldet und die Goldschicht an manchen Stellen abgewetzt. Er hatte ihr schon vor Jahren gesagt, dass sie die Kette jetzt abnehmen könne, dass sie sich etwas Schöneres leisten konnten. Doch sie trug die Kette weiterhin.

»Ich sollte dir vielleicht zuerst etwas mitteilen.«

»Das kann warten«, sagte er.

»Ich denke nicht.«

»Hoffentlich nichts, was die Stimmung zerstört. Kann es nicht warten? Nein, ich nehme es zurück. Nichts kann diese Stimmung zerstören, also schieß los.«

»Ich habe die Pille abgesetzt.«

Hayden rollte sich auf den Rücken und verschränkte die Hände hinter dem Nacken. Seine Augen hatten sich mittlerweile an die Dunkelheit gewöhnt und er konnte das unauffällige Muster ihrer strukturierten Zimmerdecke sehen. »Herzlichen Glückwunsch! Und ich dachte, absolut nichts könnte die Stimmung zerstören.«

»Tut mir wirklich leid, dass du das so siehst. Es schien mir eine gute Idee zu sein.«

»Warum hast du die Pille abgesetzt?«

»Ich will wieder schwanger werden. Ich hatte gehofft, du hättest dich mittlerweile mit der Vorstellung angefreundet.«

»Das habe ich nicht.«

»Ich habe es bemerkt.«

Hayden setzte sich auf, schwang die Beine über das Bett und zog sich die Pyjamahose wieder hoch. Mit dem Rücken zu ihr saß er auf der Bettkante, was etwas kalt war, aber er hatte nicht den Antrieb, daran etwas zu ändern.

»Ich kann das nicht noch mal durchmachen«, sagte er.

»Zehn Jahre sind eine lange Zeit, um sich an etwas zu gewöhnen.«

»Das hängt wohl davon ab, was es ist.«

Er hörte das Rascheln, als sie sich hinter ihm bewegte. Sie rutschte an ihn heran und kuschelte sich an seinen Rücken.

»Ich denke, dass es nicht mehr so sicher sein wird, wenn wir noch lange warten.«

»Wann war es jemals sicher?«

»Wenn wir warten, bis wir Ende dreißig sind, erhöht sich das Risiko.«

»Ich will auch dann kein Baby, Judith.«

»Aber ich.«

»Dann haben wir wohl ein Problem.«

Ihre weiche Haut verschwand von seinem Rücken und Hayden bemerkte, dass er sich ohne ihre Berührung auch nicht einsamer fühlte als vorher. Er hätte sich überhaupt nicht einsamer fühlen können, als er es ohnehin schon tat.

»Ich nehme die Pille nicht mehr«, sagte sie von ihrer Bettseite aus. »Es werden gerade Daten über die Langzeitrisiken gesammelt.«

»Dann solltest du sie auch nicht nehmen.«

»Danke, dass du das so siehst.«

»Ich lasse diese Sterilisation machen.«

»Bitte tu das nicht, Hayden. Denk bitte noch mal darüber nach.«

Darüber nachdenken. *Was für ein origineller Einfall*, dachte er. *Was glaubst du, was mir in den letzten zehn Jahren auf dem Herzen lag? Glaubst du, ich hätte nur darauf gewartet, dass du es zuerst zur Sprache bringst? Dass ich bis zu diesem Augenblick nicht ernsthaft darüber nachgedacht hätte?*

»Ich kann das nicht noch mal durchmachen«, sagte er und stand auf.

»Aber Schatz …«

»Du hörst mir nicht zu, Judith. Du verstehst nicht, was ich sage. Ich sage nicht, dass ich lieber keins haben möchte. Oder dass ich es nicht will. Ich sage, dass ich es nicht *kann.*«

Und da er nicht wusste, was er sonst tun konnte, ging er zur Glastür und blickte in den anhaltenden Regen hinaus. Dann schob er die Tür auf und trat auf die Veranda.

Zuerst stand er unter dem Dachvorsprung im Trockenen, aber dann wehte der Regen zur Seite und durchnässte ihn bis auf die Haut. Da es nun keinen Unterschied mehr machte, trat er vor und setzte sich im strömenden Regen auf einen Gartenstuhl. Er legte den Kopf in den Nacken und beobachtete, wie die Tropfen in der Dunkelheit direkt auf ihn herunterregneten, von gelegentlichen Windböen zur Seite geblasen.

Nach ein paar Minuten stellte die Kälte kein großes Problem mehr dar und sein Bedürfnis, ins Trockene zurückzukehren, ließ allmählich nach.

»Was habt ihr zwei den ganzen Abend gemacht?«, kam Judiths Stimme von drinnen.

»Wir haben eine Arche gebaut.«

»Nun, das ist passend. Können wir wenigstens reden?«

»Können wir? Oder sollen wir?«

Die Tür wurde wieder zugeschoben.

* * *

»Hayden? Schläfst du?«

»Nein.«

Die grüne Leuchtanzeige des Weckers zeigte zwei Uhr an. In weniger als drei Stunden musste er aufstehen.

»Wirst du jemals wieder studieren?«

»Was für eine komische Frage.«

»Warum komisch?«

Er rollte sich auf den Rücken und streckte einen Arm aus. Sie kuschelte sich an ihn, den Kopf auf seiner Schulter. Mit der freien Hand strich er ihr Haar zurück. Ihre Haare waren jetzt kürzer, seit etwa einer Woche. Er hatte sich erst daran gewöhnen müssen.

»Ich fange an, es zu mögen«, sagte er.

»Was?«

»Dein Haar.«

»Oh. Gut. Also, du hast deine Meinung geändert und möchtest kein Arzt mehr werden.«

»Judith ...«

»Was?«

»Ich habe meine Meinung schon vor *zehn Jahren* geändert. Wolltest du mich das diese ganze Zeit fragen? Und bist erst jetzt dazu gekommen?«

»Ich bin mir nicht immer sicher, was ich zu dir sagen kann.«

»Du kannst mir alles sagen.«

»Es gibt viele Dinge, über die wir nicht reden.«

»Das heißt nicht, dass du es nicht tun könntest.«

»Ich habe es gerade getan. Ich habe dich gefragt, ob du jemals wieder studieren wirst.«

»Nein.«

»Niemals?«

»Nein.«

»Also, was wirst du dann machen?«

»Was meinst du damit? Was habe ich diese ganze Zeit gemacht, etwa nichts? Ich arbeite in Vollzeit. Wir haben dich durch die Hebammenausbildung gebracht. Ich verdiene genug Geld, um die Hypothek abzubezahlen. Ich bin rechtzeitig zu Hause, um mich um Allegra zu kümmern. Wir haben eine Krankenversicherung.«

»Du bist also glücklich damit, wo du jetzt bist.«

»Schämst du dich für meinen Job?«

»Natürlich nicht.«

»Bist du dir sicher?«

Eine kurze Pause. »Ja. Es ist nur …«

»Du hattest dein Herz an ›meinen Ehemann, den Arzt‹ gehängt.«

»Nicht genau das.«

»Was dann? Was immer es ist, sag es mir. Bitte. Mich macht das nervös.«

Er spürte ihre Finger, die über seinen Arm strichen, und die Kälte ihres Rings.

»Ich habe das Gefühl, dass dir dein Leben vor zehn Jahren entglitten ist, und seitdem warte ich, dass du wieder zur Normalität zurückkehrst. Und jetzt denke ich allmählich, dass das nie passieren wird.«

Hayden sprang in einer einzigen Bewegung auf; die Wucht hätte Judith fast aus dem Bett geworfen.

»Hast du jemals bemerkt, Judith«, fragte er, während er am Fußende des Bettes auf und ab lief, »dass wir eine Menge Zeit damit verbringen, Dinge zu sagen wie ›In den letzten zehn Jahren‹ oder ›Vor zehn Jahren‹, und dass wir nie sagen, was wir wirklich meinen, nämlich: ›Als unser einziger Sohn starb‹?«

In dem düsteren Licht sah er, wie sie sich aufsetzte und ihn beobachtete.

»Okay. Als unser einziger Sohn starb, hast du offenbar die Orientierung verloren.«

»Also leiste ich jetzt gar nichts.«

»Das habe ich nicht gesagt.«

»Wer würde in diesem Stadium deiner Karriere unsere Tochter aufziehen, wenn ich nicht hier wäre?«

»Ich sage doch nur …«

»So! Das Fazit, darauf warte ich.«

»Ich sage nur, dass du früher immer so viel erreichen wolltest. Und jetzt scheinst du daran kein Interesse mehr zu haben. Ich weiß nicht mehr, was du willst.«

Er blieb am Fußende des Bettes stehen. In diesem Augenblick wurde leise an die Schlafzimmertür geklopft. Hayden schlüpfte in seinen Bademantel und öffnete die Tür.

»Daddy, ich kann nicht schlafen.«

»Tut mir leid, dass wir so laut waren, Schatz. Komm, wir bringen dich wieder ins Bett.«

»Über was streitet ihr euch?«

»Wir streiten nicht«, erwiderte Judith.

»Sag das nicht!« Hayden war selbst über die Heftigkeit in seiner Stimme überrascht. Allegra trat einen Schritt zurück. »Sag einem Kind nie, dass das, was es mit den eigenen Augen sieht oder mit den eigenen Ohren hört, nicht da ist. Dann beginnt ein Kind, an seinem Verstand zu zweifeln.«

»Tut mir leid«, sagte Judith.

»Komm, Allegra.« Hayden brachte sie zu ihrem Zimmer.

»Daddy. Ich bin zu alt, um ins Bett gesteckt zu werden.«

»Niemand ist zu alt, um ins Bett gesteckt zu werden.«

»Vielleicht hast du recht.« Sie krabbelte unter die Decke. Hayden setzte sich auf die Bettkante und strich ihr ein paar Haarsträhnen aus den Augen. »Also, worüber habt ihr euch gestritten?«, fragte sie.

»Deine Mutter will noch ein Kind und ich nicht. Und sie denkt noch immer, ich sollte Arzt werden.«

»Ich wusste gar nicht, dass du das wolltest.«

»Na ja, du warst noch ziemlich klein, als ich meine Meinung geändert habe.«

»Warum hast du deine Meinung geändert?«

»Es ist eine zu große Verantwortung. Ich will nicht für das Leben oder den Tod anderer Leute verantwortlich sein.«

»Du könntest einfach dasselbe wie Mom tun. Da geht es nicht um Leben oder Tod. Da werden nur Babys zur Welt gebracht.«

»Auch da geht es manchmal um Leben oder Tod.«

»Bist du gern Pförtner?«

»Nein. Eigentlich nicht. Ich würde gern etwas machen, das mich wirklich interessiert. Aber der Job hat deine Mom durch die Hebammenausbildung gebracht. Und ich kann mit dir nachmittags hier sein. Und außerdem können wir es uns nicht leisten, im Moment diese Krankenversicherung aufzugeben.«

»Wärst du ein Arzt, wenn wir es uns leisten könnten?«

»Nein.«

»Dann solltest du auch keiner sein.«

»Danke.«

»Und ich finde, ihr solltet nicht noch ein Kind bekommen.«

»Wirklich?«

»Ja. Ich finde, ihr solltet all euer Geld für mich ausgeben.«

Hayden lächelte und küsste ihre Stirn. »Ich gehe wieder ins Bett. Meinst du, du kannst einschlafen?«

»Ich glaube schon. Dad? Danke, dass du mir gesagt hast, was los ist.«

»Ich finde, so sollte es sein, meine Kleine.«

Obwohl das sonst anscheinend niemand so macht, dachte er und kehrte wieder ins Schlafzimmer zurück.

Er streifte den Bademantel ab und legte sich zu Judith. Minutenlang sprach keiner von beiden.

Schließlich sagte Hayden: »Ich will, dass meine Familie unverwüstlich ist. Ich will unsterblich sein. Ich will dich lieben, wie ich es gerade fast getan hätte, bevor alles verkehrt lief. Das sind im Moment meine Ziele, Judith.«

»Ich glaube nicht, dass ich dir mit den ersten beiden helfen kann, aber wir können uns immer noch lieben.«

»Ohne, dass du schwanger wirst.«

»Wir können uns sicher etwas einfallen lassen.«

Danach blieb ihm nur noch Zeit für ein zweistündiges Schläfchen, bevor er wieder aufstehen musste.

* * *

Als der Wecker um vier Uhr fünfundvierzig läutete, blieb er still liegen und lauschte dem Prasseln des Regens auf dem Dach ihres winzigen Hauses. Es regnete immer noch Bindfäden.

»Das hört nie mehr auf«, sagte er.

»Alles hört früher oder später einmal auf.«

»Vielleicht nicht dieses Mal. Dieses Mal werden wir alle einfach weggewaschen. Oder weggeflutet. Es hört nie auf.«

»Alles hört einmal auf«, sagte sie wieder.

»Ich will nur für dich und Allegra sorgen. Es tut mir leid, falls ich meine Sache nicht gut genug mache.«

»Das stimmt nicht, Hayden. Du machst deine Sache ausgezeichnet. Ich weiß nur nicht, ob du dich auch genauso gut um dich selbst kümmerst.«

»Ich muss zur Arbeit.«

»Okay. Bei mir wird es heute Abend wieder spät werden.«

»Ich weiß.«

Kapitel 6

Sag es, als ob du es meinst

»Bitte bring mich nicht in Verlegenheit, Dad.«

»Ich werde dich nicht in Verlegenheit bringen. Ich finde nur, er sollte dich hier abholen.«

»Warum?«

»Weil es gutes Benehmen ist. Es zeigt, dass er dich respektiert.«

»Mir ist es so peinlich, wenn er reinkommen und dich treffen muss.«

»Okay, dann muss er eben nicht reinkommen. Aber er sollte dich abholen.«

»Ich muss mich umziehen.«

»Okay, geh nur.«

Hayden räumte den Esstisch ab und legte die Reste für Judith auf einen Teller, den er vor die brandneue Mikrowelle stellte. Mit einem Blick auf die Uhr machte er sich geistig eine Notiz, den Teller in den Kühlschrank zu stellen, wenn sie nicht in den nächsten drei Stunden nach Hause kam.

Beim Abwasch blickte er über das Spülbecken aus dem Fenster und wünschte, die Gedankenwelt eines sechzehnjährigen Jungen wäre ihm nicht aus eigener Erfahrung vertraut.

Und das war noch so eine Sache. Der Junge war ohnehin zu alt für Allegra, die gerade erst fünfzehn geworden war.

Und warum hatte ein Sechzehnjähriger ohne geregelten Job überhaupt schon ein eigenes Auto? Er hatte das Gefühl, dass Eltern ihre Kinder zu sehr verwöhnten, besonders hier in Sausalito. Die Kinder hatten keine Gelegenheit, sich etwas zu erarbeiten. Dinge bekamen eine größere Bedeutung, wenn man sie sich hart verdienen musste.

Mit Allegra hatte er darüber noch nicht gesprochen, denn es war ihre erste Verabredung mit einem Jungen. Sie war so aufgeregt, glücklich und erstaunt darüber, dass dieser beliebte ältere Junge Interesse an ihr zeigte – ihr war noch gar nicht bewusst, wie schön sie war. Hayden konnte diesen Augenblick für sie nicht ruinieren.

Dennoch machte er sich Sorgen, das war seine Aufgabe. Und dazu gehörte, dass er ihr etwas sagen musste.

Es war keine einfache Aufgabe, fand er.

Als sie schließlich die Treppe herunterkam, hielt Hayden die Luft an und starrte sie an.

Sie hatte ihr Haar locker hochgesteckt und trug über ihren zarten weißen Schultern eine eng anliegende rote Strickjacke, dazu einen mittellangen, geraden Rock und hohe Absätze. Sie erschien nicht mehr wie ein Kind. Sie ähnelte Judith so sehr, dass es schmerzte, sie anzusehen.

»Mach den Mund zu, Dad. Ich habe ihn angerufen. Er kommt vorbei und hupt, wenn er draußen ist.«

»Gut. Ich möchte, dass du das hier nimmst«, sagte er und drückte ihr einen Zehndollarschein in die Hand.

»Dad. Er zahlt doch für alles.«

»Falls du in eine schwierige Situation kommst.«

»Das wird nicht passieren.«

»Nur für den Notfall.«

»Ich habe kein Portemonnaie dabei.«

»Dann steck den Schein vielleicht in deinen Ärmel oder so.«

»Das ist so bescheuert«, murrte sie, faltete den Geldschein zu einem winzigen Viereck und steckte ihn in ihren BH. Er war sich nicht sicher, warum es ihn verlegen machte.

»Und das.« Er hielt ihr zwei glänzende, neue Zehncentstücke hin.

»Wofür? Ich habe zehn Dollar.«

»Du kannst mit einem Geldschein keinen Anruf machen.«

Allegra seufzte und verdrehte die Augen, nahm aber die Münzen und steckte sie in ihren Schuh. »Das ist nicht sehr bequem.«

»Ich werde mich besser fühlen.«

»Oh, stimmt, fast hätte ich's vergessen. ›Zieh eine Strickjacke an, deinem Vater ist kalt. Trete den ganzen Abend auf eine Münze, damit dein Vater sich besser fühlt.‹«

»Ich bin froh, dass du mich verstehst«, erwiderte er und küsste sie auf die Stirn. »Ich wünschte, deine Mutter wäre jetzt hier und könnte dich sehen.«

»Versprich mir, keine Fotos zu machen.«

Das wären seine nächsten Worte gewesen. *Stell dich dorthin, ich hole die Kamera.*

»So etwas würde ich nie tun«, sagte er stattdessen.

* * *

Paul Littlefield, sagte Hayden zu sich selbst, als sie über die Einfahrt auf sein Auto zurannte. Ein Sportwagen. Genauer gesagt ein 240Z, was für ein Elterngeschenk ziemlich übertrieben schien. Nicht gerade ein Fahrzeug, in dem man seine Tochter sehen wollte, aber daran konnte er jetzt nichts ändern.

Paul Littlefield. TJZ056. Falls sie bis zehn Uhr nicht zurück war, kannte er wenigstens den Namen des Jungen und das Autokennzeichen. Jeder gute Vater hätte sich das gemerkt.

Vom Fenster aus beobachtete er, wie das Auto mit quietschenden Reifen vom Straßenrand abfuhr. *TJZ056.*

Vielleicht hätte ein guter Vater sie an einem Wochentag überhaupt nicht ausgehen lassen. Vielleicht hätte ein guter Vater gewusst, wie dieser Junge aussah und wo er wohnte. Aber vielleicht sollte er aufhören, sich selbst zu quälen. Vielleicht sollte er zumindest versuchen, eine Weile an etwas anderes denken.

Doch natürlich konnte er an nichts anderes denken.

* * *

Hayden sprang auf, als um zehn Uhr sechsunddreißig das Telefon klingelte. Er schluckte. Sein Herz schien dort oben direkt hinter dem Kloß in seinem Hals zu sitzen, oder vielleicht war dieser Kloß sein Herz, dann sollte er es besser wieder hinunterschlucken.

Lass es nicht die Polizei sein. Nicht die Polizei. Nicht die Polizei.

»Hallo?«

»Daddy?«

»Gott sei Dank, dass alles in Ordnung ist mit dir. Wo bist du?«

»In der Stadt.« Ihre Stimme klang seltsam.

»In San Francisco? Warum so weit weg?« Sofort bereute er seine Wortwahl – den Reflex, sie sofort in die Mangel zu nehmen, wenn er stattdessen seine Hilfe anbieten und sie beschwichtigen sollte. »Allegra, weinst du?«

»Kannst du mich abholen, Daddy? Ich habe die zehn Dollar verloren.«

»Allegra. Du klingst, als ob du weinst. Ist alles in Ordnung?«

»Bitte komm und hol mich ab, Daddy.«

»Natürlich. Sag mir nur, wo du bist. Natürlich.«

* * *

Sie stand an einer Straßenecke, einer halbwegs gut beleuchteten Straßenecke, in der Nähe der Telefonzelle. Sie hielt ihre Strickjacke über der Brust mit beiden Händen zusammen, schwarze Wimperntusche lief ihr übers Gesicht. Sie war wieder ein Kind mit einer Schniefnase geworden.

Er sprang aus dem Auto und nahm sie in die Arme. Sie legte den Kopf an seine Schulter und verschmierte dabei Wimperntusche auf sein Hemd.

Er wollte sagen »Daddy ist hier«, aber das wäre für ein Mädchen ihres Alters unpassend gewesen, also wiegte er sie nur leicht in den Armen und sagte es innerlich zu sich selbst. *Daddy ist hier. Daddy ist hier.*

Daddy wird dich beschützen. Wenigstens in diesem Augenblick kann Daddy dich beschützen.

Daddy liebt seine Leggy.

»Ist alles in Ordnung mit dir, mein Schatz?«

Sie nickte an seiner Schulter. Sie weinte immer noch. Er spürte, wie die Schluchzer ihre Schultern beben ließen, und hielt sie fester.

»Danke, dass du gekommen bist, Daddy.«

»Ich liebe dich, mein Schatz. Ich bin froh, dass mit dir alles in Ordnung ist.«

»Ich liebe dich auch, Daddy.«

Sie hatte das lange nicht mehr gesagt. Er wusste, dass sie ihn liebte, aber sie konnte es nicht mehr oft sagen, denn sie war jetzt ein Teenager und es war nicht cool.

Sie fuhren nur um die Ecke, wo er kurz auf einem Anwohnerparkplatz hielt.

»Verriegle deine Tür«, sagte er. »Was ist mit deiner Strickjacke passiert?«

»Es sind nur zwei Knöpfe abgesprungen, das ist alles.«

»Ich weiß, dass es schwer für dich ist, darüber zu sprechen, Allegra. In deinem Alter hätte ich mir nicht vorstellen können, mit meiner Mutter über so etwas zu reden. Aber sag mir bitte nur, was passiert ist, damit ich weiß, was wir machen können.«

Hayden bemerkte, dass seine Hände zitterten, und hielt das Lenkrad fest umschlossen, um das Zittern einzudämmen. *Es ist alles in Ordnung mit ihr*, sagte er zu sich selbst, und betete, dass ihre Geschichte ihm nicht widersprechen würde.

»Es ist eigentlich nichts weiter passiert. Ich habe nur Angst bekommen.«

»Wovor?«

»Er wollte ins Presidio und zum Park gehen. Er sagte, die Aussicht sei von dort so schön. Es tut mir so leid, Daddy, ich hätte wohl Nein sagen sollen. Ich dachte, er wollte nur küssen. Ich wollte nur küssen. Es tut mir leid, Daddy.«

»Es braucht dir nicht leidzutun, Allegra. Es spricht nichts dagegen, dass du einen Jungen küssen wolltest. Das ist ganz normal.«

»Wirklich?«

»Natürlich.«

»Oh.«

»Was ist dann passiert?«

»Er hat seine Hand unter meine Strickjacke geschoben. Und unter meinen Rock. Und ich habe immer wieder Nein gesagt. Immer wieder ›Es reicht. Es reicht.‹«

»Aber er hat nicht aufgehört?«

»Nein, er hat nur gesagt: ›Was stimmt nicht mit dir? Alle machen das.‹ Ich habe Angst bekommen und bin aus dem Auto gesprungen. Und wahrscheinlich wurde er sauer, denn er ist einfach ohne mich weggefahren. Und dann wollte ich ein

Taxi nach Hause nehmen, aber das Geld muss mir aus dem BH gefallen sein. Bist du wütend auf mich, Dad?«

»Natürlich nicht. Du hast nichts Falsches getan.«

»Wirklich?«

»Ich finde, du hast dich gut verhalten.«

»Können wir jetzt fahren? Ich will einfach nur nach Hause.«

»Sicher. Natürlich.«

Hayden fuhr los in Richtung Golden Gate Bridge zurück nach Marin.

»Sind alle Jungen so, Dad?«

»Nein. Sie wollen zwar alle dasselbe, aber manche wissen, was ›Es reicht‹ bedeutet. Ich möchte, dass du morgen zu Hause bleibst.«

»Warum?«

»Schlaf einfach aus und schone dich einen Tag lang. Du kannst es gebrauchen.«

»Okay, Dad, wenn du mir eine Entschuldigung für die Schule schreibst.«

Sie legten die restliche Strecke schweigend zurück, die Stille wurde nur von ihren Schniefgeräuschen unterbrochen.

Kurz vor ihrer Einfahrt sagte sie: »Ich dachte, er würde mich mögen.«

»Vielleicht mag er dich wirklich. Vielleicht weiß er nur nicht, wie man Leute behandelt, die man mag.«

* * *

Hayden stand mit einem Montierhebel in der Faust auf dem für Schüler reservierten Parkplatz des Schulcampus, vor ihm eine Reihe geparkter Autos, die Schülern gehörten. Zu viele Eltern, die ihre Kinder zu sehr verwöhnten.

Der 240Z war direkt neben dem Fußweg hinter der Schule geparkt. Rot wie ein Feuerwehrauto, glänzendes Chrom, fast brandneu. TJZ056. Hayden wusste nicht einmal, wie der Junge aussah. Aber er wusste, wie er es herausfinden konnte.

Er trat hinter dieses Fahrzeug, das ihn zur Weißglut brachte, und schlug mit dem Montierhebel beide Rücklichter ein. Scharfe rote Plastiksplitter verstreuten sich um seine Füße auf dem Asphalt. Er ging zur Vorderseite des Wagens und zerschmetterte einen Frontscheinwerfer. Das fühlte sich gut an.

Er blickte zum Schulgebäude, wo sich Schüler an den Fenstern versammelt hatten, um zu sehen, was los war. *Gut. Sagt es Paul. Sagt ihm, er soll hier runterkommen, schnell. Ein Verrückter ist hier, der sein Auto kaputtschlägt.*

Er zerbrach den anderen Frontscheinwerfer. Das fühlte sich sogar noch besser an. Also zerschmetterte er mit drei befriedigenden Schlägen die Windschutzscheibe, dann schlug er noch ein paarmal zu, um all das zerbrochene Glas auf den Sitzen zu verteilen. Er ging um das Auto herum, um auch die hintere Windschutzscheibe zu zerbrechen.

Er hatte gerade den Arm erhoben, bereit für einen weiteren, befriedigenden Schlag, als er den Ruf hörte.

»Hey!«

Er blickte auf und sah, worauf er gewartet hatte. Der Junge. Nur noch ein paar Sekunden – falls er so lange warten konnte –, um sicherzustellen, dass es sich um den richtigen Jungen handelte.

»Hey, was machen Sie mit meinem Auto? Sind Sie verrückt?«

»Paul Littlefield?«

»Ja, und wer zum Teufel sind Sie? Was machen Sie mit meinem Auto?«

Hayden legte den Montierhebel auf den Boden. Damit hier niemand sterben musste. Sobald er den Hebel abgelegt hatte, kam der Junge näher. Hayden packte ihn am Hemd und warf ihn gegen sein Auto, dann lehnte er sich über ihn und beugte ihn rückwärts über das Autodach. Zum ersten Mal sah der Junge furchtsam aus.

»Paul, weißt du, was es bedeutet, wenn ein Mädchen ›es reicht‹ sagt?«

»Oh, Scheiße! Geht es darum?« Der Junge hielt die Arme weit ausgebreitet, eine Kapitulationsgeste. Ein paar hellbraune Haarsträhnen fielen ihm ins Gesicht. Seine Züge waren weich und ungeformt, ein bleiches Babyface. »Sie hat es nicht direkt so gesagt, als ob sie es meinte, Mann.«

Mit dem ersten Faustschlag brach Hayden Pauls Nase. Der Junge bedeckte sein Gesicht und weinte hemmungslos, als Blut über seine Hände lief und sein Hemd befleckte.

»Scheiße, Mann!«

Hayden schlug ihn wieder, diesmal mit einer harten Rechten aufs Kinn. Und es änderte etwas in ihm, auf eine gute Weise. Etwas, was unerträglich war, schien sich nach und nach aufzulösen und wieder erträglich zu werden.

»Reicht das, Paul? Oder willst du mehr?«

Der Junge hob die Hände vor sein Gesicht, eine schwache Abwehrgeste. »Es reicht, Mann.«

Hayden schlug ihn wieder und hörte und spürte das befriedigende Knirschen, als Pauls Kiefer nachgab. Dann boxte er dem Jungen mit der Faust fest in seinen flachen Bauch. Hayden machte einen Schritt zurück, damit Paul sich vornüberbeugen und auf seine eigenen Schuhe übergeben konnte.

»Weißt du, Paul, du hast das gerade nicht so gesagt, als ob du es meintest.«

Als Paul sich aufrichtete, blickte er kurz Hayden an, mit einer tief befriedigenden Furcht in den Augen. Dann versuchte er, wegzurennen. Hayden bekam ihn von hinten am Hemd zu fassen, wirbelte ihn herum und schlug ihn ein letztes Mal. Ein letzter, kraftvoller Faustschlag aufs linke Auge. Sein bester Schlag. Der Schlag, der es erledigen würde.

Der Junge taumelte einen Augenblick lang nur auf der Stelle, als Hayden ihn an seinem blutigen Hemd festhielt. Dann bemerkte Hayden, dass dieser Handgriff das Einzige war, was Paul noch auf den Beinen stehen ließ. Er wusste, dass er genug getan hatte. Eine klare Linie, damit konnte er leben. Er hatte den Jungen genug verletzt. Er löste seinen Griff und trat von dem Jungen weg.

Er erwartete, dass Paul zusammensacken würde, aber stattdessen blieb er seltsam steif stehen, die Augen weit geöffnet, aber ins Leere gerichtet. Er stand zögernd, als könnte er jeden Augenblick vom Wind umgeblasen werden, dann fiel er kerzengerade nach hinten und landete mit dem Hinterkopf auf dem asphaltierten Fußweg.

Hayden blickte auf und sah eine Ansammlung von Lehrern und Schülern, die alles beobachtet hatten. Über hundert, viele davon kannte er.

Als er nach unten blickte, hatte sich um den Kopf des Jungen eine Blutlache ausgebreitet.

* * *

Am Besuchstag stellte sich Hayden mit zwölf anderen Männern in orangefarbenen Overalls in eine Reihe. Schweigend marschierten sie im Gänsemarsch in den Besucherraum, ein langes, schmales Zimmer mit an den Fußboden geschweißten, glänzenden Metallstühlen vor einem Plexiglasfenster.

Hayden hatte keinen Zweifel daran gehabt, wer ihn besuchen kommen würde, denn er hatte niemanden außer Judith erwartet. Doch als er sich setzte, war auf der anderen Seite der Glasscheibe nicht Judith, sondern Thea, Judiths Mutter. Und aus irgendeinem Grund beschämte ihn das noch mehr.

Er nahm das Telefon von der Trennwand zu seiner Linken. »Thea.«

»Wie geht es dir, Hayden?«

»Den Umständen entsprechend. Wie geht es Paul?«

»Er ist noch nicht über den Berg, aber sie glauben, dass er durchkommen wird. Allerdings könnte er Hirnschäden zurückbehalten. Dauerhafte Hirnschäden.«

»Ich hatte nicht vorgehabt, ihn so schlimm zu verletzen.«

»Das weiß ich, Hayden. Alle wissen das. Du hattest fast zweihundert Zeugen. Alle sagen, dass es daran lag, wie er fiel. Aber das nutzt nichts. Wenn du jemanden bewusstlos prügelst, bist du anscheinend dafür verantwortlich, wie er fällt.«

Hayden nickte kurz und biss sich auf die Unterlippe. »Ja. Mein Anwalt hat mir das sehr ausführlich erklärt.«

»Tut mir leid, dass wir uns keinen besseren leisten konnten.«

»Na ja, es ist es nicht wert, darüber das Haus zu verlieren. Er meint, wir könnten auf eine mäßige Strafe plädieren.«

»Selbst bei all den Vorstrafen?«

»So viele sind es auch wieder nicht.«

»Vier.«

»Ich dachte, drei.«

»Nein, vier. Da war der Vorfall in der Kirche. Und der Mann im Supermarkt. Und dein letzter Boss. Und was noch? Oh ja, die Sache im Straßenverkehr.«

»Das hatte ich ganz vergessen.«

»Das wird kein Absitzen im Bezirksgefängnis.«

»Nein. Ich weiß, ich freue mich wirklich nicht auf einen Knastaufenthalt, das kannst du mir glauben.«

»Hat dir der Anwalt eine Schätzung gegeben, wie lange es sein wird?«

»Er meint, ich könnte nach sechsundzwanzig Monaten auf Bewährung rauskommen. Falls der Junge nicht stirbt.«

»Es sieht nicht danach aus, dass er sterben wird.«

»Gut. Dann vielleicht sechsundzwanzig Monate.«

»Ich sage es Judith.«

»Warum ist sie nicht gekommen, Thea?«

Hayden musste unangenehm lange auf seine Antwort warten. Er sah sie an, doch sie wich seinem Blick aus. Er wünschte, er könnte ohne diese Glaswand zwischen ihnen mit ihr reden. Dann hätte er Theas Hand berühren können, oder sie seine Schulter. Er sehnte sich nach einer Berührung.

»Die Eltern des Jungen verklagen dich auf Schadensersatz, Hayden.«

»Oh.«

»Sie werden alles nehmen.«

»Das Haus?«

»Natürlich das Haus. Alles. Alles, wofür ihr beide gearbeitet habt.«

»Sie ist wohl sehr aufgebracht.«

»Das wäre noch eine Untertreibung. Und sie will nicht, dass Allegra je an einen Ort wie diesen kommen muss. Geschweige denn in eine richtige Haftanstalt.«

»Ich soll Allegra über zwei Jahre lang nicht sehen? Wenn ich hier rauskomme, ist sie siebzehn!«

»Tut mir leid, Hayden. Das ist ihre Meinung.«

»Das kommt mir nicht fair vor.«

»Sie will das Mädchen schützen, genau wie du.«

Hayden stützte den Kopf in seine Hand, ein halbherziger Versuch, sein Gesicht zu verbergen. Er machte sich auf eine schwierige Unterhaltung gefasst.

»Ich wünschte, du hättest sie gesehen, Thea. Ganz aufgeputzt für ihre erste Verabredung mit einem Jungen. Sie war so voller Hoffnung. Dieser neue Abschnitt ihres Lebens hatte sich gerade geöffnet, weil jemand sie mochte. Sie traf sich mit einem Jungen, der sie mochte. Sie strahlte wie ein Weihnachtsbaum, Thea. Ich wünschte, du hättest dabei sein können. Und dann hole ich sie ab, und sie steht da allein an der Straßenecke und weint, die Knöpfe von ihrer Strickjacke abgerissen. Sie stand dort ganz allein und fühlte sich völlig benutzt. Einfach benutzt und weggeworfen. Ich konnte es nicht ertragen.«

»Oh, Hayden. Armer, lieber Hayden.« Thea legte ihre Hand an die Scheibe. Es war eine so warme, seltsam zärtliche Geste, dass er sie dafür liebte. Er wollte seine Hand an die andere Seite der Scheibe legen, aber seine Muskeln schienen erstarrt zu sein, und die Situation verursachte ihm Magenschmerzen. »Wir lieben dich alle, Hayden. Du weißt das, oder? Und niemand hat je an deinen Motiven gezweifelt. Es ist nur die Methode, die etwas außer Kontrolle gerät. Du bist so voller Wut, und Judith fühlt sich verletzt, weil du dich ihr nie anvertraust. Sie ist seit fünfzehn Jahren mit dir verheiratet und sie weiß noch nicht einmal, warum du wütend bist.«

»Sag ihr, dass ich wütend bin, weil Leute nicht gut miteinander umgehen.«

»Damit wird sie nicht zufrieden sein.«

»Nein, ich weiß.«

»Sie hat das Gefühl, dass du nie mit ihr redest. Sie ist so aufgebracht, weil du einfach diese Sterilisation gemacht hast. Ich glaube, darüber ist sie wütender als über die Sache mit dem Haus.«

»Es ist aber mein Körper. Ich würde ihr auch nicht vorschreiben, was sie mit ihrem Körper tun soll.«

»Sie findet, ihr hättet darüber diskutieren können.«

»Wir haben darüber diskutiert. Wir haben das Thema zerredet. Sie ist nicht wütend, weil wir nicht darüber geredet haben. Sie ist wütend, weil sie es mir nicht ausreden konnte.«

»Vielleicht. Aber es hat sie verletzt.«

»Was passiert mit ihnen, Thea? Während ich … weg bin. Was passiert, wenn sie das Haus verlieren?«

»Na ja, ich bin sicher, dass Judith sich eine Wohnung leisten kann. Sie verdient gut.«

»Sie wird mich doch eines Tages besuchen kommen, oder?«

»Das hoffe ich.«

»Ich muss dir etwas erzählen, Thea. Ich kann es vor Gericht nicht zugeben, aber ich muss es jemandem erzählen. Es geht um Paul. Darüber, wie er gefallen ist. Eine Person wird normalerweise schlaff, wenn man sie bewusstlos prügelt. Aber sein Körper war steif.«

»Was bedeutet das?«

»Ich weiß nicht genau.«

»Was willst du mir damit sagen?«

»Dass ich ihn schlimmer verletzt habe als beabsichtigt. Der Junge ist sechzehn, Thea. Dünn. Ich bin vielleicht fünfzig Kilo schwerer als er, vielleicht doppelt so schwer. Ich habe ihn so fest auf den Kopf geschlagen, wie ich konnte. Ich weiß nicht, was über mich gekommen ist.«

»Du sagst, er hatte schon einen Hirnschaden, bevor er mit dem Kopf auf den Gehweg gefallen ist.«

»Ich weiß nicht. Ich bin kein Arzt, wie Judith es mir immer wieder bewusst macht. Ich weiß nur, dass etwas schon vorher nicht gestimmt hat.« Durch die Glasscheibe getrennt, saßen sie sich einen Augenblick lang schweigend gegenüber. »Ich musste es nur jemandem anvertrauen. Oje. Unsere Zeit ist schon vorbei. Sag Judith, dass ich sie liebe, okay?«

»Das weiß sie.«

»Sag es ihr trotzdem.«

»Mach ich.«

* * *

Neun Tage später wurde Hayden in Fesseln in einen Bus gesetzt. Er starrte den ganzen Weg bis zum Staatsgefängnis aus dem Gitterfenster. »La Casa Grande«, nannte es der Mann auf dem Sitz neben ihm. Die an ihnen vorbeiziehenden Autofahrer wandten den Blick ab.

Die ersten fünf Monate seiner Haftstrafe lernte er, zu überleben. Er versuchte herauszufinden, wann genau ihm sein Leben aus den Händen geglitten war. Ohne Erfolg. Je länger er auf sein Leben zurückblickte, desto mehr erschien es ihm wie etwas, was ihm eigentlich nie richtig gehört hatte.

Die ersten fünf Monate seiner Zeit im Gefängnis hatte er keinen einzigen Besuch.

Kapitel 7

Jona wurde geworfen

»Du hast meine Briefe doch erhalten, oder?«

»Tut mir leid, dass ich nicht zurückgeschrieben habe. Ich war so beschäftigt. Es ist schwer, zu arbeiten und mich gleichzeitig um Allegra zu kümmern. Und wir mussten umziehen. Tut mir leid.«

»Aber Thea hat dir die Briefe gegeben.«

»Natürlich.«

Sie saßen sich in einem trostlosen, grauen Raum an einem von fünfundzwanzig Holztischen gegenüber. In jeder Ecke des Raums stand eine Wache. Hayden hasste es, dass sie ihn hier sah, war aber trotzdem unglaublich erleichtert, dass sie endlich gekommen war.

Vielleicht hatte sie recht, was Allegra anging. Vielleicht war dies hier kein Ort für sie. Die Scham, die er empfand, während er hier in seinem Gefängnishemd mit einer Nummer auf der Hemdtasche saß, wäre in Allegras Gegenwart womöglich unerträglich geworden.

Aber er vermisste sie so sehr. Dennoch wagte er nicht, das Thema aufzubringen.

Judith hatte ihm noch nicht in die Augen geblickt. Kein einziges Mal.

»Gib mir eure neue Adresse, bevor du heute gehst.«

»Du hast trainiert«, sagte sie.

Aus irgendeinem Grund wurde er verlegen. Sein Gefängnishemd hatte kurze Ärmel. Er war etwas muskulöser geworden, ja. Aber was gab es hier auch sonst zu tun?

»Ja.«

»Es macht mich nervös.«

»Warum?«

»Du warst vorher schon stark genug.«

»Ich habe nie eine Hand gegen dich erhoben.«

»Das habe ich auch nicht gesagt. Ich sagte nur, dass du schon stark genug warst.«

»Vergiss nicht, mir eure neue Adresse zu geben.«

»Nein.«

»Nein, du wirst es nicht vergessen?«

»Nein, ich gebe dir unsere neue Adresse nicht. Hayden, ich bin hier, um dir etwas zu sagen. Es ist wichtig. Es ist schwer, okay? Es fällt mir schwer. Versuch einfach, mir zuzuhören und sag eine Minute mal gar nichts, okay?«

Also schaltete er innerlich ab. Er löschte alle Lichter und saß in seiner inneren Dunkelheit, an diesem Ort, wo es nicht weiter hinunterging. Ganz tief unten auf dem Grund dieses tiefen Schachts, wo man sich nichts erhoffte, damit andere einem nicht wehtun oder nichts wegnehmen konnten. »Ich höre.«

»Du hast mir mal erzählt, dass du sehr religiös aufgewachsen bist.«

»Das stimmt.«

»Erinnerst du dich an das Buch Jona?«

»Ja.«

Sein Magen schmerzte bei dem Gedanken.

Er hatte einmal mit einem Mann namens Jona zusammengearbeitet, und jedes Mal, wenn er den Namen gehört hatte, war ihm schlecht geworden. Jedes Mal. Er verstand, dass er nur gründlich genug darüber nachdenken musste, um sich zu erinnern und den Zusammenhang zu verstehen. Also dachte er nicht darüber nach und gab stattdessen lieber seinen Job auf.

Jetzt, als er die Worte aus Judiths Mund hörte, nahm er es ihr übel, dass sie die Bibel gegen ihn verwendete und eine Bibelstelle wählte, bei der ihm schlecht wurde.

Doch er sprach seine Gedanken nicht aus und hörte einfach zu.

»Erinnerst du dich an Jona auf diesem Schiff? Alle auf dem Schiff waren dem Untergang geweiht. Doch es war *sein* Schicksal. Alle anderen waren nur dabei. Es war sein Schicksal, sein Kampf mit Gott. Also wollte er freiwillig das Schiff verlassen. Erinnerst du dich daran?«

»Du solltest die Bibel gründlich lesen, bevor du sie mir ins Gesicht wirfst, Judith.«

»Das habe ich. Ich habe die Geschichte gelesen.«

Hayden zupfte an einer zerrissenen Stelle seiner Jeans und beschloss, Judith nicht mehr anzusehen. Nicht, wenn sie ging. Er wollte ihr nicht ins Gesicht blicken, wenn er wusste, dass es das letzte Mal sein würde.

Sein Blick wanderte zu einem Wächter in der Ecke, der misstrauisch zurückstarrte. Offenbar war es grundsätzlich verkehrt, die Wachen anzusehen. Offenbar nutzten die Männer hier jeden Moment, der ihnen vergönnt war, um ihre Frauen oder Freundinnen anzublicken. Er war seit fünf Monaten hier und es gab immer noch so viel zu lernen.

»Du hast es falsch gelesen«, sagte er. »Jona wurde vom Schiff geworfen. Er meldete sich nicht freiwillig.«

»Nein, es war freiwillig, Hayden. Ich habe die Geschichte gerade erst gelesen. Gestern. Ich wollte mit dir darüber reden.

Er sagte in etwa: ›Ich weiß, dass dieser gewaltige Sturm durch meine Schuld über euch kam.‹«

»Judith, einer dieser Verse hat den Titel ›Jona wird ins Meer geworfen‹. Jona sprang nicht. Er wurde geworfen.«

»Egal, was auch immer, Hayden. Die Sache ist, er konnte sehen, dass es sein Schicksal war und er alle anderen mit sich hinunterzog.«

Hayden machte den Fehler, ihr daraufhin in die Augen zu blicken. Der Ausdruck in ihren Augen war nicht kalt oder hart. Überhaupt nicht. Ganz im Gegensatz zu ihm selbst. Und er wusste, dass sich in seinen Augen sein ganzes Innenleben widerspiegelte.

»Also hast du beschlossen, wegzuziehen und mir eure neue Adresse nicht zu hinterlassen. Ist es das, was du mir sagen willst?«

»Wir haben alles verloren, Hayden. Alles, was wir uns erarbeitet haben. Fünfzehn Jahre Arbeit einfach futsch. Und jetzt versuche ich, mir wieder ein Leben aufzubauen, und ich will nicht noch einmal alles verlieren. Mit dir ist es nicht gerade sicher, eine Schifffahrt zu machen, Hayden.«

»Was ist mit Allegra?«

»Hier brauche ich deine Hilfe. Ich möchte dich bitten, so wie Jona zu handeln.«

»Ich habe ein Recht, sie zu sehen.«

»Rein juristisch ja. Und ich bin sicher, dass du uns leicht genug ausfindig machen könntest. Aber ich bitte dich, das nicht zu tun.«

»Also wirfst du mich aus deinem Leben.«

»Ich möchte dich bitten, freiwillig zu gehen.«

»Was ist, wenn sie mich sehen will, wenn sie volljährig ist?«

»Das ist ihr überlassen. Aber noch ist sie nicht volljährig. Sie ist in einem Alter, in dem sie leicht beeinflussbar ist.«

»Wirst du ihr sagen, wo sie mich finden kann?«

»Wenn sie volljährig ist und sie es herausfinden will, ja.«

»Wie wirst du wissen, wo ich bin?«

»Wenn du Thea Bescheid sagst, können wir erfahren, wo du wohnst.«

»Bist du dir wirklich sicher, Judith?«

Als er ihr die Frage stellte, hörte er, dass sie weinte. Er blickte nicht auf.

Die Besuchszeit war abgelaufen, bevor sie ihm eine Antwort geben konnte.

* * *

In der Schlange für das Mittagessen versuchte ein etwa zwanzigjähriger Junge, sich vor Hayden zu drängeln. Und das schien einen Kampf wert zu sein. Im Rückblick war es eine seltsame Entscheidung, denn Hayden war nicht hungrig und hatte nicht einmal vorgehabt, etwas zu essen.

Hayden ließ sein Tablett fallen, schlug den jungen Mann nieder, drückte ihm den Hals zu, bis sein Gesicht rot anlief und seine Augen sich vorwölbten. Er schlug den Kopf des Mannes wieder und wieder auf den Betonboden, hörte das Gejohle und die Rufe der anderen Insassen, die um ihn herumstanden, durch die Gewalt angefacht. Alle schienen ihn zu unterstützen. Alle waren auf seiner Seite, obwohl sie es zuvor noch nie gewesen waren.

Er konnte sich später nicht mehr erinnern, wann er den Stock auf seinem Hinterkopf gespürt oder was den Schlag ausgelöst hatte. Er wusste nur noch, dass er zu den fluoreszierenden Deckenleuchten aufgeblickt hatte, als ihm Pfefferspray in die Augen gesprüht wurde, obwohl er gar nicht versucht hatte, aufzustehen.

Vorübergehend blind, wie er war, wurde er weggeführt.

Als er endlich wieder sehen konnte, befand er sich in einer dunklen Betonzelle, etwa zwei Quadratmeter groß. Es gab eine

Bank aus Beton und ein Loch im Boden, das wohl seine Toilette war. Keine Fenster, die Tür war von innen mit Beton überzogen.

Viele Stunden später wurde ein Türschlitz in Augenhöhe aufgeschoben und etwas Licht drang ein. Licht. Er hatte es sein ganzes Leben lang nicht genug gewürdigt. Ein Augenpaar blickte durch den Schlitz und Hayden bemerkte, dass er sich nicht mehr erinnern konnte, woran er diese ganze Zeit gedacht hatte. Ein Tablett wurde durch den Schlitz am unteren Ende der Tür geschoben und Hayden glaubte, den Geruch von Leber zu riechen. Er hatte ohnehin keinen Hunger.

Der Schlitz in Augenhöhe blieb einen Moment lang geöffnet, also stellte sich Hayden mit beiden Händen an der Tür davor.

»Ich möchte mit einem Priester sprechen«, sagte er.

»Wahrscheinlich nicht.«

»Warum nicht?«

»Das ist ein Privileg.« Arnie Masur. Hayden erkannte den Wächter an der Stimme. Er hätte es schlechter als mit Arnie treffen können.

»Zigaretten sind ein Privileg. Sport ist ein Privileg. Ich glaube nicht, dass sich viele Insassen darum drängeln, mit einem Priester zu sprechen.«

»Gut, ich werde fragen. Aber mach dir keine großen Hoffnungen, Hayden.«

* * *

Die Tür wurde aufgestoßen. Es mochten vielleicht zwei Tage vergangen sein, aber ohne Licht und ohne Fenster fiel es Hayden schwer, die Zeit abzuschätzen.

Zwei Wächter warteten vor der Tür auf ihn.

Sie verbanden Haydens Fußgelenke mit einer Eisenkette und fesselten seine Hände an seine Seiten, dann führten sie ihn, einer auf jeder Seite, langsam den Gang entlang.

Er wurde in einen Raum gebracht, der mit einem Holztisch, zwei Stühlen und einem Gitterfenster einem Verhörraum ähnelte. Das plötzliche Licht ließ Hayden blinzeln und die Augen zusammenkneifen, aber er mochte es. Er wollte sich dieses Tageslicht im Gedächtnis speichern, um es später in seiner dunklen Zelle wieder hervorholen zu können.

Die Hälfte des Zimmers wurde von einer käfigartigen Zelle eingenommen. Sie hatte keine Gitterstäbe, war aber aus Schwermetalldraht. Ihre einzige Ausstattung war ein dreibeiniger Holzhocker.

Die Wächter führten ihn hinein und schlossen die Tür mit einem lauten, metallischen Geräusch, ohne Hayden vorher die Ketten abzunehmen.

Er saß allein und fragte sich, warum er hier war und wie lange er noch bleiben würde, und wie er auf die Toilette gehen sollte, falls das Bedürfnis aufkam.

Etwa eine halbe Stunde später wurde die Tür geöffnet und ein Priester trat ein. Er trug einen grauen Anzug und einen Priesterkragen. Er mochte um die vierzig sein, mit einem Kreis aus rostbraunen Haaren auf dem Kopf. Er wirkte traurig und müde.

Der Priester zog einen Stuhl an die Zelle heran. Das Quietschen der Stuhlbeine auf dem Linoleum schmerzte in Haydens Ohren, ein Geräusch wie das Kratzen von Fingernägeln auf einer Tafel.

»Ich bin ein katholischer Priester«, sagte er. »Erst, als ich hierherkam und Ihre Unterlagen gesehen habe, bemerkte ich, dass Sie ein Episkopale sind. Das wusste ich nicht, mir wurde nur gesagt, dass mich jemand sprechen wolle. Mir wird nicht viel mitgeteilt.«

»Das macht nichts«, erwiderte Hayden. »Haben Sie eine Bibel dabei?«

»Ja.« Der Priester zog das Buch aus seiner Manteltasche. Die Bibel hatte einen weißen Einband aus Leder, die Ränder der Seiten waren mit Blattgold verziert.

»Danke für Ihren Besuch. Könnten Sie bitte im Buch Jona etwas für mich nachsehen?«

Der Priester schlug die Bibel auf und überflog mit einem Finger das Inhaltsverzeichnis. Es kam Hayden seltsam vor. Er selbst hätte die Stelle ohne nachzusehen finden können.

»Da ist es«, sagte der Priester. »Was möchten Sie wissen?«

»Ich hatte mit jemandem eine Meinungsverschiedenheit. Mir wurde erzählt, Jona wollte das Schiff freiwillig verlassen. Ich sagte, dass er ins Meer geworfen wurde. Ich möchte nun wissen, wer von uns recht hat. Es ist mir wirklich wichtig.«

»Ich glaube, keiner von Ihnen hat völlig recht oder völlig unrecht. Sehen Sie, hier steht es. Einen Moment bitte. Oh, hier! Jona, Kapitel eins, Vers zwölf: ›Jona antwortete ihnen: Nehmt mich und werft mich ins Meer, damit das Meer sich beruhigt und euch verschont! Denn ich weiß, dass dieser gewaltige Sturm durch meine Schuld über euch gekommen ist.‹«

»Aber er wurde hineingeworfen, oder? Er wurde gepackt und ins Meer geworfen. Das habe ich so gelernt. Daran erinnere ich mich.«

»Am Ende, ja. Aber es war seine Idee. Sie haben gelost. Um herauszufinden, wer für das ganze Übel verantwortlich war.«

»Und als es Jona erwischt hat, haben sie ihn hineingeworfen. Aber Sie sagen, dass er ihnen zuvor sein Einverständnis gegeben hat.«

»Er hat zu ihnen gesagt, sie sollten ihn ins Meer werfen, aber sie wollten es nicht tun. Nicht am Anfang. Moment, ich finde es gleich. Oh, hier ist es. Jona, Kapitel eins, Vers dreizehn: ›Die Männer aber ruderten mit aller Kraft, um wieder an Land zu kommen; doch sie richteten nichts aus, denn das Meer stürmte immer heftiger gegen sie an.‹«

»Also haben sie nicht versucht, ihn über Bord zu werfen. Selbst, nachdem er es wollte.«

»Korrekt.«

»Also hatte sie recht.«

»Ja. Aber sie haben ihn hineingeworfen, als sie sahen, dass sie sonst nicht überleben würden. Worum geht es bei dieser Sache eigentlich? Haben Sie mich nur wegen einer Wette oder so etwas herbestellt? Oder gibt es ein ernsthaftes Problem?«

Hayden lehnte sich an das Metallgitter, er fühlte sich nicht gut. Ihm wurde übel, wenn er über Jona redete. Oder über sich selbst, aber trotzdem musste er es jetzt tun.

»Meine Frau hat mich besucht. Sie sagte, ich solle wie Jona handeln. Vom Schiff springen, bevor wir alle untergehen.«

»Vielleicht sollten Sie wirklich mehr wie Jona handeln. Vielleicht sollte das jeder.«

»Sie finden, dass sie recht hat?«

»Ich weiß nicht. Ich kenne Ihre Frau nicht. Und ich weiß nichts über Sie oder die ganze Situation.«

»Sie ist mit meiner Tochter, die im Teenageralter ist, umgezogen, und will mir ihre neue Adresse nicht mitteilen. Und sie will nicht, dass ich sie herausfinde.«

»Haben Sie vor, ihren Wunsch zu erfüllen?«

»Ich weiß nicht. Die ganze Sache ergibt in meinem Kopf einfach keinen Sinn.«

»Denken Sie, etwas Gutes könnte dabei herauskommen, wenn Sie den Wunsch Ihrer Frau nicht befolgen?«

»Ich kann nicht in die Zukunft sehen, Pater.«

»Nein, niemand von uns kann das. Aber ich verstehe, dass dies für Sie schwierig sein muss.«

»Wir sind seit fünfzehn Jahren miteinander verheiratet, Pater.«

»Das muss für Sie eine schreckliche Umstellung sein.«

»Ich weiß nicht, wo ich hin soll oder was ich tun kann.«

»Wie lange müssen Sie noch Ihre Strafe verbüßen?«

»Mindestens noch einundzwanzig Monate.«

»Dann haben Sie wenigstens viel Zeit zum Nachdenken.«

Hayden drückte die Stirn an das Metallgitter und schloss die Augen. Er blendete das Gesicht des Priesters aus, einen Anblick, der vielleicht mehr schmerzte, als dass er half.

Er wollte noch länger mit diesem Mann reden, denn wenn der Priester ihn verließ, musste er wieder zurück in diese dunkle Zelle. Er wusste nicht, wie lange er dort bleiben würde, keiner hatte es ihm mitgeteilt. Man konnte auch zu viel Zeit zum Nachdenken haben.

»Nach fünfzehn Jahren sollte sie mich nicht einfach so wegwerfen.«

»Woher wissen Sie, dass es einfach war?«

»Na ja …«

»Erschien es, als wäre es für sie einfach?«

»Nein.«

»Also hat es ihr vielleicht wehgetan.«

»Aber sie hat es trotzdem getan.«

»Sie hatte vielleicht das Gefühl, dass sie es musste. Es gibt zwei verschiedene Arten von Führern, mein Freund. Zwei Arten, zu führen. Niemand weiß wirklich, zu welcher Art ein Führer gehört, bevor er im Kampf feststeckt und klar ist, dass es Verluste geben wird. Sagen wir, Sie wären in einem Kampf und hätten fünf Mann unter sich. Und Sie sorgten sich um jeden einzelnen, Sie wollten keinen verlieren. Aber Sie würden herausfinden, dass Sie einen Ihrer Männer opfern müssten.«

»Kein guter Führer opfert einen seiner Männer.«

»Das stimmt vielleicht nicht. Ohne dieses Opfer würden womöglich alle sterben. Dieser Mann und auch alle anderen. Was dann?«

»Niemand sollte geopfert werden.«

»Nun, dann gehören Sie zu dieser Art von Führern. Sie haben sich selbst identifiziert. Ihr Mitgefühl für diesen Mann ist so groß, dass Sie sterben würden. Und er würde so oder so sterben. Und die anderen zusätzlich. Vielleicht gehört Ihre Frau zu der anderen Art von Führern. Wenn Ihre Frau Sie retten kann, tut sie das vielleicht. Aber falls nicht, will sie nicht mit Ihnen sterben. Wozu sollte das auch gut sein?«

»Ich weiß nicht. Ich weiß nur, dass ich nicht aufgeben würde.«

»Viele Leute würden nicht aufgeben. Viele Leute lassen sich von einem geliebten Menschen, der untergeht, mit nach unten ziehen.«

Ich gehe nicht unter, wollte Hayden sagen. Aber natürlich stimmte das nicht. Die Ketten um seine Hand- und Fußgelenke sagten etwas anderes. Die Spuren des Metallgitters auf seinem Gesicht straften ihn Lügen.

»Jona war ein wütender Mann«, sagte Hayden. »Solange ich mit ihm verglichen werde, möchte ich das nur erwähnen.«

»Er war wütend wegen des Rizinusstrauchs. Der verdorrte und einging.«

»Er war schon vor dem Rizinusstrauch wütend. Er war über alles wütend. Er war wütend über Gottes Entscheidungen. Er war wütend auf Gott.«

»Und Gott befragt ihn darüber.«

»Das tut er. Er sagt: ›Ist es recht von dir, zornig zu sein?‹ Er fragt Jona zweimal.«

»Sie kennen die Bibel gut.«

»Ja, Pater. Mir wurde keine andere Wahl gelassen. Wissen Sie, was Jona daraufhin antwortet? Ohne nachzuschlagen, meine ich.«

Der Priester klappte die Bibel auf seinen Knien zu. Er schien nicht zu bemerken, dass sein Mantel auf den abgewetzten, schmutzigen Boden gefallen war.

»Ich könnte die Stelle nicht wortgetreu wiedergeben, ohne nachzuschlagen. Also sagen Sie es mir. Was antwortet Jona?«

»Er sagt: ›Ja, es ist recht, dass ich zornig bin und mir den Tod wünsche.‹«

»Ah. Ja. Gut. Vielleicht sollten Sie dann nicht zu sehr wie Jona sein.«

»Ich glaube, diese Entscheidung ist bereits gefallen.«

Der Priester erhob sich, hob den Mantel vom Boden auf und ging zur Tür.

»Pater? Bitte gehen Sie noch nicht.«

»Gibt es noch etwas?«

Hayden konnte ihm keine Antwort geben. Er konnte dem Priester nicht sagen, dass er Angst hatte, wieder in die Dunkelheit zurückzukehren. Dass er Angst hatte, wieder allein zu sein. Dass er lieber im Gefängnishof in der Sonne erstochen werden würde, als allein in dieser kühlen Betonzelle zu sitzen, im Dunkeln. Allein mit seinen Gedanken, die ihn einholten, verletzten und ohne Reue weggingen.

Der Priester stand wartend an der Tür. Hayden schüttelte den Kopf.

Er wollte sagen, dass Gott sich von ihm abgewandt hatte. Obwohl er nicht an Gott glaubte, hatte er das Gefühl, es sei nicht richtig, dass Gott ihn hier zurückließ. Aber er wusste, was der Priester sagen würde. Er würde sagen, dass Hayden sich von Gott abgewandt hatte. Und damit hätte er recht.

»Danke für Ihren Besuch, Pater.«

»Ich wünsche Ihnen alles Gute.«

Ein paar Sekunden später kamen die Wächter und brachten ihn in seine Zelle zurück. Sie befreiten ihn von den Ketten und schlugen die schwere Eisentür mit einem Krachen zu. Er blieb allein in der Dunkelheit. Eine bedrückende, schwere Dunkelheit wie im Bauch eines großen Fisches.

Buch 3

Ein Wendepunkt

Kapitel 1

Der tote Mann auf Zimmer 219

Irgendwann, vielleicht ein paar Augenblicke oder ein paar Wochen, bevor er die Augen öffnete, durchlebte Hayden eine Serie von seltsamen Träumen.

Er träumte von Wasser. Wie eine Wand kam ein ganzes Meer von einem Berg tosend auf ihn herabgestürzt.

Er träumte, dass er aus einem Traum erwachte und Judith neben seinem Krankenbett saß. Aber so wie Träume sind, war sie erst um die dreißig, in dem Alter, in dem sie gewesen war, als er sie zuletzt gesehen hatte. Und als er die Augen öffnete und sie anblickte, nannte sie ihn »Daddy«. Also schloss er die Augen wieder.

Einen Augenblick oder vielleicht eine Woche später träumte er, dass er im Ozean ertrank, in einem tiefschwarzen Meer, er sah nichts als Schwärze, sein Brustkorb schmerzte aus Mangel an Sauerstoff schrecklich. Dann brach er durch die Oberfläche, prustete und hustete, und seine Schmerzen waren unverändert und unveränderbar. Er konnte von seinen Schmerzen nicht aufwachen.

Er öffnete die Augen und sah, dass er sich in einem hellen Krankenhauszimmer mit drei weiteren Betten befand, von denen eines belegt war. Eine Krankenschwester bückte sich gerade, um etwas aufzuheben. Als sie sich erhob und seinem Blick begegnete, merkte Hayden, dass er sie aufgeschreckt hatte.

»Ich hole Dr. Stanley«, sagte sie und eilte hinaus.

Als sich sein Husten gelegt hatte, spürte Hayden die Schläuche in seiner Nase und seinem Hals. Sein Atem erleichterte sich wundersam und er musste sich kaum anstrengen, um Luft zu bekommen.

Haydens Zimmergenosse wandte sich an ihn. Der Stimme nach handelte es sich um einen älteren Mann, doch es schmerzte zu sehr, den Kopf zu wenden und nachzusehen. »Willkommen zurück unter den Lebenden«, sagte die Stimme.

Als sei das ein Grund zum Feiern.

* * *

Die Ärztin kam um neun Uhr in sein Zimmer. Sie hatte silbergraues Haar und sonnengegerbte, gebräunte Haut, die mit ihren weißen Zähnen und hellen Augen kontrastierte. Sie war sehr lebhaft, diese Frau, die ihn operiert hatte. Es war die Frau, die gesagt hatte, er werde die nächsten achtundvierzig Stunden nicht überleben. Er fragte sich, wie lange das schon her war.

»Nun«, sagte sie, »wenn das mal nicht unser medizinisches Wunder ist.«

»Ich habe die Krankenschwester erschreckt«, sagte Hayden mit schwacher, aber klarer Stimme.

»Das habe ich gehört.«

»Ich hätte nicht aufwachen sollen.«

»Oh, so würde ich das nicht sagen.« Sie stand neben seinem Bett, nahm eine kleine Stiftlampe aus der Tasche ihres Arztkittels und leuchtete mit einem dünnen Lichtstrahl in Haydens Augen.

»Darum habe ich sie erschreckt. Ich war der tote Mann auf Zimmer 219.«

»Sagen wir mal so: Es hätte uns nicht überrascht, wenn wir Sie verloren hätten. Aber belassen wir es dabei.«

»Wie lange bin ich schon hier?«

»Etwa zehn Wochen. Ich habe ein paar einfache Fragen an Sie. Erinnern Sie sich an das Ereignis, das zu Ihrer Verletzung geführt hat?«

Hayden blinzelte und versuchte, sich zu konzentrieren. Aber es schien einfacher, über die vergangenen zehn Wochen nachzudenken. Zehn Wochen!

»Ich erinnere mich nicht mehr, was passiert ist, nein.«

»Können Sie mir Ihren Namen sagen?«

»Hayden Reese.«

»Wann wurden Sie geboren?«

»Am zwanzigsten Dezember 1946.«

»Ah, noch ein junger Mann. Können Sie mir sagen, wer der Präsident der Vereinigten Staaten ist?«

»Nein, um ehrlich zu sein. Wenn ich schon seit zehn Wochen hier bin, habe ich die letzte Wahl verpasst.«

»Ausgezeichnet! Sie haben einen schärferen Verstand als ich. Erinnern Sie sich, wer der Präsident war?«

»Bill Clinton.«

»Er ist es immer noch.«

»Gott sei Dank. Warum sollte ich mich nicht erinnern können?«

»Wegen Blut- und Sauerstoffmangel im Gehirn. Die frischesten Erinnerungen verschwinden.«

»Kommen Sie jemals wieder?«

»Manchmal ja, manchmal nein. Wir müssen Ihre Tochter anrufen«, sagte die Ärztin. »Und ihr mitteilen, dass Sie aufgewacht sind.«

»Meine Tochter?«

»Ja. Sie war hier, als Sie im Koma lagen. Eine nette, junge Frau, wir fanden sie alle sympathisch.«

Ist das nicht entzückend?, dachte Hayden. *Ihr habt alle Allegra getroffen. Noch eine Sache, die wir nicht gemeinsam haben.*

* * *

Später an diesem Abend brachte ihm die Schwester, die er erschreckt hatte, seine Schlaftabletten. Auf ihrem weißen Plastiktablett waren Dutzende von kleinen Pappbechern mit den Abendmedikamenten für die Patienten. Sie stellte das Tablett auf Haydens Nachttisch ab.

In diesem Augenblick rannten drei Krankenschwestern an der geöffneten Tür seines Zimmers vorbei. Als er vorsichtig den Kopf drehte, bemerkte er, dass der alte Mann im Bett nebenan eingeschlafen war.

»Kardiologischer Notfall«, sagte die Krankenschwester, obwohl Hayden gar nicht gefragt hatte.

»Okay«, erwiderte er. »Gehen Sie nur, ich komme schon zurecht.«

»Ich werde für kardiologische Notfälle nicht gebraucht.«

»Warum hat diese Schwester dann Ihren Namen gerufen?«

»Ich habe nicht gehört, dass jemand mich gerufen hätte.«

»Gerade eben«, sagte Hayden. »Gerade, als sie an der Tür vorbeigerannt sind.« Hayden kannte den Namen der Krankenschwester nicht und hoffte, dass sie nicht nachfragen würde, welchen Namen er gehört hatte.

Die Krankenschwester eilte aus dem Zimmer und ließ Hayden mit dem Tablett voller Medikamente allein. Er benutzte jeden dieser kleinen Becher mit Wasser, als er alle Tabletten hinunterschluckte.

* * *

Hayden hielt die Augen fest geschlossen und stellte sich tot. Vielleicht würde er sie nie wieder öffnen müssen, vielleicht träumte er nur, dass er am Leben war.

Als er schließlich aufgab und die Augen öffnete, mehr aus Neugier als aus irgendeinem anderen Grund, stand seine Ärztin neben ihm. Er schien in einem mobilen Krankenbett in einem Aufwachraum zu liegen. Er hatte das Gefühl, dass es ihm sogar noch etwas schlechter ging als vorher, aber es ließ sich nur schwer beurteilen.

»Es macht mich einfach wütend, wenn ein undankbarer Typ meine ganze gute Arbeit zunichtemachen will«, sagte sie. »Das hasse ich. Wenn Sie sich bei mir unbeliebt machen wollen, herzlichen Glückwunsch, Sie sind auf dem besten Weg dazu. Warum versuche ich überhaupt, Patienten das Leben zu retten?«

»Ich bin mir sicher, dass Sie es gut gemeint haben«, sagte er. Er musste sich anstrengen, um die Worte herauszubringen. Sein dünnes Flüstern erinnerte ihn daran, dass er kein Mann mehr war, oder zumindest kein vollständiger Mann. Das Sprechen war schmerzhaft, aber er tat es trotzdem. »Ich hätte mich zu diesem Zeitpunkt bei Ihnen bedanken sollen. Ich hatte solche Angst zu sterben. Jetzt bin ich auf etwas gestoßen, vor dem ich mich noch mehr fürchte.«

»Hören Sie zu«, sagte sie und lehnte sich vor, damit er sie sehen konnte. Auf ihrem Namensschild stand »Dr M. L. Stanley«. Ihr Atem roch leicht nach Alkohol und Tabak, was in ihm das dringende Bedürfnis nach einer Zigarette hervorrief. »Wir haben ein paar Geschichten über Sie gehört. Dass

Sie ein ganz harter Kerl sind, der den großen Macker markiert. Wirklich groß und stark. Aber das nur nach außen hin. Stimmt's?«

»Sie haben kein Recht, so …«

»Halten Sie einfach die Klappe«, sagte sie. »Versuchen Sie nicht, mich für dumm zu verkaufen. Wenn Sie auch innerlich groß und stark sind, beweisen Sie's, nur zu.«

Sie machte auf dem Absatz kehrt und er war sich bewusst, dass er im Moment weder innerlich noch äußerlich groß und stark war. Und er war sich nicht sicher, ob seine Stimme laut genug war, um die Ärztin aufzuhalten.

»Ich will nur hier rauskommen«, sagte er.

»Falls Sie das Krankenhaus meinen, machen Sie sich keine Sorgen. Wir sind ein lausiger Gastgeber und Sie sind am unteren Ende der Skala. Sollten Sie im weiteren Sinn gesprochen haben …« Sie hielt inne, um ihm Zeit für einen Einwand zu geben. Als er nichts erwiderte, sagte sie: »Tut mir leid. Das ist nicht mein Bereich.«

Sie ging hinaus und ließ die Tür mit einem festen Knall zufallen.

* * *

Um zehn Uhr am selben Abend kam sie wieder in sein Zimmer. Als sie sah, dass er wach war, zog sie den Vorhang zu, um seinen Zimmergenossen nicht zu stören. Sie schaltete das kleine Leselicht an und setzte sich auf den Plastikstuhl neben seinem Bett.

»Tut mir leid, dass ich nicht früher kommen konnte. Es war ein schrecklich langer Tag. Ich habe gerade erst meine Runden beendet, falls Sie mir das glauben können. Entschuldigung, ich habe heute Morgen die Beherrschung verloren.«

»Sie hatten wohl einen guten Grund.«

»Sind Sie ein Mann, der gern trinkt, Mr Reese?«

»Es wäre mir lieber, wenn Sie mich Hayden nennen würden. Bei ›Mr Reese‹ muss ich an meinen Vater denken. Würden Sie meinen Vater kennen, dann könnten Sie verstehen, warum das für mich keine gute Sache ist.«

»Nur, wenn Sie mich Marian nennen. Trinken Sie, Hayden?«

»Ich habe meine Momente, Marian. Jetzt werden Sie mir wahrscheinlich erzählen, dass ich nie wieder Alkohol trinken kann.«

»Nein, ich werde Ihnen jetzt ein Glas einschenken.« Sie zog einen kleinen Flachmann aus der Tasche ihres Arztkittels und füllte zwei durchsichtige Plastikbecher mit je zwei Fingerbreit Alkohol. »Ein Tropfen wird Ihnen nicht schaden. Könnte Ihnen sogar guttun. Er wird auf jeden Fall *mir* guttun. Das bleibt aber unter uns.«

»Danke«, sagte er und nahm den Becher mit der rechten Hand. »Mein linker Arm funktioniert nicht so gut.«

»Das kann ich mir vorstellen. Ihr Arm ist sehr auf diese Brustmuskeln angewiesen. Dieses Puzzle, das ich wieder für Sie zusammengesetzt habe. Sie haben eine gewaltige Physiotherapie vor sich, Hayden. Ich beneide Sie nicht.«

»Ich kann nach wie vor mein linkes Bein nicht spüren.«

»In Ihrer Wirbelsäule steckt ein Kugelsplitter.«

»Werde ich wieder gehen können?«

»Oh, aber natürlich. Sie werden wieder gehen können, selbst wenn Sie das Gefühl in Ihrem Bein nicht zurückbekommen. Leute gehen andauernd mit nur einem Bein, mit Hilfe. Krücken. Physiotherapie. Die Nerven werden wieder wachsen, in welchem Ausmaß kann ich Ihnen nicht sagen. Wenn Sie sehr gewissenhaft sind und Glück haben, werden Sie zum Gehen vielleicht nur einen Stock benötigen.«

»Warum habe ich das Gefühl, dass noch schlechtere Nachrichten auf mich warten?«

»Stimmt, alle möglichen warten auf sie.«

»Ich habe schon gemerkt, dass Sie mich auf etwas vorbereiten wollen.«

»Warum? Weil ich Ihnen einen Bourbon gegeben habe?«

»Ja.«

»Das hat damit nichts zu tun. Ich trinke nur nicht gern allein. Sie haben auf der linken Seite nur noch eine halbe Lunge. Sie werden nicht mehr richtig tief durchatmen können. In Ihrer Jackentasche war eine Schachtel Zigaretten.«

»Die werden Sie jetzt wahrscheinlich wegwerfen.«

»Das haben wir längst getan. Rauchen ist ein Luxus, den Sie sich nicht mehr leisten können. So. Und jetzt die wirklich schlechte Nachricht. Sie werden in naher Zukunft noch weitere Operationen benötigen. Jetzt, da Sie nach wie vor unter uns sind, müssen wir Knochentransplantationen machen. Diese Brustwand wiederaufbauen. Vieles aus Stahl, Sie werden also in Zukunft Probleme mit Metalldetektoren bekommen. In Ihrem Körper ist ohnehin schon das Metall von Kugelsplittern und die Operation wird es nicht besser machen. Rechnen Sie bei Reisen mit Verspätungen. Für den Rest Ihres Lebens werden Sie noch eine Stunde früher an Flughäfen sein müssen. Ich hoffe, Sie mögen Leibesvisitationen.«

»Na ja, früher nicht, aber wahrscheinlich wird das von nun an das einzige aufregende Ereignis sein, das mir bleibt.«

»Oh, hören Sie auf mit dem Selbstmitleid. Dafür habe ich keine Geduld.« Sie trank einen kleinen Schluck. »Es ist keine kleine Operation und es wird Sie etwas zurückwerfen. Aber es muss sein.«

»Ich habe in dieser Angelegenheit wohl keine andere Wahl, oder?«

»Sie sind vielleicht ein sturer, widerspenstiger Kerl. Oder nicht, Hayden?«

»Ich höre das jedenfalls nicht zum ersten Mal. Und Sie kennen doch das alte Sprichwort, dass einer sich irren kann, aber viele zusammen nicht.«

»Sie sollten sich privilegiert fühlen, noch am Leben zu sein. In Ihrem Perikard stecken zwei Kugelsplitter.«

»Ich weiß nicht, was ein Perikard ist.«

»Der Herzbeutel. So nah sind die Kugelsplitter an Ihrem Herz und trotzdem können wir noch diese Unterhaltung führen.«

»Also habe ich gerade so überlebt.« Es war keine Frage, denn er hatte es schon die ganze Zeit gewusst. Er sprach es jetzt nur laut aus, um zu hören, wie es klang.

Die Ärztin stieß ein raues, aber angenehmes Lachen aus, wobei sie den Kopf in den Nacken warf. Dann lehnte sie sich vor und sprach mit leiser Stimme, als wollte sie ihm ein Geheimnis verraten. »Wären wir so geschmacklos gewesen, auf Ihr Überleben Wetten abzuschließen wie auf ein Rennpferd, dann hätte ich in dem Moment, als Sie die Augen geöffnet haben, mein letztes Hemd verloren, Hayden. Ich weiß, ich sollte Ihnen das nicht erzählen, aber was soll's. Sie wissen es ja anscheinend eh.«

Hayden trank die letzten Tropfen seines Bourbons aus und genoss das brennende Gefühl im Magen, das Nachglühen. Er hatte erst vor Kurzem seine Morphiumdosis erhalten. Ihm war etwas benommen, aber angenehm zumute, und die Gesellschaft, in der er sich befand, war plötzlich nicht mehr so schlecht.

Sie nahm seinen Becher und goss ihm noch einen Fingerbreit Bourbon ein. Sie hielt sich einen Finger an die Lippen, um ihn zur Verschwiegenheit zu verpflichten. »Sie sind eine ziemliche Legende hier«, sagte sie. »Es werden Geschichten erzählt. Wir haben von Ihren Heldentaten gehört. Ich wette, das ist wahrscheinlich nur die Spitze des Eisbergs.«

»Wahrscheinlich. Bereuen Sie es nicht, mich wieder zusammengeflickt zu haben?«

»Ganz und gar nicht. Ich habe eine besondere Schwäche für unvernünftige Männer. Genau genommen, wenn ich noch einmal fünfzig Jahre jung wäre … na ja, genug davon. Ich habe noch die schlechteste Nachricht für Sie. Sie werden körperlich nie wieder hundertprozentig fit sein. Rechnen Sie mit Einschränkungen. Sie werden neue Wege finden müssen, Ihre Probleme zu lösen. Die Muskeln allein bringen es nicht mehr.« Sie warf den Kopf zurück und kippte den restlichen Bourbon hinunter, dann sammelte sie die Plastikbecher ein. »Spurenbeseitigung«, sagte sie. »Und hören Sie gut zu: Diese Operation wird schwierig für mich sein. Wagen Sie es nicht, meine harte Arbeit wieder zunichtezumachen. Glauben Sie nicht, dass wir Sie aus den Augen lassen.«

»Keine Sorge«, erwiderte er. »Noch etwas, bevor Sie gehen – es handelt sich um meine Tochter. Oder andere Leute, die mich besuchen kommen wollen. Ich will niemanden sehen. Ist das verständlich? Ich will keine Besucher. Keinen einzigen. Ich will nicht aufwachen und plötzlich jemandem im Zimmer haben, dem ich das selbst sagen muss. Ich möchte, dass allen potenziellen Besuchern gesagt wird, dass ich niemanden empfange, Ende.«

Dr. Stanley stand mit einer Hand am Vorhang und blickte ihn auf eine irgendwie beunruhigende Art an. »Ich hoffe, dass Sie Ihre Meinung dazu ändern.«

»Sicher hoffen Sie das.«

Sie zog den Vorhang zurück und verließ das Zimmer.

Hayden atmete tief durch und schloss die Augen.

»Ich tausche mit Ihnen.«

Die Stimme schreckte ihn auf, doch sie kam nur von dem alten Mann im Nachbarbett. Hayden hatte gedacht, er würde schlafen.

»Was meinen Sie damit? Tauschen gegen was?«

»Verzeihen Sie, dass ich zugehört habe, aber Sie wollen sterben? Ich habe Krebs im Endstadium. Ich tausche gerne mit Ihnen. Sie können meine Krankheit haben. Und ich könnte mit einem Stock herumhumpeln, mit einem verletzten Brustkorb und außer Atem, und diese unangenehme Physiotherapie machen. Aber wenigstens könnte ich bei meiner Frau und meiner Tochter sein.«

»Wenn ich eine Frau und eine Tochter hätte«, sagte Hayden, »würde ich vielleicht dasselbe fühlen.«

»Egal«, sagte der alte Mann. »Wir können sowieso nicht tauschen. Ich konnte es mir nur nicht verkneifen, dieses Argument anzubringen.«

* * *

Als Hayden am nächsten Morgen aufwachte, war das Bett neben ihm leer und frisch bezogen.

Ein paar Minuten später kam eine Krankenschwester mit einem Rollstuhl und einem kleinen Sauerstoffgerät herein.

»Dr. Stanley möchte, dass Sie raus an die frische Luft kommen.«

»Warum?«

»Weil Sie morgen operiert werden. Es wird für eine Weile Ihre letzte Gelegenheit sein, ins Freie zu kommen. Sie waren schon viel zu lange im Bett.«

»Amen«, sagte Hayden und versuchte, sich aufzusetzen. Es schmerzte.

* * *

Im Bademantel und mit Pantoffeln an den Füßen saß Hayden im Rollstuhl auf der Krankenhausterrasse, die den grünen

Vorgarten überblickte. Er war immer noch außer Atem von der Anstrengung, die ihn das Aufstehen gekostet hatte, aber es fühlte sich gut an, im Freien zu sein. Das Sauerstoffgerät war mit ihm nach draußen geschoben worden und lag neben seinem geschwächten linken Arm.

Er blickte zu dem dunklen, wolkenverhangenen Himmel auf und fürchtete sich, ohne den Grund dafür genau bestimmen zu können. Es war keine Furcht vor dem Sturm, der sich offenbar gerade zusammenbraute. Es war eine andere Furcht. Als er die Stimme von Dr. Stanley hinter sich hörte, fühlte er sich nur noch schlechter.

»Gehen Sie nur hinein, Schwester. Ich werde ihn später hineinbringen.«

»Brauchen Sie Feuer?«, fragte die Krankenschwester.

»Klugschwätzerin«, murmelte die Ärztin, als die Krankenschwester verschwunden war. »Außerdem habe ich ein Zippo.« Mit einer Zigarette in der Hand stellte sich Dr. Stanley an Haydens Seite und blickte mit ihm zu den Wolken. »Wir erwarten ein paar eindrucksvolle Stürme, heißt es. Ist es gemein von mir, vor Ihnen zu rauchen?«

»Ja.«

»So ein Pech! Sie sind eine gute Ausrede, um eine Zigarettenpause zu machen.«

»Ich dachte, Ärzte wären zu klug, um zu rauchen.«

»Das hier ist das County General, mein Lieber, nicht die Mayo Clinic.«

»Wie lange muss ich noch an diesem Sauerstoffgerät bleiben?«

»Bis nach der Operation. Sie brauchen eine Brustwand, um effektiv atmen zu können. Die meisten Leute wissen das nicht. Mann, ist das ein hässlicher Flecken Erde! Meinen Sie nicht auch?«

»Manchmal sind die Berge ein schöner Anblick.«

»Na ja, wenn man Strommasten mag.«

Ein Hustenanfall plagte ihn, und Dr. Stanley nahm ihre Zigarette in die andere Hand und stellte sich auf die andere Seite, damit der Rauch nicht in seine Richtung blies. Doch sein Husten kam nicht von dem Rauch. Er musste grundlos husten. Er hustete oft.

»Mist, das tut sicher weh«, sagte sie.

Es tat so weh, dass er nicht einmal antworten konnte. Er wollte über etwas anderes sprechen. »Ich mag sie nicht.«

»Was?«

»Strommasten.«

»Das war nur sarkastisch gemeint. Niemand mag Strommasten.«

»Ich glaube, ich mag Strommasten noch weniger als andere.«

Bevor Hayden das Thema wechseln konnte, kam Jack durch die Eingangstür des Krankenhauses und lief in einiger Entfernung in Richtung Parkplatz an ihnen vorbei. Es überraschte Hayden, ihn zu sehen, und er spürte einen Stich im Magen. Die Männer ignorierten einander.

»Kennen Sie diesen Mann?«, fragte Dr. Stanley.

»Ein bisschen.«

»Er zahlt ihre Krankenhauskosten.«

»Das überrascht mich. Er hat nicht viel Geld.«

»Es kostet nicht so viel, wie Sie vielleicht denken, wir haben gestaffelte Tarife. Aber es ist auch nicht billig. Er hat am Ersten des letzten Monats die Rechnung beglichen, ohne uns seinen Namen mitzuteilen. Und dasselbe hat er wahrscheinlich gerade wieder getan, die nächste Rechnung bezahlt, meine ich. Ich dachte, er gehört vielleicht zu Ihrer Familie.«

»Wohl kaum.«

»Das ist schade. Sie werden Angehörige brauchen. Ich bin verpflichtet, Sie vier oder fünf Tage nach der Operation zu entlassen. Aber Sie werden zu dem Zeitpunkt noch nicht allein leben können.«

»Kann ich nicht noch bleiben, bis ich allein zurechtkomme?«

»Na ja, kommt drauf an. Sind Sie einer dieser exzentrischen Millionäre, die ganze Geldbündel in der Matratze versteckt haben?«

»Leider nein.«

»Na ja, wie ich vielleicht schon erwähnt habe, ist das Bezirkskrankenhaus ein lausiger Gastgeber. So gern ich Sie mit nach Hause nehmen würde, mein Lieber, ich habe einen Mann zu Hause, der nicht nur alt und langweilig, sondern auch besitzergreifend ist. Er kommt mir bei solchen Dingen oft in die Quere. Was ist mit Ihrer Tochter?«

»Das könnte ich von ihr nicht verlangen. Ich kenne sie nicht einmal.«

»Sie hat angerufen und gefragt, ob Sie aufgewacht seien. Die Schwester hat ihr mitgeteilt, dass Sie keine Besucher wollen. Was ist mit dem Mann, der auf Sie geschossen hat?«, fragte sie mit einem Kopfnicken in Jacks Richtung. »Glauben Sie, er fühlt sich schuldig genug, um noch eine Weile länger für Sie aufzukommen?«

»Woher wissen Sie …?«

»Ich bin nicht von gestern, mein Lieber.«

»Das habe ich gemerkt.«

»Also erinnern Sie sich jetzt daran, was passiert ist?«

»Nein. Aber ich erinnere mich daran, was dazu geführt hat. Ich kann genauso gut wie Sie eins und eins zusammenzählen.«

»Sie könnten Ihre Tochter endlich kennenlernen. Sie will anscheinend Kontakt zu Ihnen aufnehmen.«

»Ich werde der vielen Ratschläge etwas überdrüssig.«

»Ich glaube auch nicht, dass es zu Ihren Stärken gehört, Rat anzunehmen. Aber ich habe noch einen letzten für Sie, auch wenn Sie ihn nicht hören wollen. Okay, gut, ich sehe, dass Sie ein großes Trauma haben. Ich versuche, in Bezug darauf nicht unsensibel zu sein. Na ja, ich versuche natürlich nie, unsensibel zu sein, es liegt nur in meiner Natur. Ich weiß, es ist eine schwierige Umstellung. Aber verdammt noch mal, Hayden, dann stellen Sie sich einfach um. Fangen Sie einfach damit an, ja? Und der erste Punkt auf der Tagesordnung ist, sich bei anderen Leuten beliebt zu machen. Und zwar schnell!«

Hayden ging nicht darauf ein. Er blieb still sitzen, atmete den Rauch ihrer Zigarette ein und blickte über die ihm verhassten Hochspannungsmasten hinweg zu den Bergen, die von tief hängenden schwarzen Sturmwolken umrahmt waren.

»Was ist mit meinem Zimmernachbarn geschehen?«, fragte er.

»Ich dachte, Sie könnten eins und eins zusammenzählen.«

»Aber ich habe doch gestern Abend noch mit ihm gesprochen.«

»Was sagte er?«

»Na ja, das ist etwas persönlich.«

»Okay. Wie dem auch sei.« Sie trat ihre Zigarettenkippe aus. »Rückt es das Ganze hier vielleicht in ein besseres Licht? Egal. Das war wahrscheinlich zu persönlich.«

Sie schob ihn wieder hinein.

Kapitel 2

Gedenktag

Laurel trat ohne anzuklopfen in sein Zimmer, keine zehn Minuten, nachdem er sich ins Bett gelegt hatte. Er hätte sie gern gebeten, dies zu unterlassen, aber es war eine heikle Sache, da er sich schließlich in ihrem Haus befand. Und das war das Problem daran, im Haus anderer Leute zu sein: Man hatte keine Kontrolle. In seinem eigenen Haus jedoch war kein freies Zimmer, das er als Gästezimmer für sie hätte nutzen können, und auch kein Telefon. Und es wäre nicht fair gewesen, von ihr zu verlangen, dass sie ständig kam, um nach ihm zu sehen.

Ein starker Regen trommelte aufs Dach.

Laurel kam mit einer Bettpfanne in der Hand herein.

Hayden schüttelte den Kopf. »Nein. Auf gar keinen Fall! Glaubst du, ich lasse dich hinter mir her putzen, als sei ich ein Baby, das in den Windeln liegt?« *Mein Gott!*, dachte er. *Ausgerechnet! Könntest du mir noch ein kleines bisschen Stolz lassen? Einen kleinen Funken Würde?*

»Hast du eine andere Möglichkeit, dieses Bedürfnis zu erledigen?«

Er zeigte auf das angeschlossene Badezimmer. Das Schlafzimmer war früher Pegs Mädchenzimmer gewesen, bevor sie ausgezogen war, um mit einem Einundzwanzigjährigen namens Josh zusammenzuleben. Es war geschehen, während Hayden im Krankenhaus war. Dieses Mal hatte Laurel sie einfach gehen lassen.

»Wie willst du es bis dahin schaffen?«

»Mach dir darüber mal keine Sorgen. Ich bin trotz allem noch ein erwachsener Mann.«

»Ich habe nie etwas anderes behauptet, ich habe nur gesagt …«

»Und noch etwas. Ich weiß, dass dies dein Haus ist, aber ich wäre dir wirklich dankbar, wenn du anklopfen könntest, bevor du reinkommst. Das soll nicht so klingen, als sei ich dir nicht dankbar für alles, was du für mich tust.«

Laurel verdrehte die Augen. Sie warf die Bettpfanne auf den großen Sessel in der Ecke. Hayden wunderte sich, denn er hatte erwartet, dass sie ihn beim Wort nehmen und das verdammte Ding wieder dorthin bringen würde, wo sie es herhatte. »Ich bekomme einen Einblick, wie es sein muss, mit dir zu leben.«

»Es ist nicht für lange.«

»Was meinst du? Soll das heißen, sobald du wieder auf den Füßen stehen kannst, bist du hier weg?«

»Natürlich. Was hast du gedacht?«

Sie wirkte etwas benommen, fast so, als könnte sie ihr Gleichgewicht verlieren. Sie trat zu ihm und setzte sich auf die Bettkante.

»Na ja, Jack ist jetzt endgültig ausgezogen. Ich meine das wirklich. Wir haben bereits die Papiere eingereicht.«

»Sieh mal, Laurel. Ich habe dir das schon gesagt, bevor diese Sache passiert ist.«

»Du hast gesagt, es sei wegen Jack. Weil ich Jack zurückgenommen habe.«

»Dann hast du gesagt: ›Vielleicht will ich jetzt meine Wahl ändern‹, und ich habe erwidert: ›Vielleicht will ich das aber nicht.‹«

Laurel sprang vom Bett auf, als wollte sie sich von seinen Worten räumlich distanzieren. Ihre Verwirrung verwandelte sich vor seinen Augen in Wut. Die Wut war ein vertrautes, komfortables Zuhause. »Ich dachte, du würdest dich nicht mehr daran erinnern.«

»Bruchstücke kommen wieder zurück. Ich erinnere mich daran, aber ich weiß nicht, warum. An das, was direkt davor oder danach passiert ist, erinnere ich mich nicht. Und da ist noch etwas. Etwas, was jemand zu mir gesagt hat, aber ich weiß nicht mehr, wer. Etwas über Liebe. Jeder Idiot könne sich verlieben, aber der Trick sei, jemanden zu lieben, der einem guttut. Und die meisten Leute bekämen das nicht hin.«

»Du glaubst nicht, dass wir uns guttun könnten?«

»Es war bisher nicht so.«

Sie blieb einen Augenblick an seinem Bett stehen und starrte ihm direkt in die Augen. Sie schien sich mehr und mehr hinter diesem Schutzwall aufzurüsten, den sie selbst gebaut hatte. »Okay, gut. Wenn du es so empfindest, gut.«

Sie ging hinaus und schlug die Tür fest hinter sich zu.

Hayden dachte, dass es wohl klüger gewesen wäre, zuerst sicherzustellen, dass er es wirklich allein ins Badezimmer schaffen konnte. Danach hätte er ihr immer noch alles sagen können.

Er beschloss, es zu versuchen. Er rollte sich zur Seite und ließ sich von der Bettkante langsam auf den Boden sinken, bis er auf Händen und Knien war. Sein linker Arm funktionierte nicht richtig und sein linkes Bein war völlig nutzlos, aber er würde sich darauf abstützen können, wenn er es nur fest genug an sich heranzog. Dort war er also, auf allen vieren, stabil genug, sodass er keine fremde Hilfe benötigte. Er kroch vorwärts. Es war ein unheimliches Gefühl, als sei er darauf reduziert worden, auf dem Boden zu kriechen. Andererseits kroch er hundertmal lieber selbstständig ins Badezimmer, als auf die Hilfe anderer angewiesen zu sein. Insbesondere, wenn es sich um die Hilfe von Laurel handelte.

Es war gar nicht so schwer, sich auf die Toilette hochzuziehen, weil er in seinem rechten Bein ausreichend Kraft hatte. Er musste nur darauf achten, sich gut am Waschbecken festzuhalten, um nicht das Gleichgewicht zu verlieren. Als er sein Ziel erreicht hatte, bemerkte er, dass er eigentlich gar nicht so dringend die Toilette benötigte, aber er benutzte sie trotzdem, damit er nicht allzu bald wieder zurückkommen musste.

Als er zum Bett zurückkroch, hörte er ein Klopfen an der Tür. Bevor er auch nur den Mund öffnen konnte, wurde die Tür auch schon geöffnet.

»Raus hier, verdammt noch mal!«, brüllte er.

Es musste sehr überzeugend geklungen haben, denn sie sprang zurück und zog die Tür fast ganz zu. Den Türgriff in der Hand, nutzte sie die Tür wie einen Schild. Hayden erstarrte auf seinem Platz auf dem Boden wie ein Tier, das nach einer Deckung sucht, aber keine findet.

»Alles in Ordnung, Hayden? Brauchst du Hilfe?«

»Ich brauche keine Hilfe«, sagte er. »Mir geht's gut. Ich brauche meine Privatsphäre, verstehst du das? Privatsphäre. Und was zum Teufel soll das Anklopfen nutzen, wenn du die Tür sofort danach aufreißt?«

»Tut mir leid. Gut. Du willst deine Privatsphäre? Gut. Du willst allein gelassen werden? Ich werde dich allein lassen.«

Und das tat sie auch.

* * *

Ein paar Stunden später, nach einem langen Mittagsschlaf, wurde die Tür ohne vorheriges Klopfen geöffnet.

»Verdammt noch mal«, fluchte Hayden, denn schließlich hätte er wieder auf allen vieren sein können. Oder in irgendeiner anderen Position, in der er nicht gesehen werden wollte. Aber trotzdem hatte er sie nicht anfluchen wollen. Nicht schon wieder.

Doch an der Tür war gar nicht Laurel. Scott trat zu ihm ins Zimmer.

»Ich dachte, ich hätte deutlich gemacht, dass ich keine Besucher will.«

Scott trug seine Uniform, seine Mütze und Schultern waren nass vom Regen. Er trommelte mit den Fingern auf seinen großen Schlagstock. »Es freut mich ebenfalls riesig, dich zu sehen, Kumpel, aber dies ist kein Privatbesuch.«

»Bin ich wegen irgendwas verhaftet?«

Er hörte selbst die Hoffnung in seiner Stimme, als er die Frage stellte. Scott musste es auch gehört haben.

»Nein, warum? Willst du etwa verhaftet werden?«

»Ja. Bitte. Das wäre für mich jetzt ein guter Ort. Ich könnte all die Hilfe bekommen, die ich brauche, aber nicht von einer Frau, mit der ich geschlafen habe.«

»Tut mir leid, dich enttäuschen zu müssen, Kumpel. Ich bin hier, um zu hören, was deine Pläne in Bezug auf Jack sind.«

»Was ist mit Jack?«

»Er ist auf Kaution freigekommen. Wir haben abgewartet, um zu sehen, in welche Richtung das Pendel ausschlägt. Mord oder versuchter Mord. Eine Weile lang hätte es so oder so ausgehen können. Herrgott, das war vielleicht ein nervöser Mann, das kann ich dir sagen! Jetzt werde ich ihn auf versuchten Mord anklagen lassen. Es könnte für ihn besser oder schlechter ausfallen, je nachdem, wie du aussagst.«

»Ich will keine Anzeige gegen ihn erstatten.«

»Das brauchst du nicht. Der Fall liegt im öffentlichen Interesse. So oder so wird er seine Zeit absitzen müssen.«

Hayden blickte Scott an. Dasselbe Gesicht, in das er geblickt hatte, als sie ihn in den Rettungswagen geschoben hatten. Es war seltsam, dass er sich jetzt plötzlich daran erinnerte. Diese Momente hätten aus seinem Gedächtnis verschwinden sollen, und trotzdem war der Moment zurückgekommen. Er dachte darüber nach, dass es ihm zu dem Zeitpunkt anscheinend nichts ausgemacht hatte, dass Scott ihn so dort liegen sah. Vielleicht der Schock. Vielleicht hatte er auch nur zu wenig Blut in sich gehabt, um sich etwas daraus zu machen.

»Es war ein Unfall.«

»Wie bitte?«

»Jack war vorbeigekommen, um für mich ein paar Erdhörnchen zu schießen. Es waren so viele auf meinem Grundstück, eine echte Plage. Und ich Idiot bin ihm in den Weg gekommen.«

Scott kratzte sich am Kopf. »Du bleibst bei dieser Geschichte?«

»Ich denke schon, ja.« Eine lange Stille trat ein. »Ich habe ihn bewusstlos geschlagen und er hat keine Anzeige gegen mich erstattet.«

»Ich habe dich nicht gefragt, warum.«

»Na ja, ich erzähl's dir einfach. Es würde meine Verletzungen nicht rückgängig machen. Außerdem hat er es mir auch nicht angetan, als er die Gelegenheit dazu hatte.«

»Ja, aber ich erinnere mich auch, warum er es nicht getan hat. Und ich hoffe nicht, dass du etwas Ähnliches im Sinn hast.«

Hayden erwiderte nichts.

»Na ja, dann mach's gut, Kumpel. Wenn du aufhörst, so stur zu sein, was Besucher angeht, dann komme ich wieder, um zu sehen, wie's dir geht. Aber jetzt muss ich los, um Jack die frohe Nachricht zu verkünden.«

»Scott ...« Scott hatte schon die Hand an der Klinke, als er stehen blieb. »Hast du George irgendwo in der Stadt gesehen?«

Scott warf ihm einen seltsamen Blick zu. Als stimmte etwas mit Hayden nicht und er könnte herausfinden, was es war, wenn er nur genau genug hinsah. »Vergisst du immer noch Sachen?«

»Nein, ich erinnere mich an das meiste. Warum?«

»Weil ich niemanden namens George kenne. Und ich will dich nicht ärgern, Kumpel, aber ich glaube, du auch nicht.«

»George ist mein Hund.«

»Oh. Der hässliche Hund. Warum hast du das nicht gleich gesagt? Ich wusste nicht, dass er einen Namen hat. Er ist bei Peg. Sie haben sich gut miteinander angefreundet, seit du weg bist.«

»Er hat sie sowieso immer lieber gemocht«, erwiderte Hayden.

* * *

Hayden klopfte mit dem Besenstiel, den Laurel ihm für diesen Zweck gegeben hatte, auf den Boden.

Einen Augenblick später hörte er ihre Schritte auf der Treppe. Nur für den Bruchteil einer Sekunde schmerzte es ihn, diese Schritte zu hören. Er erinnerte sich nur zu deutlich daran, wie sehr er sich nach ihren Schritten gesehnt hatte, als sie noch seine Geliebte gewesen war. Es machte ihn traurig, als hätte er etwas Wertvolles verloren. Plötzlich wollte er nicht, dass sie die Tür öffnete, sie sollte ihn so nicht sehen; doch dafür war es schon zu spät.

»Was ist jetzt wieder?«, fragte sie.

»Was hast du mit dieser Zeitung gemacht, die hier neben dem Bett war? Hast du hier aufgeräumt, während ich geschlafen habe?«

»Ja. Ich habe sie zum Altpapier getan, es war eine alte Zeitung.«

»Ich weiß, wie alt sie war. Sie war vom Gedenktag. Ich wollte sie aufheben.«

»Warum?«

»Könntest du sie bitte aus dem Altpapier holen?«

»Hayden, du bist nicht mal ein Veteran.«

»Ich habe dich nicht nach meiner Vorgeschichte gefragt, Laurel, ich habe dich gebeten, mir die Zeitung zurückzubringen. Bitte.«

»Welchen Teil? Ich habe mit ein paar Seiten den Müll eingewickelt. Die Müllabfuhr macht wieder Probleme.«

»Die Titelseite. Es war ein Artikel mit dem Bild des Napalm-Mädchens. Du weißt schon, das junge Mädchen, das nackt über die Straße rannte. Und ein Bild einer vietnamesischen Frau bei den Feiern zum Veterans Day, am Vietnam Veterans Memorial.«

»Hayden, ich bin ziemlich beschäftigt, ich mache gerade das Haus sauber.«

»Bitte, Laurel. Es ist wichtig.«

Sie stampfte hinaus und schlug die Tür hinter sich zu.

Zehn oder fünfzehn Minuten später hörte er ihre Schritte wieder auf der Treppe, fest und wütend. Diesmal fühlte er nicht dasselbe wie vorher, als sie die Treppe heraufkam.

Sie trat ohne zu klopfen ein, mit einem Hammer in der Hand und Nägeln zwischen den Zähnen, ein großes, eingerahmtes Bild unter dem Arm. Wortlos starrte sie ihn an, dann hämmerte sie den Nagel in die Wand neben seinem Bett und hängte den Rahmen auf. Es war der Zeitungsartikel. Kim Phuc, das Napalm-Mädchen aus diesem berühmten Foto des Vietnamkriegs, war nach Washington gekommen und hatte den Männern verziehen, die den Napalmangriff ausgeführt hatten, durch den sie schwer verletzt worden war und Familienmitglieder ihr Leben verloren hatten. Auf dem ersten Bild war ein kleines Mädchen mit schmerzverzerrtem Gesicht, auf dem zweiten eine freundliche Frau, die mit Würde und Anmut lächelte. Und mit Vergebung in ihrer Miene.

Er blickte sprachlos den eingerahmten Artikel an und nahm das Bild in sich auf, das jetzt dort neben seinem Bett hing.

»Da!«, sagte Laurel. »Bist du jetzt endlich zufrieden?«

Um ehrlich zu sein, ja, wollte er sagen. Sie hatte gerade etwas Perfektes getan, auch wenn sie es voller Wut getan und überhaupt nicht vorgehabt hatte, ihm eine Freude zu machen.

Doch bevor er die Worte formulieren konnte, sagte sie: »Deine Tochter hat wieder angerufen. Was zum Teufel soll ich ihr sagen, wenn du nicht mit ihr reden willst?«

»Frag sie nach ihrer Nummer. Sag ihr, ich rufe zurück, wenn ich wieder auf den Beinen bin.«

»Warum hast du mir eigentlich erzählt, deine Tochter sei tot?«

»Um nicht eine Menge Fragen beantworten zu müssen. Wie die, die du mir jetzt gerade stellst.«

»Heißt das, du hast auch irgendwo eine Ex-Frau?«

»Nicht direkt«, wich Hayden aus.

Es war die Wahrheit. Sie war eigentlich nicht seine Ex-Frau. Sie hatten sich nie scheiden lassen.

Hayden erwartete, dass Laurel ihn fragen würde, was das zu bedeuten habe, aber sie ging, ohne noch etwas zu sagen. Also wollte sie es wahrscheinlich nicht wissen.

* * *

Als er aufwachte, war es Nacht. Aufgeweckt hatte ihn das Prasseln des Regens auf dem Dach und ein Gebrüll von unten. Ein Streit.

Er wollte nicht das Licht anknipsen, um auf den Wecker zu sehen, also spähte er aus der Nähe auf die Anzeige. Es war erst elf Uhr.

Er blieb horchend auf der Seite liegen, mit einem Ohr auf dem Kissen. Eine Stimme gehörte Jack, wie Hayden bereits geahnt hatte. Er konnte nur etwa jedes zweite Wort verstehen.

»Mein Haus, mein verdammtes Haus.« Dann sagte Laurel etwas über die Scheidungsvereinbarung. »Es gehört noch nicht alles dir.« Und dann: »*Ich* habe schließlich nicht auf ihn geschossen.«

So ging es eine ganze Weile weiter.

Hayden setzte sich auf und schaltete das Licht ein, weil er dachte, sie würden vielleicht aufhören, wenn sie sahen, dass er wach war. Seine Schlafzimmertür stand wie immer nachts einen Spaltbreit offen, für den Fall, dass er etwas brauchte.

Er trug im Bett ein T-Shirt, um diese hässliche Stelle zu verstecken. Es fiel schwer, diese Stelle anzusehen – ihm selbst und anderen.

Einen Moment lang fühlte er sich beinahe gesund, als er so bekleidet im Bett saß und man ihm seine Verletzung fast nicht ansah, dann steckte Jack den Kopf zur Tür herein.

»Entschuldigung für das Gebrüll«, sagte er. »Tut mir leid, dass du das hören musstest. Ich muss dir aber ein paar Sachen direkt sagen.«

Im trüben Licht der Nachttischlampe stand Jack in der Türöffnung, seine Mütze rollte er in den Händen hin und her. Sie hatte einen Aufdruck, den Hayden in dem schwachen Schein nicht erkennen konnte.

»Nicht, dass ich dich auch nur einen Funken weniger hasse als zuvor, aber es tut mir leid, was passiert ist. Es tut mir leid, dass es dazu gekommen ist. Dafür gibt es keine Entschuldigung, was auch immer du vielleicht getan hast. Aber … ich kann mich einfach nicht daran gewöhnen, dass du hier in diesem Haus bist, das ist alles.«

»Ich gehe heute Nacht nach Hause.«

»Wirklich?«

»Ja. Es läuft nicht so gut. Und das mit ihr und mir ist sowieso aus.«

»Na ja, das hat sie zu mir auch gesagt, aber ich habe ihr nicht geglaubt.«

»Glaubst du es mir?«

»Nicht wirklich.«

»Nun, es stimmt aber.«

Jack hatte darauf nichts zu erwidern und Hayden wusste nicht – und es kümmerte ihn auch nicht –, ob Jack ihm glaubte. Hayden beobachtete Jack, der immer noch in der Türöffnung stand und seine Mütze in den Händen rollte.

»Was steht auf der Mütze, Jack? Ich kann das von hier aus nicht lesen.«

Jack blickte verwundert auf seine Mütze. »Oh.« Er hielt sie Hayden hin, damit er die Aufschrift lesen konnte: »FREUNDE LASSEN FREUNDE NICHT FORD FAHREN«.

»Nun«, sagte Hayden, »früher hätten wir wegen diesem Spruch gut aneinandergeraten können. Aber jetzt bin ich gerade zu müde zum Kämpfen. Ich frage Laurel, ob sie mich nach Hause fahren kann. Ich muss sowieso in meinem eigenen Haus sein.«

»Noch eine Sache, Reese. Hör gut zu und halt die Klappe. Sei still, denn es fällt mir wirklich schwer, das zu sagen.«

Hayden wartete schweigend und sah, wie sich Jack die Mütze wieder aufsetzte.

»Ich bin dankbar, dass ich nicht ins Gefängnis muss. Mich hätte eine ziemlich lange Strafe erwartet. Das ist eine Chance für mich. Du weißt, was ich sagen will.« Hayden wusste es, wollte ihm aber die Worte nicht in den Mund legen. »Danke.«

»Gern geschehen.«

»Ach, ich habe doch gesagt, dass du die Klappe halten und nichts sagen sollst.« Er floh aus dem Zimmer und trampelte die Treppe hinunter. »Laurel? Der Mann würde jetzt gern nach

Hause gehen. Das hat er selbst gesagt, ich habe es ihm nicht eingeredet.«

Dann wurde die Haustür zugeschlagen.

Der Klang von Laurels Schritten schmerzte nun mehr als je zuvor. Denn es war das letzte Mal, dass er sie hören würde.

»Du machst Witze, oder?«

Sie stand in der Türöffnung, die Haare hatten sich aus der hochgesteckten Frisur gelöst. All dieses weiche rotbraune Haar. Er überlegte sich, ob er weinen sollte, und erwog es beinahe. Aber natürlich weinte er nicht.

»Nein. Ich mache keine Witze. Ich muss jetzt nach Hause.«

»Du kannst noch nicht allein sein.«

»Ich werde es schon schaffen.«

Schweigend sahen sie sich an, zehn Sekunden, zwanzig. Hayden hörte, wie Jacks Truck aus der Einfahrt fuhr.

»Okay. Ich fahre dich morgen früh heim.«

»Ich dachte an heute Nacht. Jetzt.«

Sie starrte ihn noch einen Augenblick länger an, als hätte auch sie irgendwo in ihrem Hinterkopf an Tränen gedacht.

Schließlich sagte sie: »Gut. Ich hole meinen Mantel.«

Kapitel 3

Wie man einen Helden erkennt

Es war noch nicht einmal sieben Uhr am nächsten Morgen, als Hayden die Augen öffnete und Peg den Kopf durch die Tür seiner kleinen Blockhütte steckte.

Jedes Mal, wenn er die Augen öffnete, schien er auf eine Tür zu blicken, durch die jemand den Kopf steckte. Er hatte genug davon, wusste aber nicht, wie er dieser Sache ein Ende setzen konnte.

Es war kalt in seinem Haus, was dadurch, dass sie die Haustür offenhielt, nicht gerade besser wurde. Er zog seine dünne Decke fester um sich.

»Bist du wach, Hayden?«

»Jetzt schon.«

Sie kam mit George an ihrer Seite herein. Der Hund hatte an Gewicht zugenommen und ein dünnes Fell bekommen. Er kam an Haydens Bett, schnüffelte kurz an ihm, dann trappelte er wieder weg, als hätte er nichts gefunden, was für ihn von Interesse war.

Peg setzte sich auf die Bettkante.

»Ich bin gekommen, um mich um dich zu kümmern.«

»Was ist mit dem Typ, mit dem du zusammenlebst?«

»Ach, der ist so ein Loser. Das einzige, was er macht, ist mit seinen Freunden trinken zu gehen. Er war nie so gut zu mir wie du. Also, wie kann ich dir helfen?«

»Geh weg und lass mich schlafen.«

»Nein, jetzt im Ernst.«

»Ich meine es ernst. Ich habe letzte Nacht nicht gut geschlafen.«

»Ich könnte zum Markt gehen und dir etwas mitbringen.«

Hayden rieb sich die Augen und seufzte. »Tatsächlich gibt es etwas, was du für mich tun könntest. Ich habe im Haus deiner Mutter etwas Wichtiges zurückgelassen. An der Wand neben dem Bett, einen eingerahmten Zeitungsartikel.«

»Junge, Junge, das ist ein weiter Fußweg, Hayden.«

»Ich wäre dir wirklich sehr dankbar. Wenn der Regen mal eine Pause einlegt. Ich befürchte, dass sie den Zeitungsartikel wegwirft, wenn du ihn nicht holst. Sie versteht nicht, dass er wichtig ist.«

»Okay. Ich gehe mit George hin und hole ihn.«

»Danke. Das ist eine große Hilfe.«

Zu Fuß war es ein eineinhalbstündiger Weg, also konnte Hayden wieder schlafen gehen.

* * *

Hayden setzte sich auf die Bettkante und dachte im ersten Moment, er könnte stehen. Diese neue Realität, die er während des Schlafs kurzfristig vergessen hatte, war noch nicht vollständig bei ihm angekommen.

Der Regen prasselte fest auf das Dach herunter. Gott, es regnete immer noch! Wann regnete es mal nicht? Würde es jemals aufhören?

Die Tür wurde weit geöffnet, er fror. Plötzlich war der Winter eingebrochen. Peg stand tropfnass im Türeingang und bot einen jämmerlichen Anblick, nass bis auf die Haut, das rote Haar klebte ihr feucht an Wangen und Stirn.

Für den Bruchteil einer Sekunde hatte Hayden vor, zu ihr zu gehen. Einfach dort hinzugehen, die Arme um sie zu legen und sie abzutrocknen. Dann kam alles wieder zurück.

Also blieb er auf der Bettkante sitzen und blickte sie an. George kam ins Zimmer, und als er sich schüttelte, spritzte das Regenwasser aus seinem Fell in alle Richtungen. Ein paar Spritzer landeten auf Haydens Wange.

Peg trat zu ihm und gab ihm den eingerahmten Artikel. Die Pappe an der Rückseite des Rahmens war durchweicht und das Zeitungspapier feucht, doch der Text ließ sich immer noch lesen, was das Wichtigste war. Peg ließ sich in Haydens Lieblingssessel plumpsen.

»Tut mir leid, Peg«, sagte er. »Ich hätte dir den Autoschlüssel geben sollen. Kannst du mit einer Handschaltung umgehen?«

»Mehr oder weniger.« Ihre Stimme klang seltsam.

»Mehr oder weniger. Na, das gibt mir Zuversicht.« Bevor er den Satz zu Ende bringen konnte, brach Peg in Tränen aus. Und er konnte nicht zu ihr gehen. »Was ist los, Peg? Ist etwas passiert?«

»Du vergibst mir nicht«, sagte sie. »Ich habe es geahnt.«

»Was soll ich dir vergeben?«

»Was? Was? Wie kannst du das fragen, Hayden? Ich bin der Grund dafür, dass auf dich geschossen wurde.«

»Nein, Peg. *Ich* bin der Grund dafür, dass auf mich geschossen wurde.«

»Aber wenn ich ihm nicht gesagt hätte …«

»Dann wäre es zu einem anderen Zeitpunkt passiert.« Er blickte auf das Foto des erwachsen gewordenen Napalm-Mädchens. Ihr lächelndes Gesicht. »Hast du gedacht, dass es darum ging? Dass ich dir nicht vergeben könnte?« *Ist das nicht genau die Reaktion eines Kindes?*, dachte Hayden. *Oder eigentlich jedes menschlichen Wesens. Ich bin das Zentrum des Universums, also geht es nur um mich.*

»Worum geht es denn dann?«

»Ich weiß nicht. Sie ist nur meine Heldin, das ist alles. Erinnerst du dich daran, als ich gesagt habe, du hättest einen lausigen Geschmack, was Helden angeht? Nun, sie ist eine wirkliche Heldin.«

»Warum? Was hat sie getan?«

»Sie hat vergeben.«

»Ist das schwer?«

Hayden lachte. Ein bitteres Lachen, das zynisch klang, als es seine Ohren erreichte. »Ob das schwer ist? Ja. Das ist es. Rache zu üben ist einfach. Um sich zu schlagen ist einfach. Oder die ganze Welt zerreißen zu wollen. Aber die Welt sein zu lassen, so wie sie ist …«

»Ich verstehe nicht einmal die Hälfte von dem, was du sagst, Hayden. Hast du wieder Fieber? Also … vergibst du mir?«

»Peg, ich habe eine ganze Liste mit Leuten, denen ich nicht vergeben kann, mich selbst eingeschlossen. Aber du stehst nicht auf der Liste. Könntest du herkommen? Denn ich kann nicht einfach aufstehen und zu dir gehen.«

Sie setzte sich auf die Bettkante wie ein Kind, und er legte einen Arm um sie. Er zog sanft ihren Kopf an seine Schulter und spürte, wie die Nässe ihrer Haare durch seine Kleidung drang.

»Oh, fast hätte ich's vergessen«, sagte sie. »Mom lässt dir ausrichten, dass deine Tochter wieder angerufen hat. Sie hat gesagt, es sei wirklich wichtig.«

* * *

Peg schlief auf einem Klappbett in der Küche. Hayden weigerte sich, in ihrer Anwesenheit auf dem Boden zu kriechen, also blieb ihm keine andere Alternative, als ihr beizubringen, wie sie ihm helfen konnte. Er musste sich in einer bestimmten Weise an sie lehnen, ohne seinen linken Arm oder die linke Achselhöhle zu belasten, wie es bei Krücken der Fall gewesen wäre.

Und nachdem er sie davon überzeugt hatte, dass sie nicht bei ihm im Badezimmer bleiben konnte, nachdem sie ihn dorthin gebracht hatte, funktionierte es ziemlich gut.

Eines Tages um die Mittagszeit, als er gerade im Badezimmer war, hörte er ein Klopfen an der Tür.

Das ist einmalig, dachte er. *Jemand hat tatsächlich angeklopft. Diese Person kann nicht von hier sein.*

Er hörte, wie Peg die Tür öffnete. Schritte, als jemand hereinkam. Pegs Stimme. »Oh, er wird Sie nicht beißen.« Hayden fragte sich, warum sie sich so sicher war.

Dann die Stimme einer anderen Frau. »Ich hoffe, es ist nicht unhöflich, das zu fragen, aber könnten Sie mir sagen, wer Sie sind?« Es traf ihn überraschend, diese Stimme zu hören, denn er kannte sie irgendwoher, konnte sie aber nicht zuordnen. Er hätte die Tür öffnen müssen, um das Gesicht zu der Stimme zu sehen. Aber er war nicht vollständig angezogen.

Dann hörte er, wie Peg sagte: »Ich bin seine Freundin.«

»Der Teufel bist du«, brüllte er und riss die Badezimmertür auf. Plötzlich war es ihm egal, ob er angezogen war oder nicht. »Wem zum Teufel erzählst du das, Peg?«

Er rechnete mehr oder weniger damit, gleich Allegra zu sehen. Er fragte sich, wie sie jetzt wohl aussah. Würde er sie überhaupt wiedererkennen? Hatte er schon geahnt, dass sie einfach hier auftauchen würde, wenn er die Sache nur lange genug vor sich herschob?

Doch es war nicht Allegra. Es war Judith.

Hayden stand in der weit geöffneten Badezimmertür, die jetzt nicht mehr in seiner Reichweite war. Hayden und Judith blickten sich an. Er war nicht in der Lage, auf sie zuzugehen, selbst wenn er es gewollt hätte.

Sie hatte ihre Haare grau werden lassen. Eine gute Wahl, es stand ihr. Es war kurz, ihr Haar, radikal und modern. Ihre Haut war von der Sonne etwas faltig geworden, was sie aber nicht weniger attraktiv machte. Falls das überhaupt möglich war, machte es sie nur noch attraktiver. Sie hatte ihr Alter akzeptiert, es sich zunutze gemacht und zu ihren Gunsten verwendet. Manche Menschen konnten das.

Hayden fand es nicht fair, dass er in einem Augenblick wie diesem gelähmt und erschöpft war von einer schweren Operation, wo er doch schon unter den besten Umständen fand, dass sie zu gut für ihn war, und das schon immer.

»Na gut, dann sagen Sie es mir auch«, blaffte Peg Judith gereizt an. »Wer sind *Sie* überhaupt?«

»Meine Frau«, antwortete Hayden, damit Judith es nicht sagen musste. »Das ist meine Frau Judith.«

Peg erstarrte. Dann schien sie aufzuwachen. Sie kam bis zur Badezimmertür, und es schien, als wollte sie mit Hayden unter vier Augen sprechen. Doch als sie den Mund öffnete, war sie so laut, dass es die Nachbarn hätten hören können, wenn Hayden welche gehabt hätte.

»Na ja, sie sieht verdammt gut aus für ein Verkehrsopfer.« Peg nahm den Schlüssel vom Tisch an der Tür und stürmte davon. »Ich nehme den Truck, *Liebling.*« Sie setzte eine zuckersüße Betonung auf das Wort »Liebling«. »Komm, George. Wir gehen.«

Und weg waren sie.

Hayden stützte sich mit der rechten Hand am Waschbecken ab und sah Judith an. »Was machst du hier?«, fragte er.

»Du hast Allegra nicht zurückgerufen.«

»Warum ist sie dann nicht gekommen?«

»Weil sie jetzt glaubt, dass du sie nicht sehen willst. Es ist ihr wirklich wichtig, dass du zu ihrer Hochzeit kommst, Hayden.«

»Ich komme. Ich gehe zu der verdammten Hochzeit. Ich brauche nur Zeit, bis ich wieder auf den Beinen bin.« Dann merkte er selbst, wie seltsam es klang, da er in diesem Moment wortwörtlich auf seinen Beinen stand. Und wie sollte sie seine Situation verstehen, wenn sie noch nicht gesehen hatte, dass er nicht allein laufen konnte?

»Hayden, die Hochzeit ist am Samstag.«

* * *

Obwohl er es so lange wie möglich hinauszögerte, musste er früher oder später Judith um Hilfe bitten. Früher oder später musste er zugeben, dass Peg ihm ins Badezimmer geholfen hatte und dass er nur mit Judiths Hilfe wieder herauskommen konnte.

»Sie ist nicht meine Freundin«, sagte er.

»Offensichtlich ist sie in dich verliebt. Aber das geht mich nichts an. Wie soll ich das machen?«

Kurz vermisste er Peg, die er so gut angelernt hatte.

Judith kam zu ihm ins Badezimmer. Es war ihm unangenehm, gelinde gesagt. Er bemerkte, dass sie den Ring nicht mehr trug, und fragte sich sofort, womit er denn gerechnet hatte. Sein eigener Ring lag in irgendeiner Schublade, verloren, aber auf verstörende Weise unvergessen.

»Ich habe sie in keiner Weise dazu ermutigt«, sagte er. »Geh an meine linke Seite. Ich muss mich an dich lehnen, ohne meinen Arm auf deine Schulter zu legen. Ich kann diesen Arm nicht belasten.«

Sie huschte an seine linke Seite und umfasste seine Taille. Er versuchte, einen Schritt zu machen, aber sie blieb nicht dicht an ihm, wie Peg es immer tat. Er musste die Hüfte und seine ganze linke Körperhälfte schwingen, um sein linkes Bein nach vorn zu bringen, wobei er beinahe das Gleichgewicht verlor, aber Judith stützte ihn. Er stützte sich mit dem rechten Arm am Türrahmen ab, um kurz zu verschnaufen. Er wünschte sich so sehr, jemand anderes könnte ihm helfen. Irgendjemand anderes.

»Also ist das nicht die Frau, wegen der auf dich geschossen wurde«, sagte sie.

»Das ist noch nicht mal eine Frau, Judith. Das ist ein sechzehnjähriges Mädchen.«

»Es geht mich nichts an. Tut mir leid.«

Er versuchte einen weiteren Schritt und es funktionierte etwas besser. Er konnte spüren, wie die Anstrengung, sein Gewicht zu halten, ihre Muskeln leicht zittern ließ.

»Sie ist ihre Tochter«, sagte er.

»Wessen Tochter?«

»Die Tochter der Frau, wegen der auf mich geschossen wurde.«

Noch drei Schritte bis zum Küchenstuhl. Er beeilte sich und stolperte beim letzten Schritt beinahe, konnte sich aber gerade noch an der Stuhllehne festhalten. Behutsam setzte er sich.

Judith nahm ihm gegenüber am Tisch Platz. »Dein Leben scheint interessanter zu verlaufen als meins.«

»Du sagst das, als sei es etwas Gutes.«

Sie lächelte kurz. Dann übernahm wieder die Unbehaglichkeit die Führung. All das machte Hayden etwas schwindlig. Aber vielleicht kam sein Schwindelgefühl auch nur von dem Kraftaufwand, den die paar Schritte erfordert hatten. Oder es lag an beidem. Er wollte an einem anderen Ort sein, aber wie sollte er dort hinkommen?

Judith unterbrach schließlich die Stille. »Warum hast du sie nicht zurückgerufen?«

»Ich weiß nicht einmal, wo ich mit der Erklärung anfangen soll.«

»Irgendwo. Fang mit der Wahrheit an und arbeite dich dann weiter.«

»Ich will nicht, dass mich jemand in diesem Zustand sieht.«

Als Judith nickte, sah es fast wie eine Entschuldigung aus. »Ja. Ich wünschte, ich hätte vorher angerufen. Tut mir leid. Aber du hast kein Telefon hier, so wurde es mir jedenfalls gesagt. Ich glaube, ich habe deinen Zustand falsch eingeschätzt. Du hast immer wieder gesagt, dass du sie anrufen würdest, wenn du wieder auf den Beinen seist. Und als ich dich eben gesehen habe, dachte ich im ersten Augenblick, das sei wirklich der Fall. Es hat so ausgesehen, als könntest du herumlaufen und würdest mit einer jungen Frau zusammenleben. Ich sollte dich wohl besser kennen.«

»Aber wie solltest du das? Wir haben uns seit fünfzehn Jahren nicht gesehen.«

»Manche Dinge ändern sich nie.«

Er blickte ihr ins Gesicht. Es schmerzte ihn, denn sie war fünfzehn Jahre älter und er auch. Fünfzehn Jahre, die er verpasst hatte. Fünfzehn Jahre, um die er betrogen worden war. Es schmerzte auch, weil es dasselbe Gesicht war wie früher, zumindest im Grunde.

»Ich kann jetzt nicht zu dieser Hochzeit gehen. Könnte sie nicht verschoben werden? Wenigstens, bis ich auf Krücken laufen kann?«

»Sie wurde bereits verschoben, als du im Krankenhaus warst. Wir können einen Rollstuhl für dich ausleihen.«

»Ich habe nicht einmal einen ordentlichen Anzug. Wer braucht hier draußen schon so etwas?«

»Wir leihen einen für dich aus.«

»Warum hast du auf alles eine Antwort, Judith? Könnte die Hochzeit nicht noch einmal verschoben werden?«

»Nein, tut mir leid. Nicht dieses Mal.«

»Warum nicht?«

»Wenn ich es dir erzähle, versprichst du mir, nicht wütend zu werden?«

»Nein. Aber ich kann sowieso nichts daran ändern.«

»Allegra und John erwarten ihr erstes Kind. Allegra hat bereits ihr Hochzeitskleid gekauft. Wenn sie noch länger wartet, passt sie nicht mehr hinein.«

»Warum denkst du, das würde mich wütend machen?«

»Na ja, du weißt schon. Deine kleine Tochter. Du bist nicht dafür bekannt, die Jungen zu mögen, mit denen sie ausgeht.«

»Ich habe noch nie einen dieser Jungen getroffen. Nur diesen einen jungen Mann, der sie angegriffen hat. Wollten sie ein Baby?«

»Sehr. Nur noch nicht so früh.«

Hayden musste unwillkürlich lächeln, als er daran dachte, wie früh Allegra in ihrem Leben aufgetaucht war.

»Lieben die beiden sich? Ist er ein guter Mann?«

»Ja und ja.«

»Dann mach dir keine Sorgen darüber, was ich denke.«

Stille trat ein. Es begann wieder zu regnen, die Tropfen prasselten auf das Dach und klopften an die Fensterscheiben. Judith stand auf und trat ans Fenster, sie sah hinaus. So eine einfache Geste, an ein Fenster zu gehen. Hayden vermisste das.

»Regnet es hier schon lange?«, fragte sie.

»Seit Ewigkeiten.«

»Das erinnert mich an die Zeit, als wir Sandsäcke um unser Haus in Marin legen mussten. Weißt du noch?«

»Ja. Wo wohnst du?«

»Keine zwei Meilen von dem Haus entfernt.«

»Und Allegra?«

»Weniger als zwei Meilen von mir entfernt.«

Sie schwiegen. Die Stille wurde zu einer ständigen Herausforderung. Die Überraschung, sie plötzlich durch die Tür kommen zu sehen, hatte so vieles überspielt. So viele Dinge, die jetzt geregelt werden mussten.

»Hast du ein Radio hier?«, fragte Judith.

»Im Schrank, aber ich glaube, die Batterien funktionieren nicht mehr. Warum?«

»Du brauchst ein Radio. Hier in der Gegend werden Überschwemmungen erwartet. Ich habe es auf der Fahrt gehört. Westlich von dir fließt ein Bach, stimmt's?«

»Westlich und östlich.«

»Du brauchst unbedingt ein Radio.«

Wieder schwiegen sie. Hayden überlegte, was er tun sollte, wenn die Bäche wirklich anstiegen. Was, wenn Peg nicht zurückkam? Er fragte sich, ob es so schlimm werden würde wie im Jahr 1989, als das Wasser bis kurz unter seiner Haustür stand. Oder vielleicht wurde es noch schlimmer.

»Es ist wichtig für sie, Hayden«, unterbrach Judith seine Gedanken. »Sie will, dass du da bist.«

»Ich habe eine Mauer errichtet, Judith. Zwischen ihr und mir. Zwischen dir und mir. Ich musste es. Nur so konnte ich weitermachen.«

»Was soll ich ihr sagen?«

»Ich weiß nicht. Die Wahrheit?«

Sie kam zurück und setzte sich zu ihm. Sie zog ihren Stuhl nahe an ihn heran, beugte sich vor und nahm seine Hände. Ihre Finger waren kühl. »Komm mit mir, Hayden. Zwei Nächte im Haus von John und Allegra, dann bringe ich dich zur Hochzeit. Dann bleib noch eine Nacht und ich fahre dich wieder nach Hause. Dann wirst du eben in einem Rollstuhl sitzen. Wir sind deine Familie, Hayden. Warum sollte es uns etwas ausmachen?«

Sie blickte ihn an, ließ die Hände sinken und rückte von ihm ab, als sie den Ausdruck in seinem Gesicht sah.

»Wie kannst du das sagen, Judith? Wie kannst du es wagen, nach fünfzehn Jahren hierherzukommen und mir zu erzählen, ich sei ein Teil deiner Familie?«

»Du hast recht. Tut mir leid. Aber sie ist immer noch deine Tochter. Ich habe dir gesagt, dass Allegra deine Adresse von Thea bekommen könnte, wenn sie dich sehen wollte. Nun, das ist jetzt eingetroffen, Hayden. Sie will dich sehen.«

Hayden stützte den Kopf in die Hände.

»Ich muss eine Nachricht für Peg schreiben«, sagte er.

* * *

Die Scheibenwischer von Judiths BMW sausten in doppelter Geschwindigkeit gegen den prasselnden Regen an.

Die ersten fünfzig Meilen der Fahrt legten sie schweigend zurück.

Schließlich fragte Judith: »Ich sehe ziemlich gut aus für ein Verkehrsopfer? Was bedeutet das? Ist das eine Redensart hier in der Gegend?«

»Genau. So reden wir hier in der tiefsten Provinz.«

»Was hat sie damit gemeint, Hayden?«

Hayden seufzte und versuchte, gleichmäßig zu atmen, sich auf den dunklen Regen zu konzentrieren und nicht zu husten. Es funktionierte nicht. Ein Hustenanfall brach aus ihm heraus, er zuckte zusammen und versuchte, den Husten zu dämpfen und das Ziehen in der Brust zu unterdrücken, was jedoch ein Ding der Unmöglichkeit war. Seine Schmerzen mussten sichtbar gewesen sein, denn als er zu Judith blickte, konnte er eine Spiegelung des Schmerzes auf ihrem Gesicht erkennen.

»Sag es nicht, lass mich raten. Es tut immer noch weh, wenn du hustest.«

»Als ich hierhergezogen bin … habe ich allen erzählt, meine Frau und meine Tochter seien bei einem Autounfall ums Leben gekommen.«

»Oh!«

»Es war leichter, als …«

»Du musst es nicht erklären.«

Also schwieg er.

Nach ein paar Meilen hielt Judith an einer Tankstelle an, um Allegra und John anzurufen. Pitschnass setzte sie sich wieder ins Auto, dann ging es weiter Richtung Norden.

»Sie bereiten das Abendessen vor«, sagte Judith.

»Okay.«

»Und sie haben einen Rollstuhl für dich.«

»Sie konnten so kurzfristig einen Rollstuhl ausleihen?«

»Sie hatten bereits einen. Du weißt ja, wie Allegra ist.«

»Nein, ich weiß es nicht. Wie ist sie denn?« Er wollte nicht streitsüchtig oder bitter erscheinen, doch er wusste es wirklich nicht und konnte sich nicht vorstellen, wie sie als Erwachsene war.

»Optimistisch«, sagte Judith. »Sie hat sich geweigert, zu denken, dass du nicht kommen würdest.«

* * *

Sie rannte über die Einfahrt auf sie zu. Eine attraktive Frau mit kurzen blonden Haaren.

Sie kam ihm bekannt vor, aber wenn er ihr auf der Straße begegnet wäre, hätte er vielleicht nicht sofort an Allegra gedacht, sondern an Judith, obwohl das natürlich nicht sein konnte, weil sie zu jung war, um Judith zu sein.

Sie öffnete die Beifahrertür für ihn und John kam hinter ihr mit einem Rollstuhl aus dem Haus. Sie hatten bereits einen

Rollstuhl ausgeliehen, so sicher waren sie sich gewesen, dass er kommen würde – sicherer, als er sich selbst gewesen war.

Und Hayden bemerkte, dass er Angst hatte. Große Angst. Er konnte spüren, wie sein Herz in seiner wunden, verletzlichen Brust hämmerte, und er hörte dasselbe Hämmern in seinen Ohren. Je näher er davorstand, mit ihr zu sprechen, desto lauter wurde es.

»Daddy«, sagte sie. Es war ein merkwürdiges Gefühl, von einer erwachsenen Frau als »Daddy« bezeichnet zu werden.

Er blickte zu ihrem seltsam vertrauten und gleichzeitig unbekannten Gesicht auf.

»Allegra«, sagte er. »Du bist so erwachsen geworden.«

Kapitel 4

Schrumpfung

»Könntest du mir die Brötchen reichen, John?«, fragte Hayden leise. Er fühlte sich etwas befangen, da die Brötchen fast in Reichweite waren. Er hatte bereits die Atemluft, Muskelkraft und Energie für drei Tage aufgewendet, um nur durch diesen einen Tag zu kommen. Selbst das Bestreichen der Brötchen mit Butter war eine enorme Anstrengung.

John war ein dunkelhaariger, nachdenklich wirkender Mann, ein paar Jahre älter als Allegra, hinter seiner Brille befand sich ein Paar intelligenter Augen. Hayden konnte bereits sehen, dass John sich vor ihm fürchtete. Und er begriff, dass die Gefechte aus seiner Vergangenheit nicht vorbei waren, nur weil er in der Zukunft keine mehr haben würde.

»Also, Daddy, wann fängst du mit der Physiotherapie an?«

Allegras Versuch, Small Talk zu machen. Er hätte gern gesagt: *Hör auf damit. Hör auf, so zu tun, als sei nichts passiert. Hör auf, die fünfzehnjährige Kluft zu ignorieren.* Wären sie allein gewesen, hätte er es vielleicht gesagt. Doch Allegra und John hatten sich viel Mühe mit diesem Abendessen gegeben und sie brauchten die Gewissheit, dass ihre Hochzeitsgäste miteinander auskommen konnten.

»In zwei Wochen, glaube ich.« Er würde sich zuvor erst für alle möglichen Sozialleistungen registrieren lassen müssen, aber das wollte er lieber nicht erwähnen.

»Es wird nur eine kleine Hochzeit, Dad. Du musst mich nicht wortwörtlich zum Traualtar führen. Es ist eine kleine, winzige Kapelle und wir werden in der vorderen Reihe sein, das ist alles. In den Bänken werden nur ein paar Leute sitzen, zum größten Teil nahe Familienangehörige. Wir haben unsere Freunde zum anschließenden Empfang eingeladen, aber die Hochzeitszeremonie ist nur für den engen Familienkreis.«

»Wer kommt also alles zur Hochzeit?« Als Hayden nicht sofort eine Antwort bekam, blickte er auf und bemerkte, dass seine entfremdete Frau und seine entfremdete Tochter einen Blick austauschten. »Was? Wer kommt?«

»Johns Eltern und Großeltern«, zählte Allegra auf. »Du und Mom. Thea …«

»Gut. Ich habe Thea schon immer gemocht.«

»Johns Schwester und seine zwei Brüder.«

»Ist das alles?«

Wieder dieser Blickaustausch. »Sag du es ihm, Mom.«

»Was?«, fragte Hayden.

Judith tupfte sich den Mund mit einer Stoffserviette ab, obwohl sie noch nicht zu Ende gegessen hatte. »Hayden, nach unserer Trennung haben Allegra und ich deine Eltern getroffen.«

Hayden legte seine Gabel ab und spürte plötzlich, wie schwer und unverdaut ihm das Essen im Magen lag. »Wie hast du meine Eltern ausfindig gemacht?«

»Ich kannte ihren Nachnamen und den Ort, in dem du aufgewachsen bist. Es war nicht so schwer.«

»Es wäre mir auch nicht schwergefallen, dich und Allegra ausfindig zu machen. Aber ich habe gewusst, dass du das nicht wolltest, und es daher respektiert.«

»Ich habe dir gesagt, dass es ihn aufbringen würde, Mom«, sagte Allegra.

»Hayden, wir haben sie gerade erst besucht. Ich dachte nur, dass sie erfahren sollten, dass sie ein Enkelkind haben.«

»Und nun hast du sie einfach zur Hochzeit eingeladen.«

Sie saßen ein paar Herzschläge lang schweigend am Tisch, bis Hayden plötzlich einen schmerzhaften Hustenanfall bekam. John stand auf und ging mit seinem Teller in die Küche. Einen Augenblick später stand Allegra auf und räumte den Tisch ab. Obwohl sein Teller noch halb voll war, gab Hayden ihn freiwillig ab. Er wollte den Rest sowieso nicht.

»Beide?«, fragte er nach einer Weile.

»Ja«, antwortete Judith knapp und ungerührt.

»Mein Vater ist noch am Leben?«

»Ja.«

Allegra blickte aus der Küche herein. »Kuchen, Daddy?«

»Sicher, okay«, antwortete er, ohne zu überlegen.

»Er hat sich sehr verändert, Hayden«, sagte Judith. »Nur, damit du Bescheid weißt. Ich will dich nur darauf vorbereiten. Er hat die Alzheimerkrankheit, er war schon krank bei unserem ersten Besuch. Inzwischen ist sein Zustand schlechter geworden.«

»Was hat er über mich gesagt?«

»Nichts. Er erinnert sich nicht mehr an dich.«

»Bist du dir sicher, dass das Alzheimer ist? Vielleicht habe ich nur keinen bleibenden Eindruck bei ihm hinterlassen.«

»Opa Ed ist wirklich krank, Daddy.« Allegra stellte ein Stück Kuchen vor ihm auf den Tisch, aber Hayden hatte keinen Appetit mehr.

»Ich bin müde. Ich würde gern wieder in mein Zimmer gehen. John, könntest du mir helfen?«

Hayden hatte nicht genug Kraft in seinem linken Arm, um selbst den Rollstuhl anzuschieben, und er hatte noch nicht richtig herausgefunden, wie die Sache funktionierte. Wenn er nur seinen rechten Arm benutzte, würde er sich am Ende vielleicht im Kreis drehen – eine seltsam passende Metapher für diesen Augenblick.

»Ich helfe dir«, sagte Judith.

Hayden wollte es nicht, aber schwieg.

* * *

»Schieb mich einfach dort ans Fenster«, sagte er.

»Ich möchte dir etwas erzählen, jetzt, wo wir allein sind.«

Sie waren den ganzen Nachmittag miteinander allein gewesen. Hayden fragte sich, was sie ihm sagen wollte und warum das nicht früher möglich gewesen war.

Er saß im Dunkeln am Fenster und hörte ihre Stimme hinter sich, während er auf diese seltsam vertraute Bucht blickte. Er spürte ein Reiben an seinem Bein, dann sprang plötzlich eine Katze auf seinen Schoß.

»Na ist das denn die Möglichkeit!«, rief Judith überrascht.

»Ich wusste nicht, dass sie eine Katze haben.«

»Er kommt normalerweise nicht raus, wenn Fremde im Haus sind.«

»Vielleicht weiß er ja, dass ich kein Fremder bin.« Hayden streichelte die Katze hinter den Ohren und fragte sich, ob er vielleicht doch ein Fremder war. »Das ist beinahe die gleiche Aussicht wie von unserem alten Haus.«

»Nur, dass man dafür nicht auf Zehenspitzen in der Dusche stehen oder sich über die Terrasse lehnen muss.«

»Es tut mir leid, dass wir meinetwegen das Haus verloren haben«, sagte Hayden und wunderte sich noch im selben Moment, wo das hergekommen war.

»Schnee von gestern.«

»Was wolltest du mir sagen? Jetzt, wo wir allein sind?«

»Dass ich ein Feigling bin. Ich hätte zulassen sollen, dass sie dich sieht.«

»Du warst stark genug, um zu tun, was getan werden musste.«

»Nein. Ich war ein Feigling.«

Es fühlte sich richtig an, dass Hayden Judith immer noch nicht sehen konnte. Er konnte sie dort hinter sich spüren, streichelte die Katze am Kinn und lauschte ihrem Schnurren, und einen Augenblick später spürte er Judiths Hand auf seiner Schulter.

»Du warst nie ein Feigling«, sagte er.

»Doch, das war ich. Ich wusste, dass wir wieder zusammenkommen würden, wenn ich dich sähe. Deshalb habe ich dich gebeten, Abstand zu halten. Du warst ein guter Vater. Ich hätte dir das nie wegnehmen sollen.«

»Du hast mir nie die Scheidungsunterlagen geschickt. Während der ersten Jahre habe ich auf sie gewartet. Jeden Tag, wenn ich an den Briefkasten gegangen bin, rechnete ich damit. Aber du hast nie die Scheidung eingereicht. Warum nicht, Judith?«

»Das wollte auch mein letzter Partner wissen. Deswegen haben wir schließlich Schluss gemacht.« Hayden dachte: *Dein letzter Partner, also bist du jetzt in keiner Beziehung*, aber natürlich verkniff er es sich, das auszusprechen. »Ich bin erstaunt, dass Tigger dich mag«, sagte sie. »Er mag eigentlich niemanden richtig. Glaubst du, dass du mir je vergeben kannst, Hayden?«

Er dachte einen Augenblick nach, während er in der Dunkelheit auf die vertraute Aussicht blickte. Er machte sich bereit, Dinge zu sagen, die er ihr nie ins Gesicht hätte sagen können. »Die Wahrheit?«

»Ja.«

»Die Wahrheit ist, ich weiß nicht viel über Vergebung. Ich habe gerade erst begonnen, mit dem Gedanken zu spielen.«

»Vielleicht könntest du mit mir üben.«

»Vielleicht.«

»Und vielleicht könntest du dich bis zu Ed hocharbeiten.«

»Nein. Bei Ed ziehe ich die Grenze. Ich bin wirklich müde, Judith. Du kannst dir wahrscheinlich nicht vorstellen, wie müde ich bin.«

»Ich gehe und lasse dich schlafen. Brauchst du Hilfe, um ins Bett zu kommen?«

»Nein.«

Wahrscheinlich würde er Hilfe brauchen, aber er konnte sie von ihr nicht annehmen.

»Du warst ein guter Vater. Und du wirst ein guter Großvater sein.« Bevor sie ging, küsste sie ihn auf den Hinterkopf, auf die Stelle, wo sein Haar dünner wurde.

* * *

Fast eineinhalb Stunden später wurde die Tür mit einem Knarren geöffnet und vom Hausflur strömte ein Lichtstrahl herein.

»Daddy?« Ein Flüstern.

»Ich bin wach, mein Liebling.«

»Irgendwie habe ich mir das schon gedacht.«

Sie trat ein und setzte sich auf den Stuhl neben seinem Bett. Hayden setzte sich auf und schaltete die Nachttischlampe an.

Über ihrem langen Nachthemd trug sie einen blauen Bademantel und an den Füßen flauschige Pantoffeln. Sie sah so vertraut aus, sein kleines Mädchen, sie war nur größer geworden. Sie hielt ein Schachspiel auf dem Schoß.

»Wie ich sehe, hast du Tigger kennengelernt«, sagte sie und zeigte auf den rot getigerten Kater, der es sich zwischen Haydens Waden bequem machte.

»Er hat sich bei mir vorgestellt, ja.«

»Er mag normalerweise niemanden.«

»Das habe ich gehört. Ist das ein Schachbrett?«

»Ich dachte, es könnte die alten Zeiten zurückbringen. Hast du Lust auf ein Spiel?«

»Aber sicher.«

Und zum ersten Mal, seit er sich erinnern konnte, spürte Hayden ein seltsames, brennendes Gefühl in den Augen, das auf Tränen hinweisen konnte. Doch es war ihm so fremd, dass er mit einem Schock aus diesem Zustand herausgerissen wurde und die Tränen sich nicht materialisierten. Zurück blieb nur das Gefühl, es sei Einbildung gewesen.

Sie schüttete die Schachfiguren aus, faltete das Brett auseinander und gemeinsam stellten sie die Figuren auf. Die weißen Figuren waren auf Haydens Seite, also fing er an.

»Werdet ihr miteinander klarkommen bei der Hochzeit, Mom und du?«

»Ich denke schon.«

Sie schwiegen lange, während er sich seinen nächsten Zug überlegte. Ihr Gegenzug kam prompt und stellte eine unmittelbare Bedrohung für seine Figuren dar, er war schon jetzt in der Defensive. Und ihm wurde bewusst, dass es fünfzehn Jahre her war, seit sie zuletzt miteinander Schach gespielt hatten. Sie hatte diese ganze Zeit über geübt. Wahrscheinlich realisierte er jetzt wirklich, dass ihr Leben ohne ihn weitergegangen war und er es verpasst hatte.

»Was ist mit Opa Ed?«

»Das könnte ein Problem werden.«

»Was können wir tun?«

»Würde es deine Hochzeit völlig ruinieren, wenn ich ihn erwürge?«

»Daddy! Darüber macht man keine Witze.«

»Dann werde ich mich eben gut benehmen müssen.«

Sie spielten ein paar Minuten lang schweigend weiter. Allegra bot ihm Schach und sobald er freikam, bot sie ihm wieder Schach. Er wusste, dass er nun ihren Zügen ständig ausweichen musste und es nur eine Frage der Zeit war, bis sie gewann. Aber es machte ihm nichts aus, nicht bei ihr.

»Daddy? Warum hasst du Opa Ed so sehr?«

»Willst du die Wahrheit wissen?«

»Ja.«

»Selbst wenn sie deine Gefühle verletzen könnte?«

»Schieß los.«

»Die Wahrheit ist, dass ich dich in diesem Moment nicht gut genug kenne, um mit dir darüber zu reden.«

»Okay.«

»Hat das deine Gefühle verletzt?«

»Es ist okay. Es stimmt. Ich bin froh, dass du es ausgesprochen hast. Ich glaube, du bist schachmatt.«

»Ich glaube, du hast recht.«

»Tut mir leid.«

»Warum sollte es dir leidtun?«

»Ich weiß nicht. Ich hätte nicht gedacht, dass ich dich schlagen würde.«

»Eigentlich solltest du erwachsen werden und mich schlagen können.« Sie begann, die Figuren einzusammeln, als er sie unterbrach. »Warte. Nicht so schnell. Noch ein Spiel.«

»Okay. Noch ein Spiel.«

Und sie schlug ihn auch in diesem Spiel.

»Wann kommen sie?«, fragte Hayden.

»Morgen Abend.«

»Sie übernachten hier?«

»Ich fürchte, ja.«

»Dann muss ich woanders übernachten.«

Sie sammelte die Schachfiguren mit einem Lächeln ein, das angespannt und traurig aussah, diskutierte aber nicht mit ihm.

* * *

»Ich habe dir frische Handtücher ins Badezimmer gelegt«, sagte Judith.

Hayden hatte sich mit der rechten Schulter an den Türrahmen gelehnt, steif auf die Krücken unter seinen Achselhöhlen gestützt. Es war fast unerträglich schmerzhaft, wenn er seine linke Seite mit vollem Gewicht auf die Krücke stützte und es an seiner operierten Brustmuskulatur zog, also versuchte er, sich nicht zu fest abzustützen. Er musste noch viel üben.

»Danke, dass ich mich hier verstecken kann«, sagte er.

»Du musst ihn trotzdem morgen sehen.«

»Darum kümmere ich mich morgen.«

»Vielleicht solltest du dich jetzt wieder in den Rollstuhl setzen.«

Hayden warf einen Blick auf den Rollstuhl, der allein und statisch unter dem Fenster in der Ecke ihres Gästezimmers stand. »Mir bleibt nicht mehr viel Zeit, mich an diese Krücken zu gewöhnen.«

»Es ist zu früh. Nimm im Rollstuhl an der Hochzeit teil.«

»Das kann ich nicht.«

»Warum? Es kümmert niemanden.«

»Ich kann es nicht.«

»Gut. Du kannst es nicht. Ich gehe nach oben. Ich hoffe, dass du mich rufst, wenn du Hilfe brauchst. Aber ich kenne dich zu gut.«

Und damit verschwand sie.

Hayden legte den Weg zum Fenster auf Krücken zurück und blickte hinaus. Er sah nur den Hang und einen kleinen, überwucherten Garten. Grün, alles grün. Er humpelte langsam weiter durch das Zimmer und dachte über den schmalen Grat zwischen Gewöhnung an Krücken und Überanstrengung nach. Mit schmerzenden Muskeln aufzuwachen, nachdem man sich zu viel zugemutet hatte. Er wusste, dass es diesen Grat irgendwo gab, war sich aber nicht sicher, ob er ihn erkennen würde, wenn er ihn sah.

An einer Seite seines Zimmers stand ein braunes Ledersofa, in der Ecke ein Schreibtisch. Das Doppelbett auf der anderen Seite wirkte deplatziert. Das Zimmer sah eher wie ein Büro aus, in das in letzter Minute ein Bett geschoben worden war. Nicht jeder hatte ein freies Gästezimmer im Erdgeschoss.

Er machte wieder am Fenster halt und wünschte, er könnte die Bucht sehen, irgendetwas, was wie Marin aussah. Er spürte, wie sich seine Orientierung trübte, als hätte er sich verirrt. In letzter Zeit war er sich nie ganz sicher, wo er sich befand.

Er biss die Zähne zusammen und machte sich daran, mithilfe der Krücken das Zimmer zu durchqueren. Der Schmerz war immens, aber er tat es trotzdem. Allegra würde ihnen erzählen, dass er hier war. Seine Mutter würde Fragen stellen. *Wann kommt Hayden? Wo übernachtet er? Wann können wir ihn treffen?* Und obwohl Hayden Allegra gebeten hatte, ihr nicht zu sagen, wo er sich aufhielt, würde sie es trotzdem tun, denn sie war eine miserable Lügnerin. Immer schon gewesen.

Vielleicht sollte er einfach dort sein und ihnen gegenübertreten. Vielleicht sah dies hier zu sehr danach aus, als würde er sich verstecken.

Er spürte, wie er vor Erschöpfung das Gleichgewicht verlor und vornüberkippte. Er versuchte, sich mit der rechten Krücke abzufangen, aber die Gummispitze verhakte sich in dem dicken

Teppich und er fiel. Er landete hart auf einer Krücke, prellte seine Rippen, und sein Brustkorb bekam einen schmerzhaften Stoß, der ihm auch noch den letzten verbliebenen Atem raubte. Hayden blieb still liegen und wartete darauf, dass der Schmerz verebbte. Er bemühte sich, flach und gleichmäßig zu atmen, und fragte sich, ob sie den Lärm gehört hatte und herunterkommen würde.

Wenig später versuchte er aufzustehen, aber es war schwer, sein funktionierendes Bein unter den Körper zu bekommen, er fühlte sich so schwach. Als er aufblickte, stand Judith im Türrahmen.

»Kann ich dir helfen?«

»Ich schaffe es schon.« Sie wandte sich sofort zum Gehen um. »Judith? Warte. Das war nur einer dieser alten Reflexe. Ich könnte deine Hilfe gebrauchen.«

Sie schob seinen Rollstuhl aus der Ecke heran, stellte die Bremse ein und half ihm auf. Völlig außer Atem ließ er sich schwer in den Ledersitz fallen.

»Danke«, sagte er und löste die Bremse. Er wollte sich selbstständig zu seinem Gästebett rollen, aber in seinem linken Arm war keine Kraft mehr, also half sie ihm wieder.

»Warum tust du das, Hayden?«

»Hast du eine Vorstellung davon, wie groß mein Vater ist?«

»Nein. Wie groß ist er?«

»Zwei Meter.«

»So groß kommt er mir gar nicht vor.«

»Na ja, so ist es aber.«

»Was hat das mit …«

»Hast du eine Vorstellung davon, wie hilflos ich mich in diesem Stuhl fühlen würde, wenn ich ihm nur bis zum Gürtel reichte?«

»Hayden, so bedrohlich ist er wirklich nicht.«

»Vielleicht nicht für dich.«

»Brauchst du Hilfe, um ins Bett zu kommen?«

»Nein. Ich muss mich nur kurz ausruhen.«

»Dann gute Nacht.«

»Ich wünschte, die Hochzeit wäre nicht schon morgen. Ich brauche mehr Zeit.«

»Das hat dich so aus dem Gleichgewicht gebracht, Hayden. Wäre es nicht besser, es einfach hinter dich zu bringen?«

»Ja, wahrscheinlich schon.«

Judith blieb an der Tür stehen. In dem gedämpften Licht sah sie nicht viel anders aus als in seiner Erinnerung. Für den Bruchteil einer Sekunde hatte er das Gefühl, sein Zeitgefühl ebenso plötzlich zu verlieren wie seine Orientierung.

»Tut mir leid, dass ich ihn eingeladen habe. Aus heutiger Sicht würde ich es nicht mehr tun.«

»Stell dir nur vor, wie viele Dinge wir anders machen würden, Judith, wenn wir sie noch einmal tun könnten.«

Als er wieder zur Tür blickte, war sie verschwunden.

* * *

Hayden setzte sich im Bett auf und schaltete das Licht an. Es war erst halb zehn. Warum hatte er gedacht, er könnte schon schlafen? Erschöpft zu sein war etwas völlig anderes, als müde zu sein.

Er nahm das Telefon von der Bettseite. Er rief die Information an, um nach der Nummer zu fragen, dann wählte er die Nummer zur Hälfte, bevor er auflegte. Er unternahm noch einen Versuch und wählte diesmal alle sieben Ziffern. Es klingelte viermal, dann nahm Allegra ab.

»Hallo, mein Liebling. Rufe ich zu spät an?«

»Nein, wir sind gerade vom Flughafen zurückgekommen. Alles in Ordnung bei dir?«

»Alles gut hier. Hast du ihnen gesagt, wo ich bin?«

»Sie haben noch nicht gefragt. Ich habe nur gesagt, dass du uns morgen an der Kapelle triffst.«

»Gut. Allegra? Könnte ich kurz mit meiner Mutter sprechen?«

»Sicher. Einen Augenblick, Daddy.« Sie schien den Hörer abgelegt zu haben, denn er hörte sie von fern. »Oma Lucy?«

Eine unvertraute Stimme meldete sich.

»Bist du das, Mom?«

»Hayden?«

»Ja, Mom. Ich bin's.«

»Wo bist du, mein Liebling?«

»Ich bin bei Judith, Mom.«

»Ich habe gehofft, dich heute Abend zu sehen.«

»Ich weiß nicht, ob ich dazu wirklich bereit bin. Vielleicht könnte ich nur dich sehen. Ich würde gern mit dir reden, wirklich. Ich könnte dich mit einem Taxi abholen lassen. Es sind nur ein paar Meilen.«

»Nun, ich kann nicht einfach weggehen und deinen Daddy alleinlassen, mein Liebling. Er ist die ganze Zeit auf meine Hilfe angewiesen. Wir könnten beide kommen. Ich würde dich so gern sehen. Mein Gott, mein Junge. Es ist Jahre her.«

»Ich denke nicht, dass ich ihn heute Abend sehen kann, Mom. Ich habe mir gedacht, ich könnte dich vielleicht allein treffen. Glaub mir, Mom, wenn das möglich gewesen wäre, wäre ich nicht all diese Jahre weggeblieben.«

»Ich kann ihn wirklich nicht alleinlassen.«

»Ja, du warst ihm immer treu.« *Der andere Grund, weshalb ich euch nicht besucht habe.* »Ich sehe dich dann morgen bei der Hochzeit.«

»Ich freue mich wirklich darauf, Hayden«, sagte sie. Sie sagte nicht: *Ist alles in Ordnung mit dir? Ich habe gehört, du wärst fast gestorben.* Aber vielleicht hatte sie das auch gar nicht gehört. Woher sollte er wissen, was sie gehört hatte?

»Gute Nacht, Mom.«

Hayden legte auf, knipste das Licht wieder aus und blieb im Dunkeln sitzen. Dieses Gefühl kam zurück, dieses juckende, irritierende Gefühl hinter den Augen. Doch er schob es von sich und dachte: *Ich konnte noch nie mit ihr reden. Weshalb sollte es mich überraschen?*

Er hatte das Gefühl, überhaupt nicht einschlafen zu können. Doch als Judith zu ihm ins Bett stieg, wachte er auf. Zunächst hielt er einfach still, als sei sie ein Einbrecher oder Räuber und er hätte die besten Überlebenschancen, wenn er sich schlafend oder tot stellte.

Doch einen Augenblick später fühlte er sich seltsam wach und es schien zu sehr eine stillschweigende Zustimmung zu sein, wenn er nichts sagte.

Also fragte er: »Was in Gottes Namen tust du da?«

»Ich weiß nicht«, antwortete sie. »Ich hatte nur genug davon, wach zu liegen und mit meinen Gedanken zu ringen. Ich kann gehen, wenn dir das lieber ist.« Doch er sagte nichts und sie schmiegte sich an seinen Rücken. »Ich habe es schon immer gehasst, allein zu schlafen. Ich fühle mich dann nie sicher.«

»Du kannst dich mit mir nicht allzu sicher gefühlt haben.«

»Nachts schon. Ich versuche übrigens nicht, dich anzugraben.«

»Ich weiß.«

Sie lagen einen Augenblick still zusammen und das Gefühl eines Affronts löste sich auf. Es fühlte sich natürlich an, wenn sie an seinem Rücken lag, eine Berührung, so vertraut wie eh und je.

Sie musste etwas Ähnliches gespürt haben, denn sie sagte plötzlich: »Du hast nie Pyjamaoberteile getragen.« Er seufzte und schwieg. »Na ja, Leute ändern sich«, sagte sie, als wollte sie ihm die Mühe einer Erklärung ersparen.

»Es sieht so schlimm aus.«

»Was?«

»Meine Brust. Ich kann mich kaum selbst ansehen.«

»Kann ich es sehen?«

»Nein.«

»Das habe ich mir gedacht. Du wolltest schon immer Dinge von mir fernhalten. Alles an dir, von dem du dachtest, ich würde es nicht mögen, wolltest du mir ersparen. Aber das ist ein Grund, warum wir immer ein Stück voneinander getrennt waren, glaube ich.«

»Wir waren nicht immer ein Stück voneinander getrennt.«

»In mancher Weise schon.«

Eine Weile sprach keiner von ihnen und Hayden fragte sich, ob sie in dieser Stimmung einschlafen sollten. Doch er war jetzt völlig wach. Judith unterbrach mit leiser Stimme die Stille.

»Lucy hat mir viel über deine Kindheit erzählt.«

»Was zum Beispiel?«

»Wie hart Ed zu dir war. Und zu Daniel.«

»Hat sie dir auch erzählt, was mit Daniel passiert ist?«

»Ja.«

»Das hätte sie nicht tun sollen.« Doch zu seiner Überraschung fühlte er sich seltsam erleichtert, als hätte man ihm eine Last von den Schultern genommen. »Ich hätte es dir selbst erzählen sollen.«

»Ja.«

»Wenn man verheiratet ist, sollte man seinem Partner in solchen Dingen vertrauen.«

»Ich bin froh, dass du das endlich verstehst.«

»Glaubst du, dass du mir jemals vergeben kannst?«

»Damals hätte ich es nicht gekonnt. Aber wir sind jetzt um einiges älter. Wir hatten viel Zeit zum Nachdenken.«

»Ich weiß nicht, ob man durch Nachdenken zur Vergebung kommen kann.«

Er rollte sich zu ihr herum, langsam und unter Schmerzen. Im Licht, das durchs Fenster hereindrang, konnte er kaum die Konturen ihres Gesichtes erkennen. Sie trug ein tief ausgeschnittenes Nachthemd, das ihre Schlüsselbeine enthüllte, die Knochen ihrer intakten, narbenlosen Brust. Und als seine Augen sich an die Dunkelheit gewöhnt hatten, entdeckte er ihre Halskette. Er konnte kaum glauben, dass es immer noch dieselbe Kette war. Er berührte sie und nahm sie in die Hand, hielt sie nah an sein Gesicht, um es festzustellen.

»Ja, es ist noch dieselbe«, sagte sie.

»Ist der Goldüberzug nicht mittlerweile ganz abgenutzt?«

»Wohl schon seit etwa 1985.«

»Warum trägst du sie immer noch? Egal, das brauchst du nicht zu beantworten.«

»Vielleicht wäre es besser, wenn ich wieder hochgehe.«

»Nein, bitte bleib hier.«

Sie rollte sich herum und er schmiegte sich an sie, den linken Arm um sie gelegt. Hayden konnte in ihrer Anwesenheit dieses seltsame, wache Gefühl nicht ablegen. In dieser Nacht bekam er keinen Schlaf.

* * *

Um sieben Uhr morgens begannen sie in Judiths BMW ihre Fahrt an der Küste entlang. Hayden trug seinen Leihanzug. Die Krücken lagen neben ihm und der Rollstuhl war zusammengefaltet auf dem Rücksitz untergebracht.

»Nur als Plan B«, sagte Judith.

»Wie lange dauert die Fahrt?«

»Über eine Stunde.«

»Fahren meine Eltern mit Allegra und John?«

»Ich nehme es an. Keine Ahnung. Ich weiß nur, dass ich dich bringe.« Sie fuhren schweigend ein paar Minuten weiter, dann sagte Judith: »Es tut mir wirklich leid.«

»Was?« Er nahm an, dass sie die Einladung seiner Eltern meinte, aber er wollte sich sicher sein.

»Ich hätte einfach in meinem eigenen Schlafzimmer bleiben sollen. Schau, ich wusste, dass das passieren würde. Kaum dass wir uns wiedersehen.«

Sie fielen wieder in die Stille zurück. Hayden blickte ein paar Minuten aus dem Fenster und strich über die Bügelfalten seiner Anzughose. »Warum sollte es dir leidtun?«

»Es ist nicht fair dir gegenüber. Man kann nicht einen Mann, den man vor fünfzehn Jahren verlassen hat, einfach versuchen zurückzunehmen.«

»Ich hatte keine Ahnung, dass du das versucht hast.«

»Na ja. Ich habe es nicht *versucht.*«

»Ich glaube, es besteht keine Gefahr, dass wir wieder zusammenkommen.«

Die Stille kehrte wieder zurück, wie in einem Kreislauf, und Hayden bemerkte, dass sie mit jeder Wiederkehr unangenehmer wurde.

Einen Moment später sah er zu Judith und ihr Anblick versetzte ihm einen Stich. Sie trug für die Hochzeit ein dunkelgrünes Kleid, einen Hauch Make-up und goldene Ohrringe, an die er sich noch von früher erinnerte. Ebenso wie an dieses Gesicht. Nur das Kleid war neu.

An dem Blick in ihren Augen und an der Art, wie sie das Lenkrad umfasst hielt, konnte er erkennen, dass er ihre Gefühle verletzt hatte. Und es überraschte ihn, dass so eine einfache Aussage sie verletzte und er ihre Gefühle immer noch so gut einschätzen konnte.

* * *

Auf der Kuppe des Hügels, umgeben von dicht gewachsenen Zypressen, stand Hayden auf die Krücken gestützt neben dem

Auto. Die Erde unter seinen Füßen kam ihm ungewöhnlich weich und sandig vor, was das Laufen nicht einfach machen würde. Und bereits das Ankleiden am Morgen hatte ihn erschöpft. Außerdem machte ihn der Anblick des Kreuzes auf dem Dach der Kapelle nervös.

Judith kam um das Auto herum zu ihm und legte ihre Hand auf seinen Kragen. Er dachte erst, dass sie ihn zurechtzupfen würde, doch sie ließ einfach ihre Hand dort liegen.

»Du siehst gut aus«, sagte sie.

»Danke.« Er wollte das Kompliment erwidern, brachte die Worte aber nicht heraus.

Langsam und vorsichtig schwang er sich auf den Krücken an die Eingangstür der Kapelle und blieb vor den geöffneten Türen stehen. Sein Blick fiel auf ein buntes Blumenmeer. Und er sah sich mit drei breiten Holzstufen konfrontiert, die ebenso gut der Mount Everest hätten sein können.

* * *

Judith schob ihn über die Rampe durch die Seitentür und eine Tür weiter in den Abstellraum, wo sie den Rollstuhl zurückließen. Sie legte eine Hand auf seinen Arm, als sie in die Kapelle gingen. Hayden konnte sich vorstellen, dass es ihr schwerfiel, so langsam zu laufen. *Lag ihre Hand dort, um ihn abzustützen, um einen weiteren Krückenunfall zu vermeiden, oder wollte sie ihm einfach nur nahe sein, um der alten Zeiten willen? Wie letzte Nacht.*

»Wir sind die Ersten«, sagte sie und half ihm auf einen Platz in der vordersten Bank.

Nur wenige Sekunden später trafen Johns Eltern und seine zwei Brüder ein. Sie begrüßten Judith, und Hayden versuchte, aufzustehen, aber sie sagten, er solle sich bitte keine Umstände machen. Also schüttelte er ihre Hände von seinem Platz aus und hörte Namen, die er wieder vergessen würde. Sie gingen mit Judith zum Auto, um noch mehr Blumen zu holen.

Als Hayden allein auf der Bank saß, betrachtete er die Marienfigur aus Gips neben dem Altar. Sie hielt die Arme ausgestreckt, den Blick gen Himmel gerichtet, und Hayden hätte sie gern gefragt, was sie dort sah.

Plötzlich legte jemand eine Hand auf seine Schulter. »Hallo, Hayden.«

»Thea«, sagte er, ohne sich umzudrehen, er erkannte ihre Stimme. Er war froh und fühlte sich zufrieden, ein Gefühl, das er eigentlich nicht erwartet hatte. Sie kam zu ihm und nahm neben ihm Platz.

»Schön, dich wiederzusehen, Hayden.«

»Du siehst wunderbar aus.«

»Nein, ich sehe alt aus.«

Sie sah älter aus, aber gut. Ein willkommener Anblick. »Wir sind alle fünfzehn Jahre älter, Thea. Da kann man nichts dran ändern.«

»Ja, da hast du wohl recht. Wie ist es dir ergangen?« Der Klang ihrer Stimme veränderte sich, in ihrem Blick zeigte sich Sorge.

»Ist das eine Fangfrage?«

Sie lachte. Hayden wollte zu ihr sagen: *Lass uns reden. Lass uns zusammenkommen und stundenlang reden. Das sind wir einander schuldig.* Schließlich war Thea in den letzten Jahren eine Art Muttersatz für ihn gewesen.

Seine Gedanken wurden jedoch von der Ankunft zweier neuer Gäste unterbrochen. Ein älteres Ehepaar. Sie humpelten gemeinsam durch den Eingang, die Hand der Frau lag auf dem Arm des Mannes, als würde er ohne diese Hilfe hinfallen. Der Mann ging mit gebeugter Wirbelsäule. Sein Gesicht hatte unschöne Flecken von dieser Hautkrankheit, die an einzelnen Stellen fehlende Pigmente verursachte. Über seinen Ohren verlief ein dünner Kranz aus weißen Haaren, seine Augen waren trüb und schienen ins Nichts zu blicken. Die Frau sah etwa zehn Jahre jünger aus als er, was immer noch alt genug war.

»Sind das Johns Großeltern?«, fragte Hayden Thea.

Sie sah ihn kurz an, bevor sie antwortete: »Hayden, das sind deine Eltern.«

»Hilf mir hoch«, bat er sie, obwohl er ihr noch nicht ganz glauben konnte.

Leicht wankend auf seine Krücken gestützt, beobachtete er, wie sie näher kamen, und versuchte, ein vertrautes Gesicht ausfindig zu machen. Judith oder die Kinder. Er blickte zu Thea, die ihn anlächelte. Plötzlich spürte er ein schmerzhaftes Verlangen nach Nikotin.

»Hayden?« Die Stimme seiner Mutter. Er erkannte sie nicht aus der Vergangenheit, sondern nur von dem Telefonanruf des vorigen Abends.

»Ja, ich bin's, Mom.«

Sie standen jetzt direkt vor ihm und Hayden blickte auf den gefleckten, kahlen Kopf seines Vaters hinunter. Es erschien unmöglich und völlig verkehrt. Sein Vater blickte mit trüben, farblosen Augen auf. Und sprach.

»Sind Sie ein Freund der Braut?«

Es machte Lucy verlegen. »Ed, es ist Hayden«, rief sie ihm ins Ohr.

»Wer?«

»Dein Sohn.«

»Oh. Oh. Stimmt. Natürlich.«

»Ich muss Ed helfen, sich zu setzen, mein Liebling.«

»Sicher, Mom. Wir unterhalten uns später.«

Schweigend blickte er ihnen hinterher und hörte Ed fragen: »Wer war das noch mal?« Sie setzten sich auf der gegenüberliegenden Seite in die vorderste Bank. Die Augen seines Vaters starrten ins Leere.

»Könntest du mir einen Gefallen tun, Thea? Könntest du mir bitte meinen Rollstuhl bringen? Er ist im Abstellraum.«

Als Thea ging, ließ Hayden sich vorsichtig auf die Holzbank nieder und sah zu seiner Mutter, die ihn entschuldigend anlächelte. Gleich darauf erschien Thea mit dem Rollstuhl, ein willkommener Anblick, sowohl sie als auch der Rollstuhl. Er musste nicht mehr versuchen, aufzustehen. Er fragte sich, was in ihn gefahren war, als er versucht hatte, diesen Tag auf Krücken durchzustehen. So schmerzhaft, ermüdend und sinnlos.

Judith kam zurück und setzte sich neben ihn. »Die Kinder sind hier. Sie werden sofort da sein. Gute Entscheidung«, sagte sie mit einer Kopfbewegung zu dem Rollstuhl neben Haydens rechtem Knie.

»Wie konnte mein Vater so klein werden?«

»Er ist nur gebückt.«

»Nein, er ist nicht nur gebückt. Selbst wenn er gerade stehen würde, wäre er immer noch ein paar Zentimeter kleiner als ich.«

»Na ja, alte Leute schrumpfen nun mal, Hayden. Sie verlieren Knochenmasse.«

»Mein Vater ist geschrumpft.« Er sann einen Augenblick darüber nach. »Das ist nicht schlecht.«

»Ich habe versucht, dir zu erklären, dass du dir keine Sorgen zu machen brauchst.«

»Ja, das hast du.«

* * *

Nach der Hochzeitszeremonie saß Hayden in dem bequemen Rollstuhl und blickte von dem Hügel aus über den Ozean. Im Hintergrund das fröhliche Gemurmel der Gäste, die sich vor der Kapelle versammelt hatten.

Kurz darauf kam John zu ihm und Hayden war erfreut, ihn zu sehen.

»Alles in Ordnung, Hayden?«

»Alles prima. Ich bin sehr glücklich für euch beide.«

»Du siehst aber nicht sehr glücklich aus. War es schwer, deinen Vater zu treffen?«

»Ja. Aber aus anderen Gründen, als ich dachte. Tut mir leid, John, du brauchst das alles nicht zu wissen.«

»Nein, es ist in Ordnung. Ich höre zu.«

Er ging neben Haydens Rollstuhl in die Hocke. Hayden blickte auf den identischen Stoff ihrer Anzughosen hinunter.

»Mein ganzes Leben lang habe ich meinen Vater gehasst. Es ist für mich wie ein Antrieb gewesen. Ich bin mir nicht sicher, was ich jetzt ohne das tun soll. Ich weiß nicht, was mich jetzt antreiben wird.«

»Wenn du willst, kannst du ihn immer noch hassen.«

»Ich denke nicht. Sieh ihn dir an. Da ist nichts zum Hassen übrig.«

Sie warfen beide einen Blick über die Schulter und sahen, wie Ed von den anderen Gästen wegschlurfte. Lucy folgte ihm und führte ihn wieder zu der Gruppe zurück.

»Ich glaube nicht einmal, dass Hass an ihm haften bleiben würde«, sagte Hayden. »Da ist nichts, an dem der Hass haften könnte, wenn du weißt, was ich meine. Er würde wahrscheinlich sofort wieder von ihm abgleiten.«

»Ja, da hast du wohl recht.«

»Mir geht's gut, John. Wirklich. Ich muss nur einen Moment allein sein.«

Und John kam seinem Wunsch nach.

Hayden blickte auf die Landschaft und dachte: *Wenn ich nicht Hayden Reese bin, ein Mann, der seinen Vater hasst, dann … was? Wer bin ich dann? Hayden Reese, ein Mann, der … was? Was tut? Was denkt? Was ist?*

Bevor er den Gedanken zu Ende führen konnte, kam Judith, um ihn zum Auto zu bringen.

Kapitel 5

Doch du kannst es nicht

Hustend schreckte Hayden aus dem Schlaf hoch, mitten aus einem Traum, von dem er nur noch wusste, dass er verstörend gewesen war.

Er war noch da, irgendwo gleich am Rande seines Bewusstseins. Beinahe glaubte er, ihn noch greifen zu können. Das Wäldchen auf der anderen Seite der Bahngleise blitzte auf, wo der Kanal floss und Bäume über seinem Kopf aufragten.

Doch als er danach greifen wollte, entzog es sich ihm.

Die Augen fest geschlossen, setzte er sich auf und wartete, bis der vom Husten ausgelöste Schmerz nachließ.

Dann öffnete er die Augen und blickte sich um. Er versuchte, sich zu erinnern, wo er sich befand. Eine vage Vertrautheit, aber nichts, was er einordnen konnte.

Judiths Gästezimmer. Allmählich dämmerte es ihm. Er blickte hinter sich, um zu sehen, ob sie sich in der Nacht zu ihm gelegt hatte, doch er war allein. Dem Wecker zufolge war es noch nicht einmal elf Uhr abends.

Mühselig setzte er sich in seinen Rollstuhl und schob sich zum Schreibtisch. Er nahm das Telefon und wählte die Nummer der Auskunft.

»Welche Stadt, bitte?«

»Ich bin in Sausalito. Ich hätte gern die Nummer eines Taxiunternehmens.«

»Welches, Sir?«

»Irgendeins«, sagte er.

* * *

Mit den Krücken auf dem Schoß rollte Hayden auf das Haus zu. Als das Taxi in der Ferne verklang, fragte er sich, ob er nicht vielleicht den Fahrer hätte bitten sollen, zu warten.

Er ließ den Rollstuhl in der Einfahrt stehen und setzte seinen Weg zur Tür auf Krücken fort.

Dunkel und still stand das Haus da. Es sah leer aus. Er betete, dass jemand aufwachen würde. John und Allegra waren bereits in die Flitterwochen gefahren und seine Eltern waren allein im Haus. Hoffentlich würde *sie* ihm die Tür öffnen, nicht er.

Mit der rechten Schulter an die schwere Holztür gelehnt, klopfte er an und wartete. Verzweiflung machte sich in ihm breit, er fühlte sich verlassen und allein.

Ungeduldig betätigte er mehrmals hintereinander die Türklingel.

»Wer ist da?«, hörte er ihre Stimme.

»Ich bin's, Mom. Hayden. Kannst du mich reinlassen? Ich muss mit dir reden.«

Die Tür wurde geöffnet.

Sie trug einen Bademantel, ihre Hochzeitsfrisur war teils noch intakt, teils vom Kissen zerdrückt. Sie sah alt aus, älter als ihre vierundsiebzig Jahre. Und müde. Nicht nur, weil es spät am

Abend war, sondern weil es spät in einem schweren Leben war. Hayden versuchte, das Vertraute in ihr zu sehen, seine Mutter. Doch er schien sie nur noch von der Hochzeit in Erinnerung zu haben.

»Hayden! Was ist, Liebling, dass du nicht bis zum Morgen warten konntest?«

»Mom, ich muss mit dir reden. Es ist wichtig.« Langsam und vorsichtig trat er auf den Krücken ins Haus und zuckte zusammen, als die Bewegung an den Muskeln seiner linken Achsel zog. Er schaffte das alles körperlich noch nicht. Es war ein so langer Tag gewesen. Er war so müde. »Schläft er noch?«

»Oh Gott, ja. Er konnte schon immer wie ein Stein schlafen. Und jetzt ist er auch noch taub. Worum geht es, mein Liebling?«

Hayden ließ sich vorsichtig auf die Couch sinken.

»Mom, ich muss dir etwas sagen. Ich hätte es dir schon vor Jahren sagen sollen. Schlimmer als die Sache, die ich dir sagen muss, ist nur noch, dass ich sie diese ganze Zeit geheim gehalten habe.«

»Was, mein Liebling? Worum geht es?« Sie schaltete eine Lampe neben der Couch ein, um ihn besser sehen zu können. Tränen des Mitgefühls sammelten sich in ihren Augen. »Ich dachte, wir würden dich vor unserer Abfahrt nicht mehr sehen. Ich freue mich, dass du hier bist, mein Liebling, aber große Güte, es ist so spät.«

»Bitte hör mir zu, Mom. Es ist wichtig.«

»Gut, mein Liebling. Gut. Ich höre.«

»Es war meine Schuld.«

»Was meinst du?«

»Ich hätte ihn dort treffen sollen. Um das Seil zu halten. Ich hatte zu ihm gesagt, dass er nicht ohne mich dort hinaufklettern sollte, ich hatte ihm versprochen, dort zu sein. Ich hatte gesagt, ich würde ihn an dem Mast treffen, um sechs Uhr. Aber ich war nicht da. Ich war in der Zeit mit diesem Mädchen zusammen. Es wäre nie passiert, wenn ich da gewesen wäre, wie ich es ihm versprochen hatte.« Hayden hielt inne und wartete auf ihre Reaktion, aber dann hielt er das Warten nicht mehr aus. »Ich verstehe, wenn du mich hasst, wenn du nie mehr mit mir sprechen willst. Aber ich musste es dir erzählen, Mom. Ich konnte es nicht länger für mich behalten.«

»Oh, Hayden.« Mit ihrer gekrümmten, leberfleckigen Hand berührte sie sein Gesicht. »Oh, mein Liebling, *das* ist dein großes Geheimnis? Das ist doch gar nichts.«

»Wie kannst du das sagen? Verstehst du nicht, was ich dir erzählen will?«

»Das ist gar nichts, mein Liebling. Ich kann es nicht fassen, dass du das diese ganze Zeit für dich behalten hast.«

»Ich glaube, du hast mich nicht richtig verstanden. Es war allein meine Schuld.«

»Nein, das war es nicht, mein Liebling. Du hast es selbst gesagt. Du hattest zu ihm gesagt, dass er nicht ohne dich hinaufklettern sollte.«

»Ja, aber …«

»Er war ein impulsiver Junge, Hayden. Er hat nie getan, was man ihm sagte. Er hat auch auf uns nie gehört. Es ist nicht deine Schuld, dass er unüberlegt gehandelt hat.«

Sie blickte ihn wieder an und ihr Gesicht verzog sich seltsam. Hayden glaubte, sie werde gleich weinen. Doch stattdessen lachte sie.

Hayden schwieg. Er fühlte sich allein und sonderbar gekränkt. Es war sein großes Geheimnis gewesen. Es *war* groß. Es war nicht lustig. Sie schien ihm seine Gefühle an den Augen abzulesen, denn sie wurde wieder ernst und der mitfühlende Blick kehrte zurück.

»Hayden, mein Liebling. Ich habe mir auch die Schuld gegeben. Lange. Viele Jahre lang. Ich habe gedacht, dass ich als seine Mutter hätte wissen sollen, wo er war und was er tat. Ich hätte ihm besser beibringen müssen, wovon er sich fernhalten musste, weil es gefährlich war. Aber ich hatte ihm bereits alles beigebracht. Er wusste, wie gefährlich es war, und er hat es trotzdem getan. Man kann nicht rund um die Uhr wissen, wo die eigenen Kinder sind. Es ist sechsunddreißig Jahre her, Hayden. Mein Gott, ich war untröstlich damals, aber früher oder später muss man zum Alltag zurückkehren.«

Sie schwiegen einen Augenblick. Hayden starrte auf die Krücken in seinem Schoß. In seinem linken Bein spürte er ein leichtes Kribbeln, eine prickelnde Taubheit. Die Ärztin hatte ihn gewarnt, dass das passieren könne und dass es wahrscheinlich ein gutes Zeichen wäre. Das Gefühl in seinem Bein könne zurückkommen, wenn auch nicht vollständig. Er solle mit dem zufrieden sein, was er bekam, hatte sie gesagt. Aber darüber konnte er jetzt gerade nicht nachdenken.

»Ich war für ihn verantwortlich.«

»Nein, er war das Kind von Ed und mir. Es war unsere Aufgabe, uns um ihn zu kümmern, nicht deine. Du warst selbst noch ein Junge.«

»Dad hat immer gesagt, ich müsse mich um ihn kümmern.«

»Na ja, dein Vater hat viel gesagt, mein Liebling. Weißt du noch, als er gesagt hat, die Russen hätten unser Trinkwasser mit Fluorid verseucht?«

Hayden erinnerte sich daran. Er musste lachen, zuerst war es nur ein Kichern, aber mit dem Kichern wurde ein großer Druck frei, und das Kichern wurde zu einem Glucksen. Und es wirkte auf Lucy ansteckend.

»Das ist mir immer so komisch vorgekommen. Ich konnte nie verstehen, warum die Russen wollten, dass wir kräftige Zähne bekamen.«

Sie lachten kurz zusammen, dann wurden sie fast im gleichen Augenblick wieder ernst.

»Ed hatte schon manchmal komische Ideen«, sagte sie.

Hayden fiel auf, dass sie über ihn sprachen, als sei er schon tot.

»Worin hat er sich sonst noch geirrt?« Hayden hoffte, dass es eine lange Liste werden würde, doch sie dachte zu lange nach, bevor sie antwortete.

»Nun, er hat immer gemeint, Daniel könnte alles und du könntest nichts.«

»Bist du sicher, dass er sich da geirrt hat?«

»Ganz sicher.«

»Was habe ich jemals besser gemacht als Daniel?«

Zwei oder drei Herzschläge lang schwiegen sie, dann sagte Lucy: »Du hast überlebt.«

»Ich weiß nicht, ob das ein Talent ist.«

»Es ist eins. Das wichtigste Talent. Man braucht einen gesunden Menschenverstand. Gott möge mir verzeihen, wenn ich sage: Ich habe diesen Jungen geliebt, aber er hatte kein bisschen gesunden Menschenverstand. Du warst immer der Vernünftige von euch beiden. Du hast immer gründlich nachgedacht, bevor du etwas getan hast. Du hast viel Gutes in dir. Ich habe damals darauf geachtet, dir das immer wieder zu sagen, denn Ed hat es nicht getan.«

»Warum bist du mit ihm zusammengeblieben?«

»Wohin hätte ich denn gehen sollen?«

»Wie konntest du mit ihm all diese Jahre zusammenbleiben?«

Er blickte in ihr Gesicht und hatte das Gefühl, sie verletzt zu haben. Und er wünschte, er hätte nicht gefragt. Es ging hier ausschließlich um ihn. Er wollte seine Mutter nicht in die Sache hineinziehen.

»Nach dem, was passiert war, fasste ich einen Entschluss. Ich nahm mir vor, ihn zu verlassen und dich mitzunehmen, falls er jemals die Hand gegen dich erheben würde.«

»Was er nie getan hat.«

»Nie. Er ließ die Hand sinken und du hast deine erhoben. Von da an war er irgendwie bedauernswert. Vor allem, nachdem du ihn so arg geschlagen hast.«

»Habe ich das wirklich getan? Seltsam, ich erinnere mich dunkel daran. Aber aus irgendeinem Grund glaube ich immer, meine Erinnerung würde mich täuschen. Als hätte ich mir nur gewünscht, dass es passiert wäre.«

»Oh, du hast es wirklich getan. Du hast ihn mit einem Stuhl geschlagen, sein Schlüsselbein gebrochen und ihm eine Gehirnerschütterung verursacht. Dann bist du weggegangen, mit nichts als deinen Sachen am Leib, und ich habe dich drei Jahre lang nicht gesehen, bis zu dem Tag, als du mit neunzehn einmal zu Besuch gekommen bist, während er in der Arbeit war. Du hast mir nie erzählt, wo du diese ganze Zeit warst, und bist danach nie wiedergekommen. Er war zu dem Zeitpunkt so niedergeschlagen. Es schien einfach zu grausam, ihn auch noch zu verlassen. Außerdem habe ich ihn geliebt. Ich weiß, das mag für dich nicht leicht zu verstehen sein, aber ich habe diesen Mann geliebt. Egal, was er getan hat, das Gefühl schien nie zu verschwinden.«

»Es ist nicht schwer, sich zu verlieben«, sagte Hayden. »Der schwere Teil ist, jemanden zu lieben, der einem guttut.«

Damit schien die Unterhaltung ein jähes Ende zu finden. Hayden schwieg und dachte, dass er vielleicht ein Taxi rufen und nach Hause zu Judith zurückfahren sollte. *Aber warum betrachtete er Judiths Haus als Zuhause?*

»Damals hat man über solche Dinge nicht geredet«, sagte sie, als er gerade aufstehen wollte. »Es war eher wie ein Lotteriespiel. Man hat sich einfach verliebt und später fand man dann heraus, worauf man sich eingelassen hatte.«

»Ich glaube, für die meisten Leute ist es immer noch so.« Der Drang, aufzustehen und zu gehen, schien ihn zu verlassen wie die Luft, die bei einem langen Seufzer entwich. »Ich denke immer noch darüber nach, wie es wohl wäre, wenn ich die Zeit zurückdrehen und die Verabredung diesmal einhalten könnte. Ich denke immer daran, wie anders dann alles wäre.«

»Aber das kannst du nicht.«

»So eine dumme Sache. So ein dummer, unwichtiger Moment damals. Und wenn man herausfindet, wie wichtig der Moment war, ist er schon vorbei, dann ist es zu spät. Alles hängt von diesem Moment ab, aber das erfährt man erst, wenn es zu spät ist. Wenn er es doch einfach nur irgendwie überlebt hätte. Manchmal passiert das ja. Vor zwei Jahren, dieses Kind in Südkalifornien. Durch die Verbrennungen hat es einen Arm und ein Bein verloren, aber es hat überlebt.«

»Warum würdest du wollen, dass Daniel das durchgemacht hätte?«

»Damit er mir vergeben könnte.« Er wartete ab, doch sie erwiderte nichts. »Leute tun das, weißt du. Sich gegenseitig vergeben. Sogar große Dinge, die völlig unüberwindlich erscheinen. Es kommt vor.«

»Ich glaube nicht, dass du Daniels Vergebung brauchst. Du musst dir nur selbst vergeben. Ich kann es nicht fassen, dass du das noch nicht getan hast. Sechsunddreißig Jahre, Hayden. Das ist eine lange Zeit, um zu leiden. Meinst du nicht, dass du allmählich genug gebüßt hast?«

»Manchmal sage ich mir das. Es sind aber nur Worte.«

Er stützte sich auf seine Krücken und zog sich auf die Beine.

»Warum schläfst du nicht einfach hier, mein Liebling?«

Doch er wollte am nächsten Morgen nicht Ed begegnen. Er hätte es zwar gekonnt, wenn er gemusst hätte, aber weshalb sollte er sich das antun? Außerdem würde sich Judith Sorgen machen, wenn sie sein Bett leer vorfand.

»Könntest du mir bitte ein Taxi rufen, Mom?«

»Okay, wenn du das willst.«

Sie ging, um den Anruf zu tätigen, und Hayden hatte einen Vorsprung, um zu seinem Rollstuhl zu gelangen. Er hoffte, dass er immer noch in der Einfahrt stand.

So ein langer Weg. So ein langer Tag. Seine Gedanken kehrten zu der Hochzeit an diesem Morgen zurück. Es kam ihm vor, als wäre sie Wochen her. So ein langer, ermüdender Tag.

Und die Krücke schmerzte so sehr unter seinem linken Arm. Er fragte sich, ob der Schmerz ein Vorgeschmack auf die Physiotherapie war, doch er wusste, dass sie noch schlimmer sein würde, viel schlimmer. Er schaffte es bis zu seinem Rollstuhl.

In der stillen Nacht saß er in der Einfahrt, blickte zu den Sternen auf und beschloss, dass es nichts ausmachte. Es machte nichts aus, dass es mühsam und schmerzhaft sein würde. Das Wichtigste war, dass er überlebt hatte. Er war fünfzig Jahre alt und immer noch hier. Was viel mehr war, als Daniel von sich behaupten konnte.

Lucy trat hinter ihn.

»Das Taxi kommt in fünfzehn Minuten.«

»Danke, Mom.«

»Soll ich dir Gesellschaft leisten, während du wartest?«

»Ich komme allein zurecht, danke.«

»Es ist ein bisschen kalt, aber ich kann hierbleiben, wenn du möchtest.«

»Geh wieder schlafen, Mom. Tut mir leid, dass ich dich geweckt habe.«

Hayden hörte die leisen Schritte ihrer Hausschuhe auf der geteerten Einfahrt, als sie sich entfernte.

Weil er nicht damit rechnete, sie wiederzusehen, sagte er: »Ich liebe dich, Mom.«

»Ich liebe dich auch, mein Junge«, erwiderte sie und ging zurück ins Haus.

* * *

Als das Taxi in Judiths Straße einbog, fragte er sich, wie er wieder ins Haus gelangen sollte. Ursprünglich hatte er überlegt, die Haustür nicht zu schließen, aber dann hatte er es doch gemacht. Zu ihrer Sicherheit. Es wäre ihr gegenüber nicht fair gewesen. Jetzt würde er sie also aufwecken müssen.

Doch als das Taxi in der Einfahrt anhielt, erkannte Hayden, dass sich das Problem bereits erledigt hatte.

Die Lichter im Wohnzimmer waren an und Judith war wach. Sie stand am Fenster und blickte heraus wie eine Mutter, die darauf wartete, dass ihr Teenager von seinem ersten Date nach Hause kam.

Sie kam ihm im Nachthemd entgegen und half ihm in den Rollstuhl, wofür er ihr sehr dankbar war. Er war so müde und wund von diesen verdammten Krücken.

»Warum bist du wach?«, fragte er, als sie sicher im Haus waren. Endlich hatte dieser schwierige Tag ein Ende. »Woher wusstest du, dass ich weg war?«

»Ich weiß selbst nicht, warum ich aufgewacht bin«, antwortete sie.

Hayden schloss daraus, dass sie wieder nach unten gekommen war, um bei ihm zu sein. Doch er konnte sich auch täuschen. Und er wollte sie nicht in Verlegenheit bringen, falls er mit seiner Einschätzung richtig lag, also sagte er nur: »Ich bin so was von müde.«

»Brauchst du meine Hilfe beim Ausziehen?« Nach einer unangenehmen, kurzen Pause fügte sie hinzu: »Es ist schließlich nicht so, als würden wir uns nicht kennen.«

»Sicher. Ich kann deine Hilfe gebrauchen.«

Sie schob ihn in das Gästezimmer. »Wenn du im T-Shirt schlafen willst, habe ich kein Problem damit.«

»Nein, es ist okay. Du wolltest es sehen.«

»Bist du dir sicher?«

»Du hast gesagt, ich würde dir nie meine Probleme zeigen.«

»Wenn du dir sicher bist.«

Sie schlug die Decke zurück und half ihm ins Bett.

Er zog sein Hemd aus und legte sich auf den Rücken, um die Hose auszuziehen. Sie half ihm und zog an den Hosenbeinen, dann streifte sie ihm Schuhe und Socken ab. Er entschloss sich, seine Unterhose anzubehalten, und zog schnell die Decke über sich, doch den Oberkörper ließ er frei, damit sie nicht den Eindruck bekam, er würde seine Narben vor ihr verstecken.

Sie setzte sich neben ihn und berührte sanft die verletzte Haut an seiner Brust.

»Danke, dass du es mich sehen lässt«, sagte sie. »Tut das weh?«

»Nur ein wenig. Ich meine, du bist vorsichtig genug.«

»Vertraue mir noch ein Problem an«, sagte sie, schlüpfte neben ihm unter die Decke und schaltete das Licht aus.

»Was meinst du?«

»Erzähl mir, auf wen du so wütend warst.«

»Ich weiß nicht, was du meinst.«

»Du warst so wütend. All diese Jahre. Erzähl mir, warum.«

»Ich dachte, meine Mutter hätte es dir gesagt.«

»Sie hat mir erzählt, was passiert ist. Aber ich will wissen, warum du so wütend warst. Du musst gedacht haben, dass es jemandes Schuld war.«

»Irgendjemand muss schuld gewesen sein. Es ist schließlich passiert.«

»Ich weiß nicht. Manche Dinge passieren einfach. Höhere Gewalt.«

»Ich bin mir nicht sicher, ob ich an Gott glaube«, sagte er und griff in der Dunkelheit nach ihr. Er nahm ihre Hand und zog sie näher an sich.

»Gräbst du mich gerade an, Hayden?«

»Bitte versteh mich nicht falsch«, sagte er und legte einen Arm um ihre Schulter, da er plötzlich diese Nähe brauchte, »aber ich habe nicht die Energie.«

Sie legte den Kopf auf seine Schulter, ihre Fingerspitzen zeichneten das Muster der Narben auf seiner Brust nach. »Ich dachte, du würdest an Gott glauben«, sagte sie. »In irgendeiner Form jedenfalls. Es schien immer so, als würdest du nach etwas suchen, an das du glauben könntest.«

Sie lagen eine Weile schweigend nebeneinander, bevor er antwortete.

»Ich habe immer gedacht, diese Stromkabel seien Gott. Na ja, nicht die Kabel, aber ihre Energie. Gott wird ja immer als Energie beschrieben. Ich weiß, das klingt seltsam.«

»Eigentlich überhaupt nicht. Nicht nach dem, was passiert ist.«

»Die Elektrizität ist so eine seltsame Sache. Ich meine, sie ist immer da, immer um uns herum. Man kann sie nicht sehen, aber sie kann Leben auslöschen, einfach so.« Hayden schnippte in der Dunkelheit mit den Fingern. »Ich habe sie wohl irgendwie verherrlicht, als ich jung war. Sobald man sieht, was Strom ausrichten kann, ergibt es Sinn.«

»Also, wessen Schuld war es?«

»Ich weiß immer noch nicht, was du meinst.«

»Du musst jemandem die Schuld dafür gegeben haben, um so wütend zu sein.«

»Ich habe mir selbst die Schuld gegeben.«

»Tust du es immer noch?«

»Nicht jetzt im Augenblick. Wahrscheinlich nicht.«

»Und wem gibst du jetzt die Schuld?«

»Ich weiß nicht. Das ist das Problem.«

»Du hast für alles immer einen Schuldigen gesucht.«

»Ich weiß immer noch nicht, worauf du hinauswillst.«

»Egal. Ist es okay, wenn ich hierbleibe?«

»Ja, bitte bleib hier.«

Er rollte sich unter ihr weg auf die Seite, und sie schmiegte sich an seinen nackten Rücken, einen Arm um ihn gelegt, und so blieben sie in der Dunkelheit liegen. Hayden wünschte, er könnte schlafen. Er war so erschöpft. Hätte er doch nur etwas Schlaf bekommen können.

»Ich habe zu diesem kleinen Arschloch gesagt, dass er es nicht tun soll«, sagte er, selbst überrascht davon, dass er es ausgesprochen hatte. Das war nicht geplant gewesen. »Jetzt ist er weg und ich bin derjenige, der damit leben muss.«

Er wartete auf ihre Antwort, und als sie nicht sofort etwas sagte, fügte er hinzu: »Ich kann es nicht fassen, dass ich das gerade gesagt habe.«

»Und ich kann es nicht fassen, dass du so lange dafür gebraucht hast.«

»Man kann nicht auf jemanden wütend sein, der tot ist.«

»Natürlich kann man das.«

»Man kann einem Toten keine Schuld geben.«

»Natürlich. Man kann und sollte es auch.«

»Es kommt mir nicht richtig vor.«

»Mir schon.«

»Ich bin unglaublich müde.«

»Es war ein schwerer Tag.«

Er schloss wieder die Augen, obwohl er wusste, dass er nicht schlafen konnte.

Judith rollte sich auf die andere Seite und streifte ihn dabei kurz. Er spürte, wie er darauf reagierte, unerwartet. Er schmiegte sich von hinten an sie, und da spürte sie es auch.

»So erschöpft, was?«

»Das war nicht geplant.«

»Ich könnte den aktiven Part übernehmen.«

»Möchtest du das, Judith?«

»Es ist nicht so, als hätten wir das noch nie getan.«

»Wir hätten aber nie gedacht, dass wir es noch einmal tun würden.«

»Genaugenommen sind wir immer noch verheiratet.«

»Wir können nicht einfach nahtlos dort weitermachen, wo es geendet hat.«

»Das habe ich nie gesagt. Gott, warum sollten wir das überhaupt wollen? Wenn man bedenkt, wie es geendet hat.«

»Ich bin nicht mehr der Mann, den du geheiratet hast.«

»Das habe ich bemerkt. Aber du bist auch nicht der Mann, den ich verlassen habe.«

Sie rollte sich auf den Rücken und er legte sich auf sie. Das vertraute Gefühl, wie ihre Körper zusammenpassten. In gewisser Weise voneinander verschieden, aber auch ähnlich. Sie waren sich ähnlicher als in seiner Erinnerung. Sie schlang ihre Arme um ihn.

»Ich könnte oben liegen, wenn es dir schwerfällt.«

»Wir werden sehen, wie lange ich es schaffe.«

Sie küsste ihn. Ein zögernder Kuss, bei dem sich ihre Zungen kaum und nur schüchtern berührten.

Als er sich von ihr löste, spürte er es wieder, zum dritten Mal in seinem Leben.

Dieses Brennen hinter den Augen.

Dieses seltsame, irritierende Gefühl.

Doch als Hände über seinen Rücken wanderten, lenkte ihn das von diesem seltsamen Brennen ab, und er sperrte sich nicht mehr dagegen.

Er spürte, wie sich eine Träne löste. Er hörte das leise Klopfen, als sie auf das Kissen fiel. Er fragte sich, ob sie es auch gehört hatte.

Dann eine zweite Träne aus dem anderen Auge. Sie quoll hervor, fiel und er lauschte, hörte aber das leise Klopfen nicht. *War die Träne auf ihrem Gesicht gelandet?*

Er fragte sich, ob so das Weinen ging, ob es sich so anfühlte. Und warum es so eine große Sache sein sollte, so oder so.

»Hayden«, sagte sie. »Weinst du etwa?«

»Ich glaube, ja.«

»Hayden. Wann hast du das gelernt?«

»Gerade eben.«

Kapitel 6

Er kommt aus dem Fisch

Am nächsten Morgen brachte Judith ihm eine Tasse Kaffee ans Bett.

»Wann brechen wir auf?«, fragte er.

»Überlege dir erst, ob du das wirklich willst.«

Allegras Kater Tigger, den Judith während der Flitterwochen hütete, sprang zu Hayden aufs Bett.

Während Hayden an seinem Kaffee nippte, lauschte er den Gedanken und Fragen, die kreuz und quer durch seinen Kopf purzelten. Er konnte sich nicht überwinden, sie zu fragen, warum sie ihn bei sich haben wollte, warum sie dachte, dies sei eine gute Idee.

Stattdessen sagte er: »Ich frage mich, warum sie ihren Kater Tigger genannt hat.«

»Das war nicht ihre Idee. Er war meine Katze, ich habe ihm den Namen gegeben«, antwortete Judith. In ihrem Bademantel und ungeschminkt – sie brauchte wirklich kein Make-up – setzte sie sich im Schneidersitz ans Ende des Bettes. »Ich habe mich immer mit Tigger identifiziert. Mit der Figur, nicht der Katze.«

»Du bist aber kein sehr sprunghafter Typ.«

»Ich habe meine Momente. Ich glaube, ich identifiziere mich mit Tigger, weil er noch nicht einmal weiß, was er ist. Ich meine, er ist ein Tiger, aber offensichtlich kennt er niemanden, der so ist wie er. Er weiß noch nicht einmal, was Tiger fressen. Oder zu was er in der Lage ist. Also geht er davon aus, dass er einfach alles kann. Er springt auf einen Baum und merkt erst hinterher, dass er nicht runterklettern kann.«

»Ich wusste gar nicht, dass du dich so fühlst.«

»Wir wissen vieles nicht voneinander. Aber wir könnten es herausfinden.«

Die Gedanken und Fragen purzelten wieder durch seinen Kopf. Es dauerte eine Weile, bis er sie sortiert hatte. Nichts von den Gedanken und Fragen schien zu dem zu passen, was er sagen wollte.

Also sagte er bloß: »Das ist unmöglich.«

»Was?«

»Du und ich. Es ist unmöglich.«

Sie sah verletzt aus, als hätte er ihr mit einem Schlag alle Energie geraubt. Plötzlich sah sie wieder jung und verletzlich aus. »Es ist nicht unmöglich«, sagte sie ein wenig angriffslustig. »Es ist bloß äußerst unwahrscheinlich.«

Hayden musste lachen, und Judith lachte mit ihm.

»Okay. Es ist äußerst unwahrscheinlich.«

»Möchtest du Frühstück?«

»Nicht unbedingt. Ich bin nicht sehr hungrig.«

»Okay. Wenn du dir sicher bist, dass du es wirklich willst, fahre ich dich nach Hause.«

»Ich bin mir sicher.«

* * *

Etwa drei Kilometer von ihrem Ziel entfernt kamen sie an eine Straßensperre. Hayden erblickte sie schon aus der Entfernung.

Er hoffte, dass sie von einem Bekannten bewacht wurde, von jemandem aus der Gegend, Scott oder einem seiner Hilfssheriffs. Doch es sah mehr wie eine Sperre der Autobahnpolizei aus.

Sie fuhren in Judiths BMW mit heruntergeklapptem Verdeck. Es war ein perfekter Tag, der Himmel war blau und die Luft roch frisch und sauber. Erst als er die Straßensperre sah, fragte er sich, wie das Wetter hier in seiner Abwesenheit gewesen war.

Judith drosselte langsam die Geschwindigkeit.

»Was zum Teufel …?«, fragte sie.

»Vielleicht eine Überschwemmung.«

»Oh, ja! Das hatte ich ganz vergessen.«

»Wir hätten das Radio anstellen sollen«, sagte er.

Hayden konnte verstehen, warum Judith es vergessen hatte. Aber wie hatte er es vergessen können? Sie hatte ihm erzählt, dass die Flüsse angestiegen waren. Und trotzdem war er einfach weggefahren und hatte kein einziges Mal daran gedacht, die Nachrichten zu hören, sich die Wettervorhersage anzusehen oder zu Hause anzurufen. Doch er hatte einen guten Grund gehabt, diese Dinge zu vergessen: Allegra, die plötzlich wieder seine Tochter geworden war. Und John, sein neuer Schwiegersohn. Und seine Eltern, die er wiedergesehen hatte. Und die Neuigkeit, dass er Großvater werden würde. Und Judith in seinem Bett, die sich plötzlich wieder wie seine Frau verhielt. In seinem Kopf war einfach kein Platz mehr für Gedanken an das Wetter gewesen.

Judith hielt vor der Straßensperre an. Der Autobahnpolizist trat zu ihnen und stützte sich mit dem Arm an der Windschutzscheibe ab.

»Tut mir leid, diese Strecke ist gesperrt.«

»Ich bin von hier«, sagte Hayden. »Ich wohne dort oben.«

»Können Sie sich bitte ausweisen?«

Hayden zog seinen Führerschein aus der Brieftasche und reichte ihn dem Polizisten.

Der Polizist runzelte die Stirn. »Nun, machen Sie sich auf was gefasst, diesen Bereich hat es schwer erwischt. Ich lasse Sie durch, aber Vorsicht. Sie fahren auf eigenes Risiko weiter. Die Straßen sind voller Schlamm und Geröll, fahren Sie langsam. Wenn Sie eine schlammige Stelle sehen und nicht wissen, wie tief sie ist, drehen Sie um. Unsere Rettungsmannschaft hat zu viel zu tun, um feststeckende Autos zu befreien.«

Hayden starrte den Mann an und drängte sein Hirn, schneller zu arbeiten. Und besser. »Ich war doch nur drei Tage weg«, sagte er. Es klang schwach und albern, aber mehr bekam er nicht zustande.

»Na ja, wir hatten einen Regenfall von vierzig Zentimetern in diesen drei Tagen, Sir. Fünfundfünfzig in den Bergen. Ein Unwetter, wie es nur alle fünfzig Jahre kommt, heißt es. All das Wasser muss irgendwo hin, also ist es abwärts geflossen. Sie fahren schön langsam und vorsichtig, okay?«

»Das machen wir«, erwiderte Judith.

»Einen schönen Tag wünsche ich Ihnen.«

Hayden schnaubte, aber Judith fuhr gekonnt und recht schnell um die Straßensperre herum, sodass sie außer Sichtweite waren, bevor der Polizist Haydens Reaktion sehen konnte.

»Was, wenn dir ein großer Schaden entstanden ist?«, fragte Judith. »Was wirst du dann tun?«

Eine Frage, die Hayden nicht beantworten konnte, er wollte sie nicht hören. Er erwiderte nichts.

»Wenn deine Blockhütte voll Wasser steht, wird das Aufräumen ein Riesenjob. Alles wird voller Schlamm sein und du wirst dort nicht bleiben können.«

»Warten wir ab, bis wir es gesehen haben.«

»Ich würde bleiben und dir helfen, wenn ich könnte, aber ich habe morgen Termine. Ich kann mir nicht länger freinehmen.«

»Scott kann mir helfen«, sagte er. *Falls Scott nicht bereits zu beschäftigt mit all den anderen Notfällen ist.* »Oder Peg.« *Falls sie noch mit mir spricht.*

Als sie über den langen Zufahrtsweg zu seiner Blockhütte fuhren, war bereits alles verkehrt. Er konnte sich nicht zurechtfinden, weil alle Orientierungspunkte verschwunden waren. Kein Briefkasten an der Stelle, wo er sein sollte. *War er verschwunden? Oder hatte er sich über die Stelle getäuscht?* Alles war mit Schlamm überzogen, vielleicht täuschte er sich daher über die Stellen, wo Dinge sein sollten.

Sie fuhren um die Kurve der Zufahrt und er machte sich auf das Schlimmste gefasst. Zumindest dachte er das. Er rechnete damit, vielleicht einen Baum durch das Dach ragen zu sehen. Oder dass die Blockhütte aus ihrem Unterbau gerissen war. Oder mit meterhohem Schlamm, der durch die Haustür gesickert war. Doch das war nicht, was er sah. Tatsächlich bot sich ihm ein Anblick, auf den er nicht vorbereitet war. Ein ebenes, unvertrautes, unbebautes Stück Land. Überall Schlamm und Trümmer, überwiegend Baumstämme und Äste. Ein gelbes Frisbee steckte im Schlamm. Ein totes Kalb, das einem glücklosen Farmer flussaufwärts fortgespült worden war. Ein dicker Ast, der etwa hundertfünfzig Kilo schwer sein mochte, steckte an der Ecke von etwas, was er allmählich als Unterbau seiner Blockhütte erkannte.

Judith sagte: »Hayden. War die Blockhütte nicht …?«

»Ja«, antwortete er. »Genau hier.«

»Ich weiß, das ist eine dumme Frage, aber … wo ist sie hin?«

»Flussabwärts«, antwortete er. »Ich schätze, sie ist flussabwärts.«

»Du klingst so gelassen.«

»Das bin ich, oder?«

»Fühlst du dich auch so?«

»Ich weiß nicht, was ich fühle, Judith. Ich bin im Moment etwas benebelt.«

Sie blieben ein paar Minuten schweigend sitzen. Hayden lehnte sich in den Sitz zurück und blickte in den strahlend blauen Himmel. Es schien irgendwie falsch, dass all dies an einem so wunderschönen Tag auf ihn einbrach. Judith griff über den Sitz nach seiner Hand.

Zuerst dachte er an Kim Phuc, das Napalm-Mädchen. Mit der Strömung fortgespült. Ein unsinniger Gedanke, denn eine Kopie des Zeitungsartikels ließ sich leicht besorgen, in der Bücherei oder beim Zeitungsverlag. Aber es war sein Artikel gewesen, sicher in seinem Haus, und es schien nicht richtig zu sein, dass er weg war.

Dann dachte er an die Fotos von Jenny. Alle Fotos weg, und er würde nie mehr ein neues Foto von ihr machen können. Die Jahre würden vergehen und er würde sich nicht mehr daran erinnern können, wie sie aussah, nicht wirklich. Nicht deutlich.

Dann dachte er an seinen Ehering, der irgendwo in einer Schublade in dieser Blockhütte gelegen hatte. War die Schublade immer noch in der Kommode, und war die Kommode immer noch in der Blockhütte? Oder war alles in seine Bestandteile zerfallen? Lag dieser Ring ganz allein unter einer zwanzig Zentimeter dicken Schlammschicht, und falls ja, in welchem Teil des Bundesstaates?

Judith unterbrach die Stille. »Ich verstehe es nicht«, sagte sie. »Wasser kann eine solche Kraft haben?«

»Manchmal«, antwortete er. »Ich habe davon gehört. Ich glaube, es hängt davon ab, was das Wasser so mit sich reißt. Komplette entwurzelte Bäume, weggespülte Autos. Sie stoßen mit Garagen oder Scheunen zusammen und dann rasen auch die Trümmer davon flussabwärts.«

»Ich frage mich, wie hoch das Wasser war.«

»Das brauchst du dich nicht zu fragen. Hier ist deine Hochwasseranzeige. Genau hier.« Er deutete auf einen Hochspannungsmast in der Nähe. »Der Sockel von diesem Mast. Siehst du, wo der Schlamm ihn überzogen hat?«

»Oh. Ja. Gott sei Dank, dass du nicht im Haus warst.«

Er dachte kurz darüber nach. Peg war weg. Scott hätte ihn rausgeholt. Oder? Peg hätte kleinliche Probleme zurückgestellt. Oder hätte sie das nicht getan? »Es waren nicht viele Sachen. Oder kostbare Sachen. Es war aber trotzdem ...«

»Alles, was du besessen hast.«

»Stimmt. Bis auf das ...« Er zeigte auf den Koffer auf dem Rücksitz. Die paar Sachen, die sie für ihn eingepackt hatte, bevor sie losgefahren waren. Seine irdischen Besitztümer beliefen sich auf das Gepäck für einen Wochenendausflug.

»Es war ein spartanisches Leben«, sagte sie. »Hast du wirklich die ganzen fünfzehn Jahre ganz allein hier draußen gelebt?«

»Außer wenn ich gerade im Gefängnis war, ja.«

»Du hattest nicht viel Komfort zu Hause.«

Welches Zuhause?, dachte er. Doch er konnte und wollte jetzt nicht mit ihr debattieren. »Für einen Fischbauch fand ich es gar nicht so schlecht.«

»Für einen was? Ist das noch so ein Ausdruck, den ihr hier draußen benutzt?«

»Du hast es vergessen.«

»Was habe ich vergessen?«

»Ich war Jona. Erinnerst du dich?«

»Oh Gott. Ich wünschte, du hättest das nicht erwähnt. Das ist so eine schreckliche Erinnerung. Allein bei dem Gedanken tut mir der Magen weh.«

Hätte er es zugelassen, wäre es ihm genauso ergangen. Wenn er darüber nachgedacht hätte. Stattdessen grübelte er über sein Wasserkarma nach. Wie er im Krankenhaus von diesem Wasser geträumt hatte. Wie es bergabwärts toste und er im Traum darin ertrunken war. Wahrscheinlich war es kein prophetischer Traum gewesen, sondern nur ein Zeichen, dass sich seine Lungen gefüllt hatten. Aber dennoch, diese Sache mit dem Wasser. Es schien nicht von ihm ablassen zu wollen.

Judith unterbrach wieder die Stille, unterbrach die seltsamen Gedankenmuster seines Schockzustands. »Was ist eigentlich mit Jona passiert? Nachdem der Wal ihn geschluckt hatte? Ich kann mich nicht mehr erinnern.«

»Genau genommen erwähnt die Bibel gar keinen Wal«, sagte er. »Es heißt nur ›ein großer Fisch‹.«

»Na ja, ein Wal ist ja ziemlich groß.«

»Aber er ist kein Fisch.«

»Vielleicht haben sie das damals noch nicht gewusst.«

»Vielleicht.«

»Was ist mit ihm passiert? Ich weiß es nicht mehr.«

»Der Fisch hat ihn ausgespuckt.«

»Das ist alles? Er hat ihn ausgespuckt … pffff.« Sie ahmte übertrieben einen spuckenden Fisch nach. »Als hätte er einen schlechten Geschmack im Mund gehabt?«

»Nicht direkt. Der Bibel zufolge sprach der Herr zu dem Fisch, und dann spie der Fisch Jona aus ans Land.«

»Ah! Er sprach zu ihm. Richtig. Dann hat der Fisch Jona nicht ausgespuckt. Er hat sich übergeben. Das ist ein Unterschied.«

»Ja, wahrscheinlich.«

Sie blieben noch ein paar Minuten schweigend sitzen, blickten auf den Schlamm und die seltsame Leere dort, wo vorher etwas gewesen war. Er blickte nicht so sehr auf das, was er sah, sondern auf das, was er vergeblich zu sehen erwartete. »Genauso fühle ich mich jetzt«, sagte er schließlich. »Wie etwas, was erbrochen worden ist.«

»Körperlich oder anderweitig?«

»Beides, glaube ich.«

»Was das Körperliche betrifft, musst du noch etwas Geduld haben. Du wurdest erst vor weniger als zwei Wochen aus dem Krankenhaus entlassen. Es wird besser werden.«

»Da bin ich mir sicher. Jona musste nur drei Tage in diesem Bauch bleiben.«

»Was meinst du damit?«

»Ich habe fast fünfzehn Jahre hier verbracht.«

»Ich kann verstehen, dass du immer noch wütend auf mich bist.«

»Das habe ich nicht gemeint. Ich sage nur, dass fünfzehn Jahre eine lange Zeit sind.«

»Na ja«, sagte sie. »Wahrscheinlich schon. Aber vielleicht sind fünfzehn Jahre für uns wie drei Tage für Gott. Du weißt ja, wie Gott ist.«

Nein, er wusste es nicht. Eigentlich nicht, doch er schwieg.

»Na, dann wirst du wohl doch mit mir nach Hause kommen müssen.«

»Ja«, antwortete er, ohne sich noch weiter Gedanken oder Sorgen zu machen. »Ich werde wohl einfach mit dir nach Hause kommen.«

* * *

Sie schlängelten sich langsam und vorsichtig zurück durch den Ort. An den Straßenseiten waren große Abfallcontainer aufgestellt worden, damit Anwohner Teppichböden, Möbel, durchgeweichte Bücher und andere Dinge wegwerfen konnten, die ihnen noch vor wenigen Tagen viel wert gewesen waren.

Sie wollten etwas zu essen besorgen, mussten dazu aber erst das Schadensgebiet verlassen. Hayden überlegte, ob er sie bitten sollte, anzuhalten und ihn aussteigen zu lassen, damit sie ohne ihn weiterfahren konnte. Er beschloss, seine Bedenken mit ihr zu teilen.

»Was zum Teufel soll ich bei dir tun?«

»Wieder zu Kräften kommen«, antwortete sie.

»Und dann? Wie soll ich Geld verdienen? Ich kann dir nicht auf der Tasche liegen.«

Judith kaute auf ihrer Unterlippe. »Zuerst stellst du einen Antrag auf Erwerbsunfähigkeitsrente.«

»Mit fünfzig?«

»Du bist dauerhaft arbeitsunfähig.«

»Oh. Stimmt.«

»Gehört dir das Grundstück?«

»Ja.«

»Wenn du es verkaufst, hast du etwas Geld für den Neuanfang.«

Hayden sah den Diner schon aus der Ferne. Jemand, der wie Jack aussah, fegte schlammiges Wasser aus der Eingangstür. Auf dem Parkplatz standen aufeinandergestapelt Tische und Stühle.

»Fahr hier ran«, bat er sie.

»Ich glaube nicht, dass wir hier etwas zu essen bekommen werden.«

»Fahr einfach ran, okay?«

Hayden blieb einen Moment unbeweglich sitzen. Er behielt Jack im Auge, während er weiter mit Judith sprach. »Ich werde also in deinem Haus wohnen?«

»Wir könnten das spontan entscheiden. Die Kinder haben ein Gästezimmer, falls du dich dort wohler fühlst.«

»Genau das, was sie brauchen. Einen Aufpasser.«

»Nein. Einen Babysitter. Sie können sicher einen gebrauchen. Erinnerst du dich, als Allegra zur Welt kam? Wie haben wir das überlebt, Hayden? Erinnerst du dich noch?«

Sie sprachen es beide gleichzeitig aus: »Thea.«

Selbst Hayden konnte den Wert eines Babysitters nicht bestreiten.

Als er seine Krücken vom Rücksitz zog, wollte Judith aussteigen, um ihm zu helfen.

»Nein«, sagte er. Um nicht unwirsch zu klingen, fügte er hinzu: »Ich muss nur kurz mit diesem Mann sprechen, bevor wir weiterfahren.«

Sie wartete schweigend, als er sich mit dem Rücken gegen die Autotür lehnte und sich auf seine Krücken stützte. Sie beobachtete ihn, so wie Jack ihn beobachtete. Er hatte mit dem Fegen aufgehört. Den Besen in beiden Händen, beobachtete er ihn.

Langsam ging Hayden auf Jack zu. Vorsichtig, um nicht das Gleichgewicht zu verlieren oder zu stolpern und vor diesem Mann mit dem Gesicht im Schlamm zu landen.

Er blieb dicht vor Jack stehen und richtete sich auf.

»Hayden.«

»Jack.« Er hoffte, dass Laurel woanders war, zu Hause oder in der Stadt. Doch er fragte nicht nach ihr.

»Wir haben gedacht, du seist tot, Hayden.«

»Warum denn das?«

»Hast du dein Grundstück gesehen?«

»Ja, gerade eben.«

»Dann solltest du wissen, warum.«

»Ich bin wohl nicht so leicht totzukriegen«, sagte Hayden. »Ich war weg, auf der Hochzeit meiner Tochter. Ich habe Peg eine Nachricht hinterlassen, aber vielleicht hat sie sie nicht bekommen.«

»Entweder das oder sie hat es uns nicht gesagt.«

Sie schwiegen einen Moment. Es war eigentlich gar nicht unangenehm, nur irgendwie seltsam respektvoll. Alles erschien bedeutsamer und wichtiger, als es vielleicht in anderer Gesellschaft gewesen wäre.

»Tut mir schrecklich leid, was mit deiner Blockhütte passiert ist«, sagte Jack.

»So wie es aussieht, hast du selbst genug mit deinen eigenen Verlusten zu tun.«

Jack warf einen Blick über die Schulter zu seinem Diner und seufzte. »Immerhin ist er noch da.«

Einen kurzen Moment lang tat er Hayden leid und er hatte das Gefühl, sich glücklich schätzen zu können, dass seine Blockhütte weg war. Irgendwie kam es ihm einfacher vor, wegzugehen und von vorne anzufangen, als die Scherben einzeln aufzusammeln.

»Na ja«, sagte Hayden. »Wie auch immer. Ich ziehe wieder hoch in die Bay Area. Sag es allen, okay? Sag ihnen, dass ich am Leben bin, aber nicht mehr hier.«

Jack blickte an ihm vorbei zum Auto, wo Judith saß, doch er stellte keine Fragen. »Peg hat aber immer noch deinen Truck.«

»Sie kann ihn behalten. Ich kann mit dem Fuß sowieso keine Kupplung mehr bedienen.«

Jack schien einen Augenblick zu brauchen, bis er das in sich aufgenommen hatte. Als würde ihm erst langsam bewusst, dass er selbst für Haydens Problem mit der Kupplung verantwortlich war, dass es seine Schuld war. Als würden die Auswirkungen seiner Tat sich aufhäufen und ihn überraschen. Er sprach es nicht an, sondern sagte nur: »Na, dann wünsche ich dir viel Glück.«

Hayden nickte. Er drehte sich um und legte langsam den Weg zu Judiths Auto zurück. Bei seinem dritten ungeschickten Schritt hörte er Jack hinter sich. »Es tut mir leid.«

Hayden blieb stehen und drehte sich um, sah den Ausdruck auf Jacks Gesicht.

Wieder sagte Jack: »Es tut mir leid.« Und Hayden verstand, dass er sich nicht auf den Flutschaden bezog.

»Vergeben und vergessen«, erwiderte er.

»Wie kann das sein?«

»Ich vergebe dir.«

Manchmal muss man einen Mann einfach beim Wort nehmen und keine Fragen stellen, die er selbst nicht beantworten kann.

Als er wieder in Judiths Auto saß, war er erleichtert, diesen Ort hinter sich lassen zu können.

»Wer war das?«, fragte sie, als sie zurück auf die Autobahn fuhr.

»Oh, das. Das war nur Jack.«

»Jack.«

»Der Typ, der auf mich geschossen hat.«

»Ah. Ich bin froh, dass du mir das nicht vorher gesagt hast.«

Sie fuhren schweigend weiter. Es waren lange, aber nicht unangenehme Minuten. Sie kamen an dem Verkehrsschild vorbei, das das Ende der Tagfahrlichtzone markierte. Judith schaltete die Scheinwerfer aus.

»Also hast du ihm vergeben.«

»Das habe ich, oder? Weißt du, zum ersten Mal in meinem Leben kann ich irgendwie verstehen, warum Gott diesen ganzen Mist auf den armen Hiob abgeladen hat. Man fängt an zu begreifen, was wirklich wichtig ist, verstehst du? Lass uns sehen, ob wir hier irgendwo etwas zu essen bekommen können.«

* * *

Sie half ihm beim Ausziehen, dann stieg sie zu ihm ins Bett, ein Teil ihrer Kleider war vom Stuhl auf den Boden gefallen. Spielerisch setzte sie sich rittlings auf ihn, so wie sie es oft nach einem langen Tag im Krankenhaus oder Büro getan hatte, wenn sie beide eigentlich zu müde hätten sein sollen.

Es kam Hayden seltsam vor, wie wenig sich geändert hatte. All die Jahre dazwischen hätten zu irgendeiner Änderung führen sollen.

Er ließ seine Hände über ihre Schenkel bis zu den Hüften wandern. Ihr Körper hatte sich etwas verändert, aber nicht das Gefühl, das über ihn kam, wenn er sie berührte.

»Sind wir verrückt?«, fragte er und klang leicht neugierig.

»Ich weiß nicht«, erwiderte sie. »Ich weiß nicht einmal, ob es etwas ausmacht.«

»Du hast Patienten am Morgen. Solltest du nicht etwas Schlaf bekommen?«

Sie beugte sich über ihn, ihre Brüste und die Halskette streiften seine Brust. »Ich brauche Liebe mehr als Schlaf«, sagte sie.

Und er nahm sie beim Wort.

Kapitel 7

Eine Kraft ohne Strom

Hayden und Judith saßen auf dem Boden vor dem Kamin im Wohnzimmer und aßen ein chinesisches Takeaway direkt aus der Verpackung. Hayden hielt sich seine Schachtel direkt unters Kinn, weil er Essstäbchen wirklich nicht meistern konnte, wie er selbst zugab. Er probierte es manchmal, stellte sich aber ungeschickt an.

Das Telefon klingelte.

Judith sprang auf, weil ihr das Aufstehen leichter fiel als Hayden, nicht, weil sie es ausschließlich als ihr Telefon betrachtete.

»Danke, John«, sagte sie in den Hörer. »Ist alles in Ordnung?« Eine Pause, dann: »Bist du dir sicher?«, und »Okay, gut. Wir sind gleich da.«

Sie beendete das Gespräch, nahm Haydens Schachtel und hielt ihm die Hand hin, um ihm aufzuhelfen.

»Steh auf, Opa. Es ist so weit.«

In Haydens Kopf machte sich ein taubes Gefühl breit, prickelnd und kühl.

»Was? Nein. Das kann nicht sein.«

»Doch.«

»Es soll erst in zwei Wochen kommen.«

»Erzähl das deiner neuen Enkelin.«

»Aber sie sollte doch noch nicht …«

»So sind Babys, Hayden. Sie bringen meistens deinen Zeitplan durcheinander. Du kannst ihren in den meisten Fällen nicht ändern.«

Hayden ergriff Judiths ausgestreckte Hand, brachte sein rechtes Bein in Position und stand auf.

»Sei nicht nervös«, sagte sie.

»In Ordnung. Ich werde einfach nicht nervös sein.«

»Na ja, du wirst nervös sein, aber … ich meine ja nur.«

* * *

Auf dem Weg zum Krankenhaus schwieg Hayden. Judith blickte ihn von der Seite an. »Du bist doch nervös«, sagte sie.

* * *

Als sie ankamen, nahm John mit seinem Camcorder bereits auf, was im Kreißsaal vor sich ging, und Allegra lachte darüber.

»Mach das aus, bitte«, sagte sie. »So aufregend ist der Anblick einer dicken Frau im Bett nun auch nicht. Niemand will das sehen.«

»Ha!«, rief John und richtete seine Kamera auf Judith und Hayden. »Siehst du? Die Ankunft der Großeltern. Wenn das nicht aufregend ist, was dann?«

»Ja, wir sind ein spannender Anblick«, erwiderte Judith sarkastisch.

Hayden war es unangenehm, gefilmt zu werden, aber er wusste nicht, wie er es hätte ablehnen können.

John trat näher und zoomte mit dem Objektiv näher heran, um eine Nahaufnahme von Haydens Gesicht zu bekommen. »Was will der Großvater der Nachwelt über diesen Augenblick sagen?«

Hayden hatte einen geistigen Aussetzer. Sein Mund öffnete sich, aber kein Wort kam heraus.

Genau in diesem Augenblick gab Allegra ein seltsames Geräusch von sich, eine Art dumpfer Aufschrei. John legte die Kamera schnell auf dem Nachttisch ab und half ihr durch die Wehe, indem er mit ihr so atmete, wie sie es im Lamazekurs gelernt hatten.

Als Hayden ihnen zusah, stieg ein seltsamer, schmerzhafter Druck in seiner Brust auf. Er hatte sich nicht richtig auf diesen Moment vorbereitet. Seine Allegra machte diese heftigen Schmerzen durch und er konnte nichts tun, um ihr zu helfen. Er konnte sie nicht von dem Schmerz befreien, ihr die Sache nicht leichter machen. Zusehen war das Einzige, was er tun konnte.

Gerade, als er das Gefühl hatte, es nicht länger ertragen zu können, ließ die Wehe nach.

Alle atmeten wieder normal.

John nahm den Camcorder und hielt ihn wieder vor Haydens Gesicht. »Und? Etwas, was du sagen möchtest?«

»Nicht viel«, sagte Hayden. »Nur, dass ich froh bin, jetzt hier bei euch zu sein.«

* * *

Hayden blieb über zwei Stunden mit seiner Familie im Kreißsaal, fütterte Allegra mit Eisstückchen und tupfte ihr die Stirn ab. Er spürte, wie der Druck anstieg, es tat weh, sie in Schmerzen zu sehen. Doch er wollte nicht aufgeben. Er musste das durchstehen.

Schließlich fragte Allegra: »Ist alles in Ordnung, Daddy? Du siehst ja schlimm aus. Hast du Schmerzen?«

»Nur weil du Schmerzen hast«, erwiderte er.

»Oh, Daddy.« Sie drückte seine Hand. »Leg eine Pause ein, wenn du willst. Setz dich eine Weile ins Wartezimmer. Es macht mir nichts aus.«

»Bist du dir sicher?«

»Natürlich.«

»Okay, vielleicht nur für eine Minute.«

Er kam mühsam auf die Beine.

Als er an der Tür war, sagte sie: »Ich bin auch froh, dass du hier bist.«

* * *

Judith kam zu ihm ins Wartezimmer, Johns Camcorder in der Hand. Hayden überkam ein ungutes Gefühl. Es verstärkte sich noch, als er in ihr Gesicht blickte, aber er konnte es nicht recht deuten.

»Da bist du ja«, sagte sie. »Kannst du das mal halten?«

Er stand auf, obwohl sie ihm sagte, er könne sitzen bleiben. Er nahm ihr den Camcorder mit der rechten Hand ab und stützte sich mit der linken auf den Stock. Das Gewicht des Camcorders in seiner Hand gefiel ihm nicht, allein aus Angst vor dem, was es bedeuten konnte.

»Warum filmt er nicht mehr?«

»Es gibt leichte Komplikationen. Bitte mach dir keine Sorgen, Hayden. Oh, natürlich machst du dir Sorgen. Tut mir leid, das war eine dumme Bemerkung. Aber mach dir nicht mehr Sorgen, als es wert ist, okay? Die Sache ist, dass das Baby sehr schnell kommt, und es hat sich jetzt auch noch gedreht. Es scheint unbedingt sofort rauskommen zu wollen, und zwar rückwärts. Wir dachten, dass es besser ist, wenn sich

John einfach nur darauf konzentriert, Leggy zu helfen. Allegra. Oh, wo kam das jetzt plötzlich her? Wie auch immer, mach dir jedenfalls keine Sorgen, Hayden. Babys kommen jeden Tag per Steißgeburt zur Welt.«

»Aber wenn sie sich so dreht, besteht dann nicht die Gefahr, dass sich die Nabelschnur um …«

Judith legte ihm einen Finger auf die Lippen. »Mach dich nicht unnötig verrückt, Hayden. Das mit der Nabelschnur passiert normalerweise nicht. Babys werden ständig so geboren. Ich weiß, das ist schwer für dich. Atme einfach normal weiter, okay? Kein flaches Atmen. Atme tief durch. Ich halte dich auf dem Laufenden.«

Dann war sie weg und Hayden blieb allein im Wartezimmer zurück. Auf seinen Stock gestützt, blieb er eine oder zwei Minuten stehen. Er wusste, wie er in der Vergangenheit mit solchen Situationen umgegangen war, und überlegte, wie er jetzt damit umgehen sollte.

* * *

Hayden ließ die Kamera zur sicheren Aufbewahrung auf dem Schreibtisch der Krankenschwester zurück. Dann ging er Schritt für Schritt langsam nach draußen, um dort zu warten. Dieser Prozess erforderte Geduld und Planung, und dennoch hatte es etwas Reines, etwas Beruhigendes an sich. Es handelte sich schließlich nur um Gehen. Sein linkes Bein war immer noch teilweise taub und bei jedem Schritt musste er es hinter sich herziehen. Mit der rechten Hand fasste er an die Wand, um das Gleichgewicht zu behalten, mit der linken stützte er sich fest auf dem Stock ab und schwang seine linke Körperhälfte nach vorn. Sein linkes Bein folgte mehr oder weniger.

Vor nicht allzu langer Zeit hatte er eine Ärztin fragen müssen, ob er je wieder würde laufen können. Auch wenn es nur langsam und ineffizient vonstattenging, war er jetzt in der Lage, auf die Straße zu gehen, um die schwierige Zeit zu überbrücken.

Die regnerische Wetterfront, die während des Tages über der Stadt gehangen hatte, war verschwunden und hatte die Straßen nass glänzend zurückgelassen, hier und da klarte der Himmel auf. Der Mond schien hell, wenn auch gelegentlich von vorbeiziehenden Wolken verdeckt. Die Nachtluft drang klar und kalt in Haydens Lunge.

Er schloss die Augen.

Einen Augenblick später erschien Judith an seiner Seite.

»Was machst du hier draußen?«, fragte sie.

»Ich glaube, das Gegenteil davon, in den Kreißsaal zu stürmen. Solltest du nicht dort drinnen alles beaufsichtigen?« Seine Stimme klang in seinen eigenen Ohren ruhig und gelassen. Vielleicht war er das auch wirklich. Man konnte sich nicht sicher sein.

»Sie ist in guten Händen, Hayden. Es kümmern sich Leute um sie, die unparteiischer sind als wir. Sie brauchen mich dort nicht.«

Judith stand dicht an seiner linken Seite und er ließ zu, dass sie ihm Halt gab. Er nahm den Stock in die rechte Hand, legte den linken Arm um ihre Schulter und stützte sich buchstäblich auf sie.

»Außerdem habe ich mir gedacht, dass du mich brauchst«, fügte sie hinzu.

»Da hast du recht. Ich brauche dich.«

Von ihrem Hügel aus beobachtete Hayden den Strom der Scheinwerferlichter auf der Schnellstraße. Gelegentlich fuhr ein Auto am Krankenhaus vorbei und Hayden lauschte dem Geräusch der Reifen auf dem nassen Asphalt.

Eine kleine schwarz-weiße Katze rannte über den Krankenhausparkplatz auf die Straße hinaus. Das Scheinwerferlicht eines vorbeiziehenden LKWs zeichnete die Umrisse des Kätzchens ab, als es beinahe erfasst wurde.

Geistesabwesend – so schien es Hayden – sagte Judith: »Vorsicht, Katze«.

Die Szene transportierte Hayden an einen vergangenen, unangenehmen Ort. Eine Erinnerung bahnte sich ihren Weg in seine Gedanken und blieb dort stecken. Sein Magen schmerzte, aber vielleicht hatte er schon vorher geschmerzt, während er auf die Nachricht gewartet hatte, dass mit seiner Tochter – und Enkelin – alles in Ordnung sei.

Nach einer Weile fragte Judith: »Was?«

»Nichts.«

Sie stellte seine kurze Antwort nicht infrage, er selbst hingegen schon.

»Tut mir leid. Das war der alte Hayden, oder? ›Was ist los, Hayden? – Nichts‹. Tut mir leid. Zu sehen, wie diese Katze beinahe überfahren wurde, hat mich gerade an etwas erinnert. Etwas, an das ich lange nicht mehr gedacht habe. Ist dir das jemals passiert? Du blickst auf etwas zurück, das keine große Bedeutung zu haben schien, als es passierte, aber im Rückblick hat es sehr viel bedeutet, und plötzlich siehst du die ganze Sache viel klarer?«

»Ich glaube, das ist mir schon mehrmals passiert, ja.«

Also erzählte Hayden ihr die Geschichte von der kleinen Beutelratte.

»Ich war so aufgebracht, als die Beutelrattenmutter ihr Junges losließ«, sagte er schließlich. »Um es zu retten, habe ich riskiert, von einem Laster angefahren zu werden. Ich meine, sie hat alles getan, um es von der Straße zu bringen – nur ihr Leben hat sie nicht geopfert. Aber das reichte mir nicht. Sie ließ es nur los, um sich selbst in Sicherheit zu bringen. Doch sie ließ es los. Ich wette, wenn du dabei gewesen wärst, hättest du mir erklärt, warum mich das so aufgebracht hat.«

»Vielleicht«, erwiderte Judith. »Das Leben anderer Leute scheint sich immer so leicht sezieren zu lassen.«

»Ich kann es nicht fassen, dass das hier gerade passiert, Judith. Ich habe mir das Versprechen gegeben, nie wieder in diese Situation zu geraten. Ich habe mich sogar sterilisieren lassen, damit ich das nicht mehr durchmachen muss. An Enkel hatte ich nicht gedacht. Ich hatte nicht gedacht, dass es genauso schwer sein würde. Ich habe höllische Angst, Judith.«

»Ich weiß«, sagte sie. »Ich weiß. Ich finde es aber gut, dass du es mir erzählt hast.« Nach einem kurzen Schweigen fügte sie hinzu: »Du brauchst mir nicht zu antworten, wenn du nicht willst, aber kommst du in einer Situation wie dieser nicht in Versuchung, zu beten?«

»Beten zu wem? Zu was?«

»Ich weiß nicht. Ich benutze nicht gern das Wort ›Gott‹, weil es für dich so vorbelastet ist. Aber … wenn du könntest, worum würdest du bitten?«

Hayden spürte, wie sich etwas in seinem Inneren regte, Furcht, Widerstand oder Hoffnung, vielleicht auch eine Kombination aus allem. Etwas, was er den größten Teil seines Lebens nicht gespürt hatte. Und jetzt, zu diesem späten Zeitpunkt, wurde er daraus irgendwie nicht klug.

»Ich kann darüber jetzt nicht sprechen.«

»Okay«, sagte Judith. »Okay. Ich gehe wieder rein, um nach dem Rechten zu sehen. Behalte das Fenster im Auge.« Sie zeigte zum Fenster des Wartezimmers im zweiten Stock. »Ich komme ans Fenster, wenn du wieder raufkommen kannst.«

Er blieb mehrere Minuten lang auf seinen Stock gestützt stehen, dann trat er vier Schritte vor und lehnte sich mit dem Rücken an den Pfahl einer Straßenlaterne, den Blick auf das leere Fenster gerichtet. Er schloss kurz die Augen und als er sie wieder öffnete, war das Fenster immer noch leer. Er blickte zum

Himmel, wo Wolken am Mond vorbeizogen, und konzentrierte sich auf seine Furcht, die in Wellen herangespült kam. Ein kaltes, angespanntes Gefühl, er konnte nichts daran ändern. Er konnte überhaupt nichts ändern.

Er blickte wieder zu dem Fenster hoch und jetzt war Judith dort. Ein besonders kaltes Gefühl drang in seinen Magen und ließ sein Inneres gefrieren. Seine Beine zitterten und für den Bruchteil einer Sekunde dachte er, er würde umkippen. Er umfasste mit der rechten Hand den Laternenpfahl und blickte kurz nach unten. Als er wieder aufblickte, gab Judith ihm ein Zeichen. Daumen nach oben.

Er beobachtete sie noch einen Moment, heilfroh über diesen Anblick. Auch wenn er ihre Miene nicht erkannte, konnte er sich vorstellen, wie sie lächelte.

Langsam und vorsichtig ging er wieder hinein.

* * *

Hayden saß in Allegras Krankenzimmer, wo John ihm das Baby in die Arme legte. Mit dem rechten Arm hielt er die Kleine, mit seiner geschwächten linken Hand stützte er ihren winzigen Kopf. Er blickte sie an. Sie hielt die Augen geschlossen, ihre Hände bewegten sich in der Luft, als würde sie nach etwas greifen. Ihre Haut wirkte beinahe durchsichtig, und sie hatte einen seidigen, dunklen Haarflaum. Er wünschte, er hätte eine Hand frei, um ihr Haar zu berühren.

»Wir haben uns Sorgen um dich gemacht, meine Kleine. Du hast dir deinen Namen wirklich verdient.«

»Wieso hat sie sich ihren Namen verdient?«, fragte John.

»Kim ist ein Heldenname.«

»Ich habe mich schon gefragt, ob der Name eine besondere Bedeutung hat.«

»Nur, dass er ein Heldenname ist«, erwiderte Hayden und sagte nicht mehr zu dem Thema.

Er blickte seinen Schwiegersohn an und bemerkte, wie abgezehrt und mitgenommen John aussah. In seinen Augen lag Erschöpfung, seine Haare waren ungekämmt. Hayden konnte sich denken, dass John wahrscheinlich überglücklich war, sich aber gleichzeitig auch fürchtete. Es ist ein Grund zum Fürchten, plötzlich für ein neues Leben verantwortlich zu sein. Hayden kannte dieses Gefühl nur zu gut. Er überlegte, wie er John helfen konnte. Im Augenblick wahrscheinlich gar nicht, aber in den nächsten Jahren würde es sicher einige Gelegenheiten dazu geben.

»Ich weiß, ich habe das schon hundertmal gefragt«, sagte Hayden, »aber seid ihr euch wirklich sicher, dass ich ihr den Namen geben soll?«

»Wir sind uns absolut sicher«, sagte John.

»Natürlich, Daddy«, stimmte Allegra vom Bett aus zu.

»Seid ihr mit Kim einverstanden?«

»Kim ist ein wunderbarer Name, Daddy.«

»Das ist er«, sagte Hayden. »Das ist er wirklich. Wir haben uns Sorgen um dich gemacht, Kim.«

»Du hättest dir keine Sorgen machen müssen«, sagte John. »Dieses Mädchen ist eine Kämpferin.«

»Vielleicht«, antwortete Hayden. »Aber das wird sich legen. Sie wird viel Zeit mit ihrem sanften Opa verbringen und nach einer Weile färbt meine friedliche Weltanschauung sicher auf sie ab.«

* * *

Auf der Rückfahrt fühlte sich Hayden angenehm müde. Vom Beifahrersitz aus blickte er Judith an.

»Tut mir leid, dass ich vorhin deine Frage nicht beantworten konnte«, sagte er.

»Es braucht dir nicht leidzutun. Es war eine sehr persönliche Frage.«

»Wir haben eine sehr persönliche Beziehung. Die Antwort ist, dass ich mir ziemlich sicher bin, dass ich um nichts gebeten hätte. Würde es einen Gott geben, wüsste er bereits, was ich will. Ich hätte nur gesagt, dass ich ihn dieses Mal nicht bekämpfen würde. Ich hätte gesagt: ›Wenn etwas schiefgeht, bereue ich das vielleicht für den Rest meines Lebens, aber ich werde nicht versuchen, die ganze Welt zu zerlegen.‹ Ich hoffe, du verstehst, warum ich das nicht laut aussprechen konnte. Nicht, bevor ich mir sicher war, dass alles in Ordnung ist. Es wäre sonst fast so gewesen, als hätte ich akzeptiert, dass Dinge schiefgehen. Aber so war das nicht gemeint, verstehst du?«

»Ich weiß.«

»Aber ich konnte es nicht sagen. Es wäre so gewesen, als hätte ich eine Möglichkeit akzeptiert, für die ich in Wirklichkeit noch nicht bereit war.«

»Es hätte nicht das Geringste geändert.«

»Ich weiß. Deshalb wollte ich nicht kämpfen. Es hätte nichts geändert. Aber ich konnte es zu dem Zeitpunkt nicht sagen. Kannst du das verstehen?«

Judith streckte eine Hand aus und legte sie auf Haydens Knie. »Allein die Tatsache, dass du das gedacht hast, ist ein Fortschritt.«

Stimmt, dachte Hayden. Das konnte er sich selbst anrechnen. Ein kleiner, hart erarbeiteter Fortschritt. Er legte seine Hand auf ihre.

Die frischgebackenen Großeltern fuhren schweigend weiter. Hayden konzentrierte sich auf das Gefühl von Judiths Hand auf seinem Bein. Eine schwache, gedämpfte Empfindung, aber er konnte etwas spüren. Wenn auch nur ganz leicht, fühlte er das behagliche Gewicht ihrer Hand. Noch ein kleiner Teil des hart erarbeiteten Fortschritts.

Sie fuhren auf der Schnellstraße durch die Nacht, über die Brücke, an der Bucht entlang – auf dem Weg zurück zu dem Ort, der nun Haydens Zuhause war.

Epilog

1996

Hayden schlüpfte in die Valley-Baptistenkirche und setzte sich auf die hinterste Bank, mindestens ein Dutzend Reihen vom nächsten Trauergast entfernt. Nicht gerade ein volles Haus. Maximal fünfzehn Leute. Hayden fand es traurig. *Egal wer du bist*, dachte er, *am Ende deines Lebens solltest du mehr als das zusammenbringen.*

Er war spät dran und konnte niemanden entdecken, den er kannte – zumindest nicht von hinten. Es beschlich ihn der unbehagliche Gedanke, dass er sich vielleicht im Tag geirrt hatte und auf der falschen Beerdigung war. Doch dann entdeckte er Pegs Hinterkopf.

Der Pfarrer nannte Laurel eine liebevolle, großzügige Frau, eine gute Seele, die allen eine gute Freundin gewesen war. *Hatte der Pfarrer Laurel getroffen? Hatten alle Anwesenden hier dieselbe Person im Sinn?*

Kurz darauf sah er Scott auf sich zukommen. Scott setzte sich neben ihn in die letzte Reihe. Sie wechselten einen Blick und ein anerkennendes Nicken.

Scotts Flüstern war noch leiser als notwendig. »Ich hätte wirklich nicht gedacht, dass du zurückkommst. Ich hätte nicht gedacht, dass du noch viel an sie denkst.«

»Das tue ich auch nicht. Ich wollte nur sehen, ob mit Peg alles in Ordnung ist.«

»Mach dir um sie keine Sorgen«, flüsterte Scott. »Sie ist nicht gerade allein auf der Welt. Sie hat jetzt einen Ehemann und ein Baby. Sie hat ihre Mutter nicht oft gesehen. Ich glaube nicht, dass es ihr Leben bedeutsam verändern wird.«

Hayden musste die Neuigkeiten erst verdauen. »Wie ist der Ehemann so? Ist er ein guter Mann?«

»Eher ein guter Junge. Eines Tages wird er ein Mann werden, und ich vermute, ein anständiger.«

Hayden nickte, dann sah er nach oben, nahm den Anblick des hohen Fenstergeschosses der Kirche in sich auf, das dunkle Holz, die schweren Buntglasfenster. Scott schien es zu bemerken.

»Wie lange ist es her, dass du zuletzt in der Kirche warst?«, flüsterte er.

»Ich bin versucht, ›nicht lange genug‹ zu sagen.«

»Du hast dich nicht sehr verändert, Reese.«

»Doch, das habe ich.«

Es folgte eine lange Stille, dann sagte Scott: »Ich bin froh, dass du hier bist. Ich gebe es nur verdammt ungern zu, aber du wirst hier in der Gegend vermisst.«

Hayden wollte etwas erwidern, aber der Kloß in seinem Hals hinderte ihn daran.

Wahrscheinlich zehn Minuten später – obwohl es sich eher wie eine Stunde anfühlte – flüsterte Hayden: »Hat Peg immer noch diesen Hund?«

»Mein Gott!«, flüsterte Scott zurück. »Er ist noch hässlicher als vorher. Man würde es nicht für möglich halten, aber ich schwöre es. Sie füttert ihn zu viel. Jetzt ist er hässlich *und* dick.«

»Ist er glücklich?«

»Alle dicken Hunde sind glücklich. Was glaubst du, woher diese Redensart kommt: ›glücklich wie ein dicker Hund‹?«

»Gibt es diese Redensart wirklich?«

»Warum nicht?«

* * *

Pegs Miene war hart, als Hayden nach dem Gottesdienst zu ihr ging. Das Baby in ihren Armen schien fest zu schlafen, er konnte das Gesicht des Säuglings nicht sehen.

»Leg schon los«, sagte sie zu laut für diesen Ort. »Kläre mich auf. Ich bin gerade zwanzig, selbst noch ein Kind. Jetzt werde ich nie mehr etwas mit meinem Leben anfangen. Wir haben kein Geld, wie können wir überhaupt daran denken, ein Kind aufzuziehen?«

»Ich war auch mit zwanzig verheiratet und hatte ein Kind.«

»Wirklich?«, fragte sie. Ihr Gesichtsausdruck veränderte sich, wurde offener. »War es schwer?«

»Sehr schwer. Aber ich bereue es nicht.«

»Danke, Hayden.« Sie umarmte ihn mit ihrem freien Arm und das Baby wachte auf.

»Also, wo ist dein Ehemann?«

Sie zeigte auf einen blonden, jungen Mann in einer der vorderen Reihen. Das Baby wurde unruhig und sie ging nach draußen.

Auf seinen Stock gestützt, blieb Hayden allein zurück. Er war stark versucht, mit dem Kerl eine Unterredung zu führen, ganz auf die altmodische Art. Aber so war er nicht mehr, oder? »Ach, zum Teufel«, sagte er. »Nur noch einmal.«

Er setzte sich neben Pegs neuen Ehemann. Aus der Nähe sah er noch jünger aus. Er war dünn, hatte den Hauch eines

Schnurrbarts, der eher an Babyflaum erinnerte. Hatte er mit zwanzig auch so jung ausgesehen? Er hatte sich sicher nicht so gefühlt.

»Ich bin Hayden Reese«, stellte er sich vor. »Ein alter Freund von Peg. Ich möchte dir nur etwas sagen: Wenn du diesem Mädchen oder dem Baby auch nur ein Haar krümmst, komme ich zurück und mache dich mit meinen eigenen Händen zu Hackfleisch.«

Der junge Mann starrte Hayden mit einem leicht verschreckten, verwirrten Gesichtsausdruck an. Aber dann musste Hayden unwillkürlich lächeln. Der Junge sah erleichtert aus.

»Ich glaube nicht, dass ich auf Ihr Angebot zurückkommen werde, Sir.«

»Das hatte ich gehofft.«

Hayden stand auf und wollte sich entfernen, aber der junge Mann rief ihm nach. »Sir? Ich finde es gut, dass sie Ihnen so wichtig ist, um das zu sagen.«

* * *

Scott wartete an der Tür auf Hayden. Zusammen traten sie in den hellen, heißen Tag hinaus.

»Lass mich raten«, sagte Scott. »Du hattest ein gutes, altmodisches Gespräch mit dem Jungen?«

»Ja. Er ist in Ordnung.« Hayden blinzelte ins Licht.

»Das habe ich versucht, dir zu sagen, Reese. Großer Gott, nie hörst du zu!«

»Ich weiß. Wie genau ist diese Sache mit Laurel überhaupt passiert?«

»Das Übliche. Immer wieder will ein Idiot auf der Doppellinie überholen. Nur war der Idiot diesmal einer von uns. Ein Wunder, dass niemand sonst ums Leben gekommen ist. Sie traf frontal auf einen Schwerlaster. Der Fahrer erlitt einen Schock und sein Fahrzeug war Schrott, aber er blieb unversehrt. Es muss ein schlimmer Morgen für ihn gewesen sein, mit ansehen zu müssen, wie eine Frau in ihrem Auto verbrannte. Ich war der Erste am Unfallort und für mich war der Tag gelaufen. Ich sage es nur ungern, aber es war ihre eigene Schuld. Sie war stur, diese Frau ließ sich nie etwas sagen.«

»Das sagst du auch immer über mich.«

»Ja, aber es hat sie ins Grab gebracht und sie hat nichts daraus gelernt. Es gibt im Anschluss ein Beisammensein in ihrem Haus. Kommst du?«

»Nein.«

»Das kann ich dir nicht verdenken.« Scott nickte zweimal und trat einen Schritt zurück, dann blieb er stehen, als wöge er ab, wie er sich von ihm verabschieden sollte.

»Scott«, sagte Hayden. »Gib dir keine Schuld an dem, was passiert ist.«

»Warum glaubst du, ich würde das tun?«

»Ich kenne dich. Du denkst, du hast die Verantwortung für alles, was auf dieser Autobahn vor sich geht.«

»Das habe ich auch.«

»Menschen sterben nun mal auf Autobahnen. Das kommt vor.« Scott zuckte nur mit den Schultern und Hayden wusste, dass es nicht so einfach war. »Hatte sie wenigstens das Licht eingeschaltet?«

»Dreimal darfst du raten.«

Armer Scott, dachte Hayden. Das musste ihn um den Verstand bringen. »Was ist mit Jack? Ist er noch da?«

»Nein. Er war noch ein Jahr oder so hier. Er trank zu viel. Dann bekam er einen Job in der Stadt. Er hat sein Leben in den Griff bekommen, habe ich gehört. Egal, was jemand getan hat, irgendwann kommt er drüber weg und zieht weiter. Ich meine, was hat man auch für eine andere Wahl?«

»Ich habe während des Gottesdienstes an ihn gedacht. An diesen Krieg zwischen uns. Plötzlich traf es mich wie der Blitz, wie verrückt das war. Einen Krieg wegen Laurel zu führen. Warum machen Leute so was, Scott? Warum sich wegen etwas bekriegen, was es nicht einmal wert ist?« Ihm ging eine weitere Frage durch den Kopf, die er nicht aussprach. *Wie konnte etwas, für das man getötet und sein Leben riskiert hätte, sich jetzt so unwichtig anfühlen?*

»Sag du's mir, Hayden. Ich habe keinen blassen Schimmer.«

»Ein Konflikt im Inneren findet seinen Weg nach draußen, nehme ich an. Man kann nicht nur mit sich selbst kämpfen. Ich muss hier raus, Scott. Ich hasse diesen Ort, ich kann hier nicht atmen. Das ist die Hölle. Tut mir leid, ich meine, für mich. Meine Hölle.«

»Es ist die Hölle für jeden, Hayden. Ich habe jahrelang versucht, dir das zu sagen.«

»Ich gehöre nicht mehr hierher.«

»Du hast nie hierhergehört.« Scott sah ernsthaft aus. Ungewöhnlich entschlossen. »Ich mache keine Witze. Du hast hier nie reingepasst. Und das meine ich als Kompliment.«

»Ich nehme es als Kompliment.«

»Jetzt geh nach Hause zu deiner Familie. Hier hast du nichts mehr verloren.«

* * *

Hayden fuhr in seinem Cabrio über die Autobahn, der Wind blies ihm angenehm durchs Haar. Auf dem Hinweg hatte er es nicht gemocht. Auf dem Weg nach Hause fühlte sich alles gut an. Er verlangsamte ein wenig, als er an Jennys Hügel